Rebell in Herrgotts Namen

ERZÄHLTE LANDESGESCHICHTE

Gunter Haug

Rebell in Herrgotts Namen

Der kurze Sommer des Pfeiferhans von Niklashausen

Historischer Roman

DRW-Verlag

ISBN 3-87181-529-2

Produktion: Wager! Kommunikation, Altenriet
Gestaltung: Wulf Wager, Altenriet
Titelbild: Der Pfeifer von Niklashausen verkündet der staunenden Menschenmenge die Botschaft der Jungfrau Maria (Zeichnung nach einer historischen Vorlage: Andreas Härlin, Tübingen).
Übersichtskarte: Kartographiebüro Dieter Ohnmacht, Frittlingen
Gesamtherstellung: Karl Weinbrenner & Söhne GmbH & Co. KG, Leinfelden-Echterdingen

Bestellnummer: 529

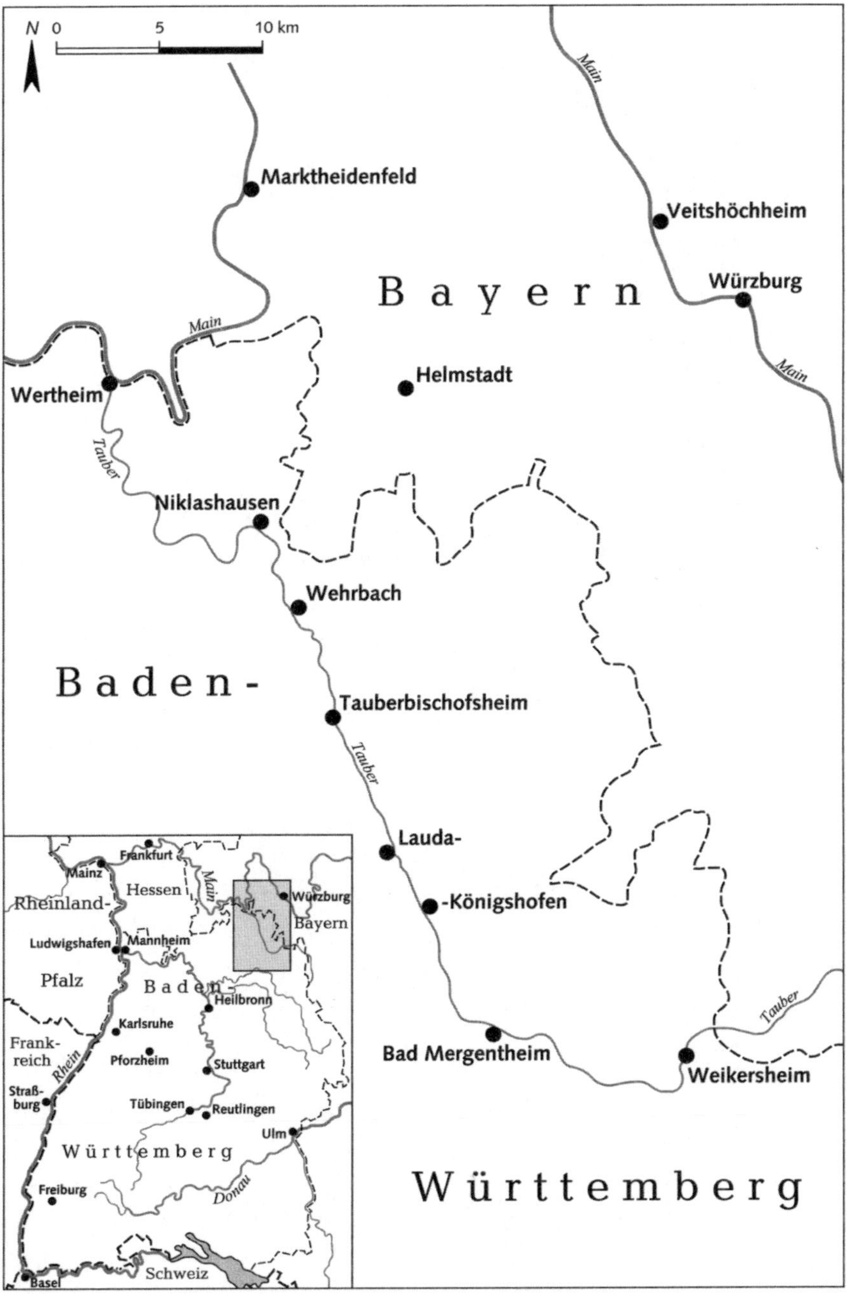

N
0
5
10 km
Main
Marktheidenfeld
Veitshöchheim
Bayern
Würzburg
Main
Main
Wertheim
Helmstadt
Tauber
Niklashausen
Wehrbach
Baden-
Tauberbischofsheim
Tauber
Lauda-
-Königshofen
Tauber
Bad Mergentheim
Weikersheim
Württemberg
Frankfurt
Mainz
Main
Hessen
Würzburg
Rheinland-
Bayern
Ludwigshafen
Mannheim
Pfalz
Baden-
Heilbronn
Karlsruhe
Frank-
reich
Pforzheim
Stuttgart
Rhein
Straß-
burg
Tübingen
Reutlingen
Ulm
Württemberg
Freiburg
Donau
Schweiz
Basel

1

„Hier, schaut doch, was ich da gefunden habe!“ Mit von Entdeckerstolz hektisch geröteten Wangen reckte das Mädchen den rechten Arm in die Höhe und präsentierte ihren beiden Gefährten den Fund, den sie gerade gemacht hatte. Geblendet vom grell-weißen Licht der Märzsonne verharrte sie einen unsicheren Augenblick lang vor dem Eingang der Höhle, aus der sie eben herausgekrochen war, und blinzelte unsicher in die Umgebung. „Ist das plötzlich hell hier draußen! Aber schaut doch mal!“ Sie ließ ihren Arm sinken und präsentierte den skeptisch dreinschauenden Jungen ein lehmverkrustetes schmutzig-braunes Päckchen. Die beiden bemühten sich nach Kräften, unbeteiligte Mienen zur Schau zu stellen und ihre Neugier, so gut dies eben möglich war, hinter einer skeptischen Fassade zu verbergen. „Ach, was wird das schon sein! Sicher nichts gescheites... ein altes halb vermodertes Taschenbuch, schon ganz und gar angegammelt! Pfui Teufel!“ machte der Ältere der beiden eine wegwerfende Handbewegung, während der andere den Fund mit kritisch gerunzelter Stirn näher in Augenschein nahm.

„Komisch“, murmelte er schließlich. „Ein Taschenbuch ist es nicht...“

„Natürlich nicht“, entgegnete das Mädchen ungehalten. „Was wird auch einer ein Taschenbuch in einer Höhle verstecken!“

„Und was bitte soll es dann sein?“

„Du meine Güte, was seid ihr aber auch phantasielos!“ Die Finderin überlegte rasch. „Na, beispielsweise ein paar Münzen oder so...“

„Aha! Unsere Lisa hat also einen Schatz entdeckt, einen Goldschatz womöglich!“ spöttelte der Junge weiter.

„Blödmann!“

„Oder ein Stein, ordentlich in Packpapier eingewickelt und dann in Wasser getunkt, ein bisschen Erde drauf – fertig ist das Geheimnis! Und die Lisa fährt sofort voll darauf ab!“ mischte sich nun auch der Jüngere der beiden scheinbar gelangweilt in die Auseinandersetzung.

„Auf jeden Fall ist es ganz sicher nichts, womit man etwas gescheites anfangen könnte!“

„Ist es doch..." beharrte Lisa trotzig auf ihrem Standpunkt. Sie kniete nieder und legte ihre Entdeckung vorsichtig auf das von den warmen Strahlen der Nachmittagssonne abgetrocknete dürre Gras des Erdbodens. „Jetzt kommt doch wenigstens mal her und schaut es euch genauer an: Das ist kein Papier, und es ist auch keine Pappe! Das ist was anderes... Komm Lukas, da! Sieh doch mal..."

„Wenn danach die arme Seele endlich Ruhe hat – meinetwegen..." Seufzend und mit einem gequälten Augenaufschlag beugte sich der vierzehnjährige Lukas über das geheimnisvolle Fundstück. „Dann lass mal sehen, was wir da tolles haben." Interessiert betrachtete er das von seinen Ausmaßen her durchaus an ein Taschenbuch erinnernde braune Etwas von allen Seiten, kratzte vorsichtig mit dem Fingernagel eine Rille in die Lehmkruste und schüttelte anschließend ratlos seinen Kopf. „Hm! Komisch! Keine Ahnung, was das sein soll..."

„Nicht, dass es womöglich was gefährliches ist! Eine Mine oder so, aus dem letzten Krieg vielleicht noch", gab der Kleinere nun ängstlich zu bedenken.

„Ach was!" Mit einer unwirschen Handbewegung rieb Lisa energisch den Schmutz von ihrer Entdeckung, um anschließend einen verblüfften Laut auszustoßen. „Leder! Da, schaut, das ist Leder. Es ist ein Ledertäschchen. Uralt, ganz offensichtlich. Vielleicht ja tatsächlich noch aus dem letzten Krieg – oder sogar aus dem vorletzten! So eine Art Tasche für irgendwelche Bücher oder Schriftstücke..."

„Geheime Kommandosache oder was? Wäre ja noch schöner, oder? Hat das Ding irgendwo einen Verschluss oder so was?"

Lisa griff nach dem Päckchen und hob es in die Höhe. „Hm. Verschluss scheint direkt keiner dran zu sein. Aber da: Da vorne ist eine Lasche. Halb vermodert schon..."

„Sei bloß vorsichtig!" gab der Kleine wiederum zu bedenken.

„Mensch, Thomas! Was soll daran denn gefährlich sein? Du immer mit deiner ewigen Angst! Wenn du schon wieder die Hosen voll hast, dann lass uns doch alleine weitermachen", zischte Lukas ungehalten.

„Hab ich nicht", gab der so Gemaßregelte beleidigt zurück. „Aber wenn es etwas Altes ist, dann sollten wir erst recht die Finger davon lassen. Haben wir erst neulich in der Schule gehört, wie viele alte Fundstücke deswegen beschädigt worden sind, weil die falschen Leute sie angefasst haben!"

„Also glaubst du auch, dass es etwas ganz Altes ist", triumphierte Lisa und betrachtete stolz den Fund, den sie vor kurzem gemacht hatte.

„Was weiß ich..." brummelte Thomas und starrte nach wie vor beleidigt zum Eingang der Höhle hinüber.

„Wie auch immer. Dann lassen wir das Ding halt erst mal in Ruhe. So ganz Unrecht hat der Thomas ja ausnahmsweise tatsächlich nicht. Vielleicht findet sich ja sogar noch mehr. Wo genau hast du es denn gefunden, Lisa?"

„Da drin. Gar nicht weit vom Eingang entfernt. Kommt mit, ich zeige euch die Stelle." Vorsichtig deponierte das Mädchen ihre Entdeckung auf dem Felsgestein und winkte die Jungen mit sich in die dunkle Höhle, in der sie ein modrig-feuchter Geruch empfing. „Wartet mal..." Lisa schloss die Lider, um ihre Augen rascher an die Dunkelheit zu gewöhnen. „Es muss da drüben gewesen sein. Ja, genau!" Mit dem ausgestreckten Arm deutete sie auf die Felswand zu ihrer Linken. „Da war es. Schaut! Da ist dieses Loch hier in der Wand, und davor, da liegt Geröll, und zwar gerade so, als wäre eine Mauer eingestürzt. Als hätte jemand die Steine aufeinander geschichtet, um das Loch zuzumauern. Kommt mal her! Hier sieht man ja auch noch einen Teil von dieser Mauer, guckt mal!"

„Tatsächlich!" Die beiden Jungen knieten sich nieder, um das rätselhafte Mauerstück besser in Augenschein nehmen zu können, und nickten begeistert. „Das ist wirklich eine kleine Mauer. Und ein Teil davon ist eingefallen! Scheint so, als wäre sogar Lehm darüber gestrichen gewesen, so dass man die Mauer nicht gleich erkennen kann, so wie hier noch!" Lukas deutete auf den Rest der kleinen Mauer, die ursprünglich wohl nicht höher als fünfzig Zentimeter gewesen war und in der Länge höchstens anderthalb Meter gemessen hatte. In der Tat wiesen die wenigen Steine, die noch wie aufgeschichtet in der felsigen Ausbuchtung zu sehen waren, an der Außenseite Lehmreste auf.

„Das hat jemand verputzt! Damit man nicht erkennen kann, dass das Loch zugemauert worden ist! Wow! Das ist ja ein Ding!" Die Wangen des dreizehnjährigen Lukas glühten mit einem Mal vor Begeisterung. „Mensch Lisa! Da hast du ja vielleicht wirklich eine riesige Entdeckung gemacht!"

„Sag ich doch!“ lächelte das Mädchen stolz und tippte mit dem Finger vorsichtig an die Lehmreste, die schon bei dieser kurzen Berührung zerbröselten und als Staub auf den Boden rieselten. „So – und jetzt kommts ja erst: In der kleinen Höhle dahinter, da lag dieses merkwürdige Päckchen drin. Grade so, als sei es von jemandem eingemauert worden...“

„Vielleicht will uns da aber auch nur jemand kräftig an der Nase herumführen“, hatte Lukas in der Zwischenzeit wieder zu seiner vorherigen Skepsis zurückgefunden. „Und wir sind dumm genug und fallen darauf herein! Oder bist es du selber, die uns auf den Arm nehmen will?“ Er näherte sich Lisa stirnrunzelnd und nahm sie kritisch ins Visier.

„Jetzt hör doch endlich auf mit deiner Miesmacherei“, gab die so Verdächtigte ärgerlich zurück. „Wenn du nicht willst, dann kannst du es ja bleiben lassen. Dann mache ich halt auf eigene Faust weiter!“

„Ist ja schon gut!“ Lukas hob abwehrend die Hände in die Höhe. „Man wird ja wohl noch zweifeln dürfen...“

„Aber genug ist irgendwann eben genug“, giftete Lisa weiter. „Also – ich habe auf jeden Fall mit der Hand dort hinein gefasst, aber mehr als das Päckchen habe ich nicht gefunden. Aber wir können ja noch mal schauen.“

„Schauen ist gut! Ich sehe dort hinten drin so gut wie gar nichts mehr. Da ist es stockdunkel! Man müsste eine Taschenlampe dabei haben! Schade!“ Enttäuscht wandte Thomas, der angestrengt in das geheimnisvolle Loch hineingespäht hatte, sich um und zuckte ratlos mit den Schultern. „Nichts zu erkennen. Hat jemand von euch ein Feuerzeug oder wenigstens Streichhölzer dabei?“

Lukas schnaubte ärgerlich. „Nein! Natürlich nicht! Das wars dann wohl fürs Erste! Ohne Licht kommen wir nicht viel weiter!“

„Ich kanns ja noch mit Tasten probieren.“ Vorsichtig streckte Thomas den rechten Arm aus, während er sich eng an die Felswand lehnte. „Vielleicht kann ich ja irgendetwas tasten oder fühlen...“

„Eine Klapperschlange vielleicht!“

Begleitet von einem erschreckten spitzen Schrei zog der Junge blitzschnell seinen Arm zurück. „Du meine Güte“, keuchte er angstvoll. „Hast du mich vielleicht erschreckt!“

„Klapperschlange!“ grinste Lukas hämisch. „Als wenn es hierzulande überhaupt Klapperschlangen oder was ähnlich Gefährliches geben würde!"

„Idiot! Ich hätte fast einen Herzschlag bekommen!"

Ärgerlich stampfte Lisa mit dem Fuß auf den Lehmboden. „Jetzt hört doch endlich auf, ihr beiden Streithammel! Wollen wir jetzt rausbekommen, was da vielleicht noch drinnen ist, oder wollen wir uns gegenseitig dumme Streiche spielen?"

„Ist ja schon gut!" murmelte der Ältere, während Thomas heftig seinen Kopf schüttelte. „Also ich fasse da auf alle Fälle nicht mehr hinein! Mir reichts! Nein danke!"

„Feigling! Na ja, dann eben nicht!" Energisch schob Lisa ihre beiden Begleiter zur Seite und streckte den Arm in die dunkle Ausbuchtung der Höhlenwand. Angestrengt legte sie die Stirn in Falten, während sie sich vorsichtig Millimeter für Millimeter vorantastete. „Hm..."

„Jetzt sag schon: Hast du noch was gefunden?" drängelte Thomas voller Ungeduld.

„Hm..."

„Hm! Was heißt denn hier hm?! Hm–ja oder hm–nein?"

„Jetzt warte halt mal! Hättest es ja selber machen können!"

Wortlos verschränkte Lukas die Arme vor dem Oberkörper und bedachte seinen Gefährten mit einem eindeutigen Blick.

„Ihr braucht euch gar nicht so zuzuzwinkern! Ich habs genau gesehen!" ließ sich das Mädchen ärgerlich vernehmen, um danach überrascht zu verharren. „Hm! Komisch!"

„Was ist komisch?" Thomas platzte beinahe vor Spannung.

„Das da! Schaut mal: Sonst habe ich nichts gefunden! Nur das da! Komisch, nicht wahr?" Lisa zog den Arm wieder aus der Höhlung und präsentierte den beiden Jungen im Halbdunkel ein schmutzig braunes zerfasertes Büschel in ihrer Hand.

„Was ist das denn? Das stinkt ja nach modrigen Pilzen!"

„Lass mal sehen! Was ist das denn?" Der ältere der beiden Jungen versuchte vorsichtig, die Fasern zwischen den Fingern zu zerreiben. Kurz darauf gab er einen enttäuschten Laut von sich. „Heu! Das ist Heu! Nichts anderes als vermodertes, stinkendes Heu! Da hast du aber einen tollen Fund gemacht, Lisa! Vermodertes Heu! Ein unglaublicher Schatz!"

„Heu!“ Das Mädchen nickte bedeutungsvoll. „Immerhin...“

„Jetzt sag bloß noch, du findest, das sei eine super Entdeckung!“ murrte Thomas.

„Ist es auch!“ Lisa lächelte wissend.

„Was soll daran denn besonders sein?! Vermodertes stinkendes Heu in einem Höhlenloch! Ich bitte dich! Auf den Arm nehmen kann ich mich auch selber!“ protestierte nun auch Lukas gegen Lisas offensichtlichen Entdeckerstolz.

„Jetzt überlegt doch mal, ihr Hohlköpfe! Das ist Heu, allem Anschein nach zumindest!“

„Ja eben: Heu! Vermodertes Heu! Kein Goldschatz oder so! Nur Heu!“ Lukas verstand die Welt nicht mehr – und die Lisa schon gleich gar nicht.

Das Mädchen verdrehte in gespielter Fassungslosigkeit die Augen. „Und wie bitte kommt das Heu dann in die Höhle? Dazu noch in dieses Loch hier?“

Die beiden Jungen stutzten verblüfft. „Hm... Da hast du allerdings auch wieder Recht“, nickte Lukas schließlich anerkennend.

„...wenn uns da nicht doch einer einen ganz gewaltigen Bären aufbinden will“, gab sein Begleiter mit neuerlicher Skepsis zu bedenken. „Oder eine...“ fügte er bedeutungsvoll hinzu.

„Blödmann! Nein, du kannst sagen, was du willst: Das mit dem Heu, das war kein Zufall, und ich glaube auch nicht an irgendeinen Streich. Da hat jemand das Päckchen auf dieses Heu gelegt, und zwar schon vor Jahren, vor vielen Jahren. Dann hat er die Steine vor dem Loch aufgeschichtet und Lehm darüber geschmiert, so dass niemand das Loch mehr erkennen konnte. In diesem Halbdunkel hier drin sowieso nicht. Und dann bin ich gekommen und habe die eingestürzten Steine gesehen und das Päckchen gefunden – vielleicht ja nach Jahrhunderten...“ Lisa spürte die Gänsehaut, die ihr bei diesen Worten über den Rücken lief. Und noch ein Gedanke ließ sich nun nicht mehr verdrängen. Ein Gedanke, der schon vorhin in ihrem Kopf aufgeblitzt war, als sie das Päckchen ertastet hatte. Vorhin, da hatte sie diesen Gedanken gleich wieder verworfen. Aber jetzt...

„Ihr wisst ja, welche Bewandtnis es mit dieser Höhle hat“, begann sie mit tonloser Stimme. „Die Höhle des Begharden...“

Überrascht hob Lukas den Kopf. „Du meinst... du willst also sagen, dass es etwas mit dem Pfeifer zu tun hat?"

„Wer weiß..." Bedächtig wiegte das Mädchen den Kopf. „Es ist nun einmal die Höhle des Begharden hier, einem der engsten Gefährten des Pfeifers. Und ausgerechnet hier finde ich ein merkwürdiges Päckchen – in einer Ausbuchtung im Fels, hinter einer eingefallenen Wand..."

„Als wenn die damals nicht alles abgesucht hätten, wo der Pfeifer gewesen ist! Die haben jeden Quadratzentimeter auf den Kopf gestellt, nachdem sie den Pfeifer umgebracht haben! Und da willst nun du daher kommen und etwas gefunden haben, was denen damals durch die Lappen gegangen ist? Also ich weiß nicht..." Lukas zog zweifelnd die Mundwinkel nach unten.

„Und außerdem: Wie lange ist das jetzt schon her?" mischte sich nun auch Thomas in das Gespräch. „Das sind doch schon ein paar Jahrhunderte..."

„Stimmt!" nickte Lisa. „Fast 550 Jahre dürfte das jetzt her sein!"

„550 Jahre! Und dann kommen wir daher und finden ganz nebenbei etwas von damals. Wo vorher Legionen von Soldaten vergeblich gesucht haben! Also wirklich, Lisa!"

Doch die so Angesprochene ließ sich nicht beirren. „Na und? Weshalb denn nicht? Es gibt oft komische Zufälle! Auf jeden Fall ist das, was ich da gesagt habe, nicht so ganz daneben, oder? Das müsst ihr zugeben! Und deshalb lassen wir das Päckchen so wie es ist und bringen es zu mir nach Hause. Ich denke, unsere ehemalige Lehrerin, die Frau Schwarz, die wird wissen, wie man es behandeln muss. Die hat sich schließlich schon immer für die Geschichte vom Pfeiferhans interessiert und im Unterricht ja immer wieder die Geschichten von damals erzählt. Das sei ganz wichtig für uns und für die Gegend hier, hat sie uns doch immer wieder gesagt. Wenn uns also jemand sagen kann, woran wir sind, dann ist es sie!"

„Und wenn es doch ein dummer Scherz gewesen ist? Dann sind wir blamiert bis auf die Knochen!", unternahm Lukas noch einen wenig überzeugenden Versuch, die vorhin an den Tag gelegten Zweifel zu untermauern.

„Na und? Dann ist es eben so, wie es ist! Aber wenn es nicht so ist: Dann ist es eine Riesensache, oder?"

„Schon wahr!", pflichtete ihr Thomas bei, der es vor brennender Neugier kaum noch aushielt, endlich zu erfahren, was es mit dem geheimnisvollen Fund auf sich haben könnte.

Handelte es sich eventuell wirklich um eine Hinterlassenschaft aus dem Umfeld von Hans Böhm, dem legendenumwobenen Pfeifer von Niklashausen? Kam da – nach über 500 Jahren – tatsächlich eine längst verschollen geglaubte Nachricht wieder ans Tageslicht? Eine Botschaft des Mannes, zu dem es die Menschen im Jahr 1476 zu Zehntausenden in das Dorf Niklashausen ins Taubertal gezogen hatte. Der „Heilige Jüngling", dessen Leben auf dem Scheiterhaufen des Bischofs von Würzburg so tragisch geendet hatte. Die Hoffnung der Massen, ein junger Schäfer, dessen Name aus der Geschichte zu löschen versucht worden war, und dessen Andenken sich dennoch in den Herzen der Menschen erhalten hatte – über viele Jahrhunderte hinweg!

2

„Jetzt bin ich aber wirklich neugierig!“ Gespannt beugte sich die grauhaarige Frau über das Ledertäschchen, das sie vor sich auf dem Küchentisch liegen hatte. „Wenn es tatsächlich so wäre, wie du vermutest, Lisa... Das wäre wirklich sensationell! Und deine Theorie ist ja wirklich nicht von der Hand zu weisen, da gebe ich dir Recht. Es handelt sich also entweder um einen mehr oder minder gelungenen Scherz, dem wir alle vier dann eben aufgesessen sind, oder aber...“, die Frau hielt inne und blickte bedeutungsvoll in die Runde der drei mit ungeduldiger Spannung auf ihr Fundstück starrenden Jugendlichen, „...oder aber wir halten wirklich gleich einen Schatz in Händen, der für uns hier genauso wertvoll ist, als wenn ihr eine Kiste mit Goldmünzen entdeckt hättet.“ Mit vorsichtigen Bewegungen nestelte sie ein schmales, fast völlig vermodertes Lederband von der Lasche, mit der das Täschchen verschlossen worden war, und schlug nun behutsam den brüchigen Deckel aus grob gegerbtem Rinderleder zurück.

„Und? Ist was drin?“ Den dreizehnjährigen Thomas hielt es nicht mehr auf seinem Stuhl. Er streckte rasch den Arm aus, um nach dem Täschchen zu greifen.

„Immer langsam mit den jungen Pferden“, lachte die Frau und legte ihre Hand schwer auf den Arm des Jungen. „Wenn es – wider Erwarten zwar, aber eventuell eben doch – das ist, was wir alle hoffen, dann sollten wir jetzt nichts überstürzen. Eine falsche Bewegung, ein unüberlegter Griff, und alles ist kaputt. Zerstört für alle Ewigkeit! Immerhin befand sich der Inhalt 500 Jahre hier drin, dementsprechend brüchig dürfte das Pergament sein, falls so etwas da drinnen ist. Vielleicht ist es aber auch etwas ganz anderes...“

„Jetzt machen Sie halt schon, Frau Schwarz“, begann nun auch Lisa zu drängeln. „Ist denn überhaupt etwas da drin. Können sie etwas sehen?“

„Schau du es als erste an! Du hast es schließlich ja auch gefunden“, lächelte die grauhaarige Frau milde, während sie es selbst nur mit Mühe schaffte, die Erregung, die sich ihrer bemächtigt hatte, vor den Kindern zu verbergen.

Lisa legte den Kopf auf die Tischplatte und spähte angestrengt in das Täschchen. Mit einem Jubelschrei fuhr sie Sekundenbruchteile später hoch. „Ja! Da ist etwas! Ich habe es ganz genau gesehen! Ganz viel Papier! Ein gelbliches Papier! Ganz viel!"

„Wo? Lass sehen!" Auch die beiden anderen waren nun wie elektrisiert hochgefahren und starrten in das Fundstück hinein. „Tatsächlich! Papier! Jede Menge Papier!"

„Ist wohl ausgestopft worden, das Ding! Einfach nur ausgestopft worden!" Wiederum schien sich Enttäuschung breit zu machen, nachdem die erste Spannung verflogen war. Ernüchtert starrten die drei in das Gesicht der Lehrerin.

„Jetzt bleibt mal ganz ruhig, Kinder!" lächelte die Frau beschwichtigend. „Also: Wenn es über 500 Jahre alt ist und folglich aus der Zeit stammt, in der der Pfeiferhans gelebt hat, dann kann es sich schon einmal nicht um Papier handeln. Auf keinen Fall. Also, folglich lautet der Umkehrschluss: Es ist Pergament. Du sagst ja selber, dass es gelblich schimmert, Lisa?"

„Ja, stimmt!" bestätigte das Mädchen eifrig.

„Na bitte: Also handelt es sich höchstwahrscheinlich um Pergament..."

„Ist doch völlig egal, womit die das Ding ausgestopft haben. Ob Pergament oder Papier, das spielt doch gar keine Rolle!" murrte Lukas bockig und enttäuscht.

„Spielt es doch", beharrte die Frau. „Und zwar aus folgendem Grund: Pergament war zu dieser Zeit, um das Jahr 1500, ein ungeheuer kostbares Material, das sich nur die reichen Klöster und Schreibstuben der Hochadligen haben leisten können. Oder die Reichsstädte. Und selbst die haben immer wieder alte Pergamente neu überschrieben. Sie haben dabei von Urkunden, die sie nicht mehr brauchten, mühsam und ganz vorsichtig die Tinte abgekratzt und das Pergament dann neu beschrieben. Zwei, dreimal sogar – so kostbar war dieses Material damals. Auf jeden Fall viel zu kostbar, um es nur dafür zu benutzen, dass man ein Ledertäschchen damit ausstopft, wie man das heutzutage mit Papier macht. Aber damals: Nein, auf gar keinen Fall!" schüttelte die Lehrerin energisch ihren Kopf. Mit vor Erregung zitternden Fingern machte sie sich nun daran, vorsichtig nach dem offenbar gefalteten Pergament zu greifen und es dann behutsam aus der Umhüllung zu ziehen. „Eigentlich sollten wir das, was wir jetzt machen, den Fachleuten überlassen“, murmelte sie angespannt. „Andererseits: Wenn es nicht das ist, was wir vermuten – und die Wahrscheinlichkeit ist ja immer noch mehr als groß...“ versuchte sie sich mit diesen Worten selbst ihr Handeln zu legitimieren. „Und außerdem: Jetzt bin ich wirklich gespannt...“ Schweißperlen standen auf ihrer Stirn, während sie das erstaunlich feste Pergament langsam, Zentimeter um Zentimeter, an das Tageslicht zog.

„Puh! Geschafft!“ wischte sie sich wenig später erschöpft und gleichzeitig erleichtert mit dem Handrücken den Schweiß von der Stirn. Es war ihr tatsächlich gelungen! Vor den Betrachtern lag das unversehrte, gelblichbraun schimmernde Pergament auf dem Tisch, das allem Anschein nach doppelt gefaltet war. Und bis auf einzelne spröde Flecken an den Faltkanten schien es tatsächlich noch völlig intakt zu sein! Ehrfurchtsvoll betrachteten die vier am Küchentisch ihre Entdeckung. Lisa war es, die sich als erste wieder zu Wort meldete.

„Da! Schaut! Es ist beschrieben! Ganz eng und klein beschrieben!“

Thomas nickte heftig. „Das ist ja echt der Hit! Wenn das also tatsächlich über 500 Jahre alt ist, das wäre ja...“

„Aber es ist unleserlich! Völlig unleserlich!“ Die Enttäuschung stand Lukas ins Gesicht geschrieben, als er auf die nur schemenhaft zu erkennenden blassblauen Tintenspuren deutete. Winzige, eng beschriebene Zeilen, die sich beim besten Willen nicht entziffern ließen! „Also wenn das so ist... dann war ja doch alles für die Katz!“

„So schnell wirft man die Flinte aber nicht ins Korn, Lukas!“ erntete der Junge einen tadelnden Blick seiner ehemaligen Lehrerin. „Das sollte bei dir aus unserem Unterricht eigentlich noch hängen geblieben sein, oder?“

Sie nahm das Pergament mit spitzen Fingern auf und begann es vorsichtig auseinander zu falten. Das Dokument knisterte trocken, blieb aber unversehrt. Es bestand aus zwei ineinander gelegten einzelnen Teilen, die sich mühelos voneinander trennen ließen. Beide waren sowohl auf ihrer Innen- wie auch auf der Außenseite mit einer winzig kleinen verblassten Schrift bis direkt an die ausgefransten Ränder eng beschrieben. Erleichtert atmete die Frau durch.

„Gut, bis dahin haben wir also Glück gehabt. Und jetzt kommt es: Nun werden wir gleich wissen, was wir da in den Händen halten! Lisa, nimm du doch bitte mal die Taschenlampe vom Buffet herüber", wandte sie sich an das Mädchen, während sie gleichzeitig zu ihrer Lesebrille griff. „Man muss mit dem Strahl der Lampe nur den richtigen Winkel treffen, dann wird man mit Sicherheit etwas erkennen können." Wieder beugte sie sich voll erwartungsvoller Anspannung über die Schriftstücke. „So Lisa, die Lampe noch ein bisschen schräger halten, noch mehr..." Konzentriert kniff sie die Augenbrauen zusammen. „Ja, jetzt! Warte mal: Wo ist oben, wo geht es wohl los? Aha, hier! Ja, so müsste es gehen!" Sie stieß einen überraschten Laut aus. „Doch, tatsächlich, ich kann etwas entziffern!" Atemlose Stille herrschte in dem kleinen Raum, als die Lehrerin mit heiserer Stimme stockend einen Buchstaben nach dem anderen wiedergab. „I – M... Das heißt im, ganz eindeutig!", frohlockte sie und warf den Kindern einen triumphierenden Blick hinüber. „Das geht viel besser, als es zunächst den Anschein hatte. Also: Im, das war das erste Wort. Weiter: ein N, dann A, dann M, ein E und wieder ein dieses Mal kleines N... N- a-m-e-n", buchstabierte sie weiter. „Im Namen... das ist das erste Wort in diesem Schriftstück hier! Weiter! Im Namen...d...e...r...h...e...i...l...i...g...e...n, im Namen der heiligen Dreifaltigkeit...", die Frau hob langsam ihren Kopf und deutete mit der Rechten stolz auf die erste Zeile des Pergaments vor ihr. „Ich kann es tatsächlich lesen. Im Namen der heiligen Dreifaltigkeit steht hier, das lässt sich ja wirklich interessant an..." Sie rieb sich erschöpft die Schläfen und schien zu überlegen.

„Was weiter? Was steht noch da drinnen?" drängelte Lukas ungeduldig. „Ich kanns nicht lesen, die Schrift ist so komisch und so undeutlich!"

„Gewohnheitssache", lächelte die Lehrerin. „Also, weiter. Im Namen der heiligen Dreifaltigkeit! Das hätten wir also schon einmal. Jetzt geht's sicher schneller, wenn ich mich erst richtig eingelesen habe. Lisa – die Taschenlampe!" deutete sie auf die entsprechende Stelle des Textes, den sie nun konzentriert betrachtete. „Also dann, die nächste Zeile:... w...er... diese...S...c...das Wort ist verwischt, es könnte ein h sein...und dann ein r...ja, richtig: Es heißt Schrift! Also: Wer diese Schrift... jemals finden solle...der...bete für meine arme Seele..." Wieder unterbrach sie sich und starrte betroffen auf das Pergament, während die von ihr gerade eben entzifferten Worte Unheil verkündend wie ein Menetekel in dem Raum hin und her zu schwingen schienen. Eine Botschaft aus der Vergangenheit? Ganz offenkundig!

„Wow! Das ist ja richtig spannend! Also doch eine uralte Urkunde! Womöglich eine Schatzkarte oder sowas!“ Die Wangen von Thomas glühten vor Begeisterung.

„Jetzt mach aber mal halblang!“ Der Blick des Älteren konnte missbilligender gar nicht sein. „Du immer mit deiner Schatzsucherei! Ich glaube noch immer rein gar nichts! Vielleicht nimmt uns da nur einer ganz gewaltig auf den Arm! Vielleicht ist das Ganze ja doch nur ein Riesenschwindel und in Wirklichkeit lacht sich der Kerl schon kräftig ins Fäustchen, dass er ein paar Dumme gefunden hat, die ihm auf den Leim gegangen sind! He, was soll denn das?“

Lukas deckte mit dem rechten Arm rasch seine Augen ab, nachdem er voll in den Strahl der Taschenlampe geraten war, die Lisa kopfschüttelnd auf ihn gerichtet hatte. „Müsst ihr denn immer und ewig miteinander streiten? Könnt ihr denn nicht wenigstens jetzt ein paar Minuten lang Ruhe geben? Dann wissen wir ganz genau, um was es sich handelt und müssen nicht mehr wild in der Gegend herum raten, oder Frau Schwarz, was meinen Sie? Frau Schwarz?“ Verwundert musterte sie die grauhaarige Frau, die regungslos und mit versteinerter Miene auf das Pergament starrte und die Frage des Mädchens anscheinend überhaupt nicht realisiert hatte.

„Frau Schwarz?“ Vorsichtig tippte Lisa mit dem Finger an die Schulter ihrer ehemaligen Lehrerin. „Haben Sie mich nicht verstanden? Oder geht es Ihnen nicht gut? Frau Schwarz?“ Besorgt beugte sie sich vor.

„Nein, nein, schon gut, Lisa“, flüsterte die Frau leise, während sie den Blick nach wie vor unverwandt auf das Schriftstück gerichtet hielt. Die Farbe ihrer Wangen hatte einen wächsernen Ton angenommen. Ganz offensichtlich war sie tief betroffen. Betroffen vom Inhalt dessen, was sie in der Zwischenzeit gelesen hatte. „Es ist tatsächlich so, wie ich in meinen kühnsten Träumen nicht vermutet hätte“, sprach sie langsam weiter. „Es handelt sich wirklich um eine Botschaft aus einer lange vergangenen Zeit...“

„Eine Botschaft? Aus einer lange vergangenen Zeit? Das ist ja toll!“ Begeistert klatschte Lisa in die Hände. „Dann haben wir also wirklich etwas Einmaliges gefunden?“

„Das habt ihr“, nickte die Lehrerin. „Das kann man mit Fug und Recht so sagen...“

„Und wenn es doch eine Fälschung ist?“ beharrte Lukas immer noch, wenngleich auch wenig überzeugend, auf seiner vorhin geäußerten Vermutung.

„Das glaube ich nicht“, widersprach ihm die Frau, ohne den Jungen dabei anzublicken. „Möglich ist zwar vieles, und endgültige Gewissheit wird uns erst ein Experte geben können, der sich mit spätmittelalterlichen Handschriften auskennt, aber ich bin mir so gut wie sicher, dass es ein Original aus dieser Zeit ist.“

„Also doch über 500 Jahre alt!“ jubelte Lisa. „Womöglich doch vom Pfeifer selbst. Wenn wir es schon in der Beghardenhöhle gefunden haben!“

Die grauhaarige Lehrerin wiegte langsam ihren immer noch gesenkten Kopf. „Du liegst fast richtig! Meiner Meinung nach zumindest! Es ist aus dem Umfeld des Pfeiferhans. Es ist die Botschaft eines Mannes, der den Pfeifer von Niklashausen persönlich gekannt hat. Damals, vor über 500 Jahren.“ Sie stockte und deutete auf die oberste Zeile, die sie den Jugendlichen laut vorgelesen hatte.

„Im Namen der heiligen Dreifaltigkeit! Es ist ein Priester, der das niedergeschrieben hat. Und zwar ein Priester, der sich auf der Flucht befunden hat!“

„Ein Priester? Ein Pfarrer also! Auf der Flucht?!“ Mit offenem Mund starrte Lukas auf das Dokument. „Und das steht hier drin?“

„Ja, das steht hier geschrieben. Es ist das Vermächtnis eines Mannes, der auf der Flucht war. Einer der letzten, die unserem legendären Pfeifer von Niklashausen persönlich begegnet sind. Er schreibt hier ganz schnell und hastig auf den obersten Rand des Pergaments, dass er das Schriftstück nun ganz schnell verstecken muss, weil er sich auf der Flucht befindet. Die Häscher des Bischofs sind ihm bereits dicht auf der Spur...“

„Die Häscher des Bischofs! Einem Priester auf der Spur? Was soll das heißen?“ Verwundert schüttelte Lisa den Kopf. „Das ist ja merkwürdig!“

Die Lehrerin machte eine undeutliche Handbewegung. Gerade so, als wolle sie die vorgebrachten Zweifel damit beiseite wischen. „Es ist gar nicht merkwürdig. Er erklärt es nämlich hier. Er schreibt, er habe das Leben des heiligen Jünglings, des Pfeifers von Niklashausen, hier in diesem Dokument niedergeschrieben. Gegen den ausdrücklichen Willen des Bischofs von Würzburg, der jede Erinnerung an den Pfeiferhans hat auslöschen wollen. Für alle Ewigkeit auslöschen wollen...

Doch der Priester hat sich dieser Weisung widersetzt. Er schreibt, dass er es unbedingt versuchen will. Er sagt, er müsse es schaffen, die Lebenschronik des Pfeifers der Nachwelt zu erhalten und Kunde abzulegen über das Wirken des Heiligen Jünglings von Niklashausen. Dieses Zeugnis eines wahrhaft christlichen Lebens dürfe niemals vergessen werden. Ich muss dieser meiner Christenpflicht gehorchen: Sie dürfen nicht auch noch über die Erinnerung triumphieren! Das dürfen sie nicht! Er werde sich nun auch auf die Suche nach diesem Mädchen begeben, nach der Tochter des armen Pfeiferhans, die ihren Vater nie gekannt hat! Sie müsse nun, wie er, der Priester, die Botschaft des Heiligen Jünglings weitertragen und verbreiten. Die Erinnerung an diesen Mann dürfe niemals getilgt werden! Auf gar keinen Fall!

Er hofft, schreibt er hier, er hofft, dies zu schaffen! Was einmal gedacht worden ist und es ist wahr, kann aus der Welt nicht mehr verschwinden!" Sie deutete mit dem Zeigefinger auf eine weitere ganz offensichtlich hastig an den oberen Rand gekritzelte, fast verblasste Zeile. „Und hier steht es: Er, der Priester, schreibt von sich, er habe gesündigt. Ich bekenne, dass ich gesündigt habe. Der Herr sei meiner armen Seele gnädig! Amen!"

Mit tränenverschleierten Augen starrte die ernste Frau auf die undeutlichen letzten Buchstaben des brüchigen, vergilbten Pergaments in ihren Händen, dann hob sie den Kopf und nickte langsam. „Und ihr habt dieses Schriftstück gefunden. In der Höhle am Mühlberg! In der Höhle, in der ja der Begharde, der Freund des Pfeiferhans, gelebt haben soll! Hinter einer eilig aufgeschichteten Wand aus Steinen. Das ist kein Schwindel. Das ist tatsächlich ein Dokument. Ein Dokument, geschrieben und versteckt von einem Mann in höchster Bedrängnis. Ein Mann, der höchstwahrscheinlich sein Leben dafür gegeben hat, dass die Erinnerung erhalten bleibt. – Über die Jahrhunderte hinweg. Und er hat es geschafft: Noch nach 500 Jahren ist die Erinnerung greifbar geblieben, und nun halten wir die Geschichte in den Händen. Die Lebensgeschichte des Pfeifers von Niklashausen. Lange nach dem Tod dieser beiden Männer ist ihr Vermächtnis also endlich angekommen…“

Betroffen starrten sie auf das vergilbte Pergament auf dem Küchentisch. Nach über 500 Jahren hatte die Botschaft aus der Vergangenheit ihre Adressaten gefunden!

3

„Was ist das hier denn für eine traurige Veranstaltung?" Der untersetzte Endfünfziger schüttelte schmunzelnd seinen Kopf, als er die erschrockenen Mienen registrierte, die er bei den vieren am Küchentisch durch seine laute Frage hervorgerufen hatte, als er unbemerkt in den Raum getreten war.

„Wie mir scheint, habt ihr mich gar nicht kommen hören. Muss sich ja um eine wirklich spannende Sitzung handeln, die da gerade abgehalten wird. Geisterbeschwörung oder so", lachte er dröhnend.

Die Frau wandte sich langsam um und bedachte ihren Mann mit einem ernsten Blick. „Da liegst du gar nicht so falsch mit deiner Vermutung..."

„Wie? Was meinst du denn damit?" Irritiert runzelte er die Stirn. „Jetzt sag bloß, ihr haltet hier wirklich eine spiritistische Sitzung ab oder so etwas Ähnliches!"

„Nein, natürlich nicht!" Sie deutete auf das Pergament auf dem Küchentisch. „Aber das hier, das ist tatsächlich eine Nachricht aus der Vergangenheit. Es handelt sich um ein Pergament, das direkt im Umfeld des Pfeifers von Niklashausen entstanden ist, und das die drei hier per Zufall heute gefunden haben! In der Höhle des Begharden übrigens", setzte die Lehrerin noch bedeutungsvoll hinzu.

„Gefunden? Eine Schrift über den Pfeiferhans? In der Beghardenhöhle!" Staunend beugte er sich über das Pergament. „Das ist ja unglaublich! Das kann nicht sein..."

„Ist es aber aller Wahrscheinlichkeit nach", entgegnete die Frau entschieden. „Es handelt sich um die Botschaft eines Priesters, der während der letzten Lebenstage des Pfeifers in Würzburg mit ihm im Kerker lag. Er hat alles aufgeschrieben, was ihm der Pfeifer über sein Leben erzählt hat. Und das Unglaubliche ist: Der Priester bekennt hier in diesem Satz, dass er eigentlich ein Spion gewesen ist. Schau, hier steht es!" Mit dem Zeigefinger tippte sie auf die entsprechende Textstelle des Pergaments.

„Ein Spion? Das wird ja immer toller!" Der Mann zog sich einen Küchenstuhl heran. „Eine Spionagegeschichte aus dem Mittelalter – und ihr habt sie gefunden!" Die Skepsis in seiner Stimme war unüberhörbar.

„Es ist aber wirklich so“, beharrte die Lehrerin auf ihrer Überzeugung. „Also, hört erst einmal zu. Er schreibt, dass ihn der Bischof nach der Hinrichtung des Pfeifers auf dem Scheiterhaufen in eine Kammer hat bringen lassen, die Tag und Nacht bewacht war. Er sollte seine Informationen, die er während zweier Tage im Kerker gesammelt hatte, niederschreiben, um dadurch eine gezielte Verfolgung der Helfer und Unterstützer des Pfeifers zu ermöglichen. Sie wollten Namen von ihm. Namen und Aufenthaltsorte, um die Bewegung endgültig zu ersticken, bevor sie sich doch noch zum Flächenbrand ausbreiten würde. Aber der Priester hat plötzlich die Seiten gewechselt. Durch den Kontakt mit dem Pfeifer hat er dessen Haltung und seine Argumente offenkundig förmlich in sich aufgesogen und mit einem Mal festgestellt, dass das Recht eben nicht auf Seiten des Bischofs war und dass die Botschaften des Hans Böhm auf gar keinen Fall ketzerisch gewesen sind! Der Mann hat sich in seiner Einstellung also um 180 Grad gedreht! Er hat begriffen, dass er auf der falschen Seite stand und dass man ihn nicht nur zum Werkzeug des Bischofs von Würzburg oder der Kirche gemacht hat, sondern zum verlängerten Arm der Obrigkeit, die mit aller Brutalität gegen das Volk vorgegangen ist.“ Sie unterbrach sich und starrte nachdenklich auf die verblassten Zeilen des Pergaments.

Ihr Mann räusperte sich verlegen. „Das heißt also, dieser Priester hat sie von nun an in die Irre geführt?“

„Scheint so. Auf jeden Fall, schreibt er, habe er – verbotenerweise natürlich – eine Kopie seines Berichts für den Bischof angefertigt. Mehr noch, er hat in seinem angeblichen Original die Namen der Beteiligten zum Teil verändert, um sie dadurch zu schützen. Aber er ist sich sowieso im Klaren darüber gewesen, dass er nie mehr frei kommen würde. Er hatte kurz nach der Hinrichtung des Pfeifers eine erste Unterredung mit dem Hofmarschall des Bischofs. Dieser scheint ihm von Anfang an misstraut zu haben. Es war ihm also bewusst, dass er würde fliehen müssen, wenn er den Bischofssitz jemals würde verlassen wollen. Und so hat er scheinbar pflichtgemäß seinen Bericht niedergeschrieben, in Wirklichkeit aber diese Kopie gemacht...“

„Aber woher hat er denn das Papier dazu gehabt – oder vielmehr das Pergament? Die hätten das doch kontrollieren können!“ gab Lukas an dieser Stelle zu bedenken.

„Richtig“, nickte die Lehrerin. „Aber er wusste sich zu helfen. Er hat sich in die Kammer, in der er festgehalten worden ist, seine Bibel bringen lassen. Das hat man ihm ja schlecht verwehren können, mitten im Bischofspalast. Und aus dieser hat er ein paar Seiten herausgetrennt und die ursprüngliche Schrift abgeschabt, wie man es zu dieser Zeit sonst durchaus auch aus Gründen der Sparsamkeit gemacht hat. Und so hat er also die Lebensgeschichte des Pfeiferhans zweimal niedergeschrieben: einmal sozusagen als Original und dann noch für sich, als Kopie. Eine Kopie mit den echten Namen. Eine Kopie für die kommenden Generationen, die Geschichte und Botschaften des Heiligen Jünglings niemals vergessen sollten. Man merkt es auch an seiner Schreibweise, wie er sich mehr und mehr hat faszinieren lassen von diesem einfachen Mann, der sich nur auf das göttliche Recht beruft! Er scheint seinem Mithäftling gegenüber zunächst durchaus misstrauisch gewesen zu sein, der Pfeifer. Oder zumindest hat er sich lange überlegt, was er ihm erzählen soll, denn es war ihm anscheinend von Anfang an klar, dass es sich hier um den Spion des Bischofs gehandelt hat, der ihn nur nach Namen und Helfern auskundschaften sollte. Das hat er dem Mann ja auch ganz offen ins Gesicht gesagt. Aber dennoch: Er hat dann doch erzählt, am Tag vor seiner Hinrichtung. Da hat er dem Priester seine vollständige Lebensgeschichte geschildert und, wie er sich ausdrückte, auf die Kraft seiner Botschaft vertraut. Eine geradezu rührende Naivität, die sich aber durch die gesamte Tragödie des Pfeiferhans zieht wie ein roter Faden. Durch die Folter im Kerker des Bischofspalastes war er schwer verletzt, er konnte sich kaum noch bewegen, und wenn, dann nur unter üblen Schmerzen. Einen Auftrag hat er dem Priester dann doch mit auf den Weg gegeben, neben der Weiterverbreitung seiner Botschaft: Finde meine Frau, und finde das Kind, das sie zur Welt bringen wird. Bitte sie darum, das Mädchen – er war sich sicher, dass es ein Mädchen werden würde – Maria zu nennen...“

„Ganz einfach“, lächelte die Lehrerin. „Die Botschaft, die unser Pfeifer verkündet hat, das war die Botschaft von Maria, der Muttergottes, der Hausheiligen von Franken. Von ihr habe er seine Erleuchtung bekommen, in ihrem Namen würde er predigen, hat der Pfeifer immer wieder und wieder gesagt. Auf sie, die heilige Maria, hat er sich berufen. Deshalb sollte seine Tochter dann auch – zu Ehren der Muttergottes – auf den Namen Maria getauft werden. Vielleicht war dies ja der letzte Antrieb, den es noch gebraucht hat, um den Priester zu bewegen, tatsächlich aus dem Bischofssitz zu fliehen. Er hat jedenfalls irgendwann nach einigen Wochen eine günstige Gelegenheit genutzt und ist verschwunden. Das von ihm verlangte Schriftstück, das angebliche Original, hat er zurückgelassen. Wahrscheinlich in der Hoffnung, man würde deshalb auf eine Verfolgung verzichten. Aber von wegen: Er war es ja, der all das, was er niedergeschrieben hat, ebenfalls wusste. Und deshalb war er in den Augen des bischöflichen Hofmarschalls eine Gefahr. Deshalb musste man ihn auf alle Fälle wieder dingfest machen. Nach seiner Flucht aus Würzburg ist er zunächst natürlich hierher ins Taubertal gekommen, wo er sich Hilfe von den Menschen versprochen hat. Aber die Leute waren verängstigt, teilweise vertrieben oder in Gefangenschaft. Die Höfe waren geplündert, und natürlich standen sie auch unter ständiger Beobachtung durch die Reiter des Bischofs. Er habe die Hoffnung aufgegeben, die Frau und mit ihr das Kind des Pfeifers zu finden, schreibt der Priester. Er hat gemerkt, dass der Kreis um ihn immer enger wurde. Er hat sogar noch versucht, bei Kaiser Friedrich III. Gehör zu finden, von dem er wusste, wie distanziert dieser gerade auch dem Bischof von Würzburg gegenüberstand. Doch als er in der Nähe von Worms zum Kaiser hat vordringen wollen, da haben ihn dessen Wachen ergriffen und übel zugerichtet. Wenig später sind schon die Späher des Bischofs aufgetaucht, die von seinem Erscheinen erfahren hatten. Und deshalb hat er dann schließlich ausgerechnet dieses Versteck, die Höhle des Begharden, für seine Botschaft ausgewählt. In höchster Not offenbar. Er werde seine Aufzeichnungen wieder abholen, falls er es schaffen sollte, seinen Häschern zu entkommen. 'Wenn ihr aber diese Zeilen lest`, so steht hier geschrieben, `dann wisst ihr, dass es mir nicht vergönnt war, hierher zurückzukommen. Und so habe ich also mit meinem Leben für meine früheren Sünden gebüßt! Wer auch immer ihr seid und wann auch immer ihr sie findet: Gebt meine Botschaft weiter an eure Kinder und deren Kinder! Es ist die Botschaft des Friedens und der Gerechtigkeit. Sie haben nicht das Recht, uns zu unterdrücken! Sie tun Unrecht!"

Eine geradezu unerträgliche Stille breitete sich nach diesen Worten in dem Raum aus, nur unterbrochen durch das unerbittliche, gleichförmige Ticken der Küchenuhr. Thomas schluckte trocken, bevor er die Frage formulierte, die ihn schon eine ganze Weile bewegt hatte. „Und wie heißt er, der Mann, der das hier geschrieben hat? Wie war sein Name?"

Ein bitteres Lächeln zuckte um die Mundwinkel der Lehrerin, als sie dem Jungen Antwort gab. „Ich weiß es nicht, Thomas! Er hat seinen Namen nirgendwo vermerkt. Es scheint für ihn allem Anschein nach auch nicht von Bedeutung gewesen zu sein. Er ist nur noch seiner letzten Bestimmung gefolgt, nämlich die Erinnerung an den Pfeiferhans von Niklashausen nicht sterben zu lassen. Er selbst als Person hat sich keine eigenständige Rolle mehr zuweisen wollen. Er hat sich lediglich in der Pflicht gesehen, seinen Auftrag zu erfüllen. Dann ist er im so genannten Dunkel der Geschichte verschwunden. Gerade so, als habe es ihn niemals gegeben..."

Lisa deutete auf die Armbanduhr an ihrem Handgelenk. „Wir müssen los, leider! Eigentlich hätten wir ja schon längst zu Hause sein sollen. Schade! Wir lassen das Pergament am besten heute Nacht bei Ihnen und kommen, wenn wir dürfen, morgen wieder! Wäre das in Ordnung so?"

Die Frau nickte leise. „Sicherlich. Kommt morgen wieder. Bis dahin habe ich es wohl gelesen. Ich denke, es wird eine lange Nacht werden. Die Reise zurück in eine längst vergangene Zeit. In keine gute Zeit! Aber ihr wisst ja, was ich im Unterricht schon immer wieder gesagt habe: Die gute alte Zeit, es hat sie nie gegeben..."

4

Lange schaute die Lehrerin den Kindern nach, die schweigend und mit gesenkten Köpfen das Haus verlassen hatten. Nachdenklich ließ sie ihren Blick über die Landschaft rundum schweifen. Über das Taubertal, das sich hier tief in sanft gewellte, teilweise baumlose Hügel eingrub, die Ausläufer des Odenwalds. Im gleißend roten Licht der hinter einer Anhöhe versinkenden Abendsonne schien das Tal eingesponnen von einem märchenhaft-unwirklichen Schleier. Die frisch aufgebrochenen blütenweißen Knospen der Schlehen an den steilen Tauberhängen, die früher allesamt mit Weinstöcken bepflanzt gewesen waren. Gelbe Narzissen in den kleinen Bauerngärten unten am Flüsschen, das sich in tausend engen Windungen gemächlich bis hinunter nach Wertheim schlängelte, um sich dort mit dem Wasser des Mains zu vereinigen. Genau dort, an dieser Stelle, nur hinter dem Bergvorsprung versteckt, an dem eben die letzten Strahlen der Sonne in die Erde zu tauchen schienen, ragte die Gamburg auf, das Idealbild eines spätmittelalterlichen Ritternests. Deren Besitzer, die Junker von Gamburg, hatten damals mit Sicherheit ebenfalls sorgenvoll beobachtet, wie die Anhänger des Pfeifers in kürzester Zeit immer zahlreicher geworden waren. Wie sich aus der anfangs belächelten Marienerscheinung eines einfachen Schäfers eine Volksbewegung formiert hatte, deren revolutionäre Kraft den Adel und die Kirche von ihren jahrhundertelang geschaffenen Machtpositionen einfach hinwegzufegen drohte.

Die mit roten Sandsteinen erbauten Häuser von Niklashausen schienen im roten Schein der untergehenden Sonne förmlich zu erglühen. Häuser aus Stein, festgemauert, als seien sie gebaut worden für die Ewigkeit. Scheinbar... Was würde wohl in 500 Jahren davon noch übrig sein? Genauso wenig wie heute aus der Zeit des Pfeiferhans noch vorhanden war? Also nichts, rein gar nichts? Denn nicht einmal die Kirche war von damals übrig geblieben. Die Kirche, die sie nach dem Ende des Heiligen Jünglings hatten abreißen und neu bauen lassen. Nichts war mehr geblieben. Nichts außer der Erinnerung. Diese auszulöschen hatten sie freilich nicht vermocht.

Wie hatten die Bauern damals eigentlich gelebt, gegen Ende des Mittelalters? Die Bauern! Allein beim Gedanken an die Bezeichnung, die sich in ihre Gedanken gedrängt hatte, lachte die Frau trocken auf. Bauern! Leibeigene, Taglöhner, Hungerleider. Bauern! Von wegen Bauern! Nicht zu vergleichen mit der Landwirtschaft von heute! Armseligste Lebensumstände. Die Häuser? Auf keinen Fall waren die aus Stein gebaut, klar. Nein, sie hatten vielmehr gehaust in armseligen, strohgedeckten Hütten. In dunklen, feuchten und modrigen, nach Rauch und Geißbock stinkenden Behausungen. Kindergeschrei, der beißende Geruch von nassem, nur widerwillig brennendem Holz auf der Kochstelle. Die ärgerliche Stimme des Mannes, als er die Schüssel mit der wässrig schimmernden Brühe vorgesetzt bekommt, die als Mahlzeit für heute ausreichen muss. Der Schäfer, der seine Herde auf einer Anhöhe über dem Ort weiden lässt.

Seine Herde? Natürlich nicht! Es sind die Schafe, die, wie fast alles andere hier, dem Grafen von Wertheim gehören. Und was diesem nicht gehört, das gehört der Kirche. Dem Kloster Bronnbach, dem Bischof in Mainz... Nun gut, ein paar Flecken Erde beansprucht auch der Junker von der nahen Gamburg für sich. Der Schäfer in dem verzottelten, an tausend Stellen durchlöcherten Schaffellüberhang stützt sich auf seinen knorrigen Schäferstab und betrachtet aus müden Augen das elende Nest zu seinen Füßen. Sieht den in eine schwarze Mönchskutte gekleideten Mann mit festem Schritt auf die kleine Kirche aus Sandstein zuschreiten. Schon wieder einer von denen, denkt er bei sich.

Einer dieser Laienprediger, wie sie in den letzten Jahrzehnten immer zahlreicher durch die Lande ziehen und gegen die Unmoral wettern. Auch – oder vielmehr gerade – gegen die Unmoral in der Kirche. Seit Verbrennung des böhmischen Reformators Jan Hus im Jahr 1415 in Konstanz werden sie nicht müde, Verfehlungen zu geißeln und anzuprangern. Und die Kirche, die das Treiben zu Beginn mit großer Sorge beobachtet hat? Sie nutzt es mittlerweile zum eigenen Nutzen.

Nie hat sich mehr Geld und Vermögen mit dem Ablasshandel verdienen lassen, als ausgerechnet in diesen Zeiten, in denen die frommen Eiferer gegen Hoffahrt, Mode und vom Satan gesandte Eitelkeiten gewettert haben. Nun denn, der eine oder andere wendet sich auch direkt gegen kirchliche Verfehlungen, auch ihn muss man lassen, solange er es nicht zu toll treibt und nicht gegen Abt, Bischof oder Papst direkt wettert. Sie sind sogar durchaus als christliche Narren zu gebrauchen: So kann die Heilige Mutter Kirche sie gewinnbringend für sich nutzen! Zumal es keiner von denen bislang gewagt hat, gegen die „alte Ordnung“ zu eifern und womöglich die von Gott eingesetzte Obrigkeit aus Kirche und Kaiser in Zweifel zu ziehen. Sollte es dennoch einer versuchen, dann würde man seiner rasch habhaft werden und ihn der gerechten Strafe zuführen. Wenn sie schon mit diesem Böhmen namens Hus nicht zimperlich verfahren waren, dem sie ja eigentlich freies Geleit zum Konstanzer Konzil versprochen hatten, dann würden sie wegen ein paar dahergelaufener Moralapostel schon gleich gar nicht in Angst und Schrecken geraten. Man musste eben nur beharrlich Sorge dafür tragen, dass das gemeine Landvolk rechtzeitig an die höllische Pein erinnert würde, sollte es jemals aufbegehren. Die Botschaft vom direkten Einzug ins Paradies nach dem mühevollen irdischen Dasein konnte deshalb nicht oft genug verkündigt werden. Freilich: Auch den sich mehr und mehr aufmüpfig zeigenden niederen Adel galt es im Zaum zu halten. Diese verarmten Provinzritter, die sich hartnäckig gegen die Allgewalt des Bischofs zur Wehr setzten und andererseits versuchten, aus der Landbevölkerung noch den allerletzten Rest an Zins herauszuquetschen.

Nicht, dass sich hieraus womöglich Aufruhr und Rebellion entwickelten. Es waren weiß Gott keine einfachen Zeiten, die letzten Jahrzehnte des zu Ende gehenden Mittelalters... Ein neues Zeitalter würde anbrechen, sie ahnten es. Doch: Was würde es bringen? Krieg, Hunger, Not und Elend? Oder Friede auf Erden? Das Paradies? Das Jüngste Gericht? Das ewige Leben? Niemand konnte es sicher vorhersagen, all ihren so scheinbar sicheren Prophezeiungen zum Trotz. Und deshalb war es wohl doch besser, sich hier auf Erden zu nehmen, was zu bekommen war. Falls es je mit der ewigen Glückseligkeit nicht klappen würde...

Ein weiteres Mal atmete die grauhaarige Frau tief durch, dann wandte sie sich vom Fenster ab. Vollständig hatte sich die Dunkelheit in der Zwischenzeit über das Land gebreitet. So ruhig, so friedlich. So still, so tot... Wie viele Schreie waren hier draußen schon verhallt? Wie oft hatten sie das Ende bedeutet? Wie oft war es nicht mehr weitergegangen, hatten die Menschen gemeint, das sei es gewesen, von nun an müsse die Erde stillstehen.

Und dennoch: Die Erde, sie hatte sich weiter gedreht, immer weiter, bis auf den heutigen Tag. Neue Schicksale, neue Verzweiflung genauso wie neue Hoffnung. Es war eben doch niemals völlig zu Ende, wieder und wieder keimte aus dem Ende ein neuer Anfang, eine neue Hoffnung, tauchte aus dem Dunkel eine Botschaft auf, ein vor Jahrhunderten vermeintlich ausradiertes Schicksal: die Geschichte des Pfeifers von Niklashausen!

5

„Um Gottes Willen! Wolf! Was ist denn mit dir? Wolf!“ Erschrocken beugte sich der junge Mann über das regungslos auf der Erde liegende Tier, dessen Fell und Schädel mit einer dunkelroten Schicht verkrusteten Blutes überzogen war. Er sank auf die Knie und rüttelte das Tier verzweifelt. „Wolf! Komm endlich zu dir! Wolf! Wach auf! Du darfst nicht mehr schlafen! Wolf! Mein Wölfchen...“ Seine letzten Worte wurden durch ein hemmungsloses Schluchzen erstickt, das den Körper des Schäfers erbeben ließ. Weinend legte er seinen Kopf auf das dunkle Fell seines von ihm vor Jahren selbst gezähmten Wolfes und ließ seiner Trauer freien Lauf. „Erschlagen! Einfach erschlagen haben sie dich! Wie einen räudigen Hund erschlagen...“ murmelte er tonlos. „Hätte ich dich doch nur bei mir gelassen! Diese Feiglinge! Diese elenden Feiglinge! Sie führen sich auf, als seien sie die Herren der Welt!“ Er ballte die Faust und reckte sie drohend zum Himmel. „Aber: Mein ist die Rache, spricht der Herr! Das werden sie mir bezahlen! Irgendwann werden sie es mir bitter bezahlen!“ Mit einem gequälten Seufzen erhob sich der mit einem zerschlissenen alten Schaffell bedeckte junge Mann, faltete die Hände und verharrte mit gesenktem Kopf minutenlang vor seinem toten Wolf.

Eine knappe halbe Stunde später brach die Frühjahrssonne hinter dem Buchenwald hervor und erwärmte das Land zum ersten Mal in diesem Jahr 1476, nach diesem langen kalten Winter, mit ihren hellen Strahlen. Der Schäfer hatte sein Tier inzwischen in der von ihm ausgehobenen Grube begraben und zu seiner Sackpfeife gegriffen, auf der er eine langsame getragene Weise anstimmte. Weit in die sanft gewellte Landschaft hinein zogen sich die klagenden Töne des Dudelsacks und schienen die Luft auszufüllen mit ihrer Traurigkeit. Als würde die Seele seines Wolf mit der Melodie davon wehen, so schien es dem Jungen, von dessen Wangen dicke Tränen auf den harten Boden der Weide tropften.

Warum nur hatten sie das getan? Weshalb mussten sie derart rücksichtslos und grausam gegen alle vorgehen, die es gewagt hatten, sich ihnen in den Weg zu stellen – und sei es auch nur für einen kurzen Moment? Was überhaupt war eigentlich geschehen? Weshalb hatte sein Wolf in der Morgendämmerung brutal erschlagen am Pferch gelegen? War es wegen dieser Auseinandersetzung, die der junge Hirte tags zuvor mit den Reisigen des Junkers von der Gamburg gehabt hatte? Natürlich, nur das konnte der Grund dafür gewesen sein. Was auch sonst?! Die Reiter waren ihm bis dahin gänzlich unbekannt gewesen. Er war ja erst seit dem letzten Sommer als Schäfer hierher in die Gegend um das Taubertal zwischen Werbach und Niklashausen gekommen, um die Schafe des Grafen von Wertheim zu hüten. So gut kannte er die Menschen hier noch nicht, schon gar nicht die adligen Herrschaften und deren hochnäsige waffentragende Begleitung. Er, Hans Böhm, stammte ja aus dem drei Wegstunden entfernten Helmstadt bei Würzburg und hatte sich glücklich schätzen können, hier im Taubertal diese Aufgabe übernehmen zu können, nachdem die beiden Eltern gestorben waren und der mittellose Junge das buchstäblich letzte Hemd des Vaters aufgrund der Todfallsteuer dem Vogt des Bischofs von Würzburg hatte überlassen müssen. Als einer der zahlreichen Schäfer des Grafen galt man zwar nicht viel im Land und fristete ein wahrlich bescheidenes Dasein, und dennoch: Es war immer noch besser, als womöglich zwangsweise in die Baukolonne des Bischofs gepresst zu werden, wo sich schon so viele schreckliche Unfälle beim Ausbau der Festung auf dem Würzburger Marienberg ereignet hatten. Was wäre ihm sonst noch geblieben, wenn er geflohen wäre: Das Betteln in einer fremden Stadt, oder Unterschlupf suchen bei einer der zahlreichen Räuberbanden, die das Land wie ein Pestgeschwür heimsuchten? Nein, dann lieber wie der Vater und der Großvater als armer Schäfer durch die Lande ziehen und ab und an mit der Pauke oder dem Dudelsack für die Bauern zum Tanz aufspielen und sich damit immerhin noch ein gutes Essen verdienen!

Alles hätte doch so gut sein können. Er hatte ja schon immer als ein bescheidener Mensch gegolten mit seinen nunmehr 23 Lebensjahren. Keinerlei weitergehende Ansprüche an sein Dasein stellte er und war von daher mit seinem vom Herrgott vorbestimmten Leben ganz zufrieden. „Ich bin der gute Hirte“, und genauso wie der liebe Gott und die von Hans so sehr verehrte Muttergottes ihn auf seinem Weg begleiteten, genauso wollte auch er als guter Hirte auf die ihm anvertraute Herde achten. Doch wie ein Schatten, der die Sonne verdunkelt, war das Geschehen am gestrigen Morgen ganz plötzlich und unvorhersehbar über ihn hereingebrochen.

Gerade eben hatte Hans mit eifriger Unterstützung seines klugen Wolf die Herde auf eine neue Weide getrieben, da erzitterte der Boden förmlich vom Hufschlag galoppierender Pferde. Über ein halbes Dutzend geharnischter Reiter sprengte unmittelbar an dem Hirten und seinen ängstlich blökenden Schafen vorbei. Laute Jubelschreie hatten sie ausgestoßen, wildes Freudengeheul, in das sich markerschütternde Schmerzensschreie mischten. Direkt vor dem Hirten fächerte sich die Formation auf und gab den Blick frei auf zwei direkt nebeneinander jagende Reiter. Und zwischen deren beiden Pferden... Hans konnte es zunächst nicht fassen, welches Bild sich ihm da vor seinen entsetzten Augen bot! Zwischen den beiden Pferden hing, an Händen und Füßen gebunden, ein Mensch! Ein halb nackter Mann in der abgerissenen Kleidung eines leibeigenen Bauern, mit den Händen an den Sattel des einen Reittieres und mit den Füßen an den Sattelknauf des anderen Pferdes gefesselt! Unglaublich!

Genau in diesem Augenblick hieben die beiden Reiter die Sporen brutal in die Flanken ihrer vor Schmerz laut aufwiehernden Pferde, die mit mächtigen Sätzen erschrocken davon preschten. „Ha!“ Ein satanisches Grinsen breitete sich auf den Gesichtern der Männer aus, als der ältere der beiden das Kommando gab. „Jetzt!“ Sie zogen hart an den Zügeln, der eine auf die linke, der andere auf die rechte Seite. Und wieder setzten sie zusätzlich die Sporen ein. Immer mehr zog es dem zwischen ihnen festgebundenen Bauern die Arme und die Beine auseinander. Der Mann stieß einen durch Mark und Bein jagenden Todesschrei aus, der das Blut in den Adern des Schäfers gefrieren ließ. Und dann? Nein! „Nein! Um Gottes Willen: Das darf nicht sein!“ Mit beiden Händen bedeckte Hans seine Augen vor dem grässlichen Geschehen, dessen Zeuge er ungewollt hatte werden müssen. Genau in diesem schrecklichen Moment nämlich hatten sich die Arme des Bauern aus den Schultergelenken gelöst und baumelten blutverschmiert auf der Seite des Pferdes herunter, auf der sie festgebunden waren, während der Kopf des Gemarterten mit brutaler Härte auf dem Erdboden aufprallte. Mit höhnischem Jubelgeheul kommentierten die übrigen Reiter die Situation und deuteten lachend auf das davongaloppierende Pferd, das den leblosen Körper des Bauern hinter sich her schleifte.

„Na, Jüngling, was sagst du dazu!" wandte sich einer der Geharnischten grinsend an den schockierten Schäfer. „Das ist ein Schauspiel, wie man es nicht alle Tage zu sehen bekommt!" Er drängte sein Pferd direkt neben den Hirten. „Bist du stumm, oder was? Scheinst wohl schlechte Nerven zu haben..." Er bückte sich und riss Hans grob die Hände nach unten, die dieser immer noch schützend vor sein Gesicht geschlagen hatte. Kaum jedoch hatte er das getan, war der Wolf herübergeschossen und knurrte den Reiter mit gefährlich gefletschten Zähnen drohend an.

„Was ist das denn für ein Ungeheuer?!" wich der Geharnischte erschrocken zurück und fasste mit der Rechten unwillkürlich an den Griff seines in der Gürtelscheide steckenden Schwertes, was ein neuerliches, noch lauteres Knurren bei Wolf hervorrief.

„Das würde ich lieber bleiben lassen", presste Hans mit rauer Stimme mühsam hervor. „Reizt ihn lieber nicht zusätzlich..."

„Reizen? Du willst mir drohen, Bursche", rief der Mann, ließ aber vorsichtshalber die Hand wieder sinken, während er nach wie vor ängstlich auf den Wolf starrte, dessen weiße Zahnreihen unheildrohend aufblitzten.

„Nein, Herr. Das will ich nicht! Er ist mir nur aufs Wort ergeben! Er will mich nur beschützen", versuchte der junge Schäfer, sich trotz des schockierenden Erlebnisses zu sammeln und gleichzeitig den Mann nicht unnötig gegen sich aufzubringen. Bei diesen Herrschaften konnte man bekanntlich nie wissen, zu welchen Brutalitäten sie sich würden hinreißen lassen.

In der Zwischenzeit hatten die beiden apokalyptischen Reiter, die den Bauern buchstäblich auseinander gerissen hatten, ihre Pferde gewendet und trabten, begleitet von euphorischem Jubelgeheul ihrer Kumpane, zu diesen zurück. Noch immer baumelten die blutverkrusteten Arme ihres Opfers vom Sattel des einen, während der zweite ebenfalls keinerlei Anstalten machte, den ganz offensichtlich toten Körper des Bauern, den er hinter sich über den Boden zog, von der Fessel zu befreien. In tausend Fetzen hingen Haut und Kleidungsreste herunter. Es war ein abscheulicher Anblick! Angeekelt wandte Hans sich ab, als er einen würgenden Brechreiz in seinem Hals aufsteigen spürte.

„Na, was haben wir denn da für einen nervenschwachen Gesellen?" erklang eine höhnische Stimme, die zu einem Reiter gehörte, dessen Kleidung aus deutlich edlerem Stoff gefertigt war, als die der anderen. „Kann wohl den Tatsachen nicht ins Auge sehen, oder?“ lachte er dröhnend. „Wie es halt so ist, das Landvolk! Erst gegen die Gesetze verstoßen, und dann hinterher die gerechten Strafen nicht aushalten können, nicht wahr?“

Hans nahm seinen ganzen Mut zusammen, als er sich umwandte und dem Junker direkt in die Augen blickte. „Was hat Euch der Mann denn getan, dass Ihr ihn so behandelt?“ flüsterte er betroffen, während er es peinlich vermied, die beiden Mörder mit den Resten ihres Opfers in sein Gesichtsfeld geraten zu lassen.

„Was der mir angetan hat, erlaubt sich der kecke kleine Frechdachs hier zu fragen“, erwiderte der Adlige lautstark. „Ich hätte ja gute Lust, ihm die passende Antwort zu geben“, zischte er böse, begleitet vom zustimmenden Gemurmel seiner Männer. „Aber für heute ist mir die Lust vergangen. Du kannst von Glück sagen... Es sei denn, wir erwischen dich genauso wie diesen da beim Fallen stellen in meinen Wäldern. Dann allerdings hat auch dein letztes Stündlein geschlagen...“

„Aber...“ stammelte Hans, der erschrocken begriff, wie schutzlos er der Willkür dieser offenbar mit keinerlei Skrupel behafteten Männer ausgesetzt war. „Aber das kann doch nicht alles sein... Deshalb bringt man doch keinen Menschen um!“

„Deshalb bringt man doch keinen Menschen um!“ echote der Edelmann zynisch. „Der Kerl ist seiner gerechten Strafe zugeführt worden, nicht mehr und nicht weniger! Wir haben ihn auf frischer Tat ertappt, wie er zwei meiner Hasen gewildert hat! Er hat gewusst, worauf er sich einlässt – und er hat es dennoch getan! Wer in den Wäldern des Junkers von Gamburg beim Wildern erwischt wird, der bezahlt diesen Frevel teuer. Das kannst du deinesgleichen getrost berichten!“

„Aber!“ Hans konnte nicht glauben, was er da vernehmen musste. Fassungslos schüttelte er seinen Kopf. „Das kann doch nicht Euer Ernst sein...“

Der Reiter setzte ein arrogantes Lächeln auf. „Was mein Ernst ist und was nicht, das entscheide ganz alleine ich! Nur ich – und sonst niemand! Der Kerl hier war ein Wilderer und ist nunmehr seiner gerechten Strafe zugeführt worden. So, wie jeder Wilderer damit rechnen muss, von mir bestraft zu werden. Erst letzte Woche haben wir einen anderen dieser Kerle ersäuft!

Der hat gemeint, meine Fische aus der Tauber angeln zu können! Einfach so! Nun gut: Er hat seine Taufe erhalten..."

„Aber das ist doch unrecht! Die Natur gehört uns allen! Der Herrgott hat sie für uns alle geschaffen! Doch nicht bloß für die Edelleute!"

„Genug jetzt! Schluss mit den ketzerischen Reden, ansonsten bist du der Nächste! Das lass dir gesagt sein!" donnerte der Junker und riss grob an den Zügeln seines Pferdes, so dass sich das von einem jähen Schmerz gepeinigte Tier direkt vor dem Hirten aufbäumte.

Abwehrend hob der Junge die Arme vor das Gesicht, während der Wolf wiederum ein gefährlich lautes Knurren hören ließ.

„Halte mir gefälligst deine Bestie vom Leib, sonst gnade dir Gott, du elender Wicht!" zischte der andere drohend. „Und nun: Schneidet den Wilderer endlich los! Wir haben uns schon viel zu lange hier aufhalten lassen!" wandte er sich mit harschem Befehlston an seine Untergebenen. „Soll der Kerl hier ein nettes Begräbnis für seinen Landsmann veranstalten. Wir reiten weiter!"

Im selben Augenblick gab er seinem Pferd die Sporen, wodurch Hans brutal über den Haufen geritten worden wäre, wenn dieser sich nicht geistesgegenwärtig gerade noch rechtzeitig zur Seite geworfen hätte.

„Halte deinen Wolf zurück!" gellte nun eine zornige und gleichzeitig angsterfüllte Stimme an das Ohr des Hirten. In der Tat schien der Wolf Anstalten zu machen, sich auf einen der Berittenen zu stürzen.

„Wolf! Zu mir!" versuchte Hans, das erregte Tier zu besänftigen, aus dessen Augen gefährliche Blitze zu sprühen schienen. „Ich hätte gute Lust, ihn auf euch zu hetzen, ihr Mörderbande! Macht bloß schnell, dass ihr eurem Herrn hinterher kommt, bevor ich es mir anders überlege!" hob er drohend seine Rechte.

Hastig wendeten die Männer ihre Pferde. „Das wird dir noch Leid tun, mir gedroht zu haben!" ballte der Reiter, der sich Hans vorhin als erster genähert hatte, drohend seine Faust, während er dem Tier gleichzeitig die Sporen gab und in wilder Hast davon galoppierte.

Zitternd vor Erregung verharrte der junge Schäfer minutenlang regungslos auf der Stelle, während er blicklos hinter dem Junker von Gamburg und seinen Mordgesellen her starrte. Müde drehte er sich schließlich um und warf einen vorsichtigen Blick auf die blutigen Überreste des Bauern, der mit nach wie vor gefesselten Gliedmaßen vor ihm auf dem Boden lag. „Hilf mir, Wolf“, murmelte er schwach, während er das Fell seines Tieres kraulte und sich zögernd dem geschundenen Torso näherte. Er schluckte schwer, als er sich auf die Knie sinken ließ, um den Toten näher in Augenschein zu nehmen. Der Mann, dessen zerfetzte Haut mit einer schmutzigen Kruste angetrockneten schwarzroten Blutes überzogen war, lag mit dem Gesicht auf dem Boden.

„Wegen zweier Hasen! Unglaublich! Sie bringen einen Menschen um wegen zweier Hasen! Diese Bestien!“ Zögernd ergriff Hans die braunen Haare des Opfers und drehte dessen Kopf in seine Richtung. Es war ein entsetzlicher Anblick! Tief hatten sich die Schleifspuren in das Antlitz eingegraben – das Gesicht war bis zur Unkenntlichkeit entstellt! Und dennoch... Hans stutzte, zuckte schmerzlich zusammen, prallte betroffen zurück, als ihn die Erkenntnis schlagartig und mit ihrer ganzen Brutalität traf. Wie ein neuerlicher Hieb des Schicksals! Er kannte den Mann! Das war doch der Frieder. Kein Zweifel – es handelte sich um den Leibeigenen Frieder, einen Mann aus Holzkirchen. Er kannte ihn! Er kannte die Familie! Die Frau! Die Kinder! Du meine Güte! Die Kinder! Und nun? Nun war ihr Vater tot! Ermordet, weil er zwei Fallen aufgestellt hatte, um seine hungernde Familie nach diesem langen strengen Winter zu ernähren. Sie waren doch sowieso schon in ärmlichsten Lebensumständen gefangen, der Frieder, die Frau und die Kinder: Unentrinnbar gefangen. Zu wenig zum Leben, aber immer noch zu viel zum Sterben! Und jetzt? Jetzt war der Frieder tot! „Du meine Güte!“ stöhnte der junge Schäfer. „Wie soll ich das nur der Irmgard beibringen? Und womit sollen sie nun bloß überleben?“

Es war ein schwerer Weg gewesen, den Hans Böhm an diesem Vormittag gegangen war, nachdem er den Toten im Schatten einer Erdhöhle abgelegt und mit einem alten zerschlissenen Schaffell bedeckt hatte. Seinen Wolf hatte er zur Bewachung der menschlichen Überreste zurückgelassen. Nicht, dass sich auch noch die wilden Tiere über ihn hermachten! Wenigstens ein christliches Begräbnis sollte der Frieder bekommen.

Gut anderthalb Stunden hatte er für den Marsch nach Holzkirchen benötigt. Tief in traurige Gedanken versunken hatte Hans die Landschaft gar nicht wahrgenommen, die er mit schnellen, festen Schritten durchmaß. Es waren in der Tat schlimme Zeiten, in denen sie lebten. Die Herren trieben es ja wirklich immer ärger mit der mehr und mehr ins Elend geratenden Landbevölkerung. Fast kein Tag verging, an dem man nicht von neuen Willkürakten hörte. Immer kecker und unverschämter traten sie auf, die adligen Herrschaften, die längst auch die althergebrachten Rechte der Bauern bestritten und schließlich schlichtweg verneint hatten.

Nein, das Wild in den Wäldern, die Fische in den Seen und Flüssen, die Hasen auf den Feldern: Nichts davon gehöre der Allgemeinheit, von wegen! All das sei ihr Besitz, ihr von der göttlichen Ordnung her zustehendes Eigentum. Die jahrhundertealte Übereinkunft zwischen Bauer und Edelmann, von deren tagtäglicher Praxis ja noch die Alten erzählten, die gemeinsamen Nutzungsrechte an Gottes freier Natur, all das dahin! Gerade so, als hätte es sie in Wirklichkeit nie gegeben. Nirgendwo stehe es geschrieben, was die Bauern für sich reklamierten, hatte der eine oder andere sich herabgelassen, zu erklären. Man möge ihm gefälligst die alten Verträge bringen, mit Unterschriften und Siegel versehen, und ihm mit der Vorlage dieser Dokumente beweisen, dass das Recht auf Seiten der Bauern sei, hatten die edlen Herren mit spöttischem Lächeln gefordert. Vergeblich hatten sie darauf hingewiesen, dass es sich um eine althergebrachte Übereinkunft handle, für die man noch niemals Brief und Siegel benötigt habe. Vergeblich!

Und dann noch die mehr und mehr drückenden Abgabenlasten! Immer neue Steuern, immer längere Frondienste, der Zehnte, den sie oft genug einfach nicht mehr aufbringen konnten und der ja längst weit über den eigentlichen Sinn des Wortes hinausreichte. Es sei nicht rechtens so, und es könne nicht angehen, dass auch noch das letzte bisschen Hab und Gut bei denen gepfändet werde, die beim besten Willen ihren Zehnten nicht vollständig abliefern konnten. Missernten, Hungerjahre, strenge Winter: Man müsse doch endlich ein Einsehen mit dem Bauernstand haben und die Last verringern, bevor das Volk in Not und Elend untergehe! Der vornehme Herr hatte mit einer wegwerfenden Geste gezeigt, was er von solcherlei Argumenten zu halten geruhte. Doch wehe, hatte er schließlich noch gedroht, wehe, einer der renitenten Untertanen würde sich weigern, die vom Herrgott selbst eingesetzte Ordnung anzuzweifeln, ja gegen sie verstoßen! Man wisse sich für diesen Fall durchaus zur Wehr zu setzen und mit Hilfe der geharnischten Reiter Recht und Ordnung notfalls auch mit Waffengewalt wieder herzustellen.

Kein Wunder, dass immer öfter besorgniserregende Nachrichten die Runde machten, Nachrichten von der einen oder anderen Empörung. Von in Aufruhr geratenen Dörfern, von immer lauter werdendem Protest. Von blutig im Keim ersticktem Widerstand! Ja, doch: Es gärte in der Bevölkerung! Und wieder und wieder war der Satz zu hören, lieber sterbe man im Kampf gegen die adligen Blutsauger durch einen Schwertstreich, als dass man elendiglich mit hungrigem Magen verrecken wolle!

„Ja Hans, sag nur, was machst denn du an diesem schönen Morgen hier bei uns? Und weshalb hast du eine derart finstere Miene aufgesetzt?"

Erschrocken fuhr der junge Schäfer aus seinen düsteren Gedankengängen, als die helle fröhliche Frauenstimme unvermittelt an sein Ohr drang. Er blinzelte unsicher in das helle Sonnenlicht, bis er die Person erkannte, die ihm da gegenüber stand. Trude! Das junge Mädchen mit den langen schwarzen Haaren und der dunklen Gesichtsfarbe, von der er sich schon immer geradezu magisch angezogen gefühlt hatte, wenn sie einander einmal begegnet waren. Die Trude! Der Anblick der jungen Frau versetzte ihm einen schmerzhaften Stich mitten ins Herz. Die Trude! Frieders älteste Tochter! Oh Gott! Erschrocken musste sich Hans eingestehen, dass er sich auf seinem Marsch über die Hochebene nach Holzkirchen vor lauter Sinnieren über die Nöte und Beschwernisse dieser zerrissenen Zeit ja überhaupt keine Gedanken gemacht hatte, wie er den Angehörigen des unglücklichen Frieder die Nachricht vom Tod des Vaters beibringen könnte! Wie sollte er Trost spenden? Und vor allen Dingen: Was sollte er nur sagen?

„Trude...", er machte einen zögernden Schritt auf das Mädchen zu, das sein merkwürdiges Mienenspiel mit kritisch gerunzelter Stirn verfolgt hatte. In einem plötzlichen Entschluss streckte Hans die Arme aus und zog die verblüffte junge Frau an sich. „Trude... du musst jetzt ganz stark sein..."

Es war der schlimmste Augenblick in seinem bisherigen Leben, der Augenblick, in dem er der Familie die Nachricht vom Tod ihres Vaters überbrachte. Noch Tage später erinnerte Hans sich schaudernd an das erst ungläubige, dann fassungslose Staunen, das sich in Trudes Gesichtszügen widerspiegelte und schließlich von schierer Verzweiflung verdrängt wurde. Dann die drei kleinen zerlumpten Kinder in der armseligen feuchten Hütte! Ob sie wohl wirklich begreifen konnten, was er ihnen da gnadenlos beizubringen hatte? Weinten sie mehr vor Hunger als aus Trauer über den Verlust des Vaters? Und schließlich Irmgard, die Frau des Toten. Erschrocken prallte Hans zurück, als er sie im Halbdunkel der elenden Behausung ganz hinten in der Ecke auf einem mit modrigem Stroh bestreuten Lager gewahrte. Dieser bleiche hohlwangige Totenschädel! Diese im Fieberwahn glänzenden blutunterlaufenen Augen. Die verfilzten grauen Haare, die doch noch im letzten Sommer blond gewesen waren. Der ausgemergelte, von einem trockenen Husten durchgeschüttelte Körper! Bittere Verzweiflung hatte sich in Hans ausgebreitet, als er diesem Elend hilflos gegenüber gestanden hatte.

„Sie kann dich nicht mehr verstehen, Hans“, hatte Trude mit tränenerstickter Stimme geflüstert und ihre feuchte, zitternde Hand in die des jungen Mannes gelegt. „Sie hört wohl deine Worte, kann sie aber nicht mehr begreifen... Es war zu viel für sie: der Hunger, die Arbeit, der lange Winter, dieses nasse kalte Haus und dann noch die Krankheit. Es geht zu Ende, heute noch wird es zu Ende gehen. Sie wird den nächsten Morgen nicht mehr erleben...“ Erschöpft legte die junge Frau ihren Kopf auf die Schulter des Schäfers. Lange verharrten sie regungslos und starrten traurig auf die sterbende Frau in ihrem armseligen Lager herunter, die mit heiserer Stimme wirre, wieder und wieder von heftigen Hustenkrämpfen unterbrochene Sätze stammelte.

„Dann werde ich Vollwaise sein...“ murmelte Trude schließlich trocken.. Für einen Moment lang herrschte Stille, völlige Stille in der armseligen Behausung. Wie ein Menetekel schien Trudes brutales Fazit drohend durch die stickige Luft zu schwingen.

„Darf ich dann...“ begann sie stockend. „Kann ich dann zu dir kommen?“ flüsterte sie mit belegter Stimme und musterte Hans mit einem ängstlichen Blick aus ihren Augenwinkeln.

Der junge Mann drückte wie zur Bestätigung Trudes Hand. „Aber die Kinder? Deine Geschwister? Was soll dann aus denen werden?“

„Die Kleinen! Für die will die Tante Liesel sorgen. Eine Schwester von der Mutter. Sie hat es mir versprochen, als uns neulich schon klar geworden ist, dass die Mutter nicht mehr von ihrem Lager aufstehen wird. Und der Vater hätte sich ja sowieso nicht um die Kleinen kümmern können. Die Liesel meinte, irgendwie werde sie es schon schaffen und sie durchbringen. Und außerdem: Ihr selbst ist ja das eine Kind erst im letzten Herbst gestorben. Vielleicht ist es also so am besten."

Hans seufzte tief, als er seinen Dudelsack von den Lippen nahm und die letzten klagevollen Töne des Instruments weit hinein ins Land erklingen ließ. Es war so viel gewesen, was sich innerhalb der vergangenen 24 Stunden ereignet hatte. Entsetzlich viel. Viel zu viel!

Er warf einen letzten traurigen Blick auf das Grab seines Wolfes, den die Reisigen ihm in der Nacht brutal erschlagen hatten. Aus Rache für seine Widerworte erschlagen hatten, darüber war sich der junge Schäfer im Klaren. Es hatte sich aber auch um eine Warnung gehandelt, um eine Warnung an ihn, den rechtlosen Untertanen, vorsichtig zu sein. Vorsichtig in seinen Worten und vorsichtig in seinem Tun. Was also blieb ihm anderes übrig, als sich zu fügen? Was konnte er, der einfache Schäfer, schon tun? Sich schadlos halten für den Tod seines Wolfes? Wie denn? Das alles hatte doch gar keinen Zweck! Bei der nächsten Gelegenheit würde er lieber den Weg ins Tal herunter nach Niklashausen nehmen und dort am Gnadenbild der Muttergottes im stillen Gebet Zwiesprache halten mit der Mutter des Erlösers. Ja, das würde er tun!

Er setzte die Mütze auf seinen blonden Haarschopf und ergriff, erfüllt von neuem Elan, den Hütestab. Höchste Zeit, sich wieder um die Herde zu kümmern. Das Leben, es würde weitergehen, musste weitergehen. Nur: Auf der Hut musste man eben sein! Sich rechtzeitig ducken vor dem Zorn der edlen Herrschaften, nicht aufmucken, sondern still seiner vom lieben Gott befohlenen Bestimmung nachgehen. Und beten! Beten zur Muttergottes! Zur heiligen Jungfrau Maria!

6

Kaum hatte der junge Schäfer an diesem wolkenverhangenen Spätnachmittag die ersten Häuser von Niklashausen erreicht, da war die Anspannung, die sich zentnerschwer über das kleine Dorf im Taubertal gelegt hatte, fast schon mit Händen zu greifen. In kleinen Grüppchen standen die ernst blickenden Menschen zusammen und debattierten leise flüsternd die Ungeheuerlichkeit, die kurz zuvor die friedliche Ruhe zerrissen hatte, die bis dahin das Leben im Flecken bestimmt hatte.

„Was ist denn bei euch geschehen? Was ist denn los?“ wandte sich Hans arglos an einen der älteren Bauern, einen zahnlosen Greis mit struppigem, grauem Haar. „Ist etwas passiert? Was gibt es so Aufregendes?“

Doch der Alte schüttelte nur stumm den Kopf und wies mit seinem knotigen krummen Gehstock zum gedrungenen kleinen Turm der Dorfkirche hinunter.

„An der Kirche?“ hakte der Schäfer stirnrunzelnd nach. „Ich soll zur Kirche gehen?“

Der Mann zuckte kurz mit den Schultern, dann drehte er sich um, ohne Hans weiter zu beachten. Dieser konnte sich keinen Reim auf das seltsame Verhalten machen. Offensichtlich war etwas Gravierendes geschehen, hatte sich etwas Schlimmes, Angsteinflößendes ereignet. Und ganz offensichtlich schienen sich die meisten Dorfbewohner auch gar nicht zu trauen, selbst zur Kirche zu gehen und sich mit eigenen Augen über das Erzählte zu vergewissern.

Nicht so Hans. „Jetzt will ichs aber schon wissen“, murmelte er unerschrocken und schritt kräftiger aus, um in Erfahrung zu bringen, was die Ursache für den Schock gewesen sein konnte, der schwer auf den Menschen lastete.

Kaum war er an der letzten Hütte um die Ecke gebogen, präsentierte sich seinen erschrockenen Augen das Drama, das sich hier vor nicht allzu langer Zeit abgespielt haben musste. Dort hinten, neben dem Eingang zum Kirchhof, stand der kleine untersetzte Pfarrer von Niklashausen. Mit aschfahler Miene starrte dieser auf einen bärtigen Mann herunter, der regungslos an der Friedhofsmauer lag, den Kopf in grotesker Haltung zum Himmel gerichtet. Eine klaffende rote Wunde zog sich über seinen Hals, auch die Kleidung des allem Anschein nach toten Fremden war blutbesudelt. Vorne, auf der Brust, erkannte Hans ein großes blaues Kreuz. Das Zeichen der Waldenser! Bei dem Toten handelte es sich also ganz offensichtlich um einen Waldenser, einen Anhänger jener Glaubensrichtung, deren Prediger ganz Europa bereisten und die Menschen zur Umkehr und zur Buße ermahnten – zur Abkehr aller Hoffahrt, zur Demut und zum wahren, einfachen Christentum. Während die Botschaft der frommen Menschen beim einfachen Volk auf großen Widerhall stieß, wurden sie von der Obrigkeit gnadenlos verfolgt. Und das schon seit Jahrhunderten. Und dennoch hatte sich ihre Bewegung nicht ausrotten lassen – aller Brutalitäten zum Trotz. Ein Waldenser! Richtig: Auch auf seinem Rücken ließ sich der Ansatz des blauen Kreuzes erkennen, mit dem sich die Waldenser als Buße für ihre ungehorsamen Umtriebe und ihre Widerspenstigkeit der heiligen Mutter Kirche gegenüber zu kennzeichnen hatten. Mit dem Zeichen, das sie als Ketzer brandmarkte! Wie die Aussätzigen, war es Hans seinerzeit durch den Kopf geschossen, als er zum ersten Mal einem dieser Menschen mit den großen blauen Kreuzen auf Brust und Rücken begegnet war. Wie die Aussätzigen wurden sie von der Gesellschaft ausgeschlossen, nur dass die Waldenser mit keinem Siechenmantel und keinen vor ihrer Anwesenheit warnenden hölzernen Klappern ausgestattet waren, sondern mit einem Kreuz. Ausgerechnet einem Kreuz! Was die Menschen einander gegenseitig antun konnten! Und dies alles im Zeichen christlicher Demut und Nächstenliebe! Ausgerechnet! Diese Ketzer sollten bloß froh sein, dass man sie nicht samt ihrer Irrlehre auf dem Scheiterhaufen in Würzburg verbrannt hätte, wo sie immer wieder bei verbotenen öffentlichen Predigten ihr Unwesen getrieben hätten, war Hans damals vom Priester seines Heimatdorfes Helmstadt scharf belehrt worden.

Um einen Waldenser also handelte es sich bei dem noch recht jung wirkenden Toten an der Friedhofsmauer, sofern sich dies angesichts der grausamen Verletzung überhaupt sagen ließ.

„Ja, wen haben wir denn da?! Hat unser Schäfer seine Herde einfach im Stich gelassen, um hier im Dorf herumzulungern und Maulaffen feilzubieten?" drang in diesem Moment eine laute Stimme unfreundlich an sein Ohr.

Irritiert fuhr Hans herum und erblickte einen Reisigen, der ihn von seinem Pferd herunter scharf ins Visier genommen hatte. Augenblicklich erkannte er den Reiter wieder. Einer aus der Mörderbande, die gestern den armen Frieder zu Tode gemartert hatte. „Du! Schon wieder du!“ entfuhr es ihm erschrocken.

Der mit einem eisernen Brustpanzer bedeckte Waffenträger hob warnend seine Rechte und bedachte den Hirten mit einem bösen Blick. „Seit wann ist denn der dahergelaufene Schäfer so keck, mir das du anzubieten? Hält sich wohl für einen Edelmann, nur weil er die gräflichen Schafe hütet?!“ Er drängte sich mit seinem Pferd dicht an Hans heran. „Schon gestern ist er mir unangenehm aufgefallen, wegen seiner aufmüpfigen Widerworte! Pass auf Schäfer, sonst ergeht es dir wie diesem hier!“ deutete er mit einer Kopfbewegung auf den toten Waldenser herunter.

Entsetzt zuckte Hans zusammen. „Du... Ihr! Ihr habt ihn also getötet?!“

„Du sagst es, Hirte!“ lächelte der Reisige zufrieden.

„Erschlagen! Wie ein wildes Tier!“

„Na und?“

„Aber...“ Der junge Hirte rang um seine Fassung. „Aber was um alles in der Welt hat dir der Mann denn angetan?“

„Er war ein Waldenser!“

„Und? Weiter!“

„Er war ein Waldenser!“ wiederholte der Mörder ungeduldig. „Das genügt mir!“

„Er war ein Mensch!“

„Ein Waldenser! Er hat trotz bischöflichem Verbot gegen den Ablass gepredigt! Und das sogar hier am heiligen Gnadenbild in Niklashausen. Er war ein Ketzer!“

„Du sollst nicht töten! So steht es schon in der Schrift, auf die du dich berufst!“

„Diese da, die darf man töten!“ machte der Reiter eine wegwerfende Handbewegung.

„Wer gegen die heiligen zehn Gebote verstößt, fällt der ewigen Verdammnis anheim! Es ist nicht Sache der Menschen, zu richten!“ Hans war während des Disputs mehr und mehr in Rage geraten. Das konnte doch einfach nicht wahr sein, dass dieser Mann erschlagen worden war wie ein räudiger Hund, und dass sich sein Mörder nicht das geringste Gewissen daraus zu machen schien! Das durfte nicht sein! Schon gar nicht im Namen Gottes! „Du kommst in die Hölle!“ schleuderte er dem Reisigen in seiner wütenden Verzweiflung ins Gesicht.

Doch dieser ließ ein rohes Lachen ertönen. „Von wegen! Ich komme sogar direkt in den Himmel, wenn ich einen Waldenser töte. Das hat mir der Abt von Bronnbach selbst verkündet!“ Damit griff er an den Knauf seines Schwertes, zog es aus der Scheide und hielt es drohend in die Höhe. „Und jetzt mach, dass du davonkommst, sonst bist du der Nächste!“

Ein entsetzter Aufschrei ertönte hinter dem Reiter. „Um Gottes Willen, halt! Haltet ein in Gottes Namen!“ Der Pfarrer, der das Geschehen bislang mit starrer Miene verfolgt hatte, hob seine Arme zum Himmel und ließ sich vor dem Pferd auf die Knie sinken. „Ich bitte Euch, haltet ein! Es ist genug für heute!“ faltete er flehentlich die Hände. „Nicht noch ein Toter! Es ist genug...“

„Er hat ihn erschlagen!“ murmelte Hans zum Pfarrer gewandt. „Einfach so erschlagen. Sagt ihm, dass er gesündigt hat!“

„Das kann ich nicht“, keuchte der Pfarrer matt, während dicke Schweißtropfen von seiner Stirn perlten.

„Aber weshalb denn nicht?“

„Das fragst du ausgerechnet deinen Pfarrer?“, lachte der Reiter dröhnend. „ Eben weil er ein Waldenser war! Ein Ketzer! Mir scheint, euer Schwarzkittel hat es nicht so genau genommen mit der Aufklärung seiner ihm Anbefohlenen! Wenn hier anscheinend keiner weiß, wie ein Ketzer zu behandeln ist... Ich sollte es dem Bischof melden, welch nachlässigen Seelsorger er da ins Amt gesetzt hat! Nun denn: Lassen wir Gnade vor Recht ergehen...“ Damit steckte er das Schwert zurück in die Scheide und deutete mit dem Kinn zu dem toten Waldenser hinüber. „Und jetzt muss ich endlich weiter. Verscharrt den Kerl da auf dem Anger draußen – oder werft ihn meinetwegen in den Wald, den wilden Tieren zum Fraß! Und nun lasst mich in Ruhe, ich habe mich hier schon viel zu lange aufhalten lassen und meine Zeit mit nutzlosen Reden vergeudet!“ Er nahm die Zügel auf und schnalzte mit der Zunge, während er seinem Pferd gleichzeitig grob die Sporen in die

Flanken hieb. Das geschundene Tier ließ ein schmerzerfülltes Wiehern ertönen und stieg direkt vor dem Schäfer steil in die Höhe. Für einen Augenblick schien es so, als würde der Reiter aus dem Sattel stürzen, doch dann gewann er seine Balance wieder und sprengte mit wildem Geheul davon, ohne sich darum zu kümmern, dass er den Schäfer dabei zu Boden gestoßen hatte. Nur durch eine rasche Drehung zur Seite hatte Hans es eben noch geschafft, keinen Huftritt des in wilder Panik fliehenden Pferdes in den Unterleib abzubekommen.

Besorgt beugte sich der Pfarrer über ihn. „Ist dir etwas passiert? Bist du verletzt?“

Hans schüttelte stumm seinen Kopf, während er dem Reiter erschrocken hinterher starrte.

„Oh, Hans, was hältst du da auch für Reden?“ Vorwurfsvoll schüttelte der Pfarrer seinen Kopf mit den wenigen grauen Haaren. „Das war lebensgefährlich, auch für dich!“

„Das sagt ausgerechnet Ihr – wo Ihr doch besser für das Leben und für die Schöpfung eintreten solltet, anstatt feige und zur Salzsäule erstarrt alles geschehen zu lassen?“ Empört hatte sich der junge Schäfer erhoben und stierte vorwurfsvoll in das Gesicht des Seelsorgers, während er sich mit der Hand den Dreck von den Kleidern klopfte. Der Pfarrer senkte betroffen den Kopf, während ein bitterer Zug um seine Mundwinkel spielte. Lange sagte er kein Wort, sondern starrte bekümmert auf den Toten nieder, dessen klaffende Wunde einen grässlichen Anblick bot. „Fürchterlich!“ krächzte er schließlich mit rauer Stimme. „Es ist fürchterlich.“ Seine Augen glitzerten wässrig, als er mit einer hilflosen Geste die Hände ausbreitete und Hans traurig musterte. „Aber ich habe keine Macht über sie. Sie tun es mit dem Segen des Bischofs! Du hast es ja gehört: und dazuhin noch mit dem Segen des Abtes von Bronnbach...“

„Und nun? Wann werdet Ihr ihn begraben? Und vor allen Dingen: wo?“

Der Pfarrer hob langsam die Achseln. „Nicht hier auf dem Friedhof, nicht in geweihter Erde!“

Der Schäfer meinte, sich verhört zu haben. „Aber das ist doch...“ Er rang nach Worten. Das konnte doch nicht sein Ernst sein!

„Was soll ich denn machen?“

„Ihr lasst ihn den Tieren zum Fraß vorwerfen?“

„Nein, natürlich nicht! Ich werde unseren Totengräber beauftragen, den Mann gleich hinter dem Gottesacker zu begraben! Noch heute Abend. Dort, wo die Selbstmörder liegen...“

„Bei den Selbstmördern!“ Empört schüttelte Hans den Kopf. „Womit hat dieser Mann das verdient? Was um Himmels Willen hatte er denn bloß verbrochen? Nur, weil er einen anderen Weg des christlichen Glaubens gewählt hat. Des christlichen Glaubens wohlgemerkt...“

Wieder zuckte der Pfarrer hilflos die Achseln. „Du sprichst ein wahres Wort! Ein Wort, das dir den Tod bringen kann. Aber es ist jetzt nicht der Ort und nicht die Zeit, mit dir darüber zu debattieren. Lass uns nicht alles noch schlimmer machen, wie es ist. Und nun hilf mir – wir müssen ihn erst einmal von dieser Stelle hier fortbringen – am besten gleich hinter die Kirchhofsmauer.“

Kurze Zeit später hatten sie ihr trauriges Werk beendet. Grußlos wandte sich der Schäfer ab und trottete niedergeschlagen durch das Dorf zurück zu seiner Herde. Immer noch standen die Menschen flüsternd in kleinen Gruppen nebeneinander, um das schreckliche Geschehen zu besprechen, das wie ein Blitz aus heiterem Himmel über Niklashausen gekommen war. Der eine oder andere ängstliche Blick streifte dabei auch Hans. Doch der ansonsten so aufgeschlossene fröhliche junge Mann reagierte auf kein Wort und keinen leisen Zuruf, sondern hatte die Augen fest auf die staubige Straße gerichtet, die sich in zahlreichen Kurven durch das kleine Dorf zog.

7

Bleischwer hatte sich nach den Ereignissen dieses Tages die Nacht über das Dorf gesenkt. Auch in den Hütten der Bauern und Taglöhner lastete eine seltsame, bedrückende Stille. Niemandem schien heute noch der Sinn nach Gesprächen und Unterhaltung zu stehen. Es war eine geradezu gespenstisch anmutende Ruhe, die alle Wege und Winkel auszufüllen schien. Grabesruhe! Friedhofsruhe, pochte es gleichwohl im Schädel des jungen Schäfers unaufhörlich und drohend, als er durch den von der fahlen Mondsichel nur unzureichend gestreiften Weg zum Kirchhof hinunter schlich. Die ganze Zeit über hatte es ihm keine Ruhe gelassen, hatte sich der Gedanke nicht aus seinem Hirn vertreiben lassen. Der Gedanke an den Toten, an den Ermordeten, an den armen Waldenser, der jetzt zu allem Überfluss auch noch in ungeweihter Erde verscharrt werden sollte – einfach verscharrt!

Vorsichtig näherte sich Hans der knapp zwei Meter hohen Mauer, die den Gottesacker samt der kleinen Kirche umschloss. Er hielt für einen Moment den Atem an, um sich zu vergewissern, ob sich die beiden Männer, der Pfarrer und der Totengräber, wohl schon an ihr trauriges Werk gemacht hatten. Tatsächlich! Es waren Geräusche zu vernehmen. Geräusche, wie sie entstanden, wenn ein Spaten in die Erde gesteckt wurde und dann und wann auf einen Stein traf. Also waren sie gerade am Werk. Merkwürdig nur: Das Geräusch schien vom Inneren des Kirchhofs zu kommen und nicht von außen, von der Stelle an der Mauer, an der die Selbstmörder und die auf der Durchreise verstorbenen unbekannten Fremden normalerweise vergraben wurden. Nicht möglich! Noch einmal lauschte Hans angestrengt. Aber wieder war ihm, als würden sich die Männer drinnen zu schaffen machen. Langsam schlich er durch den Torbogen und tastete sich an der Mauer entlang, bis er zwei schemenhafte Gestalten erblickte, die ihre Arbeit offensichtlich mit großer Hast erledigten. Beim einen der beiden handelte es sich um den Pfarrer, zweifelsfrei. Aber der andere! Das war doch nicht der Josef, der Totengräber von Niklashausen! Er kannte den alten Mann schließlich, denn der hatte ihm schon mehrfach einen Besuch abgestattet, als Hans seine Herde im Spätjahr in der Talaue beim Dorf hatte weiden lassen. Wer aber war es dann? Ebenfalls ein älterer Mann, so weit stimmte es ja. Aber der lange graue Bart? Und die schlanke, hoch gewachsene Gestalt in der zerschlissenen schwarzen Kutte? Ja! Richtig! Mit der flachen Hand tippte sich Hans an die Stirn. Natürlich. Das war Bruder Christian, der Mönch, der in einer Höhle ganz in der Nähe von Niklashausen wohnte. Der Einsiedler. Eigentlich handle es sich bei diesem um keinen richtigen Mönch, hatte man ihm einmal erzählt. Ein so genannter Begharde sei Christian, einer von denen, die ihren Orden verlassen haben und nun als Bettelmönch durch die Lande ziehen. Einer, der nicht alle notwendigen Sakramente spenden dürfe. Ein frommer Mann, der ein gottgefälliges demütiges Leben führe, aber eben... nun ja. Dennoch: Für die Leute aus dem Dorf galt er der Bruder Christian, seit er vor mehr als zehn Jahren wohl aus Böhmen, wie sein Dialekt nahe legte, hierher gekommen war, um dem in Niklashausen schon über Jahrhunderte hinweg verehrten wundertätigen Gnadenbild der Muttergottes nahe zu sein. Aber weshalb war Bruder Christian nun damit beschäftigt, zusammen mit dem Pfarrer das Grab auszuheben und nicht Josef, der Totengräber? Und weshalb innerhalb des Friedhofs und nicht, wie der Pfarrer vor wenigen Stunden ja noch angekündigt hatte, draußen, bei den unehrlichen Leuten?

Hans räusperte sich vorsichtig, als er nur noch wenige Meter von den Männern entfernt war, die ihn bis jetzt nicht bemerkt hatten, so sehr waren sie mit ihrer mühevollen Arbeit beschäftigt. Erschrocken zuckten die beiden bei dem Geräusch zusammen und ließen ihre Spaten fallen. Dann hoben sie die Hände in die Höhe und drehten sich langsam um, während ihr angsterfüllter Blick unsicher den Mann suchte, der sie da ganz offensichtlich bei ihrer heimlichen Tätigkeit ertappt hatte! Nur Sekunden später verwandelte sich der Schrecken in Verblüffung und Erleichterung, als Hans hinter dem Stamm einer großen Kiefer hervortrat, um sich den nächtlichen Totengräbern zu zeigen.

„Hans!“ Aufatmend schlug der Pfarrer die Hände zusammen, als er den Schäfer erkannte. „Hast du uns aber einen Schrecken eingejagt! Was hast du denn um diese Uhrzeit hier auf dem Kirchhof noch zu schaffen?!“ Und zum Mönch gewandt, setzte er erklärend hinzu. „Das ist nur der Hans, einer der Schäfer des Grafen von Wertheim hier in der Gegend um Niklashausen! Vor ihm brauchen wir uns nicht zu fürchten, Christian. Er wird uns nicht verraten!" Trotz seiner damit zur Schau gestellten Sorglosigkeit bemerkte Hans das unsichere Flackern in den Augen des Pfarrers ganz genau, das den Ausspruch begleitete. Man konnte ja nie wissen in diesen unruhigen Zeiten, in denen allmählich jeder jedem zu misstrauen schien.

Der Begharde ließ ein kurzes trockenes Lachen hören. „Ich kenne ihn doch, den Hans. Hab ihn schon öfters mit seinen Schafen gesehen. Und ein paar Worte haben wir auch schon gewechselt, nicht wahr?", blinzelte er dem jungen Mann freundlich ins Gesicht.

Hans nickte stumm. Etwas beklommen war ihm nun schon zumute, angesichts der merkwürdigen Situation hier auf dem Friedhof. Was hätte er jetzt auch noch sagen sollen? Er, der einfache Hirte. Er konnte ja diese beiden würdigen Männer nicht einfach so zur Rede stellen und sie nach ihrem Tun und Treiben befragen. Das stand ihm nun weiß Gott nicht zu. Verlegen senkte er den Kopf und umklammerte seinen Hirtenstab mit festem Griff.

„Du brauchst dich nicht zu genieren, Hans!" Der lebenserfahrene Einsiedler lächelte milde, während er seine Rechte langsam auf die Schulter des Schäfers legte. „Sicherlich fragst du dich, was wir hier zu schaffen haben? Obwohl du es dir doch eigentlich denken kannst, denn deswegen hat es dich doch in dieser Nacht auch noch einmal ins Tal hinunter getrieben..."

Wieder nickte Hans, ohne etwas zu sagen.

„Es hat dich nicht ruhen lassen, dieses Unglück mit dem Waldenser..." meldete sich nun der Pfarrer zu Wort.

„Es war kein Unglück!" brauste der Jüngling unwirsch auf. „Das war Mord, eiskalter Mord!"

„Hast ja Recht, Hans!" pflichtete ihm Bruder Christian bei und verstärkte den Druck seiner Hand. „Es war kein Unglück, es war Mord. So wie es mir der Bruder Gottlob berichtet hat, war es Mord, eindeutig. Aber", er hob resigniert die Achseln, „du weißt, dass wir in solch einem Fall leider machtlos sind. Das Leben eines Waldensers ist nicht mehr wert, als das eines Vogelfreien. Und wer einen solchen Menschen tötet, der hat nichts zu befürchten. Im Gegenteil sogar..." schüttelte er traurig seinen Kopf.

„So ist es, leider!" bestätigte der Pfarrer. „Und wenn wir nicht gute Miene zum bösen Spiel machen, dann kommen wir als nächste an die Reihe!

Du hast es ja selbst mitansehen müssen, vorhin…", fügte er noch hinzu.

„Ihr hättet ihm widerstehen müssen!" murmelte Hans bitter.

„Aber wie denn? Sie töten jeden, der sich ihnen in den Weg stellt! Sie behaupten, sie vollbrächten nur ihre Christenpflicht. Und wer sie daran hindert, wird selbst zum Ketzer…" setzte der Pfarrer zu einer verzweifelten Rechtfertigung an.

„Hans!" Bruder Christian fixierte den jungen Mann aus ernsten Augen. „Es hätte keinen Zweck gehabt, heute Mittag. Das ist so. Das habe ich dem Gottlob geglaubt und das musst du ihm auch glauben. Was wäre das Resultat gewesen: neben dem toten Ketzer ein weiterer Toter – und dann? Wem hätte das geholfen? Dem armen Waldenser nicht und auch uns allen nicht! Es sind zu viele und sie wähnen sich im Recht! Schlimmer noch: Das Recht ist in der Tat auf ihrer Seite – obwohl sie unrecht tun. Aber die Kirche gewährt ihnen Schutz und Rückendeckung. Aus ganz und gar unchristlichen Beweggründen…"

Die letzten Worte des Mönchs ließen den Erdboden auf dem Friedhof erbeben. So jedenfalls schien es dem jungen Schäfer. Was hatte der fromme Bruder Christian da gerade eben Unerhörtes über die heilige Mutter Kirche gesagt?! Seine Kirche?! „Ja, du hast richtig gehört, Hans: aus ganz und gar unchristlichen Beweggründen heraus!" nickte der Mönch, während der Pfarrer erschrocken die Hand vor den Mund geschlagen hatte. „Sei unbesorgt, Gottlob! Der Hans, der weiß schon, was ich meine. Und er wird uns ob dieser Reden auch nicht verraten, nicht wahr, Hans?"

„Ich…äh…nein", stammelte dieser immer noch verwirrt und durcheinander ob des gerade eben verkündeten ketzerischen Fazits. „Nein. Natürlich nicht!"

„Siehst du", lächelte Christian beruhigend. „Ich will dir gerne erklären, wie ich das gemeint habe. Aber zuerst müssen wir nun unser Werk beenden. Nicht, dass wir doch noch von den falschen Leuten überrascht werden!" Er bückte sich, nahm einen der auf dem Erdboden liegenden Spaten, den sie vorher erschrocken hatten fallen lassen, und streckte ihn auffordernd zu Hans hinüber. „Da, greif zu! Ich denke, du wirst es rascher schaffen, als wir zwei betagten Männer! Einen Spaten tief musst du noch hinunter graben, dann können wir den armen Mann hineinlegen!"

Hans griff wortlos zu und machte sich eifrig an sein trauriges Werk.

Es mochte eine gute halbe Stunde vergangen sein, als der Pfarrer schließlich einen erleichterten Seufzer vernehmen ließ. „So, das hätten wir“, warf er einen letzten Tannenzweig auf die Stelle, an der sie gerade den erschlagenen Waldenser zur letzten Ruhe gebettet hatten. „Das ist jetzt gut bedeckt mit Reisig. Es dürfte eigentlich keinem mehr auffallen, dass sich darunter ein frisches Grab befindet. Mehr können wir jedenfalls nicht tun!“

„Vielleicht doch“, meldete Hans sich schüchtern zu Wort, dem trotz der nächtlichen Kühle dicke Schweißtropfen auf der Stirn standen, so intensiv hatte er gearbeitet.

„Was meinst du damit?“

„Wir sollten sie noch zusätzlich in die Irre führen und auch draußen, vor dem Kirchhof, die Erde umgraben!“

Irritiert runzelte der Pfarrer die Stirn. „Und wozu soll das gut sein?“ Im selben Moment aber begriff er. „Natürlich! Du hast Recht! Wir sollten dort, an der Stelle, an der ich ihn eigentlich hätte begraben sollen, eine Art Grab hinterlassen. Das hast du gemeint, nicht wahr? Damit sie denken, ich hätte ihn tatsächlich dort in ungeweihter Erde verscharren lassen! Und wenn sie das dann sehen, falls sie sich überhaupt dafür interessieren, dann gibt es ja keinen Grund mehr für sie, misstrauisch zu sein! Gute Idee, Hans!“ klopfte der Pfarrer dem Schäfer, der verlegen den Kopf senkte, anerkennend auf die Schulter.

Eine weitere Viertelstunde später hatten sie auch dieses Vorhaben erfolgreich zum Abschluss gebracht. „Doch, jetzt sieht es tatsächlich so aus, als sei hier einer in aller Eile und Nachlässigkeit verscharrt worden“, nickte der Einsiedler bitter. „Einfach so verscharrt worden. Als sei das gar kein Mensch gewesen, sondern irgendeine räudige Bestie... Heilige Muttergottes! In was für Zeiten leben wir nur! Weit haben wir es gebracht im Namen der heiligen Dreifaltigkeit!“

Wieder betrachtete der junge Hirte den frommen Bruder staunend. Was waren das denn für Reden? Aus dem Mund eines Mönchs! Ausgerechnet! Zwar nur eines weltlichen Bruders, aber dennoch! Das grenzte nicht nur, nein: Das war Ketzerei!

Bruder Christian bemerkte den erstaunten Blick. Milde lächelnd hob er den Kopf und zwinkerte Hans aufmunternd zu. „Du staunst! Solche Worte von mir zu hören. Von mir und von Bruder Gottlob, einem Pfarrer! Ausgerechnet! Und dennoch: Es sind Gedanken, die du selbst ja schon gedacht hast. Gedanken, die ich nun auszusprechen gewagt habe. Gedanken, die sich jedem braven Christenmenschen in diesen schlimmen Zeiten bleiern auf die Seele legen! Aber komm“, er machte eine einladende Handbewegung und deutete zum Pfarrhaus hinüber, das in der Dunkelheit schemenhaft zu erkennen war. „Lass uns hineingehen. Bruder Gottlob und ich, wir geben dir, sofern wir dies vermögen, gerne Antwort auf deine Fragen – natürlich nur, sofern du diese Fragen überhaupt stellen willst...“ setzte er vorsichtig noch hinzu.

Hans nickte verlegen und gleichzeitig erregt. Antwort auf seine Fragen! Seine vielen Fragen! Was hatte sich nicht alles in ihm angestaut an Fragen in den letzten Wochen! Es war ihm lange Zeit erst gar nicht bewusst gewesen, dass sich immer größere Unruhe in ihm ausgebreitet hatte, ein ungutes Gefühl, ein Zweifel, ein Unbehagen, mit Worten nicht zu beschreiben. Zumindest nicht mit seinen Worten. Und nun, nach den schrecklichen Ereignissen der letzten Tage, nach der Ohnmacht und der Wut, die er verspürt hatte... jetzt, nach den unglaublichen ketzerischen Sätzen des Mönches... schlagartig war ihm nun bewusst geworden, dass es die unbeantworteten, die zurückgedrängten Fragen waren, die ihn peinigten. Die ewig gleiche Erkenntnis, dass alles, was geschehen war, von Gott genauso gewollt war. Was nicht sein konnte.. .was nicht angezweifelt werden konnte... was man nicht einmal denken durfte...und dennoch... Er spürte sein Herz bis zum Hals hinauf pochen. Antwort auf seine Fragen! Antwort für ihn, den einfachen und unbedeutenden Hirten. Zwei fromme Männer, die sich seiner annahmen! Voller Spannung betrat er das Pfarrhaus. Ein prächtiges Gebäude war das in seinen Augen. Ein Haus, ganz aus Stein gebaut! Keine solch elende Hütte wie die meisten Behausungen hier. Nein, ein Haus aus Stein. Und er, der einfache kleine Hirte, wurde hineingebeten, um Antwort zu erhalten. Antwort auf seine Fragen!

Es war bereits die Andeutung des neuen Tages, die sich da mit einem ersten hellen Schimmer am Horizont bemerkbar machte, als Hans, tief in ernste Gedanken versunken, das Dorf hinter sich ließ. Doch er hatte an diesem Morgen keinen Blick für das prächtige Naturschauspiel, an dem er sich sonst nicht genug satt sehen konnte. Immer wieder geriet er auf der steinigen steilen Straße ins Stolpern, weil er in seinem düsteren Sinnieren weder Schlaglöcher noch spitz neben den Fahrrinnen herausragende Steine zu bemerken schien. Doch all das, was er während der vergangenen Stunden im Pfarrhaus zu hören bekommen hatte, war durchaus dazu angetan gewesen, sein einfaches und scheinbar fest gefügtes Weltbild in den Grundfesten zu erschüttern. Sie hatten es als Ketzerei gebrandmarkt, die Mächtigen in Kirche und Grafschaft. Und dabei handelte es sich um nichts anderes als die Wahrheit, die einzig richtige Wahrheit, das hatten ihm die beiden frommen Männer glaubhaft versichert.

Recht schnell waren die drängenden Fragen ans Tageslicht gekommen, Fragen, auf die es in der jetzt herrschenden Ordnung keine Antworten gab, ja geben konnte! Wo aber dann? Noch einmal hatten sie sich gegenseitig zur Verschwiegenheit ermahnt. Nichts von dem, was sie heute Nacht besprechen würden, durfte leichtfertig aus den Mauern des Pfarrhauses dringen. Und niemand in Niklashausen durfte je erfahren, dass sie einen Ketzer in geweihter Erde bestattet und noch am Grab des Unglücklichen für dessen Seelenheil gebetet hatten! Der Pfarrer sogar! Gerade der Pfarrer! Man würde ihn mit Schimpf und Schande davonjagen, falls die Sache jemals ruchbar würde. Falls ihm nicht noch viel Schlimmeres drohte! Nein, man durfte nicht darüber sprechen, am besten nicht einmal daran denken!

Und genau diese bittere Erkenntnis war es, an der sich Bruder Christian zu Wort gemeldet hatte. „Du denkst die richtigen Gedanken, Hans. Wenngleich auch gefährliche Gedanken, darüber musst du dir im Klaren sein und darüber will ich dich nun aufklären. Aber vorneweg: Du brauchst mich nicht anzureden wie einen Junker. Ich bin der Christian, das reicht. Und dort, der Gottlob, das ist zwar der Pfarrer von Niklashausen, aber eben auch ganz einfach der Gottlob!“

Wieder konnte Hans kaum glauben, was da an seine Ohren drang. „Aber ich bin doch nur ein einfacher Hirte! Jung und unerfahren! Ein kleiner Schäfer des Grafen von Wertheim…“ „Vor dem Herrgott sind alle Menschen gleich!“ lächelte der Einsiedler milde. „So steht es geschrieben. So und nicht anders..." Er seufzte bekümmert. „Weshalb erst dann, weshalb erst vor dem Herrgott, das ist schon eine der wesentlichen Fragen, die wir uns mehr und mehr stellen! Weshalb nicht schon auf Erden? Weshalb sind die Menschen nicht alle gleich, das ist die Frage, um die es in Wahrheit geht!"

Er machte eine Pause, während sich Hans mit geschlossenen Augen angestrengt bemühte, die ungeheuerlichen Worte zu begreifen, die er da gerade eben vernommen hatte. „Alle Menschen gleich", murmelte er ungläubig. „Der Junker so viel wert wie ein Bauer, der Graf nicht mehr als ein Reisiger, der Bischof ein Bettler, der Hirte ein König..." Rasch öffnete Hans die Augen wieder, denn ein starker Schwindel hatte seinen Kopf ergriffen, schien ihn angesichts der ungeheuerlichen Worte in einem ohnmächtigen Strudel mit sich fort zu reißen. „Unmöglich! Das ist unmöglich! Das ist nicht die vom lieben Gott gegebene Ordnung!", hob er abwehrend die Hände.

„Die von Gott gegebene Ordnung", ließ Bruder Christian ein trockenes Lachen hören. „Dann will ich dir einmal meine Geschichte erzählen..." Er rückte auf seinem Schemel näher an Hans heran und fixierte ihn aus seinen ernsten schwarzen Augen. Dann begann er mit seiner Geschichte.

Mehr und mehr brach die Mauer der Abwehr in Hans zusammen, mit der dieser zunächst noch zumindest halbherzig versucht hatte, sein in immerhin über zwanzig Jahren gewachsenes Weltbild zu verteidigen. Doch was er da an Neuigkeiten über die weite Welt um sich herum erfahren musste, in die er scheinbar so sicher an einen vorbestimmten Platz hineingestellt worden war, war alles schlichtweg unfassbar. Kaum zu glauben! Eigentlich nicht zu begreifen für einen einfachen, jungen und ungebildeten Schäfer wie ihn, den Hirten aus Helmstadt! Und dennoch: Wort für Wort fiel auf einen fruchtbaren Boden. Satz um Satz dämmerte in Hans die Erkenntnis. Die Erkenntnis, dass in Wahrheit alles ganz anders war. Ganz anders, als man ihn bisher glauben gemacht hatte.

Von schlimmen Umtrieben in schwierigen Zeiten hatte Bruder Christian erzählt. Von der guten alten Ordnung, die über Jahrhunderte hinweg Bestand und Berechtigung gehabt hatte. Vom zehnten Teil, der längst schon pure Worthülse geworden war. Ein sittenloses, alles andere als gottgefälliges Leben war in seinem Kloster an der Tagesordnung gewesen. Vor allem der Abt, der Prior und die anderen höher gestellten Mönche hätten sich der Hurerei genauso hingegeben, wie der Völlerei. Auch mit den vorgeschriebenen Gebeten und dem Leben in Armut und Demut hätten sie es wahrlich nicht genau genommen. Über Vorhaltungen aus den Kreisen der einfachen Mönche sei nur höhnisch gelacht worden. Von Zeit zu Zeit seien Drohungen ausgestoßen worden oder sei einer der ihren, die sich nicht hätten einschüchtern lassen, einfach aus dem Kloster verschwunden. Spurlos verschwunden. Nein, hatte Christian dem ungläubig staunenden Hirten erklärt, als dieser ihm vorgehalten hatte, die Mehrheit der frommen Brüder hätte sich doch nur gegen den Abt und dessen Gesellen aufzulehnen brauchen! Von wegen! Um hochadlige Herrschaften habe es sich gehandelt, die gewaltsam von außen in die Führung des Klosters hineingedrückt worden seien. Um Zweit-, Dritt-, oder Viertgeborene eines Grafen oder sonstigen Herrn, die oft schlichtweg nur mit einem nicht gänzlich unbedeutenden Amt versorgt werden mussten. Sei es nun eine weltliche Vogtei oder ein Kloster! Egal! Und keiner der gewöhnlichen Klosterinsassen habe es wagen dürfen, dagegen aufzumucken! Ein Leben, ausgerichtet einzig und allein an christlichen Maßstäben? Darüber könne er nur lachen, wenn es nicht so niederdrückend sei, hatte der Begharde bitter kommentiert. Und immer dann, wenn es in der dem Kloster zehntpflichtigen Bevölkerung wieder einmal zu gären begann, weil der Zehnt erhöht worden war oder der Klostervogt ohne Rücksicht auf Not und Armut nach einer Missernte dennoch auf seinen Abgabeforderungen bestanden habe, dann habe man sich auf die Ketzer besonnen. Oder auf die Juden! Geschickt habe man einfach diesen Menschen die Schuld für die Misere in die Schuhe geschoben, und das Volk so von den eigenen Umtrieben abgelenkt. Und wenn sich der rasende Volkszorn dann nach einem Blutbad, nach Mord, Raub und Plünderungen wieder abgekühlt hatte, dann hatte man sich wieder für eine Weile Luft verschafft – und sich dazuhin noch einen Großteil des Besitzes der zu Unrecht verfolgten Juden gesichert. Christlich? Nein, christliche Beweggründe, wie man sie den einfachen Bauern vorgegaukelt hatte, waren dabei weiß Gott nicht im Spiel gewesen. Und ein solches Massaker habe für ihn letztendlich den Beweggrund dargestellt, seinem Kloster den Rücken zu kehren.

Lieber wolle er hier in der Höhle bei Niklashausen sein Dasein fristen, nahe bei dem wundertätigen Bild der Muttergottes, und dort den Menschen predigen, als noch einmal zurück ins Kloster zu müssen. Müde und erschöpft fuhr sich der Mönch nach dieser Schilderung über die Augen. „Wir leben in einer schlimmen Zeit!" murmelte er leise und starrte traurig auf das alte, von zahlreichen Wurmlöchern durchbohrte Holzkreuz an der Stubenwand des Pfarrhauses von Niklashausen.

Der Pfarrer legte ihm mitfühlend seinen Arm um die Schultern. „Nimm es doch nicht so schwer, Christian! Du darfst dich davon nicht erschüttern lassen! Wir dürfen nicht den Mut verlieren! Wir dürfen nicht aufgeben! Sonst haben wir gänzlich verloren... Wir dürfen ihnen nicht überall nachgeben!"

„Pah! Sie haben die Macht!" brauste der Begharde unwirsch auf. „Und sie haben die Mittel! Samt der Brutalität, um ihre Ziele rücksichtslos durchzusetzen!"

„Aber wir sind zehntausendmal mehr als sie", schüttelte der Pfarrer entschieden seinen Kopf. „Das darfst du nicht vergessen!"

„Und wenn schon! Niemals wird es einer der unseren wirklich wagen, seinen Arm gegen sie zu erheben! Und das Volk schon gar nicht! So sehr die Leute auch murren: Niemals würden sie direkt gegen Kaiser und Kirche vorgehen! Wie denn auch?! Mit Dreschflegeln und Mistgabeln gegen Kanonen, Gewehre und Reisige? Niemals!"

„Wer weiß", warf Gottlob stirnrunzelnd ein. „Denk doch an die angeblichen Ketzer, die ja nichts anderes wollen als wir."

Staunend drückte Hans seinen Rücken durch. Hatte er da gerade richtig gehört? Der Pfarrer stellte sich auf eine Stufe mit den Ketzern? Das war ja... das hieße ja...Tausend Gedanken schossen dem völlig verwirrten jungen Mann in chaotischer Abfolge durch den Kopf. „Ihr... du... du verteidigst die Ketzer?! Als Pfarrer?!"

„Gerade als Pfarrer!" lachte der Angesprochene bitter. „Was sind denn die Ziele der angeblichen Ketzer? Unsere Kirche auf ihre wahren christlichen Ursprünge zurückzuführen, darum geht es ihnen doch! Und um nichts anderes! Und gerade deshalb sind sie eine Gefahr für die Bischöfe und Äbte! Eine große Gefahr. Denn immer mehr hat man den Menschen weisgemacht, dass man sein persönliches Seelenheil durch Ablasszahlungen erkaufen kann. Ein paar Silberlinge für die Kirche, und schon sind dir deine Sünden vergeben! So einfach ist das! Und was hat es bewirkt? Dass die Kassen der Kirche überquellen vor Einnahmen! Dass der Bischof sein feudales Leben leben kann und sich in Wirklichkeit ins Fäustchen lacht ob seiner dummen Schäflein, die bereitwillig ihr letztes Hemd gegeben haben für die Vergebung ihrer Sünden! Nein, Hans: Das Ablassunwesen ist eine Schande für unsere Kirche!"

„Eine Schande..." echote Hans verstört. „Aber Ihr... du selbst, du hast es doch selbst zugelassen! Auch du nimmst doch Geld entgegen, Geld von den Wallfahrern zu unserem heiligen Gnadenbild. Auch unsere Wallfahrt ist doch mit einem Ablass ausgestattet, auch du teilst also Ablassbriefe aus!"

„Hans!" Der Pfarrer breitete in einer verzweifelten Geste die Arme aus. „ Begreife es doch! Auch ich bin bei meiner Tätigkeit Zwängen ausgesetzt! Auch ich bin gehalten, gute Miene zum bösen Spiel meiner Kirche zu machen. Alleine bin ich viel zu schwach, um mich gegen diese gewaltige und ganz und gar unbarmherzige Macht zur Wehr zu setzen. Nein, ich halte überhaupt nichts von dieser Ablassunsitte! Ich bin in dieser Frage vollkommen auf der Seite der angeblichen Ketzer, Leuten wie diesem unglücklichen Waldenser von heute. Die Kirche zieht den Menschen das letzte Geld aus der Tasche und verspricht ihnen das Paradies und den Himmel, wenn sie nur auf Erden nicht aufmucken. Dann der Skandal dieser unglaublichen Kinderwallfahrten und Kinderkreuzzüge vor wenigen Jahren, wo unnütze Esser aufgebrochen sind ins gelobte Land. Nie mehr hat ein Mensch von ihnen je wieder gehört! Ein doppelt schändliches Spiel. Ein erbärmliches Spiel auf Kosten der Armen! Und das alles im Namen und mit Unterstützung der Kirche! Meiner Kirche!" fügte der Pfarrer noch bitter hinzu, dann ließ er niedergeschlagen den Kopf sinken.

Betretenes Schweigen füllte den Raum aus, in dem jeder der Männer in seinen eigenen traurigen Gedanken gefangen schien. Eine Ewigkeit schien vergangen, als Gottlob mit belegter Stimme fortfuhr. „Der arme Mann heute, er und seine Glaubensbrüder trauen sich, diese Dinge offen anzusprechen. Das, was ich mich nur hier, im Schutz des Hauses, zu euch zu sagen traue, das prangern die Waldenser offen an! Und deshalb werden sie gejagt wie räudige Hunde! Nur aus diesem Grund! Sie stellen eine Gefahr dar, eine Gefahr für die Einnahmen meiner Kirche. So ist das – leider! Glaube mir,

Hans, auch ich war immer gegen diese Ablassunsitte eingestellt. Aber was sollte ich tun. Ich habe, soweit mir dies möglich war, nach Kräften versucht, es einzudämmen, so gut dies eben ging. Aber nunmehr spüre ich genau, wie mir seit einigen Jahren die Luft mehr und mehr abgeschnürt wird. Es ist immer dasselbe." Er sah auf und musterte den Hirten prüfend. „Hast du schon jemals etwas vom Mönch Kapistran gehört, Hans?"

Der junge Mann schüttelte schweigend seinen Kopf, während der Pfarrer einen kummervollen Blick zu dem Mönch hinüber schickte, der mit gefalteten Händen am Tisch saß und ganz in seiner Trauer versunken schien. „Ja, das habe ich mir gedacht! So schnell ist die Erinnerung verblasst. So rasch schaffen sie es, die Botschaften zu verwischen, die das Volk da und dort erreicht haben!" Er atmete noch einmal tief durch, bevor er zu seiner Erklärung ansetzte. „Ich habe mich vor gut 20 Jahren noch in Nürnberg aufgehalten. Dort habe ich eines Tages eine unglaubliche Predigt vernommen. Die Predigt eines Franziskanermönches mit Namen Kapistran..."

Überrascht sah Bruder Christian bei diesem Namen auf. „Kapistran! Du hast Kapistran und dessen Predigten erlebt?"

Der Anflug eines Lächelns huschte über die Miene des Pfarrers. „Wenigstens einer, dem dieser Name noch bekannt ist! Ja, ich habe ihn gehört und gesehen! Es war... unglaublich! Ich erinnere mich noch genau: Es war Sommer, ein heißer Julitag, als ich ihn zum ersten Mal erlebt habe. Aus reiner Neugier bin ich damals zu der Kirche gegangen, in der er an diesem Tag predigen sollte. Ich hatte gehört, es sei ein wortgewaltiger Prediger in die Stadt gekommen, der das Volk in Scharen anziehe. Und tatsächlich: Die Kirche war bereits voll, als ich dort ankam. Übervoll. Einige mussten hinaus auf den Kirchplatz gehen, denn sehr viele Menschen waren gekommen, um Kapistrans Worten zu lauschen. Und obwohl er fast ausschließlich in lateinischer Sprache gepredigt hat, haben ihn alle verstanden. Alle waren fasziniert von ihm und seiner Wortgewalt. Und natürlich von seiner Botschaft! Legt ab alle Eitelkeiten und Hoffahrt! Verbrennt eure Musikinstrumente, die das Werk des Satans sind! Verbrennt die Kartenspiele! Legt eure seidenen Gewänder ab! Hört auf, euch mit goldenem und silbernem Geschmeide aufzuputzen wie ein Pfau! Werft die Brettspiele ins Feuer und tut Buße! Und ob ihr es glaubt oder nicht: Die Menge hörte auf ihn! Es war wie ein Rausch, der das Volk erfasst hatte! Über dreitausend Schachbretter und noch viel mehr an Würfelspielen, hat es hinterher geheißen, sind an einem einzigen Tag in Nürnberg auf einem riesigen Scheiterhaufen verbrannt worden. Der Brand der Eitelkeiten! Ich habe Kapistran später noch ein paar Mal erlebt: in Aschaffenburg und in Würzburg. Und überall, wo er predigte, war der Effekt derselbe: Die Stadtmenschen haben alle Hoffahrt abgelegt und sind zu einem demütigen, bescheidenen Lebenswandel zurückgekehrt – wenigstens für einige Wochen...", fügte er lächelnd noch hinzu.

„Und die Kirche? Was haben die Priester dazu gesagt, die Bischöfe, die Äbte?"

„Die waren gut beraten, ihn machen zu lassen! Zumal auch Kapistran trotz aller Geißelung der Zustände im Land natürlich klug genug war, niemals direkt die Kirche oder gar ihre obersten Würdenträger anzugehen! Er hat sie ungeschoren gelassen und nur das Volk zur Buße und Umkehr bewegt! Was ihm ja auch glänzend gelungen ist. Insofern hat er die Menschen mit seinem religiösen Eifer dadurch erst Recht in eine panische Endzeitstimmung hineingetrieben. Oder, andersherum gesagt: Sie sind somit zielgenau in die Fänge des Ablasshandels geraten, der seitdem mehr und mehr die Schatztruhen der Kirche füllt. Andererseits aber haben die Bischöfe und Äbte aufgeatmet, als Kapistran endlich weiter gezogen ist in seinem missionarischen Eifer, denn man konnte letzten Endes ja doch nie sicher sein, ob dessen Predigten nicht doch beim einen oder anderen auf fruchtbaren Boden fallen und dieser dann Prunksucht und Hoffahrt der Kirche in Frage stellen würde!" Der Pfarrer klatschte in die Hände und fixierte seine beiden Zuhörer bedeutungsvoll. „Womit ihr seht, dass sich die Massen durchaus bewegen lassen, und dass die Herzen der Menschen offen sind für die christliche Botschaft. Dass sie sich danach sehnen und verzehren – gerade in diesen zerrissenen Zeiten..."

Schweigend waren sie wenig später auseinander gegangen. Keiner der Männer fand in dieser Nacht noch Schlaf.

8

„Ja! Gut so, Hans! Und lauter! Noch lauter! Und schneller! Immer schneller!" Es herrschte eine ausgelassene Stimmung an diesem sonnigen Sonntagnachmittag. Fast alle Dorfbewohner hatten sich dank der warmen Strahlen der Frühjahrssonne auf dem Platz vor der Dorfschänke versammelt und sogen nach diesem langen harten Winter gierig die nach Kraft und neu erwachtem Leben duftende Luft in ihre Lungen. Lange schon hatten sie sich auf diesen Tag gefreut. Auf einen richtigen Feiertag. Einen wichtigen Tag im bäuerlichen Jahresablauf. Denn am Sonntag Laetare vertrieben sie seit unvordenklichen Zeiten schon den Winter. Der Einzug des Frühlings wurde gefeiert, die Ahnung des bevorstehenden Sommers. Die Natur würde erwachen. Endlich war der Winter vorbei! Und wie sie einerseits schaudernd an den härtesten Winter seit Menschengedenken zurückdachten, der das Land monatelang in seiner eisigen Umklammerung gehalten und in der hungernden Bevölkerung gnadenlos seine Opfer gefunden hatte, so wenig konnte sich einer von ihnen an einen ähnlich warmen und sonnendurchfluteten Laetaresonntag erinnern. Kein Wunder, dass die Stimmung heute so ausgelassen war wie noch nie! Nach der feierlichen Prozession durch die Flur rund um Niklashausen hatte man beim verehrten wundertätigen Gnadenbild der Jungfrau Maria um eine gute Ernte gebetet, um hinterher zum fröhlichen Teil des Tages überzugehen. Über die restlichen Weinvorräte der Schänke wollte man sich hermachen, dazu ein Tänzlein wagen. Doch, das hatte man sich verdient! Und aus diesem Grund hatten sich die Bauern, die Leibeigenen und die Taglöhner rund um den mit Tannenzweigen und bunten Schleifen festlich geschmückten Brunnen versammelt. Am heutigen Nachmittag sollte das Feiern im Vordergrund stehen, Frühlingsbeginn, sprießendes Leben, neue Hoffnung.

„Schneller, Hans!" Begeistert klatschte der junge hochaufgeschossene Bauer zum Rhythmus der Sackpfeife in die Hände.

„Aber Jörg, was ist denn mit dir heute bloß geschehen?" grinste der neben ihm stehende Mann, ein untersetzter bärtiger Mitdreißiger, während er seinen hölzernen Becher in die Höhe hob und dem anderen fröhlich zuprostete. „Wohl bekomms!“

„Na siehst du, Heinrich! Dir schmeckt halt der Wein, während ich erst einmal ein paar Runden tanzen will! Aber bis du dich mit deiner Masse in Bewegung gesetzt hast, hab ich schon längst alle Mädchen durchgetanzt!“

„Frechdachs!“ knurrte der andere und bedachte den jungen Bauern mit einem gespielt vorwurfsvollen Klaps auf dessen Schulter. „Tanz du nur, wenn dir danach ist! Aber beschwere dich ja nicht, wenn hinterher kein Wein mehr im Fass ist!“

„Ach was“, lachte Jörg Hahn. „Dann trinken wir halt das Brunnenwasser. Das soll ja an einem solchen Tag wie heute ganz besondere Kräfte beinhalten! Wer weiß, wozu ich die heute noch gebrauchen kann“, setzte er kichernd hinzu, während er seinen Blick genussvoll über die Reihe der jungen Frauen wandern ließ, die sich auf der gegenüberliegenden Seite des Platzes versammelt hatten und ganz offensichtlich nur darauf zu warten schienen, bis einer der jungen Bauern den Mut fand, sie zum Tanz aufzufordern. „Der Hans ist heute aber wirklich außer Rand und Band! So ausgelassen habe ich ihn ja noch nie spielen hören!“ nickte Jörg bewundernd zu dem Hirten hinüber, der mit vor Anstrengung hochrotem Kopf kräftig in seine Sackpfeife blies und dem Instrument eine ganze Kaskade von sich beinahe überschlagenden Tonfolgen entlockte.

„Da! Sieh nur!“ deutete nun auch Heinrich Schmied auf den Musikanten, während er lachend den Kopf schüttelte. „Das gibt es ja gar nicht! Jetzt spielt der auf zwei Instrumenten gleichzeitig!“ Tatsächlich hatte Hans mit seiner rechten Hand eine Rute ergriffen, mit der er jetzt im Takt seiner Sackpfeife auf die fellbespannte Trommel hieb, die ihm an einem ledernen Band um den Hals hing. Und mit der linken Hand bediente er daneben die Sackpfeife. „Unglaublich“, staunte der Schmied. „Wie so etwas funktionieren kann! Und dann bläst der auch noch in den Sack hinein!“

„Der hat doch genügend Zeit zum Üben, als Schäfer!“, rief der junge Bauer, während er bereits auf die Mädchen zueilte, die ihm voll schüchterner Erwartung entgegen lächelten. Welche von ihnen würde Jörg wohl als erste zum Tanz auffordern? Er war ein sympathischer, lebenslustiger Bursche, gut gewachsen und mit seinem dichten braunen Haarschopf ein begehrenswerter Junge, den keine von ihnen zurückweisen würde, falls er sich um ihre Gunst bemühen wollte. Zudem befand sich der Jörg mit seinen gut und gerne 25 Jahren in einem Alter, in dem andere längst schon Familie und Kinder hatten. Zielstrebig war der begehrte Junggeselle auf ein hübsches Mädchen mit langen, schwarzen Zöpfen zugestürmt, dieser zur Enttäuschung der übrig gebliebenen auffordernd seine Hand entgegenstreckend, und schon hatten sie den Reigen begonnen. Als hätten sie nur auf dieses Signal gewartet, stürmten nun auch die anderen Jungen los, und bald schon hatten sich zahlreiche Paare gefunden, die ausgelassen kreuz und quer über den Platz hüpften. Die einen elegant, die anderen eher schwerfällig. Egal! Vergnügt waren sie alle. Und immer wieder klatschten sie ihrem Taktgeber begeisterten Beifall. „Prima, Hans! Mach weiter so, solange du kannst!“

Der junge Musiker nickte glückselig, als er die aufmunternden Rufe vernahm, während er einen sich mehr und mehr beschleunigenden Rhythmus anschlug. Er hatte es geschafft, sich dank seiner Musik in eine Art euphorisierten Rauschzustand zu versetzen. Endlich! Endlich war es ihm mit Hilfe der Musik gelungen, die dunklen Schatten zu vertreiben, die sich nach den schlimmen Ereignissen der letzten Tage schwer auf sein Gemüt gelegt hatten.

„Da, Hans! Trink einmal! Du bist ja schon ganz außer Atem – und nass geschwitzt bist du auch!“ Der Bauer, der an den wenigen Festtagen im ländlichen Kalender die Schänke betrieb, ein knorriger alter Mann mit faltigem Gesicht und fröhlich funkelnden graublauen Äuglein, streckte dem schweißnassen Musiker einen gut gefüllten Humpen entgegen, den dieser dankbar ergriff und mit wenigen hastigen Zügen leerte. „Ah, das tut gut!“ setzte Hans den Humpen wieder ab und wischte sich mit dem Handrücken die Lippen. „Nach dem nächsten Tanz darfst du mir ruhig noch so einen Trunk kredenzen“, strahlte er augenzwinkernd zu dem Wirt hinüber.

„Nicht, dass du mir dann umfällst!“ grinste dieser vergnügt zurück. „Wir brauchen dich heute Nachmittag noch eine Weile! Und mein Wein hat es in sich...“

„Ach, Sebastian“, rollte der Musiker in gespielter Verzweiflung mit den Augen. „Du willst doch nur, dass ich nicht zu viel von deinem Wein vertilge! Und das, obwohl es der einzige Lohn ist, den du mir zukommen lässt!

Alter Geizkragen!“

„Und was ist mit den Münzen, die dir von den Bauern hier zugesteckt werden?“ konterte der Wirt kopfschüttelnd. „Ich glaube nicht, dass du zu kurz kommst, heute...“

„Weiter! Wann geht es denn endlich weiter, Hans?“ ließ sich in diesem Moment eine ungeduldige Stimme aus den Reihen der Tänzer vernehmen.

„Ja! Weiter! Weiter! Auf geht's, Hans!“ riefen nun auch die anderen, während sie auffordernd in die Hände klatschten.

„Schon gut! Es kann weitergehen! Hoffentlich könnt ihr meinem Spiel auch folgen!“ lachte der Hirte und blinzelte schelmisch in die erwartungsvolle Menge hinein. „Jetzt kommt nämlich ein ganz schnelles Liedlein an die Reihe!“ Er holte tief Atem, um anschließend den Dudelsack kräftig aufzublasen, bis dieser sich prall gefüllt präsentierte. Hans nickte zufrieden, dann griff er nach dem Stock für die Trommel, den er mit ausgestrecktem Arm in die Höhe hob und den Tänzern feierlich präsentierte. „Macht euch bereit! Es kann losgehen!“

Mitten in der Bewegung jedoch hielt er inne. Hatte er richtig gesehen? Angestrengt kniff er die Augen zusammen und spähte über den Platz hinweg zu einer Hütte hinüber, bei der er gerade eine junge Frau erblickt hatte, die das fröhliche Treiben mit schüchtern gesenktem Kopf bewegungslos verfolgte.

Tatsächlich! Sie war es! Trude! Die Trude aus Holzkirchen! Die Tochter des kürzlich ermordeten Bauern. Die Tochter von Frieder, den die Reisigen des Junkers als angeblichen Wilderer bestialisch umgebracht hatten. Ermordet! Ja, so und nicht anders hatte er dies genannt und als Mord würde er es auch künftig immer bezeichnen! Da konnten ihn selbst der Pfarrer und auch der Bruder Christian noch so sehr zur Vorsicht bei seinen Äußerungen mahnen! Und nun war sie gekommen, die Trude! Wie sie es angekündigt hatte, damals, als sie sich an diesem schlimmen Tag vor der Hütte ihrer Eltern verabschiedet hatten. So richtig hatte es Hans nämlich gar nicht glauben können, dass sie ihre Ankündigung tatsächlich wahr machen würde. Die kleinen Geschwister, das vertraute Umfeld... Aber sie war gekommen! Sie war hier! Hans spürte, wie sein Herz vor Freude schneller schlug. Doch: Weshalb blieb sie dort drüben so unentschlossen stehen? Weshalb kam sie denn nicht zu ihm an den umgedrehten Holzzuber, auf dem er für alle sichtbar aufspielte? Plagte sich die Trude etwa mit der Sorge herum, sie sei ihm womöglich gar nicht willkommen? Aber nein! „Trude!“ Hans wedelte mit dem Stock in seiner Hand heftig zur anderen Seite des Platzes hinüber. „Trude! Hier bin ich!“ Überrascht wandten sich die Tänzer um. Was war denn in den Musikanten gefahren? Weshalb fuchtelte der mit seinem Stock in der Luft herum und unterhielt sich mit einem Mädchen, anstatt seiner Pflicht und Schuldigkeit nachzukommen und endlich wieder aufzuspielen?

Verlegene Röte schoss in das Gesicht der jungen Frau, die urplötzlich alle Blicke auf sich gerichtet sah. Langsam hob sie den Kopf und bedachte Hans mit einem immer noch skeptischen Blick. „Trude! Komm herüber!“ jubelte dieser und hüpfte trotz der Sackpfeife und der Trommel, die um seinen Hals hing, fröhlich in die Höhe. „Schön, dass du da bist!“

Ein strahlendes Lächeln brach sich nun auch bei Trude endgültig seine Bahn. Sie hob die Hand und winkte Hans dankbar und erleichtert zu. Mit einer ausholenden Armbewegung deutete sie an, dass sie sich nun außen an der Menge vorbei zu ihm hinüber arbeiten würde.

„Was ist jetzt,Hans? Wann geht's denn endlich weiter?“ Eine ungeduldige Stimme drängte sich in die Glückseligkeit, die den Musikanten erfasst hatte.

„Schon gut!“ beschwichtigte er die ungeduldigen Tänzer. Wieder hob er den Stock in die Höhe, blies kräftig neue Luft in seine Sackpfeife und wippte zwei-, dreimal mit dem Fuß. Dann erklangen, begleitet von begeisterten Jubelrufen, die ersten Töne. Augenblicke später schien der Platz unter den Füßen der wie entfesselt tanzenden Frauen und Männer förmlich zu erbeben. Es herrschte eine ausgelassene Stimmung. Was konnte es schöneres geben als einen solchen vom Herrgott geschenkten Tag? Die warmen Strahlen der Frühjahrssonne, die fröhlichen Menschen, die heute mit neuer Kraft versehen die Last des langen Winters von ihren Schultern abzuschütteln schienen, die Magie seiner Musik und dann die Trude! Die Trude, die ihr Versprechen wahr gemacht hatte. Die zu ihm, dem einfachen Schäfer, gekommen war! Die seine Zuneigung also erwiderte! Voller Inbrunst betätigte Hans seine Musikinstrumente. Es war der schönste Tag in seinem Leben! Ein Tag, der nie vergehen sollte! Das wäre wunderbar! Ach, könnte man doch nur solche Stunden festhalten – auf immer und ewig festhalten...

Es war ein regelrechter Rauschzustand, in dem sich Hans glückselig versunken wähnte. Der Rhythmus seiner Musik, die langgezogenen Töne der Sackpfeife, die den Platz erfüllten, das Wummern der Trommel, die fröhlichen Tänzer, von deren Gesichtern die ersten Schweißperlen auf die zertrampelte Erde tropften, dann Trude, die sich mühsam durch die Menschen hindurchzwängte, um ihm endlich nahe zu sein...

Aber was war das? Weshalb verebbte die Bewegung der Tänzer so plötzlich? Weshalb blieben sie mit einem Mal alle stehen? Wie aus heiterem Himmel blieben sie stehen! Einer nach dem anderen! Irritiert blinzelte der Musiker durch das grelle Sonnenlicht über den Platz hinweg. Hans schien es gerade so, als hätte ein gewaltiger Donnerschlag die Heiterkeit mit seinem brutalen Knall vernichtet. Wie zu Salzsäulen erstarrt, die vor Erschöpfung roten Köpfe schuldbewusst gesenkt, standen alle da. Still! Stumm! Nur eine einzige, ärgerliche Stimme war zu vernehmen. Unbemerkt von den feiernden Menschen war ein schwarzgekleideter Wanderprediger in das Dorf gekommen, der sich nun grob und schimpfend von hinten einen Weg durch die Menge bahnte. Eine laute, weithin dröhnende Stimme, die sich aus dem zornverzerrten Gesicht über die ungläubig staunenden Leute ergoss. Und keiner von ihnen wagte es, den Mann, der einem Racheengel gleich durch die Tänzer pflügte, Einhalt zu gebieten.

Schließlich hatte es der Schwarzgekleidete geschafft, sich direkt neben den kleinen Holzzuber zu postieren, auf dem Hans für alle sichtbar seine Musik erklingen ließ. Drohend baute der Mann sich auf und reckte die Arme in den Himmel, nachdem er den Musiker mit einem verächtlichen Blick gestreift hatte, der den jungen Schäfer trotz der warmen Sonnenstrahlen dieses Tages bis ins Innerste hatte erschaudern lassen.

„Sünder! Elende Sünder! Welch unchristlichem Tun und Treiben gebt ihr euch hin?! Weshalb versündigt ihr euch mit unkeuschem Tanz in dieser heiligen Zeit, anstatt unserem Herrgott zu danken für diesen Tag und in christlichem Gebet Einkehr zu halten bei ihm?! Nein, ihr lasst euch treiben von den Mächten des Bösen. Lasst euch willfährig leiten vom Satan! Lasst euch verleiten zu Tanz, Sauferei und Hurerei! Der Antichrist ist über euch gekommen und wird eure Seelen mit sich führen in die ewige Verdammnis! Hoffahrt und Eitelkeit hat euren Geist verdunkelt! Der Zorn des Herrn wird euch treffen und euch zerschmettern mit allen Gliedmaßen, wenn ihr nicht umkehrt auf dem Weg der Sünde! Gedenkt der heiligen Jungfrau Maria und ihrer Gnade! Tut Buße und werft euch vor mir in den Staub der Erde, zu dem auch ihr eines Tages wieder werdet! Lasst ab von euren Sünden und bereut euer unchristliches Treiben, auf dass eure Seelen gerettet werden aus der ewigen Verdammnis! Werft ab eure Broschen, eure bunten Tücher! Schüttet sie aus, die Becher mit dem berauschenden Wein, der eure Sinne vernebelt! Hört nicht mehr länger auf die Melodien des Teufels, die euer Hirn beherrschen! Kniet nieder, tut Buße!" Gebieterisch deutete die schwarze Gestalt mit dem ausgestreckten Arm auf die zertrampelte Erde, während er die Bauern weiterhin aus seinen dunklen Augen vorwurfsvoll musterte.

Betroffen starrten die eingeschüchterten Menschen zu Boden. Nichts war mehr zu verspüren von der ausgelassenen, fröhlichen Atmosphäre, die noch vor wenigen Augenblicken den Platz erfüllt hatte. Nur aus den Augenwinkeln heraus schienen sie es zu wagen, sich gegenseitig verstohlene Blicke zuzuwerfen. Während sich die ersten von ihnen mit gefalteten Händen langsam auf die Knie sinken ließen, drängten sich nun zwei junge Männer durch die Menge und bauten sich mutig vor dem religiösen Eiferer auf. „Was hast du uns hier zu tadeln?! Wir tun doch ganz und gar nichts unchristliches! Das ganze Jahr über hat jeder von uns hart gearbeitet! Und nach der getanen Arbeit, da wird es gestattet sein, auch einmal zu feiern. Der vergangene Winter war hart genug und hat gnadenlos seine Opfer unter uns gefordert. Der Winter ist nun vorbei: Wir haben ihn überstanden und wir vertreiben ihn heute nunmehr endgültig mit unserer Fröhlichkeit! So wie es schon unsere Ahnen gemacht haben! Das sei auch uns gestattet!" Mit vor Erregung und vielleicht auch innerer Anspannung vibrierender, aber dennoch fester Stimme hatte Heinrich Schmied dem Prediger seine Entgegnung harsch in das Gesicht geschleudert. Der bärenstarke, große Mann verschränkte die Arme vor der Brust und musterte den Eiferer grimmig, während sich die Bauern entsetzte Blicke zuwarfen und erschreckt die Hände vor den Mund schlugen. Plötzlich wurde allen klar, dass sie in eine sehr bedrohliche Situation geraten waren.

Der Schwarzgekleidete zog seine Stirn in unwirsche Falten, während er den Schmied und dessen Gefährten Jörg Hahn, der sich mit vor Erregung zitternden Beinen tapfer an Heinrichs Seite gestellt hatte, mit einem vernichtenden Blick bedachte.

„Fröhlichkeit! Tanz und Ausgelassenheit!“ spuckte der Prediger die Worte vor den beiden förmlich aus seinem Mund. „Das sind heidnische Untugenden! Die Hinterlassenschaft des Satans! Von wegen althergebrachter Brauch eurer Vorfahren! Heiden waren sie! Allesamt Heiden und Ketzer, die längst der ewigen Verdammnis anheim gefallen sind! Kehrt um und bereut, was ihr getan habt!“ donnerte er mit gewaltiger Lautstärke in die Menge hinein. „Wer in mir bleibt und ich in ihm, der bringt viel Frucht, denn ohne mich könnt ihr nichts tun, spricht der Herr. Wer aber nicht in mir bleibt, der wird weggeworfen wie eine Rebe und verdorrt. Und man sammelt sie und wirft sie ins Feuer! Gott strafe die Ungehorsamen und die Hoffährtigen!“

Die Leute zuckten bei diesen Worten zusammen, als wären sie von Peitschenhieben getroffen worden.

„Jetzt ist es aber genug! Ich lasse meine Ahnen nicht als Ketzer in den Dreck ziehen!“ machte Jörg einen energischen Schritt auf den Unheilsverkünder zu. „Von nichts und niemandem!“

„Herr, schütte deinen Grimm auf die Völker, die dich nicht kennen, und auf die Königreiche, die dich nicht rufen!“ wetterte der Eiferer unbeeindruckt weiter.

Während der Schmied geistesgegenwärtig seinen Begleiter am Oberarm packte und ihn so mit festem Griff davon abhielt, sich voller Zorn auf den selbstgerechten Gottesmann zu stürzen, erklang neben ihnen eine leise Melodie aus der Sackpfeife des Hirten.

„Was tust du da, du elender Wicht?!“ fuhr der Prediger unwirsch herum. „Lass ab von deinem gottlosen Tun und knie vor mir nieder in den Staub der Erde, um deine Sünden zu bereuen! Auf der Stelle! Knie nieder!“, donnerte er wutschnaubend zu dem arglosen Hans hinüber.

Betroffen zuckte dieser mit den Schultern. „Was willst du denn? Ich habe nichts Böses getan und bin mir keiner Schuld bewusst!“ Tatsächlich hatte es Hans für eine gute Idee gehalten, die leise Weise auf dem Dudelsack anzustimmen, um die aufgeheizte Atmosphäre dadurch vorsichtig zu entspannen. Doch er hatte offensichtlich genau das Gegenteil damit bewirkt.

„Satan! Das wagst du, mir zu sagen!" schäumte der außer Rand und Band geratene Mann, während er angeekelt direkt vor den Füßen des jungen Hirten ausspuckte. Mit beiden Händen hob er ein vergoldetes Kreuz in die Höhe. „Satan, der du bist! Kehre um, im Namen des Herrn! Lass ab von deinem unchristlichen Treiben! Verdammt seien die Musiker, denn sie sind nichts als des Teufels Blasbälger!"

Erregtes Gemurmel breitete sich bei diesen Worten in der Menge aus, während Hans mit aschfahler Miene auf den Geistlichen herunter starrte, der ihn gerade eben auf eine Stufe mit den Ketzern gestellt hatte. „Aber, aber..." suchte er krampfhaft nach Worten. „Das kannst du doch nicht ernsthaft meinen, was du da gerade eben gesagt hast..." Er schob die Trommel beiseite, die immer noch um seinen Hals hing, und klopfte mit der Rechten auf seine Brust. „Ich bin nichts mehr als ein einfacher Hirte, der den Menschen mit seinen Weisen ein bisschen Freude zu verschaffen vermag. Nichts mehr will ich sein, nichts mehr bin ich!" Mit Tränen in den Augen stierte er suchend in die Menge. Schließlich hatte sein Blick Trude gefunden, die ihm mit vor Schmerz und Anspannung fest zusammengepressten Lippen heftig zunickte. „Ich... ich... bin... nicht... nicht das, was du da gerade eben gesagt hast! Niemals!" flüsterte er leise und bis ins Innerste tief getroffen.

Während Jörg Hahn und Heinrich Schmied den neuerlichen Disput abwartend verfolgt hatten, ergriffen sie nun die Initiative. Mit ausgestrecktem Arm deutete Jörg die Straße hinunter, die aus dem Dorf in Richtung Werbach führte. „Es reicht! Scher dich zum Teufel! Auf der Stelle! Fort von hier!"

Der Prediger stemmte entgeistert die Hände in die Hüften und durchbohrte den jungen Bauern mit einem vernichtenden Blick. „Was getraust du dir, du elender Wurm? Wer wagt es, mir im Namen des Leibhaftigen zu begegnen! Verdammt seist du für deine Sprache, verdammt sei deine..."

Weiter kam er nicht. Heinrich, der bärenstarke Schmied, hatte ihn entschlossen an der Kapuze seiner schwarzen Kutte gepackt und hob den verzweifelt mit den Beinen in der Luft zappelnden Unheilsverkünder vor sich in die Höhe. „Hast du nicht gehört, wie dir befohlen worden ist? Du sollst dich davon machen, und zwar auf der Stelle! Hast du mich nun verstanden, oder muss ich noch deutlicher werden?" Mit eisenhartem Griff schüttelte er den Mann wie eine leblose Strohpuppe hin und her, dann ließ er ihn unvermittelt los, so dass der Prediger hart auf den zertrampelten schmutzigen Erdboden des Dorfplatzes plumpste.

„Ach", ließ der Schmied ein dröhnendes Lachen hören. „Da ist mir der Fisch wegen seiner wilden Zappelei wohl aus der Hand geglitten! Hoffentlich hat er sich nichts gebrochen dabei!"

Stöhnend rappelte sich der Wanderprediger wieder hoch und streifte den höhnisch grinsenden Schmied mit einem hasserfüllten Blick.

„Nun gut, so schlimm scheint es nicht gewesen zu sein! Er steht schon wieder, unser frommer Bruder!" Ein warnendes Flackern in seinen Augen genügte, um den anderen davon abzuhalten, sich wütend auf ihn zu stürzen. „Und nun, Lebewohl und bringe den Schäflein, die es nötiger haben als wir, deine Botschaft zu Gehör!" Er versetzte dem taumelnden Mann einen groben Schubs und reckte entschlossen sein Kinn in die Höhe. „Der Herr sei mit dir – auf all deinen Wegen, nur nicht auf denen, die sich mit den unseren kreuzen!" setzte er abschließend noch hinzu, während sich der gedemütigte Kuttenträger mit hektisch rudernden Armen einen Weg durch die wie versteinert das Geschehen verfolgende Menge bahnte. Erst nachdem er am gegenüberliegenden Ende des Platzes angelangt war, wandte er sich noch einmal um. „Der Himmel soll euch strafen!" schickte er seinen Fluch über die Versammlung. Danach eilte er mit hastigen Schritten davon.

Eine Zeit lang herrschte beklommene Stille unter der Menschenmenge. Stumm beobachteten die Dorfbewohner, wie der religiöse Eiferer, weitaus weniger würdevoll als er gekommen war, hinter der letzten Hütte des Dorfes verschwand.

„So, das hätten wir!" klatschte sich der Schmied schließlich lachend in die Hände. „Auf Nimmerwiedersehen, frommer Mann!"

Mit gespannter Aufmerksamkeit in ihren Gesichtern wichen die Leute zurück, als sich der Pfarrer langsam dem Holzzuber näherte. Mit besorgtem Stirnrunzeln musterte er den Schmied und dessen Gefährten. „Ob das gut war, Heinrich? Hat das denn wirklich sein müssen?" fragte er leise.

Unwirsch zuckte Jörg mit den Schultern. „Ja was denn sonst? Da kommt einer an und schreit uns, kaum dass er richtig da ist, die übelsten Verwünschungen ins Gesicht! Und wir sollen stillhalten und zu all dem auch noch

Ja und Amen sagen?! Nein! Und noch einmal nein, Herr Pfarrer! Wir lassen uns schon viel zu viel gefallen, weit mehr, als es uns aufgegeben ist. Und dann kommt da noch so einer daher und will uns das letzte bisschen Freude, das uns dieses Dasein zugesteht, auch noch nehmen. Nein, soll er doch lieber zu den adligen Herrschaften gehen und deren Lebenswandel anprangern! Da hätte er mehr als genug zu tun, mehr als..."

„Jörg!" fiel ihm der Pfarrer energisch ins Wort, während er warnend seinen Zeigefinger an die Lippen legte. „Sei vorsichtig in dem, was du da sagst! Hüte dich vor allzu forschen Reden..."

„Vorsichtig, vorsichtig!" Der junge Bauer ballte wütend die Fäuste. „Immer ist es Sache des gemeinen Volkes, Demut und Tugend an den Tag zu legen! Immer nur uns halten diese Leute zur Buße an! Ist das die christliche Botschaft, die ihr immer meint? Steht das, was dieser Mann uns da ins Gesicht geschleudert hat, denn tatsächlich in der Bibel? Die Botschaft der Versöhnung, von der ihr redet? Wie passt das zu diesen Worten? Was sagt die heilige Schrift denn nun tatsächlich? Kommt", machte er einen energischen Schritt auf den Pfarrer von Niklashausen zu. „Holt sie uns her, die Schrift, lest sie uns vor! Zeigt uns die Stellen!"

Verlegen senkte der Pfarrer den Kopf. „Du weißt so gut wie ich, dass die heilige Schrift in lateinischer Sprache niedergeschrieben worden ist. Und du weißt auch, dass ich des Lateinischen nicht mächtig bin", murmelte er leise. „Ich habe keine dieser Klosterschulen je besuchen können, sondern die Einführung in die heilige Schrift auf andere Art und Weise erhalten. Auch ich komme – genau wie du, Jörg – aus einfachen Verhältnissen."

Eine leichte Röte zog nun über das Gesicht des jungen Mannes. „Entschuldigung! Ich wollte Euch nicht beleidigen. So war das nicht gemeint. Glaubt mir bitte."

„Es ist schon in Ordnung, Jörg. Aber wir können uns dennoch bemühen, Antworten auf deine Fragen zu finden. Wir können, wenn du einmal Zeit dafür aufbringen kannst, gerne zu Bruder Christian gehen und uns Aufklärung über die betreffenden Stellen in der Schrift verschaffen. Ich habe das selber schon mehrfach getan. Denn Bruder Christian ist ja lange Jahre im Kloster gewesen und hat seinerzeit die entsprechende Ausbildung erfahren. Er tut es gerne. Er wird sich freuen, dich zu sehen. Doch bis dahin solltest du vorsichtiger sein. Vorsichtiger mit deinen Reden. Genauso wie auch du, Heinrich", legte er dem Schmied eine Hand schwer auf dessen Schulter. „Glaubt mir, es ist besser so. Ich kenne sie nämlich. Nur allzu gut. Leider. Sie und ihresgleichen! Versprecht es mir, vorsichtiger ans Werk zu gehen. Wenigstens bis zu unserer ersten Begegnung mit Bruder Christian, zu der natürlich auch du, Heinrich, herzlich eingeladen bist. "

Während die beiden jungen Männer mit ernsten Mienen nickten, richtete der Pfarrer seinen Blick auf den Hirten und registrierte bekümmert, wie sehr diesen die zornigen Worte des Predigers ganz offensichtlich getroffen hatten. Alle Farbe war aus seinem Gesicht gewichen, mit gesenktem Kopf stand er nach wie vor auf dem kleinen Holzzuber. Regungslos. Trude war zu ihm gekommen und hatte seine Hand fest umklammert, während sie mit tränenglitzernden Augen zu dem bis ins Innerste erschütterten Musikanten aufsah, der sie jedoch gar nicht zu registrieren schien.

„Nimm es nicht so schwer, Hans", flüsterte der Pfarrer mitfühlend. „Das war einer dieser Eiferer. Einer von denen, die meinen, sie hätten die Heiligkeit ganz für sich alleine gepachtet!"

Ein bitteres Zucken huschte über die Mundwinkel des Schäfers.

„Glaube mir, Hans. Diese üblen Vorhaltungen schleudert er allen und jedem ins Gesicht! Je härter die Worte, desto größer die Bußfertigkeit! Nach diesem Grundsatz gehen sie vor, diese Inquisitoren! Diese Geißeln der Menschheit!"

Überrascht sah der Musikant bei diesen Worten auf. Der Pfarrer bemerkte erschrocken, dass er sich in seinem Verdruss über die Praktiken des Wanderpredigers zu einem unbedachten Ausspruch hatte hinreißen lassen. Er hatte mehr gesagt, als er eigentlich hatte sagen wollen. Zumindest in der Öffentlichkeit! Hoffentlich hatte es niemand von den Bauern gehört. Niemand von denen, die es an einen der immer wieder im Taubertal herumziehenden Sendboten des Mainzer Bischofs weitergeben würden... Verstohlen blickte er sich um. Doch auf den Gesichtern der Umstehenden spiegelte sich nach wie vor Betroffenheit, beim einen oder anderen nun vermischt mit immer größerer Ungeduld.

„Hans! Was ist denn nun?" ertönte in diesem Moment eine laute Stimme. „Jetzt spiel schon endlich weiter! Der schwarze Rächer ist verschwunden! Der tut uns heute nichts mehr! Kommt, lasst uns fröhlich sein! Das Leben ist hart und kurz genug! Lass uns jetzt nicht hängen, Hans!"

„Recht hat er!" schallte es nun auch von der anderen Ecke her aus der Menge. „Wir lassen uns doch unser schönes Fest nicht verderben! Hans, lass deine Melodie erklingen!"

„Ja, Hans!" Jetzt kam allmählich Bewegung in die Menge. Erleichtert atmeten die Menschen auf. Der Bann der Verwünschungen schien gebrochen. Nur schnell vergessen und die düsteren Gedanken aus dem Kopf drängen! Heute, an diesem strahlend schönen Sonnentag, da wollten sie leben. Nur leben und fröhlich sein! Tanzen! Feiern! Lustig sein!

„Auf geht's, Hans! Ein fröhliches Tanzliedlein!"

Noch immer schien der junge Musiker zu zögern, obwohl sich mehr und mehr Stimmen in den Chor derer mischten, die ihn zum Musizieren aufforderten. Auch Trude schien derselben Meinung wie die anderen. Aufmunternd klatschte sie nun in die Hände. „Ja, Hans. Sie haben Recht! Tu es! Spiel auf!"

Ein Lächeln zeigte sich auf dem Gesicht des jungen Hirten. Hans schenkte Trude einen dankbaren Blick aus seinen blauen Augen und nickte eifrig. Dann hob er die Sackpfeife an und blies mit aller Kraft hinein. Kaum hatte sich der Blasebalg des Instruments prall gefüllt, ließ Hans durch einen kräftigen Schlag auf die Trommel das Signal zur Fortsetzung ertönen, das von den Menschen auf dem Platz mit begeistertem Jubel aufgenommen wurde. Und schon erklangen die ersten Töne. Eine muntere, mitreißende Melodie. Ein schneller, fast schon ekstatischer Rhythmus.

Noch nie hatten sie den Hans dermaßen flink und tongenau spielen hören, wie an diesem Nachmittag. Noch besser als vor der unwillkommenen Unterbrechung. So zumindest schien es den Menschen, die freilich selbst wie entfesselt zu tanzen begannen. Gerade so, als wollten sie mit diesen wilden Bewegungen die Verwünschungen abschütteln, die der unheimliche Prediger kurz zuvor über ihnen ausgeschüttet hatte. Und so hatten die meisten von ihnen die unangenehme Episode rasch wieder vergessen. Ausgelassenes, fröhliches Treiben herrschte auf dem Dorfplatz, dessen Boden wieder unter den Füßen der Tänzer zu erzittern schien. Helles Lachen vermischte sich mit dem warmen grellen Sonnenlicht und wischte endgültig die Schatten beiseite, die der Prediger über Niklashausen zu legen versucht hatte.

Immer lauter schallten die Töne des Dudelsacks über die Tanzfläche, immer kräftiger hieb Hans auf seine Trommel, immer mehr steigerte er den Rhythmus, begeistert beklatscht von der tanzenden aufgepeitschten Menge. Doch dann, urplötzlich, schlagartig, verstummte die Musik. Ein letztes qualvolles Wimmern aus dem kraftlos in sich zusammenfallenden Dudelsack, mehr war mit einem Mal nicht mehr zu hören. Erstaunt hielten die Tänzer inne. Was sollte das? Weshalb hatte Hans seine Musik mitten in der Melodie einfach unterbrochen? Weshalb war die Sackpfeife verstummt? Und wieso hieb er nicht mehr mit rhythmischen Schlägen auf die Trommel? Und: Welch merkwürdige Miene stellte der Musikant da gerade zur Schau?

„Was ist los, Hans? Ist dir die Luft ausgegangen?"

„Auf geht's, Schäfer. Lass deine Trommel erklingen!"

„Nun mach schon, Pfeifer! Mach deinem Namen Ehre!"

Doch was sie auch an aufmunternden Worten zu dem jungen Musikanten auf seinem Zuber hinaufriefen, es zeigte keinerlei Wirkung. Apathisch und mit gesenktem Kopf stand Hans Böhm regungslos da und schien völlig in sich versunken.

Die ersten ärgerlichen Stimmen unter den verhinderten Tänzern ließen sich nun vernehmen. „Was hat denn der?"

„Was glaubt der denn, welches Spiel er mit uns treiben kann?"

„Will der etwa eine bessere Bezahlung herausschinden oder was?"

Selbst Trude schien verwirrt und musterte Hans besorgt. „Hans, spiel doch weiter. Bitte! Tu es... tu es für mich", flüsterte sie mit belegter Stimme. „Die Leute hier können doch nichts dafür, lass uns später über alles reden..."

Aber selbst Trudes Stimme schien ihn nicht zu erreichen. In den Augen des Mädchens spiegelte sich die Sorge um ihren Freund, als sie ihn vorsichtig am Ärmel zupfte. „Hans... was ist denn mit dir? Hans, bitte!"

Doch nach wie vor kam keine Reaktion von dem Musikanten.

Der Chor der ärgerlichen Stimmen steigerte sich allmählich.

„Spiel endlich weiter!"

„Auf geht's, Hirte! Blas in deinen Dudelsack! Genug Trübsal geblasen jetzt!"

„Das war noch lange nicht genug! Wir wollen weiter tanzen!“

„Mach weiter jetzt! Lass die Musik erklingen! Sonst gibt's nachher keine einzige Münze!“

„Nicht einmal mehr etwas zu Trinken! Also los jetzt!“

Die Aufforderungen verhallten ungehört.

„In drei Teufels Namen: spiel' endlich!“ Erschrocken hielten sich einige der Umstehenden die Hand vor den Mund, nachdem der zornige Mann seinen wütenden Fluch herausgeschmettert hatte. „Ist doch wahr!“, verteidigte der sich ungerührt. „Der Kerl soll endlich weiter spielen! Sonst gibt's nicht nur keinen Heller, sondern höchstens eine ordentliche Tracht Prügel!“

Einige der anderen Bauern lachten derb. „Hat noch keinem geschadet, ein bisschen den Pelz ausgeklopft zu bekommen...“

„Der scheint ja geradezu darum zu betteln...“

„Er braucht kein zweites Mal zu bitten: Dem Mann kann geholfen werden...“

Langsam schoben sich die ganz offensichtlich bereits ordentlich bezechten kräftigen Bauern durch die Menge auf den Musikanten zu und bauten sich drohend vor dessen Podest auf. Herausfordernd stemmten sie die Arme in die Hüften.

„Also dann, Musikant! Komm herunter von deiner Empore, damit wir dir den Staub aus den Kleidern klopfen können!“

„...oder sollen wir zu dir hinaufkommen, damit die anderen besser zuschauen können?“, lachte der Nächste roh.

Doch Hans ließ sich von keiner dieser Drohungen beirren. Er schien sie nicht einmal gehört zu haben.

„Er schweigt! Es scheint ihm die Sprache verschlagen zu haben!“

„Ihm scheint also alles recht zu sein! Nun gut, dann lasst uns zu ihm hinauf klettern!“

„Bitte! Nicht! Das dürft ihr nicht!“ Gerade als die Männer Anstalten machten, ihre Ankündigung in die Tat umzusetzen, stellte sich Trude ihnen in den Weg. „Bitte! Lasst ihn! Lasst ihn doch einfach in Frieden!“

„In Frieden lassen! Was glaubst du, Mädchen...“

„Er soll spielen, dann hat er seine Ruhe...“

„...und wenn er nicht spielt, dann braucht er sich über die Folgen nicht zu wundern! Aus dem Weg, Mädchen!"

Mit einer unwirschen Geste schubste einer der Bauern Trude grob zur Seite, und wenn nicht einer der Tänzer das taumelnde Mädchen gerade noch am Oberarm gepackt hätte, wäre sie zu Boden gefallen, so heftig war der Stoß.

Hans schien von all dem nicht das Geringste wahrzunehmen. Langsam hob er jedoch nun seinen Kopf und richtete seinen Blick auf einen imaginären Punkt weit in der Ferne. Ein entrücktes leichtes Lächeln spielte um seine Mundwinkel.

„Er ist verrückt geworden!" flüsterte eine ältere Frau, während sie den jungen Hirten besorgt musterte. „Der Fluch hat sich über ihm ausgebreitet..."

„Ach was, der Fluch!" Unwillig stampfte einer der bezechten Bauern mit dem Fuß auf. „Was ist jetzt? Holen wir ihn herunter?"

„Wagt es nicht!" mischte sich nun Heinrich Schmied, der den bisherigen Disput mit missgelaunter Miene verfolgt hatte, in das Geschehen. Mit vor dem Oberkörper verschränkten Armen baute sich der bärenstarke Mann drohend vor den verhinderten Tänzern auf. Und damit diese erst gar nicht versuchen sollten, ihre Chancen im Kampf drei gegen eins abzuwägen, gesellte sich der nicht minder kräftige Jörg Hahn an seine Seite.

„Was habt ihr euch uns denn in den Weg zu stellen?" krächzte der mutigste der drei Bauern den beiden entgegen, während seine Gefährten sich vorsichtshalber ein, zwei Schritte nach hinten bewegten.

Im selben Moment ertönte eine zarte, helle Stimme. „Maria, wahre Himmelsfreud, der Welt Ergötzlichkeit! Wer wollt dich nicht lieben? Du stehst mir geschrieben, in meinem Herzelein..."

Irritiert blickten die Anwesenden hoch. Ja, es war Hans, aus dessen Mund dieses Lied erklang. Nach wie vor starrte er mit entrücktem Lächeln blicklos in die Ferne, während er mit immer festerer, lauter werdender Stimme die altbekannten einfachen Strophen eines Marienliedes sang, ohne sich im Geringsten für die Reaktion der Menschen auf dem Platz zu interessieren.

„Wie schmelzet ein Karfunkelstein, in Lorbeerkränzelein, so geht es mir eben. Mein Seel und mein Leben, vor Lieb sich zertrennen und in sich verbrennen bei deinem Nennen!“

„Er singt sein Lied zu Ehren unserer Heiligen Jungfrau!“ flüsterte eine schwarzgekleidete ältere Frau mit ehrfurchtsvollem Gesichtsausdruck.

„Ein Marienlied! Ein Lied für die Heilige Jungfrau!“ Die erstaunte Feststellung machte rasch die Runde. Aber den meisten war der Text des Liedes bekannt. Schließlich hatten sie selbst es schon dutzende Male gesungen, immer dann, wenn sie bei einem der zahlreichen Gottesdienste an ihrem wundertätigen Marienbild in der kleinen Wallfahrtskapelle gebetet hatten. Gebetet zu dem Bild. Gebetet zu ihrer Heiligen Jungfrau Maria. So, wie sie es auch morgen wieder tun würden. Morgen am Tag Mariä Verkündigung. Ein Feiertag, zu dem die Bauern aus der ganzen Umgebung wieder einmal zum wundertätigen Marienbild von Niklashausen wallfahren würden.

Ärgerlich meldeten sich die angetrunkenen Tänzer wieder zu Wort. „Was fängst du denn jetzt an?“

„Ist dir die Segnung des Predigers dermaßen zu Kopf gestiegen?“ lachten sie roh.

Ohne auf die Einwürfe einzugehen, sang Hans unbeirrt weiter. „Der ganzen Schöpfung reiche Zier vergleicht sich nicht mir dir. Es dürfen die Blumen ihre Schönheit nicht rühmen, sie müssen sich schämen, du tuest benehmen all ihre Zier!“

„Der Kerl ist verrückt geworden!“

„Nein, hört ihr denn nicht?“ Die schwarzgekleidete Frau musterte die Männer kopfschüttelnd. „Es ist ihm heute der rechte Weg gewiesen worden! Morgen ist der Tag Mariens. Und wir, wir alle, wir sollten uns in Demut auf den Feiertag unserer Muttergottes vorbereiten. Das ist es, was unserem Musikanten hier eingegeben worden ist. Er hat es verstanden: Maria wird uns führen!“

„Dummes Zeug!“ In den Augen des Betrunkenen blitzte es ärgerlich. „Heilige Lieder singen, Demut üben! Wir haben uns lange genug in Demut geübt!“

„Genau! Der Winter ist vorüber! Die hohen Herrschaften haben uns genug geplagt und werden es wieder und wieder tun! Aber heute: Heute wollen wir feiern! Nichts als feiern! Und keine frommen Lieder singen!“

„Ihr sagt es! Zieht ihn von seinem Podest herunter, wenn er nicht aufhören will mit seinen frommen Botschaften! Es wird sich schon noch ein anderer unter uns finden, der in der Lage ist, die Trommel zu schlagen und die Sackpfeife zu bedienen!“

„Genau! Runter mit ihm!“ Zahlreiche Hände der ungeduldig herumstehenden Tänzer streckten sich nun dem jungen Hirten entgegen. Schon zerrten die ersten am zerfetzten groben Leinen seiner Hose, doch Hans machte keinerlei Anstalten, sich gegen die Angriffe zur Wehr zu setzen.

„Da, ich hab ihn schon an einem Zipfel!“

„Den schnappen wir jetzt und klopfen ihm die Motten aus seinem Pelz!“ lachte ein anderer.

Und wieder waren es Jörg Hahn und Heinrich Schmied, die sich schützend dazwischen schoben und die Tänzer mit derben Griffen nach hinten schleuderten.

„Genug jetzt!“ donnerte Jörg zornbebend in die Menge. „Lasst ihn in Frieden!“

„Er soll gehen!“

„Er hat euch nichts zuleide getan: Tut ihr ihm also auch kein Leid an!“

„Er soll gehen und uns in Ruhe feiern lassen!“

„Was geht dich das eigentlich an? Dich und deinen dicken Freund da?“ rief es von weiter hinten.

„Jörg, bitte!“ Trude hatte sich an seinen Oberarm gehängt und blickte dem jungen Bauern aus sorgenvollen Augen flehend ins Gesicht. „Ihr werdet es nicht schaffen. Die Leute werden immer ungeduldiger! Es nützt doch nichts! Helft mir, den Hans von hier weg zu bringen! Bitte!“

Unsicher suchte Jörg den Blick seines Freundes Heinrich. Dieser hatte Trudes Worte gehört und nickte bestätigend. „Sie hat Recht, Jörg. Lass uns den Hans sicher aus dem Dorf begleiten. Wir werden es nicht mit allen aufnehmen können. Und selbst wenn: Was hätte es für einen Zweck?“

„Du hast ja Recht“, seufzte Jörg, während er bereits mit einem Bein zu Hans auf den Zuber gestiegen war und nun seinen Arm um den schmächtigen Hirten legte.

„Komm, Hans“, flüsterte er. „Komm mit mir. Ich bringe dich zur Trude und dann zusammen mit dem Heinrich sicher zu deiner Herde zurück!“

Auch diese Worte schienen Hans nicht zu erreichen. Unbeirrt sang er seine Weise. „Des Himmels Sternen Angesicht und aller Sonnen Licht. Samt Edelgesteinen, sie dürfen nicht scheinen. Perlen, Korallen, Gold und Silber, sie fallen vor dir in Finsternis...“ Ohne den geringsten Widerstand ließ sich Hans von dem jungen Bauern, der ihn eng an seine rechte Seite drückte, von seinem Podest führen.

Kaum hatten seine Füße jedoch den morastigen Boden des Dorfplatzes berührt, da verstummte sein Gesang schlagartig.

„Na endlich!“

„Jetzt hat es ihm die Sprache verschlagen!“

„Dem Himmel sei Dank!“

Die Umstehenden lachten hämisch, während sie sich dem Hirten neugierig näherten.

„So also sieht einer aus, der vom Heiligen Geist ergriffen worden ist...“

„...oder den der Fluch des Predigers getroffen hat!“

„Nehmt ihn nur genau in Augenschein! Vielleicht findet ihr ja sein Teufelsmal!“

„Lasst ihn in Frieden!“ schleuderte Heinrich den näher rückenden Spöttern entgegen, während er mit ausgebreiteten Armen eine Gasse in die Menge drückte, durch die sie sich, begleitet von spöttischen Bemerkungen, so rasch es ging hindurchschoben.

Erst als sie die letzten Hütten des Dorfes hinter sich gelassen hatten, blieben sie stehen.

„Das war knapp!“ wischte sich Heinrich mit dem Handrücken den Schweiß von der Stirn. „Ich glaube nicht, dass wir noch viel länger hätten bleiben können! Das hat sich mehr in mehr in den Leuten hochgeschaukelt: Selbst Männer, die ich kenne und die eigentlich sonst ganz vernünftige Kerle sind, haben mir plötzlich Schimpfworte hinterher gerufen...“ Kopfschüttelnd zuckte der Schmied mit den Schultern. „Kannst du dir das erklären, Jörg?“

„Es ist halt alles zusammengekommen. Und da entsteht aus einem nichtigen Anlass heraus immer wieder ein Flächenbrand. Ich kanns mir nur so erklären: Die ganzen Schikanen der hohen Herrschaften, die schlechte Ernte im letzten Jahr, dann der strenge Winter, in dem viele an Kälte und Hunger gestorben sind. Dann endlich die ersten warmen Strahlen der Frühjahrssonne. Die Freude auf den heutigen Tag, der den Sommer einläuten soll. Ein Tänzlein, eine schöne Feier – und natürlich der Wein! Du weißt, was der Wein anrichten kann, wenn er zu üppig genossen wird! Und dann – mitten in der schönsten Feierlaune – dieses Erlebnis mit dem Wanderprediger. Kaum war das überwunden, fängt der Hans an, zu singen..."

Kummervoll musterte er den Hirten, dessen Gedanken sich nach wie vor in weiter Ferne zu bewegen schienen.

„Was ist nur mit ihm?" Schluchzend lehnte sich Trude an die Schulter von Heide, der Frau des jungen Bauern, und konnte die Tränen nun nicht mehr zurückhalten. Heide hatte das unschlüssig auf dem Dorfplatz stehende Mädchen mit entschlossenem Griff bei der Hand genommen und sie zusammen mit den Männern bis hierher begleitet. „Ich habe mich so gefreut, ihm hier zu begegnen – und er sich auch, das hat er mir deutlich zu verstehen gegeben – und nun? Nun scheint er mich nicht einmal mehr zu sehen?"

„Das wird schon wieder! Es war sicherlich zu viel für ihn." Zärtlich streichelte Heide über das lange schwarze Haar des weinenden Mädchens und drückte sie fest an sich. „Versetze dich doch einmal in seine Situation: die Ereignisse der letzten schweren Tage, dann heute diese ausgelassene Stimmung, darauf wie ein Blitz aus heiterem Himmel der Fluch des unseligen Predigers, und dann..."

„Was dann?" Trude hob den Kopf und blickte aus tränenverschleierten Augen von einem zum anderen. „Was war dann? Das ist es ja, was ich nicht verstehen kann!"

Verlegen rangen die drei um die richtigen Worte. Was sollte man denn auch sagen? Wie sollte man das, was mit dem jungen Schäfer geschehen war, richtig deuten? Sie waren sich ja selbst nicht darüber im Klaren, was das alles zu bedeuten hatte.

Es war Heinrich, der sich schließlich ein Herz fasste und Trudes Blick begegnete: „Es wäre unredlich, dir gegenüber so zu tun, als wüssten wir die Antwort auf deine Frage. Wir wissen nur eines: Es ist nichts schlechtes, was dein Hans getan hat, und es lässt sich auch nichts schlechtes darüber sagen, dass ein Mensch das Loblied der Jungfrau Maria singt."

Als wäre dies das lange erwartete Stichwort gewesen, begann der Hirte mit seinem Gesang fortzufahren. Gerade so, als sei er nie unterbrochen worden. „Maria, o mein höchste Freud, die Welt ist mir verleidt. Ich suche zu sterben, du wollst mir erwerben nur Gottes Gnaden. Auf höheren Pfaden so scheid ich fröhlich hin."

Ohne sich um die Reaktion der anderen zu kümmern, setzte sich Hans nun mit festen Schritten in Bewegung und war bald schon hinter der nächsten Biegung des Weges verschwunden. Nur sein sich langsam entfernender Gesang war noch zu hören.

„Er... er... er ist einfach gegangen! Einfach davon gegangen! Nicht einmal mehr umgeschaut hat er sich nach mir! Einfach stehen lassen hat er mich..." Fassungslos starrte Trude zu der Stelle hinüber, an der Hans aus ihrem Gesichtsfeld entschwunden war.

„Das wird schon wieder werden!" Fürsorglich zog Heide das verstörte Mädchen wieder an sich, während sie Heinrich und Jörg einen fragenden Blick zuwarf. Doch auch die beiden Männer hoben nur ratlos die Hände.

„Jetzt kommst du erst einmal mit und bleibst die Nacht über bei uns! Danach sehen wir weiter! Du wirst schon sehen: Ein neuer Tag wird alles richten!" Obwohl an Heide selbst Zweifel nagten, wie sich die Dinge wohl entwickeln würden, umarmte sie das apathische Mädchen mit einem energischen Griff, während sie sich gleichzeitig in Bewegung setzte. Hinunter ins Dorf, zu ihrer kleinen Hütte. Man würde ja sehen, was der nächste Tag dann bringen würde. Und ändern konnte man den Lauf der Weltgeschichte ja sowieso nicht. Schon gar nicht als kleine Leibeigene des übermächtigen Grafen von Wertheim.

Der nächste Tag! Der 25. März. Mariä Verkündigung. Der Tag der großen Wallfahrt ins Taubertal. Die Wallfahrt zum wundertätigen Gnadenbild der Muttergottes. Vielleicht würde die heilige Jungfrau ja alles wieder gut machen? Bestimmt! Sie würde es schon richten! Auf die gnadenreiche Muttergottes von Niklashausen war Verlass! Seit unvordenklichen Zeiten schon!

9

Nicht einmal die ältesten Bauern von Niklashausen konnten sich daran erinnern, schon jemals eine solch große Menschenmenge erlebt zu haben, die zum wundertätigen Gnadenbild der Muttergottes pilgerte, wie in diesem Jahr. Staunend hatten die Alten ihre Köpfe geschüttelt und den nicht enden wollenden Strom der Wallfahrer betrachtet. Nein, so etwas hatten sie noch nie zu Gesicht bekommen in ihren Lebzeiten – und die ältesten von ihnen hatten immerhin 55 Lebensjahre bereits überschritten!

Hunderte von Menschen waren seit dem Morgengrauen auf den Beinen und strebten betend und mit gefalteten Händen zu der kleinen Wallfahrtskirche am Ortsrand, um dort am Gnadenbild der Heiligen Jungfrau Einkehr zu halten, Gott zu danken und zu ehren und um die heutige Predigt zu besuchen, bei der sie reingewaschen werden würden von all ihren Sünden. Und wenn es auch nur eine kleine Gabe war, die von der Mehrzahl der fast mittellosen Leibeigenen und Tagelöhner aufgebracht werden konnte, der Pfarrer von Niklashausen würde sie akzeptieren und sie im Gegenzug dafür von der Last ihrer Sünden befreien. Das wussten sie.

Der alte Pfarrer Gottlob war ein Mann, mit dem sich reden ließ und der die Messlatte für die Erteilung der Absolution nicht in unerreichbare Höhen trieb. Nicht so, wie manch anderer aus seiner Zunft. Manchmal, das hatten sie schon gehört, war ihr Pfarrer deshalb bereits von den Abgesandten des Mainzer Bischofs, zu dessen Diözese Niklashausen ja zählte, schwer getadelt worden. Doch bislang hatte er es mit viel Geschick und seiner gewinnenden Art vermeiden können, deswegen eventuell sogar von der Pfarrei abgelöst zu werden.

Nein, dieser Pfarrer war keineswegs einer von denen, die das Volk mit der Androhung ewiger Verdammnis erpressten und den letzten Besitz aus ihnen herausquetschten, bis sie sich dazu herabließen, endlich doch noch Absolution zu erteilen.

Der Pfarrer von Niklashausen kannte die großenteils erbärmlichen Lebensumstände seiner Mitmenschen viel zu genau und es drückte ihm – im Gegensatz zu vielen anderen Kirchenmännern – auch tatsächlich schwer auf sein Gemüt. Schon so manches Mal hatte er seinen Tränen freien Lauf gelassen, wenn er wieder einem jungen Menschen den letzten Segen hatte spenden müssen.

Einem Mann, der beim Holzfällen in den gräflichen Wäldern tödlich verletzt worden war, einer Frau, die in ihrer feuchten Hütte an einer Lungenentzündung gestorben war, oder einem Kind, das unterernährt und schwach wie es war keine Widerstandskraft mehr dafür aufgebracht hatte, um eine Durchfallerkrankung zu überleben. Er könne nur hoffen, dass es ihnen jetzt im Himmel besser erginge, als während ihres kurzen elenden Erdendaseins, hatte er mehr als einmal mit belegter heiserer Stimme gemurmelt. Und noch – fast unhörbar – bitter hinzugefügt, dass es ihm eigentlich lieber gewesen wäre, wenn ihnen schon hier auf Erden ein schönes Leben vergönnt gewesen wäre. Ein Leben, wie es die hohen Herrschaften leben durften. Aber darüber zu urteilen, stünde ihm, dem einfachen, dem nicht studierten Diener Gottes andererseits nicht zu.

„Das habe ich mein Lebtag lang noch nicht gesehen!" Mit seinem knotigen Holzstock deutete der alte zahnlose Bauer in die Ferne. „Und da hinten kommen noch mehr! Kannst du dich an einen ähnlichen Andrang erinnern, Korbinian?"

Doch auch sein Nachbar schüttelte energisch seinen Kopf mit den wenigen grauen Haaren. „Seit Menschengedenken hat es einen ähnlichen Andrang nie gegeben. Da sieht man, wie groß die Not unter den Leuten ist..."

„...oder liegt es am Wetter? Schau an, nicht eine einzige Wolke am Himmel – und warm ist es auch schon wieder. Fast sommerlich! Einen wunderschönen Tag wird es geben, genauso wie gestern!"

Der andere hob die Schultern und zog die Mundwinkel skeptisch nach unten. „Das mag vielleicht auch noch mit ein Beweggrund sein. Doch die Leute kommen in allererster Linie, weil sie die Sorgen drücken. Nach diesem brutalen Winter, in dem so viele von uns elendiglich gestorben sind, da hoffen sie jetzt einfach auf eine Wendung des Schicksals. Die Not ist es, Wendelin, die pure Not, die die Menschen in die Kirche treibt!"

Wendelin hustete trocken. „Und da beten sie dann stundenlang und meinen hinterher, alles werde nun gut! Und wenn nicht, na ja, dann kommen sie wenigstens in den Himmel. Wenn nur die Kirche vorher eine milde Gabe für den Ablass bekommt und die adligen Herrschaften nicht als diejenigen an den Pranger stellt, die uns in ganz und gar unchristlicher Art und Weise ausquetschen bis aufs Hemd!"

„Psst!" Erschrocken legte der Alte den Zeigefinger an die Lippen. „Pass auf, was du sagst, Wendelin. Wenn das einer hört und es dem Grafen erzählt..."

„Und wenn? Was habe ich denn zu verlieren? Ich bin nun über 50 Jahre alt geworden, älter als die meisten hier im Dorf. Bin alt und krank, ein unnützer Esser, der zu nichts mehr zu gebrauchen ist. Ob der Tod nun einen Tag früher oder später kommt, um mich zu holen", er machte eine wegwerfende Handbewegung, „was spielt es für eine Rolle? Ist höchstens eine Erlösung für mich, wenn mich einer der Reisigen des Grafen erschlägt wie einen räudigen Bastard, weil ich mich bei meiner Festnahme gewehrt habe. Was man hie und da ja hört, dass es so vonstatten geht. Aber wie auch immer: Schön ist unser Dasein doch auch so nicht. Deines nicht, Korbinian – und meines nicht! Und ich bin mir recht sicher: Unsere Kinder würden eher aufatmen, denn eine Träne vergießen. Immerhin bliebe ihnen somit ja ein bisschen mehr für sie selbst zum Essen übrig!"

„Unsere Kinder..." In den Augen des Grauhaarigen funkelte es wässrig. „In meinem Falle ja wohl die Enkel..."

„Entschuldige! So habe ich das nicht gemeint!" Betroffen tippte sich Wendelin an die Stirn. Dass ihm dieses Wort auch unbedingt aus dem Mund hatte heraus rutschen müssen. Wo doch der einzige überlebende Sohn von Korbinian vorigen Monat gestorben war. An einer Entzündung im Bauch, daran habe es gelegen, hatte ihnen Hilde, eine in der Heilkunde bewanderte Bäuerin, mitgeteilt. Selbst ein Bader, den es in Niklashausen keinen gab, würde bei solch einer Erkrankung nichts ausrichten können. Den Bader aus Wertheim zu holen hätte sich die Familie auch gar nicht leisten können – aber wie gesagt, es hätte auch nichts genützt. Unter höllischen Qualen war der Arme nach drei Tagen schließlich gestorben. Der einzige von Korbinians fünf Söhnen, der das Mannesalter erreicht hatte.

Und so waren nun die beiden vierzehn und elf Jahre alten Kinder zusammen mit ihrer Mutter auf sich allein gestellt. Nachdem sie schon den Todfallzins für den Grafen kaum hatten bezahlen können: Mehr als die zerschlissene Kleidung ihres Mannes und zwei Hühner hatte die Witwe nicht aufbringen können. Wo sie doch die Kleidung für ihre Kinder genauso gut hätte gebrauchen können, wie die beiden Hühner. Die einzigen Hühner! Was also bedeutete: Noch weniger zu essen, noch größere Not...

Eine Weile sprach keiner der beiden ein Wort. Bedrückt hingen sie ihren traurigen Gedanken nach, während sie den Zug der Gläubigen verfolgten, die mit feierlichen Mienen dem kleinen Kirchlein am Ortsende von Niklashausen zustrebten.

„Nun denn“, räusperte sich Wendelin schließlich zaghaft. „Was meinst du? Sollen wir uns ihnen anschließen? Ob es hilft, bezweifle ich zwar – aber schaden kann uns so ein Segen andererseits ja auch nicht, oder?“

„Geh du ruhig alleine“, nickte sein Gegenüber und deutete auf die schmutzigen Lappen, die um seine Waden gewickelt waren. „Du weißt ja: Mit dem Laufen hapert es ziemlich bei mir. Ich bin schon froh, wenn ich überhaupt die paar Schritte aus dem Haus komme. Die Geschwüre sind nämlich wieder aufgebrochen, und anscheinend findet nicht einmal die Hilde die richtigen Kräuter, die dafür sorgen, dass die Wunden wieder zuwachsen. Nein, geh du ruhig alleine – und sag mir lieber dann später, was du erlebt und gesehen hast.“ Er lächelte traurig. „Vielleicht fällt ja ein bisschen von dem Segen, den du empfangen hast, dann auch noch für mich ab...“

„So machen wir es. Am Mittag komme ich auf jeden Fall wieder bei dir vorbei, Korbinian. Also, bleib ruhig noch eine Weile hier stehen und genieße die Sonne. Das wird dir sicher gut tun.“

Damit wandte sich Wendelin um und mischte sich, schwer auf seinen Stock gestützt, unter die Menge der Marienwallfahrer.

Insgeheim hoffte er auch, durch den ganzen Trubel, in dem er sich nun mittreißen ließ, wenigstens für einige Stunden die trüben Gedanken zu verscheuchen, die ihm in den letzten Wochen mehr und mehr zu schaffen gemacht hatten. Ausgerechnet er, der jahrzehntelang ein fleißiger, geschickter Arbeiter gewesen war, er stand nun nur noch nutzlos herum und fiel den anderen zur Last. Als unnützer Esser. Und was hatte die ganze Schufterei gebracht? Jahrein – jahraus? Ein Leben lang? Was hatte er erreicht mit seiner Hände Arbeit? Nichts! Überhaupt nichts! Seiner Familie ging es keinen Deut besser, als damals, in dem Jahr, in dem er geboren worden war. Nicht besser?! Er lachte bitter in sich hinein. Was hieß hier besser? Schlechter ging es ihnen! Schlechter als jemals zuvor!

In der Zwischenzeit hatte der alte Bauer mit den übrigen die Wallfahrtskirche erreicht, die dem Andrang der Besucher nicht gewachsen war. Unmöglich, die enorme Zahl der Pilger darin aufzunehmen. Und so hatte Pfarrer Gottlob an diesem Morgen eine geradezu unerhörte Maßnahme ergriffen: er verlegte den Gottesdienst nach draußen – vor die Kirche.

Und tatsächlich, Wendelin staunte nicht schlecht: Sogar das wundertätige Gnadenbild der Muttergottes hatten sie – womöglich erstmals seit Jahrhunderten – aus der Kirche ins Freie gebracht und dort auf einem aus Zweigen und Ästen schnell zusammengeflochtenen Altar präsentiert. Wenn das die Sendboten des Bischofs in Erfahrung brächten!

War das auf Initiative des bärtigen Einsiedlers in seiner schwarzen Kutte geschehen, der seit einiger Zeit in der Waldhöhle bei ihrem Dorf hauste und die Wallfahrer seitdem mit betreute? Hatte der den Pfarrer zu dieser Entscheidung gebracht? Würde sich der Zorn des Bischofs dann also doch eher über dem Begharden entladen? Weil er es gewagt hatte, das Bild nach draußen bringen zu lassen?

Aber andererseits: weshalb eigentlich nicht? Und wenn es letztendlich dem Zweck diente, die Einnahmen aus dem Verkauf der Ablassbriefe zu erhöhen, dann würde es dem Bischof wohl einerlei sein, welche Maßnahme die beiden da ergriffen hatten. Hauptsache, die Einnahmeseite stimmte. Wendelin zog bitter die Mundwinkel nach unten und nickte langsam. Angesichts der Masse an Menschen, die sich heute hier versammelt hatte, schien die Rechnung über Erwarten aufzugehen. Und dann wären sie zufrieden, die frommen Herrschaften. Das reichte voll und ganz. Seelenheil? Verkündigung der Heilsbotschaft? Von wegen!

Ein Lied erklang, ganz zaghaft zunächst und durch das erwartungsvolle Gemurmel der Wallfahrer hindurch nur schwer zu verstehen. Doch allmählich verstummten die Gespräche, das offensichtlich von einem Mann mit heller Stimme vorgetragene Lied war jetzt laut zu hören. Ein Marienlied.

„Maria ging aus wandern,/
so fern ins fremde Land,/
bis sie Gott den Herren fand.“

Merkwürdig. Wendelin stutzte. Diese Stimme kannte er doch. Aber es handelte sich weder um den Gesang des Pfarrers, noch war es der Bruder Christian, der dieses Lied angestimmt hatte.

„Sie hat ihn schon gefunden/ wohl vor des Herodes Haus, /er sah so betrüblich aus."

Auch einige der anderen Gottesdienstbesucher schienen nun irritiert. Leise flüsterte der eine oder andere mit den neben ihm stehenden Wallfahrern.

„Das Kreuz, das mußt' er tragen/ nach Jerusalem vor die Stadt,/ wo er gemartert ward."

Das Gemurmel verstärkte sich. Doch auch der Sänger steigerte seine Lautstärke.

„Was trug er auf seinem Haupt?/ Ein scharfe Dornenkron',/ das Kreuz, das trägt er schon."

Natürlich! Erstaunt rieb sich Wendelin die Augen, als ihm klar wurde, aus wessen Kehle die Töne erklangen, die da mit Inbrunst vorgetragen wurden und glasklar über die Köpfe der zahlreichen Menschen auf dem Platz vor der Wallfahrtskirche schallten.

„Daran soll man bedenken,/ ein jeder, ob jung ob alt,/ dass das Himmelreich leidet Gewalt!"

Hans! Es war tatsächlich die Stimme von Hans Böhm, dem jungen Schäfer! Vom Pfeiferhans, dessen Spiel gestern an diesem ereignisreichen Tag so merkwürdig geendet hatte. Der Pfeiferhans!

Was tat er denn da? Wie kam ausgerechnet einer ihrer Hirten dazu, sich vorne am Altar vor dem Gnadenbild aufzubauen und lautstark Marienlieder zu singen?

Die Leute blickten einander unschlüssig an. Damit hatten sie nicht gerechnet. Was war jetzt zu tun? Am besten gar nichts. Erst einmal abwarten, was geschehen würde.

Doch da! Vereinzelt trauten sich doch tatsächlich einige der Besucher, zaghaften Beifall zu spenden. Beifall! Applaus bei einem Gottesdienst! Teufelswerk! Erschrocken bekreuzigten sich die anderen und falteten anschließend die Hände. Der Antichrist! Bei einem Gottesdienst! Was mochte das bedeuten? Doch der Beifall wurde stärker. Immer mehr Menschen klatschten in die Hände, immer lauter und fast schon jubilierend wurde der Applaus. Unglaublich! Wie würden wohl der Pfarrer und Bruder Christian, der Begharde, auf diesen unerhörten Zwischenfall reagieren?

Gespannt reckte der Alte seinen Hals, um zu sehen, was sich nun vorne am Altar beim Marienbild ereignen würde.

10

Erstaunlicherweise geschah zunächst gar nichts. Beinahe gar nichts. Lediglich schemenhaft konnte Wendelin durch die Menge der Leute hindurch wahrnehmen, dass der Pfarrer und der Mönch ganz anders reagierten, als dies die meisten erwartet hatten. Sie sprachen mit ihm! Machten ihm ganz offensichtlich keinerlei Vorhaltungen! Nein, im Gegenteil! Im leisen Flüsterton schienen sie sich sogar ernsthaft mit dem jungen Mann zu unterhalten. Zu debattieren! Was um alles in der Welt gab es da denn zu besprechen? Er hatte den Gottesdienst gestört, das war doch klar! Das hatte doch jedermann sehen können. Also: Was wurde zwischen den dreien da vorne denn so leise besprochen? Neugierig drängten sich die Menschen näher und näher an den Altar heran.

In diesem Augenblick wandte sich der Pfarrer um und hielt die Hände in die Höhe. Das genügte. Die Leute blieben stehen. Blieben stehen und warteten. Auf eine Erklärung ihres Pfarrers. Auf einen Hinweis, wie es weitergehen würde. Doch nichts dergleichen geschah. Immer noch hielt der untersetzte kleine Mann die Hände zum Himmel emporgerichtet, während ein seliges Lächeln seine Miene erhellte. Doch er sagte kein Wort, stand einfach nur da und lächelte!

In der Zwischenzeit hatte Bruder Christian eines der in der Mitte halbierten hölzernen Weinfässer gepackt, nachdem er die grünen Tannenzweige entfernt hatte, die als Altarschmuck hier hineingesteckt waren. Andere hätten angesichts der schweren Last sicherlich Hilfe benötigt, doch der Mönch mit seinen Bärenkräften schien keine große Mühe damit zu haben, das Fass hochzuheben und schließlich wieder umgekehrt auf den Boden direkt vor den Altar zu stellen.

Mit feierlicher Miene streckte er anschließend seine Rechte aus und bot sie dem Pfeiferhans dar, der regungslos vor der Menge stand. Aus den Augenwinkeln erblickte Wendelin in diesem Moment Trude, das Mädchen, von dem man ihm gestern erzählt hatte, es handle sich anscheinend um die Freundin des Schäfers, eine bis dahin unbekannte junge Frau aus Holzkirchen. Tränen liefen über ihre Wangen, während sie voller Anspannung die

Lippen zusammenpresste und mit verzweifeltem Staunen das Geschehen verfolgte, das sich da vor ihren Augen abspielte. Auch sie konnte sich das, was hier geschah, ganz offenkundig nicht zusammenreimen. Merkwürdig!

Aber das Staunen hatte noch längst kein Ende! Der junge Hirte hatte nun die Hand des Mönchs ergriffen und ließ sich von diesem zu dem umgedrehten Fass geleiten. Mit einem unsicheren Schritt stieg er hinauf. Während ihm Bruder Christian weiterhin Halt gab, eilte nun auch der Pfarrer herbei und drückte mit seinem Gewicht das auf dem unebenen Untergrund schwankende Fass fest auf die Erde. Als Hans auf diese Weise genügend Standfestigkeit gefunden hatte, löste der Einsiedler seinen Griff und trat vor die mehr und mehr staunende Menge.

„Liebe Gemeinde", wandte er sich nun mit weit ausgebreiteten Armen an die Wallfahrer. „Am heutigen Tag, dem Tag unserer Heiligen Jungfrau, ist ein Wunder geschehen. Die heilige Muttergottes ist erschienen! Ein Wunder hat sich ereignet, und Hans, der Hirte, hat es erleben dürfen. Die gnadenreiche Jungfrau hat zu ihm gesprochen!"

„Schabernack!" zischte ein neben Wendelin stehender Mann ärgerlich. Und auch andere in der Menge schüttelten ungläubig ihre Köpfe. „Was soll denn das wieder werden? Wollen sie mit diesem Hokuspokus noch mehr aus uns herauspressen, bis wir den Ablasszettel erhalten?"

„Ruhe!" geboten unwirsche Stimmen den Skeptikern Einhalt. „Lasst ihn doch erst einmal reden!"

„Ein Wunder, das sich bei uns im Tal zugetragen hat!" jubilierte der Mönch von neuem. „Hans, bitte! Erzähle uns allen, was dir in diesem wundersamen Augenblick widerfahren ist!"

Während die Menschen, aufs Äußerste gespannt, die Hälse reckten, registrierte Wendelin wiederum das bittere Zucken um die Mundwinkel der jungen Frau, die anscheinend nichts von diesem Geschehen mitbekommen hatte. Doch auch Hans blieb noch immer stumm. Seinen Kopf mit dem dichten blonden Haarschopf hatte er tief zum Boden geneigt. Wieder, wie am gestrigen Nachmittag schon, schienen seine Gedanken in weite Ferne gerückt.

„Hans! Erzähle uns von der Erscheinung, die du heute im Morgengrauen auf der Viehweide erleben durftest", wandte sich Bruder Christian noch einmal sanft an den regungslos auf dem Fass stehenden jungen Schäfer. „Erzähle uns von deiner Begegnung mit der Jungfrau Maria!“

Maria! Als habe er nur auf diesen Namen gewartet, strömte plötzlich das Leben in Hans zurück. Mit einem Mal hob er den Kopf und setzte dann ein strahlendes Lächeln auf, während seine blauen Augen helle Blitze auszusenden schienen.

„Dich, Mutter Gottes, rufen wir an,/ bitte für uns Maria!“ Er sang mit glockenheller Stimme.

Leib, Ehr‘ und Gut auf Erd‘ bewahr‘,/ dass wir in Zeit viel guter Jahr‘/ dort leben mit der Engel Schar,/ bitt‘ für uns, Maria!“

Und nun fielen auch die Wallfahrer, erst zaghaft, dann immer mutiger, ein, um das Lied zu Ehren der Heiligen Jungfrau Maria mitzusingen. Es war eine eigenartige, feierliche Stimmung, die sich wie ein goldener Schleier über den Platz gelegt zu haben schien.

„Du bist der Brunn‘, der nicht versiegt,/ bitt‘ für uns, Maria!“

Während das Lied aus tausend Kehlen mit Inbrunst zum Himmel hoch jubilierte, war Hans mit einem Schlag verstummt. Es dauerte eine ganze Weile, bis dies auch der letzte Sänger bemerkt hatte und wieder gespannte Stille auf dem Platz herrschte.

Mit leiser, rauer Stimme begann Hans zu sprechen. „Ich habe sie gesehen heute, unsere Heilige Jungfrau. Die Jungfrau Maria...“

„Lauter! Ich kann dich kaum verstehen!“ hielt sich ein rotgesichtiger älterer Mann zur Verdeutlichung seiner lautstarken Aufforderung die Hand an das Ohr.

„Dann putz dir eben die Ohren! Ruhe jetzt!“ fauchte die neben ihm stehende Frau unwirsch.

Hans schien den Einwand gar nicht wahrgenommen zu haben. Genauso leise fuhr er in seiner Rede fort. „Die Heilige Jungfrau ist mir auf einer Wolke erschienen und hat sich mir offenbart. In einem weißen Gewand ist sie vom Himmel gestiegen und hat zu mir gesprochen. Als Botschafterin von Gott Vater ist sie zu mir gekommen und hat mir aufgetragen, ihr Lob und ihre Nachricht weiterzutragen. Weiterzutragen in alle Welt!“

„Lächerlich!“ murrte der neben Wendelin stehende Bauer vernehmlich, der schon vorher seine distanzierte Skepsis zur Schau gestellt hatte.

„Dann kehr` um und geh nach Hause!“ erhielt er samt einem groben Schubs zur Antwort.

„Aber geh` leise!“ setzte ein zweiter noch warnend hinzu.

Der so Gemaßregelte spreizte entschuldigend die Finger, während er mit gesenktem Kopf auf seinem Platz verharrte.

„Na also“, knurrte der Mann, der den Schubs versetzt hatte.

„Ruhe!“

Die Stimme des Hirten tönte allmählich lauter über die gebannt lauschende Menschenmenge. „Wir sollen Buße tun, das ganze Menschengeschlecht! Gott der Herr wird uns strafen mit seinem ganzen Zorn, wenn wir nicht umkehren auf unserem unchristlichen Weg. Es ist nicht gottgefällig, unser ganzes Tun und Treiben auf dieser Erdenscheibe. Maria, unsere Heilige Jungfrau, ist deshalb hierher gekommen. Heute, an ihrem Ehrentag. Und mich hat sie auserkoren, für sie zu euch allen zu sprechen! Kehret um, tut Buße, lasst eure Sünden hinter euch. Führt ein demütiges, reines Leben. Lasst ab! Hört auf damit, unseren Herrgott zu erzürnen!“ Gebieterisch streckte Hans seinen Arm aus. „Feuer! Reicht mir eine Fackel!“

„Unser unzüchtiges, ausgelassenes Spielen und Tanzen hat Gott den Herrn erzürnt! Teuflische Weisen habe ich der Pfeife entlockt und ihr, ihr alle habt euch davon verführen lassen. Habt dazu getanzt, gelacht, getrunken!“, donnerte er den bis ins Innerste erschrockenen Menschen in die entsetzten Gesichter. „Ihr habt getanzt, anstatt Demut zu üben und Gott zu danken für euer Dasein. Auf des Teufels Instrumenten habe ich gespielt. Und euch habe ich unterhalten. Habe euch eingestimmt auf die Klänge der Hölle – und ihr? Ihr habt euch gesuhlt im Sündenpfuhl des Höllenfürsten! Die Fackel! Wo bleibt die Fackel?!“

Seine Aufforderung war noch nicht verhallt, da eilte ein Junge aus der Kirche auf ihn zu. In der Hand trug er eine brennende Fackel. Augenblicklich machte Hans einen energischen Sprung herab von dem Fass und griff nach der Fackel.

„Teufelswerk! Hinweg damit!“ hielt er die lodernde Fackel für alle sichtbar in die Höhe.

„Des Teufels Blasebalg! Er muss in der Hitze der Hölle verbrennen!“ Damit senkte er die Fackel neben dem Altar zu Boden – auf seine dort auf der

Wiese liegenden Musikinstrumente, mit denen er gestern noch zum Tanz aufgespielt hatte. Erst hielt er die Flamme an den Dudelsack, und kaum hatte dieser Feuer gefangen, da brannte auch schon die Oberfläche seiner Trommel! Lichterloh! Mit einem Jubelschrei warf Hans die Fackel auf die vernichteten Musikinstrumente, um anschließend wieder auf das Holzfass zu klettern und mit seiner Rede fortzufahren.

„Musik ist Teufelswerk! Soll alles zur Hölle fahren! Das ist es, was mir die Heilige Jungfrau aufgetragen hat! Wir müssen uns reinwaschen. Reinwaschen von unserem heidnischen, gottlosen Treiben! Tut Buße! Kehrt um! Beschreitet einen neuen Weg! Wandelt auf dem Weg, der Gott gefällt!"

Mit vor Angst verzerrten Mienen begannen sich die ersten Pilger zu bekreuzigen. Leise hörte man sie Gebete murmeln. Manch einer fiel auf die Knie und hob die Hände zum Himmel, während die Mehrzahl der Leute noch unentschlossen schien, wie sie sich verhalten sollten. Verstohlen schielten sie zu ihrem Pfarrer und seinem Gefährten, dem Bettelmönch hinüber, doch auch diese schienen zunächst noch abwarten zu wollen, welche Konsequenzen aus der Rede des Pfeiferhans zu ziehen wären.

Von all dem unbeeindruckt schmetterte Hans der Menge weiterhin lautstark seine Anklage entgegen. „Beschreitet einen neuen Weg! Kehrt um und wandelt auf den Pfaden der Demut. Sucht den Weg, der den Zorn Gottes gegen euch, gegen das menschliche Geschlecht, besänftigt." Mehr und mehr schien er sich in Rage zu reden. Und immer größer wurde die Gruppe derjenigen, die mit blassen Gesichtern auf die Knie sanken. Die Apokalypse! Ja, das musste es sein! Hans, der junge Hirte, hatte eine Vision empfangen. Ihn hatte die göttliche Vorsehung dazu auserkoren, ihnen die Nachricht vom Untergang der Welt zu verkünden! Krampfhaft falteten die Menschen ihre Hände und sandten flehentlich bittende Blicke zum Himmel empor.

„Schmuck! Hoffahrt, Eitelkeit!" Hans spie die Worte geradezu aus seinem Mund. „Die Menschheit hat sich von Gott entfernt. Wehe uns, wenn sich der Herrgott nunmehr von uns abwendet! Kehrt um, tut Buße! Legt es ab, euer Geschmeide, eure Ringe, Ketten und Pretiosen. Werft die seidenen Gewänder auf den Scheiterhaufen, verbrennt das modische Schuhwerk..."

„Seidene Gewänder! Ketten, Geschmeide! Woher soll ich's denn haben?" wagte ein junger, groß gewachsener Bauer einen ärgerlichen Zwischenruf. „Du predigst den Falschen, Pfeiferhänslein! Geh hin zu den hohen Herrschaften, zur vom Herrgott eingesetzten Obrigkeit, und schleudere denen deine Anklagen ins Gesicht! Aber doch nicht uns, doch nicht dem Volk, den Bauern, Tagelöhnern und Leibeigenen, die nichts weiter besitzen, als das, was sie auf dem Leibe tragen!“

Unruhe kam in der Versammlung auf.

„Schweig! Halt dein gottloses Lästermaul!“

„Hörst du denn nicht? Die Heilige Jungfrau spricht durch ihn zu uns!“

„Die Heilige Jungfrau!“ lachte der junge Bauer bitter. „Was habe ich ihr jemals getan, dass sie mir Drohungen ausrichten lässt? Wo ist mein Gold? Wo mein Silber, meine Juwelen? Was hat sie denn gegen mich vorzubringen, die Heilige Maria?“

„Versündige dich nicht!“

„Lass den Hirten reden!“

„Wie kannst du es wagen, dich gegen unsere Heilige Jungfrau zu stellen?!“

„Es ist der Antichrist, der aus ihm spricht!“

„Der Antichrist!“

„Der Teufel in Menschengestalt!“

„Stopft ihm das Maul!“

Immer lauter, immer wütender wurden die Rufe, die nun wie ein Lauffeuer die Runde machten. Schon hatten die ersten drohend ihre Fäuste geballt und schoben sich mit grimmigen Mienen auf den Bauern zu, der erschrocken zurückwich.

„Packt ihn am Kragen!“

„Er hat sich versündigt!“

„Ja, schnappt ihn und lasst ihn am Hanfstrick von der Linde baumeln!“

Von allen Seiten drängten sich die Menschen jetzt an den Mann heran, der sich mit Panik in den Augen hektisch umblickte. Doch einen Ausweg schien es nicht zu geben! Ganz eindeutig: Sie suchten für sich einen Weg, den Zorn Gottes von sich abzulenken und seinen Rachedurst mit einem Opfer zu stillen. Gleich würden sie ihn ergreifen und zu Boden werfen.

„Bitte…“, stammelte der Bauer verzweifelt. „Lasst mich! Ich habe es nicht so gemeint!“

„Nicht so gemeint!" höhnten die Umstehenden. „Ein Feigling ist er auch noch, der Teufel, der das Wort Gottes leugnet!"

„Lasst ab von ihm!" schallte es in diesem Augenblick wie Donnergrollen über den Platz. Hans Böhm hatte gebieterisch den rechten Arm emporgestreckt, während wiederum zornige Blitze aus seinen Augen in die Menge zu sprühen schienen. „Lasst ihn gehen! Er spricht nur aus, was ihr Sünder alle gedacht habt! Er ist einer von euch und er wird, wie ihr alle, zur Demut kommen müssen. Er ist ein Verführter, ein Sünder, ein erbärmlicher Wurm auf der Erdenscheibe. Auch er hat sich verführen lassen von gottlosen Reden, hat getanzt, gehurt, gespottet und gelacht. Hat sich von den Pfaffen an der Nase Kirche herumführen lassen. Hat willfährig geglaubt, was die Prediger ihm aufgeschwätzt haben! Hat sein Seelenheil mit Ablasszetteln erkaufen wollen... genauso", Hans beschrieb mit seinem Arm einen weiten Bogen. „Genauso wie ihr alle! Habt euch zu Werkzeugen der gottlosen Priesterschaft machen lassen! Seid hierher zum Gnadenbild unserer heiligen Frau gepilgert und habt eure Seele dem Teufel verkauft, indem ihr den Ablass gezahlt habt. Anstelle dass ihr in Demut gebetet hättet an diesem heiligen Ort! Wehe uns wahrhaft Gläubigen, denn es ist ein falscher Himmel, den uns die Pfaffen vorgaukeln! Pfaffenwerk ist Teufelswerk! Hier aber, an diesem heiligen Ort, spricht die Jungfrau durch mich zu euch. Glaubt nicht den Pfaffen mehr als unserer gnadenreichen Muttergottes! Kehrt um! Tut Buße! Beugt eure Knie, senkt eure Köpfe und haltet Einkehr im Gebet!"

Wieder waren die Menschen in sprachlosem Entsetzen erstarrt. „Jetzt ist er endgültig zu weit gegangen!" flüsterte eine abgearbeitete zahnlose Frau entgeistert.

Auch ihre Nachbarin schüttelte langsam den Kopf. „Er legt sich mit der Kirche an! Unglaublich!"

„Sie werden es ihm bitter vergelten!"

„Der Blitz wird ihn treffen!"

Wendelin, der sich neben den beiden Frauen auf seinen Stock stützte, schürzte zweifelnd die Lippen. „Warten wirs ab! Eine von beiden Seiten wird sich durchsetzen! Aber ob es unbedingt die Seite der Kirche sein wird..."

„Er hat sich aber doch gegen die Priesterschaft versündigt!"

„Still! Ruhe! Schaut doch, was da geschieht!“ Die Menge verstummte wieder.

In der Zwischenzeit hatte sich Pfarrer Gottlob zusammen mit Bruder Christian, dem Einsiedler aus der Waldhöhle, dem Holzfass genähert, von dem herunter der junge Hirte seine himmlische Botschaft in die Menge geschleudert hatte. Langsam traten die beiden heran. Ihre blassen Mienen wirkten ernst und angespannt, während sie die Köpfe zu Boden gesenkt hielten. Was würden sie nun unternehmen? Wie würden sie der unerhörten Anklage des Pfeiferhans gegenübertreten? Nachdem es doch ihr Pfarrer gewesen war, der Hans erst den Platz am Altar freigemacht hatte. Und Bruder Christian: Er hatte doch das Holzfass umgedreht und dem Hirten sogar noch hinauf geholfen auf dieses Podium. Und ausgerechnet von dort oben hatte der seine Anklage gegen die heilige Mutter Kirche herunter geschleudert! Das konnte nicht gut ausgehen, darin waren sich so gut wie alle Anwesenden sicher. Es musste ganz einfach zum Streit zwischen den beiden Kirchenmännern und dem Pfeiferhans kommen! Aber: Wie würden sie es bewerkstelligen, den Mann von seiner Empore zu vertreiben? Der machte nämlich keinerlei Anstalten, vielleicht freiwillig davon zu gehen. Einfach zu verschwinden! Das wäre vielleicht das Beste gewesen, das Einfachste... Denn: eine handgreifliche Auseinandersetzung an einem so heiligen Ort? Direkt neben dem Gnadenbild der Heiligen Jungfrau, in deren Namen der junge Mann ja seine Botschaft zu verkünden vorgab? Nein! Unmöglich! Aber was dann?

Die in der Luft liegende knisternde Spannung schien beinahe mit den Händen greifbar.

„Jetzt!“ Die Frau neben Wendelin nickte mit dem Kinn nach vorne zum Altar.

Dort wandte sich der Pfarrer um und hob den Kopf. Sein Blick wanderte hinauf zu Hans Böhm, der ohne jegliche Anzeichen von Nervosität hochaufgerichtet und stolz auf dem Boden des Holzfasses stand und nun den Pfarrer aus ernsten Augen ins Visier nahm. Keiner der beiden sagte ein Wort. Atemlose Stille breitete sich in der Versammlung aus. Keiner der Menschen wagte es, auch nur zu husten. Doch nichts geschah. Gar nichts. Es mochte wohl beinahe so lange gedauert haben, wie man brauchte, eine Garbe Korn auf dem Feld zu ernten und zusammenzubinden, so erzählten es die Menschen später denjenigen, die nicht dabei gewesen waren. Ewig, so schien es ihnen, hätten sich die beiden regungslos in die Augen geblickt. Der Pfarrer und der Hirte.

Dann – so plötzlich, dass die Beobachter erschrocken zusammen zuckten, ließ sich der Pfarrer auf die Knie sinken und beugte den Kopf zu Boden. „Segne mich!"

Doch! Er hatte seine Bitte laut und deutlich ausgesprochen. Es war gar nicht misszuverstehen. Und noch einmal: „Segne mich im Namen der Heiligen Jungfrau Maria, die durch dich gesprochen hat!" wiederholte er zur maßlosen Überraschung der Wallfahrer.

Auch der Mönch beugte die Knie und tat es dem Pfarrer nach: „Gib auch mir den Segen. Im Namen der heiligen Dreifaltigkeit: Segne mich!" Er faltete die Hände und blickte demutsvoll zu Boden.

Und tatsächlich! Es geschah! Hans Böhm ließ sich langsam von seinem Podium gleiten und trat neben die beiden Männer. Über den Köpfen des Pfarrers und des Mönches breitete er feierlich die Arme aus. Mit fester Stimme begann er zu sprechen: „Im Namen Gottes und der Heiligen Jungfrau Maria, die durch mich spricht: Ich segne euch! Mögt ihr von nun an wandeln auf den Pfaden der Tugend und ein Gott gefälliges Leben führen!" Behutsam griff er erst nach dem Oberarm des Pfarrers und dann an den des Einsiedlers und hieß sie, sich zu erheben.

Anschließend wandte er sich wieder der Menge zu und hob die Arme weit ausgestreckt zum Himmel. „Ich habe einen hellen Schein gesehen! Den Regenbogen, einen neuen Himmel, eine neue Erde! Sein Reich wird kommen! In Ewigkeit! Amen!"

Kaum waren seine letzten Worte verklungen, da brachen sich die angestauten Gefühle der bis ins Innerste aufgewühlten Menschen Bahn. Über den Platz brandete eine unbeschreibliche Jubelwoge. Erleichtert und trunken vor Glückseligkeit fielen sich die Männer und Frauen in die Arme.

„Genug! Es ist genug!" Es war die Stimme von Hans Böhm, mit der die ausgelassene Fröhlichkeit endete, die sich über den Wallfahrern breit gemacht hatte.

„Geht heim in Demut und mit dem Lob Gottes und der Heiligen Jungfrau auf den Lippen! Übt euch in Bescheidenheit. Betet zu unserem Herrn, danket ihm und preist seinen Namen. Und nun aber geht! Geht hin in Frieden! Der barmherzige Gott sei mit euch auf all euren Wegen!“

Während sich die Menschen gehorsam unwandten und sich mit gesenkten Häuptern auf den Heimweg machten, streckte Hans die Hand aus und deutete mit dem Zeigefinger auf den hinteren Rand der Menge. Wen meinte er? Wendelin, der alte Bauer, sah sich neugierig um. Ach natürlich: Da stand sie ja. Klar. Das Interesse des jungen Schäfers galt Trude. Natürlich. Trude, die, mehr noch als all die anderen Menschen auf dem Platz, ein ungeheures Wechselbad der Gefühle durchlitten hatte.

Nun breitete Hans seine Arme aus. Während ein jungenhaftes, schüchternes Lächeln um seine Mundwinkel spielte, hob er mit einer fragenden Geste die Schulter. Alles Missionarische, aller Eifer, alle Strenge, die er gerade eben noch an den Tag gelegt hatte, war mit einem Schlag wie weggewischt. Nur ein zurückhaltender blonder Jüngling stand nun noch auf dem Holzfass und harrte erwartungsvoll auf Trudes Antwort.

Ein erleichtertes Seufzen entrang sich ihrer Kehle, und mit nachdrücklichem Kopfnicken winkte sie ihn zu sich.

Er hatte sofort verstanden. Mit einem Jubelschrei hüpfte er von seinem Podest und eilte auf das Mädchen zu, das er innig an sich drückte.

Hand in Hand schritten sie anschließend wortlos durch die Menge, die sich ehrfürchtig vor ihnen teilte.

11

Die nächsten Tage gingen nahezu ereignislos ins Land. Natürlich hatten die Menschen nun ihren Gesprächsstoff. Im ganzen Taubertal und auf den umliegenden Höhen gab es kein anderes Thema, als das unerhörte Geschehen, das sich am Tag von Mariä Verkündigung am wundertätigen Gnadenbild der Heiligen Muttergottes in Niklashausen ereignet hatte. Wie ein Lauffeuer war die Kunde von der Erscheinung weitergetragen worden, über die ein junger Hirte den Wallfahrern berichtet hatte. Dass die Jungfrau Maria in einem weißen Gewand zu ihm gesprochen habe. Dass die Rede vom Zorn Gottes gewesen war, der alle Hoffahrt, allen Prunk, alle Eitelkeit verdammt hatte. Zur Umkehr und zur Buße waren sie aufgerufen worden.

Nun ja, das an sich waren ja keine neuen Erkenntnisse. Solche Dinge musste man sich auch immer wieder von den zornigen Wanderpredigern anhören, oder von den Verfemten, den Waldensern und ähnlich gottesfürchtigen Leuten mehr. Die einen verkauften einem dann eben Seelenheil, natürlich gegen klingende Münze. Die anderen? Die wurden verfolgt, gebrandmarkt, erschlagen, endeten auf dem Scheiterhaufen – und der Priester erklärte seiner Gemeinde anschließend, weshalb die Kirche so unnachgiebig gegen diese Leute, die Ketzer, vorgegangen war.

Aber dass es nun dieser junge Hirte sogar gewagt hatte, nicht nur von seiner Vision zu berichten! Man mochte ihm ja glauben oder nicht! Nein, er war bekanntlich viel, viel weiter gegangen: Er hatte die Kirche selbst an den Pranger gestellt! Ein einfacher Schäfer! Und was war geschehen? Der Pfarrer hatte sich von ihm segnen lassen, anstatt ihn zu ergreifen und ins Verlies zu sperren! Unglaublich!

Also war womöglich doch etwas ganz besonderes geschehen an diesem Tag im Taubertal? Was auch immer dieses besondere sein mochte! Es war nicht zu erklären! Rätselhaft!

Weil aber auch die nächsten Tage weiterhin schön und sonnig verlaufen waren, hatten die Bauern alle Hände voll zu tun mit ihrer Frühjahrsarbeit. Die Saat musste eingebracht werden. Endlich! Das erste Gras konnten sie mähen. Die ungeheuren Stapel von Brennholz bearbeiten, das der Graf für seine zahlreichen Öfen im riesigen Schloss von Wertheim benötigte. Nicht viel Zeit, um lange über das „Wunder von Niklashausen“ zu debattieren. Falls es sich wirklich um ein Wunder handelte. Die ewigen Skeptiker hatten sich wie immer auch dieses Mal wieder zu Wort gemeldet, und je mehr Zeit seit dem Ereignis verstrichen war, desto mehr gewann ihre Einschätzung in den weiter entfernt liegenden Ortschaften die Oberhand, und umso weniger wurde darüber gesprochen. Die schwere körperliche Arbeit tat ein Übriges, dass die Menschen, die von Sonnenaufgang bis Sonnenuntergang beschäftigt waren, bei Einbruch der Nacht todmüde auf ihr Strohlager sanken. Immer noch mit meist hungrigen Mägen, denn noch war die Zeit der Ernte nicht angebrochen. Noch gab es auch in den Wäldern keine Beeren, noch waren die irdenen Schüsseln gähnend leer, aus denen sie ihren wässrigen dünnen Brei löffelten.

Auch der junge Schäfer war in den letzten Tagen vollauf mit seiner Herde beschäftigt gewesen. Mit der Herde des Grafen vielmehr. Es war die Zeit, in der die Lämmer geboren wurden. Die Zeit, in der er ganz besonders darauf zu achten hatte, dass sich die blutrünstigen Wölfe nicht über die ihm anvertrauten Tiere her machten. Umso besser, dass er nun Unterstützung hatte. Unterstützung durch Trude, die nicht mehr von seiner Seite wich.

Und so war auch er wahrscheinlich ganz froh darüber, durch die tägliche Arbeit von den Ereignissen am Gnadenbild abgelenkt zu sein. Mitunter, so jedenfalls behauptete es der eine oder andere, der dem Pfeiferhans begegnet war, schien es sogar, als sei es dem jungen Mann peinlich, auf das Geschehen angesprochen zu werden.

Mit Staunen hatten die Einwohner von Niklashausen eine andere Tatsache zur Kenntnis genommen. Nämlich die, dass nicht das Geringste geschehen war. Kein Sendbote des Bischofs, keine Reisigen des Grafen, kein Junker der nahe gelegenen Gamburg, kein Verhör, zu dem der Pfarrer nach Mainz geladen worden wäre. Nichts! Gar nichts! Die Obrigkeit schien die Sache zu ignorieren. Die weltliche Obrigkeit genauso wie die Kirche. Schlicht und einfach zu ignorieren!

Allein das grenzte schon an ein Wunder. Darin waren sich die Leute einig. Wo sie doch sonst auf Schritt und Tritt schikaniert und gemaßregelt wurden. Wo die hohen Herrschaften doch ihre Ohren überall zu haben schienen. Und: Wie oft war es schon vorgekommen, dass einer der Leibeigenen oder Tagelöhner von einem Trupp Reisiger abgeholt und ins Verlies gesteckt worden war. Nur weil er einige Tage zuvor einen Fluch ausgestoßen hatte, der sich gegen den Grafen richtete. Der nämlich hatte seine Spione doch überall! Und jetzt?

Nichts! Rein gar nichts! Ein Wunder!

Ab und zu konnte es in den letzten Tagen zwar geschehen, dass man einem in zerfetzter Kleidung einher schreitenden Pilger begegnete. Einem von jener Sorte beispielsweise, die meinte, sie müsse sich tagein-tagaus mit einer dornenbewehrten Geißel auspeitschen, um so den Zorn Gottes von sich abzuwenden. Doch diese Frömmler schieden meist schon nach wenigen Stunden enttäuscht wieder von dannen, da sie weder den von ihnen erwarteten Heiligen Jüngling am Gnadenbild vorfanden, noch sonst einen Verbündeten für ihr übersteigertes Glaubensbekenntnis fanden.

Und so schien allmählich alles wieder seinen gewohnten Gang zu gehen in Niklashausen. Nun gut, man betete öfter zur Heiligen Jungfrau, als dies früher der Fall gewesen war. Und auch sonst schien es weniger Streit und Auseinandersetzungen zwischen den Dorfbewohnern zu geben, als in früheren Zeiten. Meinte man jedenfalls.

Ostern stand nun vor der Tür. Wer weiß, vielleicht würde sich an diesem hohen Festtag ja wieder etwas Unvorhergesehenes ereignen? Der Pfarrer allerdings ließ sich in dieser Hinsicht jedoch nicht das Geringste anmerken. Zumindest trug er demonstrativ würdevolle Gelassenheit zur Schau, während er sich auf das Osterfest vorbereitete.

Über eines aber waren sich die Menschen im Klaren. Es würde voll werden in der Kirche morgen. Dicht an dicht würden sich die Leute im Ostergottesdienst drängen. Man konnte ja nie wissen. Man könnte womöglich etwas verpassen...

12

„Nun sag schon, Wendelin. Was ist denn in der Kirche geschehen? Die Leute laufen ja herum wie aufgescheuchte Hühner!" Ungeduldig fuhr sich der alte Korbinian mit der Hand über seine wenigen grauen Haare, die nur unzureichend die entzündeten Flohbisse überdeckten, mit denen sein Schädel übersät war. „Da muss doch etwas gewesen sein bei der Osterpredigt."

„Allerdings", nickte der andere nachdenklich. „Wenn uns das vor einigen Tagen jemand prophezeit hätte... Wir hätten ihm nicht geglaubt! Höchstens ausgelacht hätten wir ihn..."

„Und was ist nun passiert? Lass dir doch nicht jedes Wort einzeln aus der Nase ziehen!"

Der alte Wendelin setzte eine bedeutungsvolle Miene auf und nahm Korbinian ernst in sein Visier. „Du wirst es nicht glauben: Unser Pfarrer hat gegen seine eigene Kirche gepredigt!"

„Was?! Nie und nimmer!"

„Wenn ich es dir doch sage!" Unwirsch stampfte der alte Bauer mit seinem Knotenstock auf den lehmigen Boden. „Ich habe dir doch angekündigt, dass es unglaublich ist, was sich da ereignet hat. Wenn du mir aber schon von Anfang an nicht glauben willst, dann kann ich es ja lassen!"

Abwehrend hob der Getadelte die Hände. „Ist ja schon gut. Ich werde dich nicht mehr unterbrechen. Also los, erzähle mir, was du gesehen hast."

„Nun gut. Du wirst staunen", gab sich Wendelin versöhnlich. „Die Kirche war zum Bersten voll. Dicht an dicht standen die Leute beieinander, denn jeder hat erwartet, dass an einem solch bedeutenden Tag wie dem Osterfest sich wieder etwas ereignen müsste. Entweder heute, am Ostersonntag, oder gar nicht mehr. Deshalb waren die Leute auch schwer enttäuscht, als sie den jungen Schäfer nirgendwo erblicken konnten..."

„Wie, der Hans war gar nicht da?" unterbrach ihn Korbinian staunend. „Das hätte ich nicht gedacht!"

„Die anderen ja wie gesagt auch nicht. Aber wenn du mich immer wieder unterbrichst, dann wird es ewig dauern, bis ich dir alles erzählt habe." Müde lehnte sich der Alte an die löchrige Lehmwand der Hütte und atmete tief durch. „Das war gewaltig aufregend, das kann ich dir sagen!“ Er nickte.

„Na, dann sag‘ schon“, drängelte der Gefährte gespannt. „Was war denn da so bedeutendes?“

„Nun gut!“ Wendelin deutete mit seinem Knotenstock in Richtung Kirche hinüber, deren gedrungener kleiner Turm hinter den Dächern der Bauernhütten in den Himmel ragte. „Wie gesagt: Der Hans war – zur großen Enttäuschung von uns allen – gar nicht anwesend. Schon haben einige gemeint, der Pfarrer habe es ihm verboten, am heutigen Tag die Kirche zu betreten. Andere haben es natürlich wieder einmal noch besser gewusst und das Gerücht verbreitet, der Schäfer sei heute im Morgengrauen von den Reisigen des Grafen ergriffen und nach Wertheim gebracht worden. Vorsichtshalber! Nicht, dass er wieder von seiner Vision berichten könne und in seinem heiligen Eifer dann womöglich auch wieder gegen die Pfaffen predigen würde. Der Bischof von Mainz habe den Grafen angewiesen, das zu tun!“

„Blödsinn! Seit wann lässt der sich etwas vom Mainzer Bischof befehlen?“, entfuhr es Korbinian. „Die beiden sind sich schließlich spinnefeind, das ist jedermann hier bekannt. Und dem einen ist es doch gerade recht, wenn dem anderen ein Unbill widerfährt!“

„Schon. Aber andererseits können sie sich noch so sehr hassen: Wenn es dann gegen unsereinen geht, dann sind sich die hohen Herrschaften schnell wieder einig!“

Der Alte wiegte nachdenklich den Kopf. „Damit hast du auch wieder Recht. Aber weiter. Was war dann? Ist er tatsächlich nicht erschienen?“

„Langsam! Eines nach dem anderen“, hob Wendelin beschwichtigend die Hände. „Zunächst auf jeden Fall war unser Hans tatsächlich nirgendwo zu sehen. Der Pfarrer hat dann mit dem Ostergottesdienst begonnen. So wie jedes Jahr eben. Doch so richtig bei der Sache schien auch er nicht. Auch ihm hat man die Nervosität irgendwie angemerkt. Auch er war ganz offensichtlich beunruhigt. Vielleicht war ihm die Sache mit der Segnung an Mariä Verkündigung ja auch noch peinlich. So wie er sich die letzten Tage über ja kaum vor uns hat blicken lassen..“

„Stimmt! Es schien, als machte er absichtlich einen Bogen um uns.“

„Eben. Ich glaube auch nicht, dass er den Hans seitdem noch einmal getroffen hat. Eher schon der Höhlenmönch. Man habe ihn gesehen, wie er von der Schafweide den Hang herunter gestiegen sei, sagen die Leute. Nun ja. Auf jeden Fall hat unser Pfarrer also die Messe zelebriert. So gut er das eben kann. Wie immer sprach er natürlich auf Latein – zumindest hat er den Anschein erweckt. Und natürlich haben wir, wie immer, überhaupt nichts verstanden. Aber ich bin mir dennoch ganz sicher, dass das kein anderer Pfaffe verstanden hätte, was er da von sich gestottert hat. Auch die anderen haben es bemerkt: Das klang alles irgendwie falsch. Er hat vor Aufregung auch einen ganz roten Kopf bekommen. Wie gesagt, er war nervös!"

„Verständlich!" nickte Korbinian. „Er kann sich ja auch immer noch nicht sicher sein, ob er nicht doch noch vor den Bischof zitiert wird, weil er vor einem einfachen jungen Schäfer niedergekniet ist und sich hat segnen lassen."

„Ja, es ist aber noch schlimmer gekommen. Du weißt ja: Unser Pfarrer ist kein großer Redner vor dem Herrn. Aber es ist ja Ostern heute. Und da musste er, wie jedes Jahr, die Gemeinde unterhalten. Auf Deutsch. Das hat schon in den vergangenen Jahren nie so richtig geklappt..."

„Richtig", lachte der andere und setzte ein breites Grinsen auf. „Das Ostergelächter! Im letzten Jahr war ich ja noch dabei. Du meine Güte, war das peinlich. Aber es ist Vorschrift, er muss seiner Gemeinde am Osterfest etwas Erheiterndes erzählen und muss die Leute zum Lachen bringen. Wo er doch gar keinen Humor hat, der Arme..."

„Eben. Und so richtig vorbereitet hatte er sich ganz anscheinend auch nicht auf seine Geschichte. Er hat sie irgendwie nicht mehr richtig zusammen bekommen. Aufschreiben, das ging ja nicht, denn lesen kann der Bruder Gottlob ebenso wenig wie wir. Und deshalb ist die Geschichte auch furchtbar in die Hosen gegangen."

„Schlimmer als in den letzten Jahren?" kicherte Korbinian in schadenfroher Erwartung.

„Noch viel schlimmer!" bestätigte Wendelin. „Also: Er hat uns – auf Deutsch jetzt, wohlgemerkt – erzählt, dass Jesus vom Kreuz genommen worden sei. Dann habe man gemeint, er sei bestattet worden in diesem steinernen Sarg. In Wirklichkeit aber sei unser Herr Jesus aufgefahren in den Himmel. Und uns Sündern seien damit die Sünden vergeben."

„Aha! Und weiter?"

„Nichts weiter! Das war alles! Zunächst wenigstens. Und wir, die wir da dicht gedrängt in der Kirche standen, wir haben genauso blöd geglotzt, wie du das gerade tust. Es war alles. Das war die ganze Geschichte!“

„Zum Totlachen!“ schüttelte Korbinian missmutig den Kopf. Der Priester hatte in den letzten Jahren wirklich nachgelassen!

„Haben wir auch gedacht. Auf jeden Fall hat kein Mensch in der Kirche gelacht. Nur unser armer Pfarrer, der hat ganz panisch geschaut. Du hast richtig sehen können, wie ihm der Schweiß von der Stirn tropfte, vor lauter Anspannung. Was also tun? Irgendwie hatte er noch etwas vergessen in seiner Geschichte. Und da hat er dann weitergemacht. Der Herr Jesus sei an diesem heiligen Tag also aufgefahren in den Himmel. Und da sitzt er nun neben Gott dem Vater. Wieder hat er eine Pause eingelegt, aber wieder hat immer noch keiner gelacht!“

Der alte Korbinian zuckte verständnislos mit den Schultern. „Warum denn auch? Was gibt es da schon zu lachen?“

„Eben! Nichts natürlich. Und so hat er anscheinend ganz fieberhaft überlegt, was er denn noch lustiges hinzufügen könnte. Er ist frei, unser Herr Jesus. Ganz und gar frei!“

„Gut so, aber nicht zum Lachen!“ kommentierte Korbinian trocken.

„Eben. Immer noch nichts hat sich geregt. Unser Heiland ist frei, hat er dann nochmals gerufen. Ganz laut. Er ist so frei als wie ein Aff!“

„Was?!“

„Genau! Das hat er in seiner Not gerufen und gemeint, das sei jetzt aber spaßig. Doch kaum war es aus seinem Mund heraus, da ist er zu Tode erschrocken. Und auch in der Gemeinde regte sich Unwillen. Ganz vorne hat einer gerufen, wie ein dahergelaufener Unterpriester dazu käme, den Namen unseres Herrn in den Schmutz zu ziehen! Andere haben sich entsetzt die Hände vor den Mund gehalten!“

„Und der Pfarrer?!“

„Der stand da wie eine Salzsäule und hat sich vor Schreck über die Äußerung, die ihm da aus dem Mund geschlüpft war, gar nicht mehr regen können!"

„Unglaublich!“

„Du sagst es. Aber dann, mitten in die Aufregung hinein, passierte etwas ganz anderes. Plötzlich wurde die Tür der Kirche aufgerissen und Hans kam herein geschritten. Richtig würdevoll geschritten. Ein Marienlied hat er gesungen. Ganz laut und klar. Ich kann es nicht ganz genau sagen, aber es ging in etwa so: ‚Gegrüßet Maria, du Mutter der Gnaden! So sangen die Engel der Jungfrau Maria, in ihre Gebete, darinnen sie rang'. Er hat das Lied weiter und weiter gesungen, Strophe um Strophe."

Korbinian schürzte anerkennend die Lippen. „Ein einfacher junger Hirte. Und kann die ganzen Marienlieder auswendig daher singen. Allein das grenzt an ein Wunder!"

„Du sagst es! Mit glockenheller Stimme hat er gesungen und ist dabei nach vorne zum Pfarrer geschritten. Die Menge hat sich ehrfurchtsvoll vor ihm geteilt. Aller Unmut, alles Gespräch war schlagartig verstummt. Er hatte etwas Würdevolles an sich, etwas, das man ganz schlecht beschreiben kann. Etwas, das die Menschen sofort dazu gebracht hat, ihm Platz zu machen. Dann ist er schließlich beim Altar angekommen, hat den Pfarrer nur mit einem Blick gestreift und gleich darauf seine Botschaft verkündet!"

„Seine Botschaft? Schon wieder? Ist ihm die Jungfrau wieder erschienen?"

Wendelin hob ratlos die Schultern. „Wer mag das sagen? Er hat auf jeden Fall von einer solchen Begegnung berichtet. Wieder habe sich die Heilige Jungfrau an ihn gewandt und wieder habe sie ihm den Zorn Gottes mitgeteilt, der sich gegen die Untugenden der Menschheit richte. Noch immer herrschten Eitelkeit, Hoffahrt und Willkür auf der Welt. Man habe seine erste Botschaft zwar gehört, aber sei seiner Warnung nicht gefolgt. Mehr und mehr habe man dadurch Gott erzürnt, und deshalb habe sich die Heilige Jungfrau ihm ein weiteres Mal gezeigt und würde nun auch durch ihn zu den Menschen sprechen. Kehrt um, tut Buße, lebt in christlicher Demut und Bescheidenheit. Legt ab eure Fesseln!"

„Legt ab eure Fesseln!" lachte der alte Bauer bitter. „Was soll das denn heißen? Die Fessel des Elends? Die Bürde der Leibeigenschaft, oder wie?"

„Wer weiß! Auf jeden Fall ist es mir so vorgekommen, als habe Hans auch das gemeint. Wenn er es auch nur angedeutet hat. Aber zunächst hat er heute die Pfaffen aufs Korn genommen – und zwar mit ganz anderen Worten, als neulich. Er hat gewettert gegen die Pfaffen, gegen die Bischöfe, gegen den Papst, ja gegen die ganze Kirche. Ganz und gar unchristlich sei sie geworden, die Kirche. In prunkvolle Gewänder hüllten sich die Bischöfe und Kardinäle. Veranstalteten rauschende Feste. Fress- und Saufgelage, während das einfache Volk darbt und am Hungertuch nagt!"

„Recht hat er!"

„Ganz entschieden hat er gegen das Ablassunwesen gesprochen. Ja, Ablassunwesen hat er es genannt! Unchristliche Täuschung der Gläubigen sei das. Man würde den armen verführten Menschen mit allerlei frommen Sprüchen nur vorspiegeln, dass sie sich das Paradies mit erkaufen könnten, wenn sie nur ihren letzten Heller dafür der Kirche spendeten. Und die Leute würden ihr letztes Hemd dafür geben, opfern für die Kirche, für Gott und die Heiligen. Götzendienst sei das, rief Hans in die Kirche hinein!"

„Götzendienst!" echote Korbinian staunend. Worte, die man sich noch nicht einmal zu denken traute. „Das hat er gesagt?!"

„In der Tat", nickte Wendelin bedeutungsvoll.

„Das klingt nach Aufruhr – auch wenn es die Wahrheit ist!"

„Es kommt noch besser! Er hat sich nämlich immer mehr in Rage geredet. Sein Gesicht hat sich zornesrot gefärbt, und so hat er mit seinen blonden Haaren und seinem weißen Schafspelz da vorne am Altar beinahe ausgesehen wie der Erzengel Michael persönlich. Nur noch das Schwert hat gefehlt. Aber das Schwert, das waren seine Worte! Die Kirche, hat er mit Donnerstimme angeklagt. Die Bischöfe, die Priester. Sie lachten über die Gläubigen, deren letzten Heller sie herausgepresst haben. Und was tun sie mit dem ganzen Geld? Nicht etwa wird es für mildtätige Zwecke verwendet oder zur Missionierung der Heiden im Osten! Nein: Sie verprassen die ganzen Einnahmen aus dem Ablass und das Opfergeld!"

„Da mag er ja Recht haben! Aber hat er auch gesagt, was sie damit anstellen? Das wird er sich dann doch nicht getraut haben!"

„Und ob!" lachte Wendelin. „Er hat es laut und deutlich vor aller Augen gehalten. Die Bischöfe und die Kardinäle, sie seien mehr mit Saufen und Huren beschäftigt, als mit dem Gottesdienst! Wollust und Völlerei herrschten in der Kirche. Die Bischöfe, die sich in immer kostbarere Gewänder kleideten, die immer neue Prunkbauten erbauen ließen, so wie beispielsweise jetzt den völligen Umbau des Marienbergs in Würzburg..."

Wieder unterbrach ihn ein verblüffter Ausruf. „Das hat er gesagt? Er hat den Marienberg in Würzburg direkt angesprochen? Hat also den Bischof von Würzburg direkt an den Pranger gestellt?“ staunte Korbinian mit offenem Mund.

„Ja, das hat er! Du kannst dir vorstellen, dass es jetzt auch im Gottesdienst erschrockene Gesichter gegeben hat, einzelne Widerworte auch. Und manche haben befürchtet, es würde sie die Strafe des Bischofs gleich mit treffen, weil sie auch in dieser Versammlung waren. Mitgefangen, mitgehangen sozusagen...“

„Und was hat unser Pfarrer gesagt? Spätestens jetzt musste er doch eingreifen!“

„Unser Pfarrer! Der ist nur dagestanden und hat den Kopf hängen lassen. Man konnte beinahe den Eindruck haben, dass er gar nichts mehr von dem mitbekommen hat, was um ihn herum vorgegangen ist. So tief schien der in Gedanken versunken! Nein, die Protestrufe kamen von anderen, aber nur zaghaft, nur vereinzelt. Dann haben welche gerufen, man solle auf den Hans hören, der Hans habe doch Recht mit dem, was er da sage. Aber der Bann war erst gebrochen, als sich plötzlich Bruder Christian zu Wort gemeldet hat!“

„Der Höhlenmönch!“

„Genau der! Du hättest sehen sollen, wie der sich plötzlich neben dem Hans aufgebaut hat, so groß wie er ist! Mit seiner riesigen schwarzen Kutte hat er die Hände in die Höhe gestreckt – und eine Zeit lang habe ich befürchtet, er wolle den Hans nun niederschlagen. Aber nein, von wegen! Er hat seinen Kopf gehoben und laut gerufen ‚Herr, unser Gott! Wir haben gesündigt!‘ Dann ist er auf die Knie gesunken und hat sich von Hans die Hand auflegen lassen. Und damit war der Bann gebrochen. Du glaubst nicht, was sich dann für ein Tumult in der Kirche entwickelt hat. Die Leute sind in lauten Jubel ausgebrochen und haben den Hans hochleben lassen. Den heiligen Jüngling! Ja, so haben sie ihn nun plötzlich genannt. Und alle haben sie jetzt nach vorne gedrängt, alle wollten sich segnen lassen. Segnen vom heiligen Jüngling, durch den die Muttergottes gesprochen hat! Es waren unglaubliche Szenen, die sich nun abgespielt haben! Du kannst es dir nicht vorstellen, wie die Leute plötzlich alle aufsprangen!“

Ungläubig starrte der alte Bauer zum Kirchturm hinüber und schüttelte langsam und sorgenvoll seinen Kopf. „Wendelin, ich weiß nicht... Ich kann mir nicht vorstellen, dass es gut geht, was da heute offensichtlich begonnen hat. Das ist ja die offene Empörung! Die Herrschaften werden sich das nie und nimmer gefallen lassen! Wir werden es büßen müssen. So wahr ich hier stehe: Es wird kein gutes Ende nehmen!"

Der andere stampfte verdrießlich mit seinem Knotenstock auf den Boden. „Was malst du schon wieder die düstersten Farben an den Himmel? Was kann uns elenden Kreaturen denn geschehen? Sollen sie doch kommen und uns erschlagen wie räudige Hunde! Was ist unser Dasein schon wert..."

„Unser Dasein! Denk doch einmal über deinen Schatten hinaus, an deine Kinder, meine Enkel..."

„..denen es genauso dreckig geht, wie ihren Vätern und schlimmer noch als ihren Vorvätern. Im Übrigen", er hob seinen Stock in die Luft und beschrieb einen großen Bogen, „dieses Land hier gehört zur Diözese Mainz und nicht zum Würzburger Bischof. Also kann dieser uns auch gar nichts anhaben. Das ist eine Mainzische Angelegenheit. Und wie man weiß, sind sich die hohen Herrschaften ja auch nicht immer unbedingt gewogen!"

„Wenn es gegen den gemeinen Mann geht, dann aber schon!" warf Korbinian skeptisch ein. „Dann sind sie wieder ein Herz und eine Seele!"

„Dennoch: Hans hat ausgesprochen, was alle denken! Selbst viele Priester verdammen die Hoffahrt und die Eitelkeit der Menschen. Erinnere dich doch an diesen Wanderprediger, der uns neulich das schöne Fest verdorben hat. Hat nicht auch er gegen Prunksucht und Untugend gepredigt?"

„Ja, schon! Aber eines, das hat er wohlweislich vermieden, zu tun..."

„Und was soll das sein?"

„Er hat seinesgleichen an den Pranger gestellt. Und die Handwerker, die Bauern, die Tagelöhner, die Musikanten, die Wirte, die Huren... Nur nicht die Bischöfe, die Grafen und die Kardinäle. Das hat er wohlweislich bleiben lassen. Aus gutem Grund..."

Nachdenklich kratzte sich Wendelin am Hinterkopf. „Wenn ich mir's recht überlege... Es stimmt, was du da ins Feld führst. Und dennoch: Hans hat die Wahrheit offen ausgesprochen – nichts mehr und nichts weniger!"

„Eben! Das ist es ja gerade!"

13

Es zerriss ihm fast das Herz, als er die elende finstere Hütte betrat, aus der ihm ein modriger fauler Geruch entgegen waberte. Hastig griff sich Bruder Gottlob an die Nase, doch der Gestank ließ sich dennoch nicht ignorieren.

„Ja, Herr Pfarrer. Hier riecht es halt nicht nach Weihrauch oder Myrrhe, so wie bei den feinen Herrschaften“, krächzte ihm eine hohe Fistelstimme aus dem Dunkel entgegen. „Aber man gewöhnt sich daran, das können Sie mir glauben. Es ist das Rosenöl des gemeinen Mannes, so könnte man sagen!“ kicherte die Stimme zynisch. „Was verschafft uns die Ehre des hohen Besuches in unserer bescheidenen Behausung? Vielleicht hat sich der vornehme Herr ja nur in der Türe geirrt? Die besseren Herrschaften wohnen einige Schritte entfernt von hier...“

„Vater, lass doch!“ zischte ein zerlumpter junger Mann, der wohl um die zwanzig Jahre zählen mochte, ärgerlich nach hinten, während er voller Verlegenheit vor dem Pfarrer stand, dem er gerade eben staunend den Eingang zu seiner Hütte freigegeben hatte. In der Tat wunderte sich auch der Leibeigene Johannes über den Besuch des Pfarrers bei ihnen. Ausgerechnet bei ihnen. In einer der elendsten Hütten des ganzen Dorfes. Mehr und mehr waren sie in den letzten Jahren in einem Teufelskreis von Krankheit, Hunger, Abgaben, Unglücks- und Todesfällen versunken. Erst die Mutter, die mit noch nicht einmal dreißig Jahren an einem Eiterzahn gestorben war. Dann der Vater, der sich beim Pflügen das Schienbein übel gebrochen hatte. Eine offene Wunde, die sich eitrig entzündet und monatelang nicht geschlossen hatte. Das Bein war nicht mehr richtig zusammengewachsen und der Vater seitdem stark gehbehindert, nicht mehr in der Lage, die normalen bäuerlichen Tätigkeiten zu verrichten, die der Vogt des Grafen von einem Mann seines Alters erwartete. So hatten die fünf Kinder mit dem Vater ihre ursprüngliche Behausung räumen müssen und waren in eine halb verfallene Hütte gezogen, deren verfaultes Strohdach sie mit Tannenzweigen und Gras notdürftig ausgebessert hatten. Notdürftig, mehr nicht. Die Regentage waren das Schlimmste! Mit Grausen starrten sie vor allem im Herbst an den Himmel, wenn sich eine dunkle Wolkenwand auf das Dorf zuschob und ihre Wassermassen über dem Taubertal entlud. Denn natürlich war das Dach alles andere als dicht und hielt den Regen mehr als unzureichend zurück. Und das im Herbst! Es trocknete den ganzen Winter über nicht mehr in der Hütte. Die Lager aus modrigem Stroh und Eichenlaub verbreiteten einen schimmlig-stechenden Geruch. Kein Wunder, dass innerhalb der ersten beiden Winter ein Kind nach dem anderen erkrankt war und schließlich nur noch Johannes überlebt hatte. Wundersamerweise – falls man sein Dasein noch Leben nennen durfte. Auch er war schwer an einer Lungenentzündung darnieder gelegen. Auch er hatte den Tod längst vor sich stehen sehen, doch dann hatte sich der Sensenmann urplötzlich von ihm abgewandt und das Fieber bei Johannes war zurückgegangen. Allerdings nur das Fieber. Nicht die quälenden Hustenattacken, die seinen ausgemergelten Körper krampfartig schüttelten. Eines nicht mehr allzu fernen Tages, irgendwann eben, würde eine dieser Attacken die letzte in seinem Leben gewesen sein. Würde der Krampf ihm die Kehle abschnüren und er würde ersticken, qualvoll verenden, wie ein krankes Stück Vieh. Wenn er nicht vorher doch noch den Mut und die Kraft aufbrachte, sein Ende selbst in die Hand zu nehmen. Einfach ins Wasser des Mühlkanals springen. Hoch genug war der Wasserstand dort. Das müsste eigentlich gelingen. Oft schon war er am Wehr gestanden und hatte hinunter in das kalte Tauberwasser gestarrt. Am liebsten wäre er längst schon gesprungen. Hätte wenigstens einmal in seinem Leben etwas selbst in die Hand genommen. Und wenn es auch nur das Ende wäre... Doch noch durfte er es nicht tun. Erst musste sein Vater sterben. Den durfte er nicht ganz alleine in der elenden Hütte zurück lassen. Das wäre unrecht gehandelt, hatte sich Johannes wieder und wieder eingeschärft. Das würde dem Herrgott nicht gefallen.

Der Herrgott! Wenn der doch nur endlich den Vater zu sich rufen würde... Dann nämlich, dann könnte auch er handeln. Endlich handeln...

Doch bis dahin blieb ihm nichts anderes übrig, als sich zusammen mit dem mittlerweile fast völlig bewegungsunfähigen Vater zur Wallfahrtskirche der Heiligen Muttergottes zu schleppen und dort von den frommen und hoffentlich spendenwilligen Pilgern die eine oder andere Münze zu erbetteln. Oder ein Stück Brot, das tat es auch, um den schlimmsten Hunger zu stillen. Aber auch die Bettelei wurde immer schwieriger. Denn es wurden immer mehr, die sich mittlerweile um die milden Gaben der Wallfahrer regelrecht balgten und oft genug schlimme Blessuren aus diesen Kämpfen davontrugen. Dazu kam die nicht mehr wegzuleugnende Tatsache, dass die Pilger in letzter Zeit deutlich knausriger geworden waren, falls sie überhaupt noch etwas für die Bettler übrig hatten. Nein, das wenige, was die Leute an Opfergaben aufzubringen vermochten, das brachten sie lieber gleich der Heiligen Muttergottes und der Kirche dar. Für das ewige Seelenheil, für die Vergebung ihrer Sünden, für die Bitte um ein Wunder – aber doch nicht für einen elenden, verwarzten und verlausten, stinkenden, struppigen Bettler!

„Wie geht es Euch, Johannes?“ Der Pfarrer hatte seine Frage kaum gestellt, da wurde er sich schon erschrocken der Peinlichkeit bewusst, wie unpassend diese gedankenlos dahergesagte Begrüßungsformel ausgerechnet in solch einer elenden Behausung klingen mochte.

„Wie es geht, fragt der vornehme Herr“, kicherte ihm auch sogleich das Echo aus dem zahnlosen Mund des Alten entgegen. „Sagen wir es so, Euer Hochheiligkeit: Wir haben schon bessere Zeiten gesehen. Andererseits: Schlechter kann es nimmer werden, und das ist so gesehen ja auch schon ein Fortschritt...“

Diese düsteren Worte hallten im Kopf des entsetzten Pfarrers wie gewaltige Glockenschläge wider. Was hatte er all die letzten Jahre getan? Wo war er gewesen? Worum hatte er sich gekümmert? Um das Seelenheil der Kirchgänger. Um die Pilger und Wallfahrer. Um die Einkünfte des Bischofs mitsamt der von ihm ja eigentlich so ungern gesehenen Ablasszettel. Um den einen oder anderen Bericht eines durchziehenden Glaubensbruders, der von zaghafter Kritik an den Zuständen der Kirche berichtet hatte. Von Leuten, die in der Nachfolge von Kapistran durch die Lande zogen, sich aber letzten Endes niemals trauten, die obersten Kirchfürsten an den Pranger zu stellen. Ja, damit hatte er sich beschäftigt. Als ein kleines Rädchen im unendlichen Weltgetriebe. Aber diese erbärmliche Behausung und die Leute, die hier drinnen vor sich hin vegetierten?! Nein, er hatte sie niemals besucht, sich nicht um sie gekümmert! Hatte ihnen höchstens vor der Wallfahrtskirche zu verstehen gegeben, dass ihre Bettelei störend sei an diesem heiligen Ort. Dass sie zumindest von den Kirchenstufen zu verschwinden hätten, alles andere sei ihm dann egal. Die Frau des Alten hatte er begraben, dann die Kinder, die gestorben waren, wie die Fliegen. Aber sich das Schicksal des Bettlers zu Herzen nehmen? Nein! Niemals! Da hätte er viel zu tun in einem solchen Dorf wie Niklashausen! Daran konnte ein Mensch zerbrechen. Und ein Pfarrer war ja schließlich auch nur ein Mensch!

Aber wozu war ein solcher Pfarrer wie er dann eigentlich nütze? Diese Frage quälte ihn – nicht erst seit heute, sondern endgültig seit dem Auftritt des jungen Schäfers in der Kirche. In seiner Kirche. In der er – mehr schlecht als Recht – lateinische Messen gelesen hatte, deren Inhalt er genauso wenig begriff, wie die Gemeinde, die den Ritus wieder und wieder verständnislos über sich ergehen ließ. Als Diener des Bischofs hatte er fungiert, nicht als Diener Gottes. Hatte den Menschen ihren letzten Heller abgeschwatzt für die Aussicht auf die ewige Glückseligkeit. Und hatte die Augen verschlossen vor der Not und dem Elend, wie es tagtäglich und qualvoll direkt an seiner Seite, in seinem Dorf, durchlebt und durchlitten wurde.

„Vater! Halt dein Maul jetzt!" Der junge Mann hob mit einer entschuldigenden Geste die Schultern. „Er meint es nicht so..."

„Und ob er es so meint!" zischte es böse von hinten.

„Es ist schon gut so! Ich bin es, der sich bei euch entschuldigen muss!" winkte der Pfarrer mit einer müden Handbewegung ab. „Ich bin es, der Buße tun muss bei euch!"

Mit vor Staunen weit geöffnetem Mund musterte der ausgemergelte Bettler seinen Besucher. „Buße tun? Bei uns?!" Ein heftiger Hustenanfall ließ seinen Oberkörper erbeben. Wieder und wieder quälte sich ein trockenes Keuchen aus seinem Mund. Es schien Bruder Gottlob eine halbe Ewigkeit vergangen, bis der Anfall schließlich verebbte und sich der Kranke langsam wieder aufrichtete. Erschöpft wischte er sich mit dem Handrücken die dicken Schweißperlen von der Stirn und ließ sich auf den roh gezimmerten wackligen Schemel fallen, der vor dem einzigen Tisch in der Hütte stand.

„Entschuldigung, Herr Pfarrer. Aber wenn der Husten kommt, dann lässt er sich durch nichts zurückdrängen..." Noch immer atmete er mühsam.

„Falls der Herr Pfarrer mit uns die Morgensuppe einnehmen will..." machte der Alte eine einladende Handbewegung und deutete auf den Tisch, auf dem in einer an mehreren Stellen angebrochenen irdenen Schüssel eine trübe wässrige Brühe schimmerte. „Graupensuppe. Unsere Mahlzeit seit vorgestern. Hat uns nämlich vor vier Tagen ein frommer Wallfahrer zugesteckt. Zur Feier des Tages gießen wir etwas Wasser dazu, dann reicht es für uns alle! Das Wasser kostet schließlich keinen Heller. Das Wasser haben die hohen Herren ja noch nicht besteuert. Das gehört erstaunlicherweise immer noch uns allen!“ kicherte der Alte bitter. War es Spott, der ihn zu der Essenseinladung bewegte, oder meinte er es ernst? Wie auch immer: Der Pfarrer würde keinen Löffel von der ekelhaften Brühe herunter bekommen. Nie und nimmer. So viel stand fest.

„Vielen Dank. Aber ich muss gleich weiter. Es warten noch einige Besuche heute auf mich“ beeilte er sich mit seiner Antwort. „Ich habe aber noch eine Pflicht zu erfüllen, bevor ich mich wieder von euch verabschiede.“ Damit griff er in eine Tasche seiner großen dunklen Kutte und zog einen kleinen verschnürten Lederbeutel hervor. Mit feierlicher Miene legte er den Beutel, dessen Inhalt metallisch klimperte, auf die Tischplatte. „Für euch!“ bedeutete Gottlob den beiden erstaunten Männern.

„Für uns? Ihr habt etwas für uns gebracht?!“ Ungläubig schüttelte Johannes den Kopf und auch sein Vater schien nicht glauben zu können, was da gerade eben an seine Ohren gedrungen war.

„Eine Gabe? Für uns? Von der Kirche?!“

„So ist es“, nickte der Pfarrer.

„Das... das... habe... habe ich noch nie erlebt! Noch nie in meinem Leben!“ stotterte der Alte sichtlich bewegt.

Auch sein Sohn schien all seinen Mut zusammen nehmen zu müssen, um mit belegter Stimme seine Frage zu formulieren. „Und was ist da drin?“

„Nur ein paar Münzen“, versuchte Bruder Gottlob, dem es vor Rührung fast das Herz im Leib zusammenschnürte, möglichst belanglos zu klingen. „Ein paar Münzen, die von dem Erlös der Ablasszettel übrig geblieben sind. Vielleicht auch die eine oder andere Münze aus dem Opferstock der Wallfahrtskapelle – oder von unserer Kirche hier in Niklashausen.“

Den beiden Bettlern schien es, als wäre die Welt aus den Fugen geraten.

„Vom Opferstock...“

„...oder aus dem Ablass!“

„So ist es!“ nickte Bruder Gottlob. „Endlich wird das Geld dafür verwendet, wozu es bestimmt ist: mildtätige Gaben darzubringen!“

„Aber... aber... das war noch nie so!“

„Dann war es höchste Zeit!“ antwortete der Pfarrer mit fester Stimme.

„Und was werden die hohen Herren in der Kirche dazu sagen?“

„Gebt des Kaisers, was des Kaisers ist! Und des Bischofs, was des Bischofs ist! Das aber kann und darf nicht alles sein! So hat es uns der Herr gelehrt, von dessen Wegen wir abgewichen und fehlgeleitet worden sind!“ Der Pfarrer faltete die Hände. „So lange, bis unser Herrgott erzürnt von unserem Tun und Treiben die Heilige Jungfrau als Sendbotin zu uns geschickt hat. Dem Hirten Hans ist sie erschienen und hat zu ihm gesprochen. Er hat die Botschaft weiter getragen, die heilige Botschaft von der Umkehr. Von der Hinwendung zu einem demütigen, gottgefälligen Leben. Dankt dem Herrn, unserem Schöpfer. Betet zur Heiligen Jungfrau Maria an ihrem wundertätigen Gnadenbild!“

„Aber...aber...“ stammelte der Alte verwirrt.

„...man hat es uns doch verboten, die Kirche zu betreten!“ ergänzte der junge Bettler.

„Dann ist es euch ab jetzt wieder erlaubt! Es war Unrecht, was euch widerfahren ist! Geht hin und betet – und es wird euch kein Leid angetan! Er hat einen Regenbogen gesehen. Einen neuen Himmel und eine neue Erde! Der Heilige Jüngling wird uns den Weg weisen. Denn durch ihn spricht die Jungfrau Maria. Die gnadenvolle Muttergottes!“

Damit wandte sich der Pfarrer um und schritt mit festem Gang zur Hütte hinaus in das gleißende Sonnenlicht dieses schönen Apriltages.

Eine Zeit lang fiel kein Wort in der Behausung der beiden Bettler. Langsam, ganz langsam hob der Alte schließlich seinen Kopf. Tränen glitzerten in seinen Augen, als er zu seinem Sohn hinüberblickte. „Ein neue Zeit wird kommen! So hat er gesagt! Gott ist nicht tot! Gott hat uns nicht vergessen, Johannes! Ein neuer Himmel und eine neue Erde!“ flüsterte er heiser. „Dass ich Elender das noch erleben darf!“

14

Der alte, gebrechlich wirkende Mann mit dem schlohweißen Haar, der im prunkvollen Ornat des Bischofs von Würzburg auf einem vergoldeten Sessel Platz genommen hatte, winkte seinen Hofmarschall mit einer kraftlosen Handbewegung zu sich, während ein mildes Lächeln um seine Mundwinkel spielte. Das Feuer der Jugend schien in Georg von Gebsattel offenbar immer noch zu glimmen, gepaart mit dem fast unstillbaren Ehrgeiz, der seinen ersten Beamten zu jeder Tages- und Nachtzeit antrieb. Von früh bis spät – immer und überall war er anzutreffen. Und immer gab es etwas zu kritisieren: hier ein Tadel, dort scharfe Kritik. Man konnte schließlich alles noch besser machen. „Gut allein ist nie genug!“, das war die Devise, unter die Georg von Gebsattel sein Leben gestellt hatte. Mehr als einmal schon hatte im Bischofssitz auf dem Marienberg der böse Satz die Runde gemacht, der eigentliche Bischof sei Gebsattel und das Amt des Hofmarschalls bekleide er nur zum Schein – genauso wie der alte Bischof in Wirklichkeit nicht mehr als eine Marionette darstelle, die lediglich dazu in der Lage sei, diejenigen Entscheidungen zu treffen, die ihr von ihrem angeblichen Untergebenen vorher in den Mund gelegt worden seien.

Natürlich hatte auch Rudolf von Scherenberg seine Informanten, von denen er über den Klatsch an seinem Hof auf dem Laufenden gehalten wurde. Alles über jeden in Erfahrung zu bringen – und zwar rechtzeitig – das war es, womit Scherenberg seinerzeit begonnen hatte, sich auf den hochbedeutenden Thron des Bischofs von Würzburg zu katapultieren. Information war dabei alles gewesen. Denn wie sonst sollte man die nötigen Intrigen schmieden und Fallstricke auslegen, in denen sich die Gegner genauso wie die ständig in großer Zahl vorhandenen Neider hoffnungslos verwickelten. Und so war der alte Bischof natürlich über die Art und Weise bestens im Bilde, wie sich sein Hofmarschall als der eigentlich starke Mann auf dem Marienberg aufführte.

Freilich schuf man sich mit solch einem Regiment, wie es der überstrenge Gebsattel an den Tag legte, nicht nur Freunde. Insofern war es Rudolf von Scherenberg durchaus willkommen, dass sich der Zorn seiner Untergebenen nicht auf ihn selbst, sondern auf den Hofmarschall richtete. Der seit zehn Jahren als Bischof amtierende Scherenberg hingegen sei ein gütiger milder Mann, der es freilich in dieser grenzenlosen Güte leider nicht übers Herz brächte, den unbarmherzigen Gebsattel in dessen Schranken zu verweisen. Gleichwohl, auch das musste der Bischof anerkennen, hatte es der Hofmarschall mit einer Reihe von drastischen Maßnahmen, zu denen auch Sondersteuern, höhere Hürden für die Ausstellung von Ablassbriefen und eine Ausweitung der Frondienste gehört hatten, geschafft, die finanzielle Situation der Diözese Würzburg gewaltig zu verbessern. Endlich sah sich Scherenberg dadurch in die Lage versetzt, das zu tun, was er am liebsten tat: zu bauen. Der Nachwelt ein steinernes Denkmal seiner prachtvollen Regierungszeit zu hinterlassen. Und dafür hatte er sich – natürlich – den magischsten Berg von Franken ausgesucht. Seinen prachtvollen Bischofssitz auf dem Würzburger Marienberg, der noch lange nicht prachtvoll genug ausgebaut war. Dies alles zu Ehren der Mutter Gottes, der heiligen Jungfrau Maria, der Herzogin von Franken, die seit unvordenklichen Zeiten schon hier auf diesem Berg hoch über dem Main verehrt wurde. Der schon die ersten christlichen Missionare hier eine Kapelle errichtet hatten. Bonifatius war hier gewesen, der heilige Bonifatius persönlich, und hatte seinen Gefolgsmann Burkhard zum ersten Bischof von Würzburg gesalbt. Und er, Rudolf von Scherenberg, wollte als dessen würdiger Nachfolger in das Gedächtnis der Nachwelt eingehen. Als einer, den man nicht so leicht vergessen würde. Nicht so leicht vergessen wie all die anderen seiner Vorgänger, deren Namen auf den Grabsteinen längst verwitterten und deren Schriftzüge auf den Pergamenten verblassten. Ein wohliger Schauder zog sich über den Rücken des Bischofs, wenn er an seine grandiosen Pläne dachte.

Und dafür lohnte es sich auch, gute Miene zum Tun und Treiben des Hofmarschalls zu machen. Sollte der doch den Zorn des Volkes auf sich ziehen, Hauptsache er schaffte die nötigen Mittel herbei, um die gigantischen Bauten zu finanzieren. Mochte er, Rudolf von Scherenberg, auch als zu milde und zu nachsichtig dem Hofmarschall gegenüber empfunden werden. Die Hauptsache war, dass das Volk ihn verehrte. Ein kleines Lächeln genügte oft, bewirkte mehr, als umfangreiche Anordnungen, als tage- und nächtelanges Aktenstudium. So einfach funktionierte die Welt, so leicht ließ das dumme

Volk sich blenden. Nicht erst seit heute, nein, schon seit Jahrhunderten – und womöglich auch noch in vielen hundert Jahren... Nicht handeln, sondern lächeln: Das war seine Devise. Und er war bislang gut damit gefahren.

„Nun, mein lieber Gebsattel. Was gibt es denn so aufregendes zu berichten, dass Ihr dermaßen außer Atem vor mir erscheint?“ Nur mäßig interessiert musterte Scherenberg den vor ihm auf die Knie sinkenden korpulenten Hofmarschall, der mühevoll keuchend nach Luft schnappte, während er den dicken goldenen Ring des Bischofs an seine Lippen führte. Ganz offenkundig war der Gute wieder einmal mit einer ungeheuerlichen Nachricht konfrontiert worden. Seine ungesunde blau-rote Gesichtsfarbe sprach Bände über das Ausmaß der Erregung, in die sich Gebsattel hineingesteigert hatte. Da sich ein solcher Vorgang aber mehrmals wöchentlich wiederholte, hatte es der Bischof längst aufgegeben, sich wirklich und ernsthaft für die Ungeheuerlichkeit zu interessieren, die ihm sein empörter Beamter gleich berichten würde. Der Bischof würde besorgt seinen Kopf wiegen, einige Zeit stumm verstreichen lassen und dann dem Hofmarschall die nötige Handlungsfreiheit übertragen, um die Sache in dessen Sinn wieder ins Lot zu bekommen. So würde es auch dieses Mal kommen, darüber war sich selbst der kleinste Sekretär am Bischofssitz längst im Klaren und maß der Aufgeregtheit des Wichtigtuers keinerlei Bedeutung bei.

„Es ist... ist... ist ungeheuerlich, was mir da gerade berichtet worden ist!“ stammelte der Hofmarschall mühevoll.

Rudolf von Scherenberg seufzte gelangweilt in sich hinein, während er dem Dicken mit einer leichten Handbewegung bedeutete, sich zu erheben. „Und was ist Euch berichtet worden?“

Ächzend richtete sich der Hofmarschall auf. „Ein Bote aus Mainz ist gekommen!“, verkündete er mit besorgter Miene.

„Ein Bote aus Mainz, so so!“

„Und eine Nachricht von einem unserer Reiter. Er sagt genau dasselbe! Er hat es bestätigt.“

„Und was genau ist dieses?“ Manches Mal konnte einem dieser Wichtigtuer aber wirklich auf die Nerven gehen!

„Dass es im Taubertal kirchenfeindliche Umtriebe geben soll!“ verkündete Gebsattel mit unheilschwangerem Tonfall.

„Im Taubertal!" Überrascht blickte der Bischof hoch. Er kannte die Gegend gut. Schließlich war er früher im Taubertal als Seelsorger tätig gewesen. Natürlich nicht in einem der elenden Bauernnester, sondern in Mergentheim. An einem der bedeutendsten Nebensitze des Deutschen Ritterordens. Und hier hatte er auch zielstrebig an seinem nächsten Karriereschritt gearbeitet, an der Besteigung des Bischofsthrones in Würzburg. Beste Beziehungen zu den Ordensrittern hatte er gepflegt und dank dieser Beziehungen war es ihm auch gelungen, sich mit dem mächtigen, auf der Marienburg bei Danzig amtierenden, Hochmeister des Ordens zu verbünden. Ohne dessen tatkräftige Mithilfe wäre es ihm niemals gelungen, vom Heiligen Vater tatsächlich das Bischofsamt übertragen zu bekommen. Ganz ohne spätere Zugeständnisse der Diözese an den Orden war das natürlich nicht vonstatten gegangen, aber, wie sagte man doch schon schön? ‚Der Zweck heiligt die Mittel' – treffender konnte man es in diesem Fall beinahe nicht ausdrücken. „Und wo genau im Taubertal soll das gewesen sein?"

„In einem kleinen Dorf mit Namen Niklashausen!" Gebsattel war das plötzlich erwachte Interesse des Bischofs nicht entgangen. Natürlich war auch ihm, dem gewieften Taktiker, bewusst, wie sehr er seinem Kirchenfürsten so manches Mal auf die Nerven ging. Aber auch von seiner Seite aus handelte es sich hierbei um Kalkül. Je mehr er den alternden Bischof, der nur noch für seine Baupläne zu leben schien, nämlich mit Problemen überhäufte, desto öfter winkte dieser bereits im Vorfeld ab und ließ ihn nach Gutdünken gewähren. Und von den neuen Steuern, die dank seines Erfindungsreichtums munter sprudelten, konnte er damit ganz unbehelligt von unbequemen Fragen, ein schönes Quäntchen für sich und seine eigenen Pläne abzweigen. So hatte jeder der beiden Männer seinen Frieden und seinen Nutzen aus dieser unausgesprochenen Aufteilung der Geschäfte.

Rudolf von Scherenberg rieb sich mit dem Zeigefinger nachdenklich die Nase. „Niklashausen... wo finde ich das Dorf gleich wieder? Mir ist, als müsste ich es kennen!"

Der Alte wurde in der Tat immer seniler! Es kostete den Hofmarschall einige Mühe, sich seine Ungeduld nicht anmerken zu lassen.

„Es ist ein Dorf im unteren Taubertal. In der Nähe von Wertheim. Wir haben es vor einigen Jahren kennen gelernt, als Ihr Euch mit Eurem Amtsbruder, dem Bischof von Mainz, an der dortigen Wallfahrtskapelle getroffen und zur Heiligen Jungfrau gebetet habt!"

„Ja, richtig! Jetzt erinnere ich mich!" Der Bischof ließ ein spöttisches Lächeln aufblitzen. „Es ist ein Ablass verliehen worden für die Kapelle. Ich weiß noch, wie Ihr mir auf der Rückfahrt vorgerechnet habt, wie hoch wohl die Einnahmen sein müssen, die mein Amtsbruder aus diesem Ablass einstreicht!"

„Ja, leider!" Mit unwirscher Miene schnippte der Hofmarschall eine Mücke von seinem Ärmel. „Leider gehört das Dorf ja zur Mainzer Diözese! Doch wir haben den Ärger – zumindest nicht weniger, als die Mainzer!"

„Weshalb denn? Was geht uns dieses Niklashausen an?"

„Weil dort ein junger Hirte gegen die Kirche predigt. Ihm sei eines Morgens die Heilige Jungfrau erschienen und durch ihn würde sie sich den Menschen nunmehr offenbaren, hat der Ketzer gesprochen. Man solle ablegen alle Hoffahrt, allen Schmuck und alle Eitelkeit dieser Welt..."

Ein ärgerlicher Laut aus dem Mund des Bischofs unterbrach ihn. „Nicht schon wieder!" Mit gerunzelter Stirn nahm er den Dicken streng in sein Visier. „Weshalb erzählt Ihr mir das? Landauf, landab gibt es dutzende von Glaubensbrüdern, die meinen, mit ihren düsteren Visionen die Welt zum Besseren bekehren zu müssen. Leute wie dieser Kapistran seinerzeit. Der die Menschen dazu bringt, tausende von Kartenspielen und Würfeln zu verbrennen! Und kaum ist er von dannen gezogen, da geht es wieder von vorne los. Da kaufen sie sich neue Karten, Würfel und Schachbretter. Unfug, nichts weiter. Unnütze Aufregung. Und wen kümmert es, wenn nun schon ein einfältiger Hirte meint, sich mit fremden Federn schmücken zu müssen? Die Reiter des Bischofs von Mainz sollen ihn ergreifen und ihm eine gehörige Tracht Prügel verabreichen, meinetwegen sollen sie ihn aus dem Land jagen! Aber was geht mich das an? Weshalb vergeudet Ihr mit solch unnützen Botschaften meine Zeit?"

„Weil es sich um einen Hirten aus Helmstadt handelt, der diese ketzerischen Reden hält!"

„Aber im mainzischen Gebiet!"

„Dennoch! Der Bote aus Mainz hatte ausdrücklich den Auftrag, Euch über diese Umtriebe eines eigentlich würzburgischen Untertanen in seinem

Gebiet zu unterrichten! Und Euch – ebenfalls ausdrücklich – den nötigen Freiraum für Strafmaßnahmen einzuräumen."

„Mein Amtsbruder in Mainz! Der Herr Erzbischof von Isenburg! Will sich wieder einmal die eigenen Hände nicht schmutzig machen, sondern lässt mir generös den Vortritt!" lachte Scherenberg kopfschüttelnd. „Aber ich denke ja gar nicht daran, ihm diesen Gefallen zu tun. Wenn es einem Kurfürsten nicht wichtig genug ist, selbst zu handeln, weshalb sollen wir dann in die Bresche springen?"

„Weil der Schäfer gegen die Kirche predigt. Gegen die Bischöfe und Kardinäle! Gegen den Ablass und gegen die Steuern! Vor wenigen Tagen, an Ostern, hat er sogar den Pfarrer in Niklashausen dazu gebracht, dass dieser sich von ihm hat segnen lassen!"

„Wahrscheinlich einer dieser Einfaltspinsel, die noch nicht einmal lesen und schreiben können! Ich meine, mich dunkel an diesen Trottel erinnern zu können..."

„Es kommt noch schlimmer", beeilte sich der Hofmarschall, fortzufahren. „Er hat den Pfarrer dazu gebracht, die Einnahmen aus den Ablasszetteln und aus den Opferstöcken eigenhändig zu verteilen! An die Armen und die Bedürftigen, an die Bettler und Kranken hat der Pfarrer die ganzen Münzen hingegeben! Bis auf den letzten Heller!"

„Ich sage es ja: ein Einfaltspinsel! Lasst unserem hochverehrten Bruder in Mainz also unsere Empfehlung ausrichten, er möge mit dem würzburgischen Untertan nach Belieben verfahren. Was er mit seinem Pfarrer macht, ist seine Sache, in die wir uns nicht einmischen mögen!"

Der Alte schien heute eine besondere Dickköpfigkeit an den Tag zu legen. Mühsam suchte Gebsattel nach den richtigen Worten, um seinen Bischof zu überzeugen. „Aber er... der Erzbischof ist der Meinung, wir sollten die Angelegenheit regeln! Schließlich sei es eben ein würzburgischer Untertan, der die Menschen aufgestachelt hat, sich gegen die Kirche zu wenden!"

„Sich gegen die Kirche zu wenden!" Rudolf von Scherenberg schnaubte unwillig. „Wenn sich ein einfältiger Hirte und ein Bauernpfarrer in ihrem missionarischen Wahn am Opferstock vergreifen! Das ist doch mit Kanonen auf Spatzen geschossen! Lasst ihn machen, unseren Hirten. Das, was er da meint, den Menschen sagen zu müssen, ist ja nur Frömmigkeit im Sinne der

Muttergottes und dient letztendlich unseren Interessen. Wenn also auch der verehrte Erzbischof einmal ein bisschen Aufregung in seiner Diözese ertragen muss, wird die Welt deshalb noch lange nicht untergehen. Die Menschen im Taubertal, das sind keine Aufrührer! Ich kenne sie gut genug. Wenn also der Erzbischof in Mainz ein Problem hat, dann soll der Erzbischof es auch lösen. Wenn er schon meint, Anspruch auf dieses Gebiet erheben zu müssen. Aber wir, wir halten uns aus der Angelegenheit heraus. Vollkommen heraus!"

Überrascht wich Georg von Gebsattel einen Schritt zurück. Solch eindeutige Anweisungen, die sich zudem gegen seine eigenen, klar geäußerten Vorstellungen richteten, hatte er schon lange nicht mehr vernehmen müssen. „Aber...", wagte er nochmals einen zaghaften Vorstoß. „Auch unser eigener Kundschafter hat mir von diesen Umtrieben berichtet. Und dass mittlerweile in den Dörfern darüber gesprochen wird. Dass sich die ersten aufmachen, um den wundersamen Jüngling, wie sie ihn nennen, selbst in Augenschein zu nehmen. Die Herzen der Menschen hat er bereits erobert – auch in den würzburgischen Dörfern nahe Niklashausen! Bedenkt, Herr, dass unser Land gleich oberhalb des Taubertales beginnt. Wie schnell kann aus den kleinen Flammen unten im Tal ein Flächenbrand entstehen, der sich über die ganze Landschaft legt. Ein Feuersturm, der alles niederbrennt, was sich ihm auf seinem Weg entgegen stemmt!"

„Gebsattel!" Der Bischof von Würzburg schüttelte vorwurfsvoll seinen Kopf, während er gleichzeitig gebieterisch mit dem rechten Arm auf seinen Hofmarschall deutete. „Ihr übertreibt! Maßlos! Lasst Euch nicht zu solchen Szenarien hinreißen! Wer ist es denn, der unsere Ruhe stört? Ein Mücke! Eine Laus, ein lästiger Floh..."

„Flöhe zerquetscht man!" wagte Gebsattel noch einmal einen Einwand.

„Aber nur, wenn man sie überhaupt wahrnimmt!" wischte der Bischof auch dieses Argument beiseite. „Und solange sie den anderen stechen: Umso besser! Im Übrigen wundere ich mich doch sehr", er beugte sich vor und senkte seine Stimme. „wo bleibt denn in dieser Angelegenheit Eurer vielgerühmtes taktisches Geschick?!"

„Wie meint Ihr das?"

„Ich meine, dass es ja möglich sein müsste, den Grafen von Wertheim auf die Umtriebe in seinem weltlichen Herrschaftsbereich hinzuweisen. Das wäre doch eine schöne Zwickmühle, in der sich der Graf und mein Amtsbruder dann befänden: Der eine ist zuständig für die weltliche Ordnung, der andere für die geistliche. Und keiner will für den anderen die Arbeit machen..."

„Wenn sich nur nicht zum Schluss alle beide gegen Euch verbünden!" gab Gebsattel zu bedenken. „Weil es ja schließlich – in kirchlicher Hinsicht – ein würzburgischer Untertan ist, der da diese kecken Reden schwingt!"

„Nie und nimmer!" winkte der Bischof ungeduldig ab. „Soweit wird es gerade noch kommen, dass man mir jetzt schon unterstellt, mit einem wahnsinnig gewordenen Schäfer zu paktieren, um Zwietracht zu säen auf den Weiden der anderen! Nein, es ist genug! Ich habe entschieden! Ihr dürft Euch nun verabschieden!"

„Wie Ihr meint!" Innerlich zähneknirschend verbeugte sich der Hofmarschall, nicht ohne die zahlreichen spöttischen Blicke zu registrieren, mit denen die umstehenden Hofbeamten vergnügt seine Niederlage verfolgt hatten. Er würde sich die Gesichter merken! Alle! Keine Frage! Sie würden ihr blaues Wunder erleben! Man musste nur warten können!

Hochaufgerichteten Hauptes verließ er den Saal. Nun denn! Wenn er schon die Umtriebe nicht eigenhändig niederschlagen und den ketzerischen Hirten in der Tauber ersäufen durfte, dann würde er eben anders vorgehen, um den immer wieder aufbegehrenden Bauern zu zeigen, dass sie bloß nicht versuchen sollten, sich gegen die von Gott eingesetzte Obrigkeit zu stemmen. Man konnte, ja man durfte dem Bauernvolk einfach nicht trauen! Nie und nimmer trauen! Nur mit eiserner Hand ließen sich diese dummen faulen Tölpel beherrschen! Nur diese eine Sprache verstanden sie auch!

Er würde also seine Kundschafter aussenden, die an allen Ecken und Enden ihre Ohren aufzusperren hatten. Und wehe dem, aus dessen Mund sie eine noch so kleine ketzerische Bemerkung vernehmen würden. Sie sollten ihn auf der Stelle dingfest machen und nach Würzburg schaffen. Ein paar Tage Dunkelhaft, ein Dutzend Stockstreiche, und die Lektion würde sich herumsprechen: Ungehorsam lohnt sich nicht!

Und der Bote aus Mainz? Ihm würde er – in der Tat keine schlechte Idee des Alten – die Empfehlung mit auf den Weg geben, den Grafen von Wertheim zum Handeln aufzufordern. Man würde sehen, wie es dann weiterging.

Zur Sicherheit aber würde er zwei seiner besten Männer ins Taubertal schicken. Den einen verkleidet als Wallfahrer, den anderen als durchreisenden Kaufmann. Der Bischof brauchte von dieser Maßnahme ja nicht unbedingt etwas zu wissen. Weshalb auch...

15

„Und ich habe gesehen einen neuen Himmel und eine neue Erde! Ich habe den Regenbogen gesehen und eine bessere Welt, die auf uns wartet. Seht auf die Wunder Gottes, die er tagtäglich in der Natur vollbringt. Nehmt euch das göttliche Beispiel zum Vorbild! Die Heilige Jungfrau hat sich mir offenbart! In einem strahlenden Lichtschein ist sie zu mir gekommen und hat zu mir gesprochen. Mit einem weißen Gewand ist sie bekleidet, ihr Haupt ist geziert mit einer leuchtenden goldenen Krone. So hat sie mir ihre Botschaft an euch übermittelt! Eine Botschaft der Gnade und der Weisheit! Hört auf das, was sie uns mitzuteilen hat! Sprengt eure Fesseln, wie die Knospen der Bäume aufgeplatzt sind und die Blätter sich entfaltet haben in frischem unschuldigem Grün! Die Natur ist erwacht! Erwacht auch ihr aus eurer Umklammerung! Befreit euch von den Banden der Willkür und des Hochmuts!"

Es war eine geradezu unglaubliche Szene, die der als Wallfahrer verkleidete würzburgische Kundschafter da erlebte und auf die er nie und nimmer vorbereitet gewesen war. Dicht an dicht gedrängt standen die Menschen auf dem Platz vor der Marienkapelle am Dorfende von Niklashausen und hingen förmlich an den Lippen des blonden jungen Mannes, der hochaufgerichtet auf einem Holzfass vor der Menge stand und feierlich die Arme zum Himmel erhoben hatte. Das gleißende Sonnenlicht dieses Tages tat ein Übriges, um in den Menschen eine feierliche erhabene Stimmung hervorzurufen. Kaum zu glauben, dass man vor zwei Tagen noch erbärmlich gefroren hatte, nachdem ein heftiger Wettereinbruch das Land mit einer dicken weißen Schneedecke überzogen hatte. Und das noch in den ersten Maitagen! Nur knapp waren sie einer Katastrophe entronnen, denn es hätte nicht mehr viel gefehlt, und alle die bereits sprießenden Knospen wären in der Kälte erfroren. Und das hätte wieder ein schlimmes Hungerjahr bedeutet, das viel Leid und Elend in die Dörfer gebracht hätte. Es hätte viele das Leben gekostet. Viele Menschen im Taubertal und anderswo, denen noch immer der vergangene harte Winter und die vorangegangene verregnete Erntezeit bleischwer in den Knochen steckte.

Doch was war das? Der Kundschafter meinte zunächst, sich verhört zu haben. Aber nein. Der ganz in einen gelblich-weißen Leinenumhang gehüllte blonde Jüngling auf dem Holzfass wiederholte seine Worte. Damit auch der Allerletzte begriff, was er gerade eben laut über die in Ehrfurcht erstarrte Menge gerufen hatte!

„Mein Gebet allein hat erreicht, dass Gottes Strafe von euch abgewendet worden ist!

Als Vergeltung für eure Sünden hatte der Herr geplant, allen Wein und das junge Korn erfrieren zu lassen. So hat es mir die Heilige Jungfrau berichtet. Und nur durch mein Gebet habe ich das Unheil abwenden können und der Herr hat sich milde stimmen lassen! Kehrt um und danket der Heiligen Jungfrau, die solches Wunder durch mich erst ermöglicht hat!"

Ein vielstimmiger Jubelschrei aus Hunderten von Kehlen ließ den Platz erzittern. Wie auf einen unsichtbaren Befehl hin sanken die Leute auf die Knie und hoben die gefalteten Hände zum Himmel! Sie schienen wie im Rausch, schienen von der Außenwelt mit einem Mal völlig entrückt. Eine unglaubliche Szene! Der Kundschafter kniff die Augen zusammen, gerade so, als wolle er sich noch einmal vergewissern, dass er keinem Trugbild zum Opfer gefallen sei. Dann ließ auch er sich widerstrebend auf die Knie fallen. Das war Götzendienst! Die schiere Gotteslästerung! Ausgelöst von einem einfachen, dahergelaufenen jungen Schäfer, der den Leuten das Blaue vom Himmel herab flunkerte. Der Kundschafter bekreuzigte sich mit einer raschen Handbewegung. Mochte der Herr ihn verschonen, wenn seine Rache diese Ketzer treffen würde. Wenn ein Blitz aus dem Himmel fahren und diese Gottlosen zerschmettern würde.

Und jetzt erhob der Jüngling von neuem seine Stimme. „Kehrt um, tut Buße, bereut eure Sünden. Glaubt ihnen nicht, den Verführern unseres Volkes! Den Priestern, den Herren, den Grafen und den Bischöfen! Sie predigen euch den Ablass und die Vergebung der Sünden, doch selbst führen sie ein Leben in Saus und Braus! Sie kleiden sich mit kostbaren Gewändern, schmücken sich mit goldenem Geschmeide, mit Juwelen und Edelsteinen. Sie saugen euch aus mit immer neuen Steuern und Abgaben, die sie versaufen und verprassen! Glaubt nicht den Verführern der Christenheit, wendet euch ab von den falschen Propheten, die den Namen des Herrn mit ihren

Taten beschmutzen! Kehrt um und folgt ihnen nicht weiter. Tut Buße und lobt und preist unsere Heilige Jungfrau Maria, die mir erschienen ist und die sich durch mich auch euch Sündern offenbart! Tut Buße und folgt dem Strahl des himmlischen Lichts, das euch die ewige Glückseligkeit verheißt!"

Und wieder brach ein Jubelsturm aus der Menge hervor. In wilder Euphorie erhoben sich jetzt die Menschen und drängten nach vorne, zu dem Fass, auf dem sich der blonde Jüngling in majestätischer Pose zeigte, während er die Arme segnend über die Menschen hielt.

Segnend! Der Kundschafter erschauderte angesichts dieser unverfrorenen Gotteslästerung, die dieser kecke Hirte da an den Tag legte. Gut, er hatte das Zeug zum großen Redner, zugegebenermaßen stellte er mit seiner Predigt alles in den Schatten, was der Mann bisher in den Würzburger Kirchen erlebt hatte. Diese Kraft, diese Euphorie, diese Gewissheit, mit der er seine Botschaft in die Welt schleuderte! Das war schon beeindruckend, es zu erleben. Beeindruckend! Oder beängstigend! Ja: Man musste aufpassen, dass man nicht selber vom Strudel der Begeisterung mitgerissen wurde, ehe man sichs recht versah! Teufelswerk also! Eindeutig Teufelswerk, das sich da eiskalt in ihre Seelen schlich! Wieder bekreuzigte er sich ängstlich.

Das Toben der Menge wurde stärker und stärker. Immer enger drückten die Menschen sich aneinander, unaufhaltsam schoben sie sich nach vorne wo die ersten damit begonnen hatten, sich die Tücher vom Hals zu reißen, Bänder aus den Haaren zu flechten, die eine oder andere Holzkette vor die Füße des Jünglings zu werfen. Ja, der eine oder andere hatte inzwischen sogar seinen Kittel abgelegt und präsentierte sich seinen jubelnden Begleitern mit nacktem Oberkörper.

„Gelobt sei die Heilige Jungfrau Maria! Ehre und Preis unserer gnadenvollen Muttergottes!" schmetterte der junge Hirte seine Lobpreisung in alle Himmelsrichtungen.

„Gelobt sei unsere Heilige Jungfrau!" donnerte es aus der fanatisierten Menge zurück.

Ein zweiter Mann kletterte nun zu dem Jungen auf das Fass. Ein groß gewachsener Mann mit langem grauem Bart, der in einer schwarzen Kutte steckte. Ein Mönch! Gespannt reckte der Kundschafter den Hals, um genau beobachten zu können, was jetzt geschehen würde. Ob der Mönch dem

Spuk endlich ein Ende bereitete? Ob er den Mut fand, den Ketzer trotz der Begeisterung, mit der die Menge tobte, endlich von seinem Fass zu stoßen? Ob er sich des Risikos für sich selbst bewusst war? Immerhin, er schien dazu entschlossen. Denn weshalb sonst war er auf das Fass geklettert. Jetzt stellte er sich neben den Hirten und hob ebenfalls die Hände in die Höhe. Der fromme Mann hatte Mut, das musste man ihm lassen. Ganz offensichtlich versuchte er, dem entfesselten Volk auf den rechten Weg zurück zu helfen und sein Tun zu erklären. Das konnte nicht gut gehen. Unmöglich. Gleich würde der erste Stein geworfen werden. Es war nur noch eine Frage des Augenblicks!

Doch nein! Es kam ganz anders als erwartet. Die Menge verstummte. Tatsächlich! Sie schienen gewillt, dem Einsiedler Gehör zu schenken! Ein Wunder!

Der Mann drehte sich dem Hirten zu und legte seine Arme auf dessen Schultern. „Gelobt und gepriesen sei unser Heiliger Jüngling!" Er drückte den jungen Mann fest an seinen Oberkörper und küsste ihn auf beide Wangen. Dann rief er es von neuem aus, lauter, sicherer als beim ersten Mal. Diesen unglaublichen Satz, der das Blut in den Adern des Kundschafters gefrieren ließ. „Gelobt und gepriesen sei unser heiliger Jüngling!" Dann ließ sich der Mönch auf die Knie sinken und – küsste die Füße des Hirten, der seinerseits regungslos und mit glasig verklärtem Blick auf seinem Podium verharrte. Teufelswerk! Götzendienst! Gotteslästerung! Ketzerei! Als seien alle verhext worden! Alle!

Tatsächlich! Sie hatten die Botschaft des Ketzers zu ihrer eigenen gemacht! Und jetzt, jetzt brach es förmlich aus ihnen heraus! „Gelobt sei unser Heiliger Jüngling!" Wieder und wieder riefen sie ihre ketzerischen Worte, die sich mit Jubel und Lobpreisung der Jungfrau Maria vermischten.

Der Kundschafter warf einen unsicheren Blick zum Himmel. Doch die göttliche Strafe ließ auf sich warten. Noch immer jubelten die ekstatischen Ketzer ihrem Verführer zu. Und noch immer kniete der Mann in seiner schwarzen Kutte zu dessen Füßen! Das konnte kein Mönch sein! Unmöglich! Wer aber sonst wagte es, sich wie ein Mönch zu kleiden und damit das Ansehen der heiligen Mutter Kirche in den Schmutz zu ziehen? Er musste es in Erfahrung bringen. „He, du!" zupfte er einen neben ihm stehenden

Jungen, der begeistert wieder und wieder in die Höhe hüpfte, grob am Ärmel. „Wer ist das, der da auf dem Fass niederkniet?"

Der wohl zwölfjährige Junge, dessen Gesicht vor wilder Euphorie zu glühen schien, glotzte dem Kundschafter verständnislos in die Augen. „Gelobt sei unser Heiliger Jüngling!" jubelte er ihm anschließend entgegen.

„Wer das ist, wollte ich wissen!" zischte der Mann ungehalten und griff den Haarschopf des Jungen. „Dieser Mann da in der schwarzen Kutte! Kannst du mir keine Antwort geben!"

Der Junge ließ ein schmerzhaftes Stöhnen vernehmen, schien aber endlich begriffen zu haben. „Der Mann mit der schwarzen Kutte? Das ist doch der Bruder Christian. Unser Bruder Christian!"

„Und von welchem Orden ist der zu euch entsandt worden?" bohrte der Kundschafter weiter, ohne seinen Griff zu lockern. „Man kann es nicht eindeutig erkennen!"

„Das... das weiß ich nicht", stöhnte der Junge. „Ich weiß nur, dass es unser Bruder Christian ist, der in der Höhle da draußen wohnt. In der Höhle am Mühlberg. Mehr weiß ich nicht. Bitte Herr, du tust mir weh!"

Der Mann zuckte zusammen. In seinem Ärger hatte er härter zugepackt als das seiner heimlichen Mission zuträglich war. Nicht, dass einer von ihnen misstrauisch wurde. Sie sollten glauben, er sei ein Wallfahrer, ein frommer Pilger, der sich auf den Weg zum Wunder von Niklashausen gemacht hatte. Wunder von Niklashausen! Ja, davon war bereits auf seiner Anreise im Tal die Rede gewesen. Von einem Wunder!

„Entschuldige, Junge! Ich bin dermaßen ergriffen, dass ich mich in meinem frommen Eifer vergessen habe. Gelobt sei unsere Jungfrau Maria! Und... gelobt sei der Heilige Jüngling!" Der Herr würde ihm diesen ketzerischen Spruch verzeihen! Hoffentlich!

„Gelobt sei unser Heiliger Jüngling!" Wieder begannen die Augen des Jungen fanatisch zu glänzen. Nein, dermaßen erfüllt von Euphorie und frömmlerischer Raserei würde er die Szene von gerade schon in wenigen Augenblicken vergessen haben. Da war – dem Herrgott sei Lob und Dank – nichts zu befürchten.

„Nur eins noch, Junge!" wagte er eine zweite Frage. „Der alte dicke Mann neben dem Holzfass dort", deutete er zwischen den Köpfen der ausgelassen hüpfenden Menschen nach vorne. „Ist das euer Pfarrer?"

„So ist es! Bruder Gottlob heißt er", nickte der Junge eifrig.

„Und auch er hat sich also der Bewegung angeschlossen und heißt das Tun und Treiben des Heiligen Jünglings gut?"

„So ist es. Genauso wie Bruder Christian! Das sei ja das eigentliche Wunder, sagen die Leute bei uns im Dorf. Dass sich die Kirche eindeutig auf die Seite des Heiligen Jünglings gestellt hat!"

„Die Kirche!" entfuhr es dem staunenden Kundschafter. „Diese zwei da sollen die Kirche..." mitten im Satz unterbrach er sich erschrocken. Um ein Haar wäre er in seinem Ärger zu weit gegangen. Viel zu weit! Er musste sich beherrschen! Ruhe bewahren! Die Zeit würde kommen, wenn er diesen Bauerntölpeln seine wahre Meinung ins Gesicht schleudern konnte! Und er würde es tun! Unbarmherzig, darauf konnten sich die Ketzer verlassen!

„Er verlässt uns!" Der Ruf aus dem Mund des Jungen ließ ihn aus seinen Gedanken hochfahren.

Tatsächlich! Nachdem der blonde Jüngling noch einmal seine Hände segnend über die Menge gebreitet hatte, ergriff er den ausgestreckten Arm, den ihm eine junge Frau mit langen schwarzen Haaren darbot, und kletterte von dem Fass herunter. Kaum war er auf dem Boden aufgekommen, zog er die junge Frau an sich und drückte ihr einen Kuss auf die Stirn!

Unglaublich!

Das wurde ja immer toller!

Vor aller Augen!

„Wer ist das denn? Seine Frau etwa?" wandte sich der Kundschafter noch einmal an den Bauernjungen.

„Es ist die Trude! Die Trude aus Holzkirchen!" erklärte der.

„Seine Frau also?"

„Nicht ganz! Seine Gefährtin, sagen die Leute."

„Seine Gefährtin!" In der Tat wurde es immer unglaublicher, was dem bischöflichen Spion heute vor Augen und Ohren geführt wurde. Das war ja nicht zu fassen! Die Welt schien in diesem Nest aus den Angeln gehoben! Ein fehlgeleiteter junger Schäfer, dem angeblich die Jungfrau Maria erschienen war, als Verkünder der göttlichen Weisheit. Ein Eiferer gegen die Heilige Mutter Kirche! Ein weltlicher Mönch und ein Dorfpfarrer, die sich auf die

Seite dieses Verführers geschlagen hatten und die Einnahmen der Kirche inzwischen nach Gutdünken unter die Leute streuten. Und zu allem Überfluss auch noch ein dahergelaufenes Bauernmädchen, das sich in aller Öffentlichkeit als Geliebte des Jünglings präsentierte!

Ungeheuerlich! In aller Öffentlichkeit zur Schau gestellte Unzucht! Man hatte das gottlose Treiben ganz offenkundig schon viel zu lange hingenommen.

Ein Sündenpfuhl! Es würde einiges zu berichten geben in Würzburg! Der Hofmarschall würde erzürnt sein!

16

„Es herrscht Unruhe unter den Bürgern von Würzburg, Herr! Gerade eben habe ich eine Gesandtschaft des Magistrats der Stadt empfangen und mir berichten lassen, dass man sich in großer Sorge befindet. Schon zweimal sind die Räte zusammengekommen und haben nun beschlossen, bei Eurer Exzellenz anzufragen, wie sie sich zu verhalten haben. Ich habe den Gesandten versprochen, dass Eure Antwort nicht lange auf sich warten lassen wird!" Der Hofmarschall verneigte sich demütig vor dem alten Bischof, den er in seinem Schlafgemach aufgesucht hatte. Obwohl den alten Herrn am heutigen Morgen ganz offenkundig ein Unwohlsein befallen hatte und er deshalb sämtliche seiner Verpflichtungen hatte absagen müssen, war Georg von Gebsattel dennoch an sein Krankenlager geeilt. Die Sache duldete keinen Aufschub. Es musste jetzt entschieden werden – rasch!

„Ihr habt in meinem Namen gesprochen und ihnen überdies eine Antwort zugesagt?" krächzte der Bischof matt, während er den rücksichtslosen Beamten mit einem tadelnden Blick bedachte. „Wie kommt Ihr dazu, Euch..."

„Es ist hohe Zeit für eine Entscheidung!" unterbrach ihn der aufgeregt gestikulierende Hofmarschall. „Glaubt es mir: Die Bürger sind aufgewühlt, der Magistrat aufs höchste beunruhigt! Sie können das Volk nicht mehr lange ruhig halten. Auch die Priester bedrängen uns und fragen, wie sie sich verhalten sollen! Wie soll ihre Erklärung lauten? Schon gibt es Stimmen, die uns davor warnen, den Heiligen Jüngling zu verdammen!"

„Den Heiligen Jüngling?" Der Bischof schaffte es mit Mühe, seinen Oberkörper aufzurichten. „Ihr meint diesen verwirrten Schäfer, der in Niklashausen von einer Begegnung mit der Muttergottes berichtet hat? Desentwegen macht Ihr ein solches Aufhebens?"

„Leider ja, Euer Exzellenz! Die Bürger sind unruhig geworden und die Bauern im Taubertal laufen ihm in hellen Scharen hinterher. Auch außerhalb des Tales hat sich die Kunde von seiner Vision herumgesprochen. Nicht zuletzt deshalb hat mir ja auch der Rat der Stadt Würzburg seine Sorgen vorgetragen!"

„Wegen eines verwirrten jungen Schäfers in einem elenden Nest an der Tauber!“ Kopfschüttelnd ließ sich der alte Mann auf sein Lager zurück sinken. „Die Menschheit muss verrückt geworden sein! Oder aber, sie haben zu viel Muße, um sich mit solcher Ketzerei zu beschäftigen...“

„Ihr sagt es!“ bestätigte Gebsattel eilfertig. „Ketzerei! Das ist das richtige Wort! Und deshalb müssen wir gegen diese Umtriebe vorgehen! Mit aller Strenge müssen wir die bestrafen, die das Wort Gottes in den Schmutz gezogen haben! Und sich zu allem Überfluss auch noch gegen die Kirche gestellt haben!“

„Gebsattel! Übertreibt nicht! Die Rede ist von einem wahnsinnigen Schäfer, der es mit seinen Reden zu weit getrieben hat!“

Manchmal war es in der Tat zum Verrücktwerden! Der alte Mann schien, wieder einmal, nicht begreifen zu wollen – oder zu können. Möglich, dass sich dessen körperliche Gebrechlichkeit längst auch auf seine geistigen Fähigkeiten ausgeweitet hatte. Er würde, mit aller gebotenen Vorsicht natürlich, in den nächsten Tagen und Wochen einmal vertrauliche Erkundigungen einziehen, was zu geschehen hatte, um beim Heiligen Vater in Rom die Zurruhesetzung eines alten verdienten Bischofs in die Wege leiten zu können. Mit den gebührenden Ehren natürlich. An einem geeigneten Nachfolgekandidaten sollte es nicht fehlen. Der Hofmarschall würde bei entsprechender Nachfrage den richtigen Mann dafür präsentieren können. Einen energischen entscheidungsfreudigen Mann, dem die zaudernde abwartende Art des alten Bischofs, der nur noch an seiner Bautätigkeit interessiert schien, genauso ein Dorn im Auge war, wie ihm selbst. Aber: eines nach dem anderen. Noch musste er all seine Überredungskunst aufbieten, um den starrsinnigen Alten von seinem geplanten Vorgehen zu überzeugen, was schwierig genug war.

„Es geht schon lange nicht mehr nur um diesen Schäfer. Es geht um eine Bewegung, die das ganze Volk zu ergreifen scheint. Alle haben sich einfangen lassen von dem ketzerischen Gerede, das auch der Pfarrer von Niklashausen und ein dahergelaufener Bettelmönch nunmehr weiter verbreiten. Sie sind sogar vor diesem Schäfer auf die Knie gefallen und haben sich von ihm segnen lassen. Mein Gewährsmann hat es mit eigenen Augen gesehen und mir davon berichtet!“

„Euer Gewährsmann! Ihr habt Euch also doch nicht an meine Anweisungen gehalten und habt auf eigene Faust gehandelt?"

Der Hofmarschall zuckte zusammen. In seinem Ärger über die Untätigkeit des Bischofs hatte er sich zu dieser ungeschickten Äußerung verleiten lassen. Man musste immer noch auf der Hut sein vor dem Alten. So gebrechlich er auch nach außen wirkte... „Ich habe mich lediglich für den Fall kundig machen wollen, dass Ihr weitere Fragen an mich hättet, was diesen Fall betrifft." Er verneigte sich demütig.

„Diesen Fall! Diesen Fall!" Rudolf von Scherenberg zog missmutig die Augenbrauen zusammen. „Ich wiederhole mich: Ein wahnsinnig gewordener Schäfer, ein dummer Bauernpfarrer und ein entsprungener Mönch! Das sind die Tatsachen, die ich kenne. Und deshalb wagt man es, mich wieder und wieder zu belästigen?!"

„Mit allem Respekt, Euer Exzellenz. Gestattet dennoch, dass ich Euch widerspreche. Die Lage ist ernster, als Ihr Euch dies vorzustellen vermögt. Er hat sich durch seine Behauptung, die Heilige Jungfrau habe sich ihm offenbart und würde durch ihn zu den Menschen reden, in eine völlig andere Dimension hinauf geschwungen. Er hat es tatsächlich geschafft, dass ihn die Menschen als Sendboten unserer Heiligen Jungfrau Maria wahrnehmen!"

„Die Menschen! Ein paar wenige Bauerntölpel aus dem Tal dort! Lächerlich! Denen wird es von ganz alleine wieder vergehen, wenn die Erntezeit kommt und sie andere Sorgen haben werden, als vor einem verlausten Schäfer auf die Knie zu sinken! Nein!" Der Bischof fixierte sein Gegenüber mit einem entschlossenen Blick aus seinen dunklen Augen. „Ich will davon nichts mehr wissen! Überhaupt nichts! Moment", er hob gebieterisch die Hand, als Gebsattel ihn erregt zu unterbrechen versuchte, „das ist noch nicht alles, was ich Euch zu sagen habe. Ich bin der Hüter des Andenkens und der Verehrung der heiligen Muttergottes in Franken. Ich habe die Marienkapelle in Würzburg erbauen lassen und habe dafür die Bürger von der Laus mitten in ihrem Pelz befreit. Auf mein Geheiß hin ist das Judenviertel und die Synagoge der Israeliten in der Stadt erst abgerissen und durch die Kapelle zu Ehren der Jungfrau Maria ersetzt worden. Ich bin es, der hier auf dem Marienberg, dem heiligen Berg der Jungfrau Maria, diesen neuen Palast zu ihren Ehren baut. Hier", mit einer matten Handbewegung beschrieb er einen Kreis, „hier auf dem Marienberg befindet sich die Keimzelle für die Verehrung der Muttergottes, nirgendwo sonst. Und wer, wenn nicht ich, der Bischof von Würzburg, trägt dafür Sorge, dass die Heilige Jungfrau tagein, tagaus gelobt und gepriesen wird, unten in der Stadt, in der Kapelle, die ihren Namen trägt, hier oben auf dem Marienberg und in der gesamten Diözese! Zu Ehren der heiligen Patronin von Franken!“ Erschöpft ließ der alte Mann die Hand niedersinken und schloss seine Augen. „Und nun brauche ich meine Ruhe!“ flüsterte er mit matter Stimme.

„Wie ihr meint, Herr“, schlug Gebsattel einen unterwürfigen Tonfall an. „Gestattet jedoch, dass ich folgendermaßen vorgehe, um diesen Problemfall auf Dauer von Euch fern zu halten. Ich werde zwei Boten nach Wertheim und nach Mainz schicken. Und werde noch einmal darauf hinweisen, dass es sich bei diesem ketzerischen Jüngling um einen Schäfer des Grafen von Wertheim handelt. Mag er auch aus Helmstadt stammen, das sich in unserer Diözese befindet: seine gottlosen Umtriebe veranstaltet er schließlich in Niklashausen, als wertheimischer Untertan. Und von der Kirchenseite her gesehen, gehört dieses unselige Nest ja zum Hochstift Mainz. Sollen sich also der Graf von Wertheim und Euer Amtsbruder in Mainz mit der Ketzerei in ihrem Gebiet auseinander setzen.“

„Endlich!“ murmelte Rudolf von Scherenberg, der nach wie vor seine Augen geschlossen hatte. „Mein Hofmarschall hat begriffen! Und nun dürft Ihr euch entfernen!“

„Euer Wunsch ist mir Befehl“, verneigte sich der innerlich zornbebende Gebsattel demütig. Es war zum verzweifeln mit dem Alten! Wiederum oblag es also ihm, den Magistrat von Würzburg zu beruhigen und die ganz offensichtlich vorhandene Unruhe herunterzuspielen. Der Bischof wolle es so. Die Reaktion auf diese Anweisung konnte er sich lebhaft vorstellen. Der Zorn der Räte würde – wieder einmal – auf seinen Kopf hernieder prasseln. Aber was blieb ihm schon anderes übrig? Na ja: Den einen oder anderen der ehrenwerten Bürger würde er vertraulich auf die Seite ziehen und ihm bedeuten, wie man sich diese ärgerliche Fehlentscheidung zu erklären hatte. Mit dem Ende einer Amtszeit...

Doch die Dinge entwickelten sich nicht so wie gewünscht. Ganz und gar nicht. Sehr zum Ärger des bischöflich würzburgischen Hofmarschalls wurde Georg von Gebsattel bereits zwei Tage später durch einen Boten die Antwort des Grafen von Wertheim übermittelt. Der „Pfeifer von Niklashausen“, wie man den verwirrten Schäfer im Taubertal nenne, sei doch ein harmloser Geselle, ließ der Graf von Wertheim ausrichten. Er habe selbst schon gehört, dass einer seiner Schäfer offenbar einen ordentlichen Musikanten abgebe, der ab und an mit Trommel und Sackpfeife zum Tanz aufspiele. Ein junger Mann, der sich so die eine oder andere Münze oder eine Extraportion Essen und Trinken erspiele. Ab und an wohlgemerkt. Und von Zeit zu Zeit sei es durchaus angebracht, dem Volk eine kleine Vergnügung zu gestatten, bevor die Bauern sonst womöglich auf andere Gedanken kämen...

Solche Schäfer, nun ja: Leibeigene, Untertanen, auf einer Stufe mit den fahrenden Sängern und Musikanten, mit dem unehrlichen Volk, das man nicht so wichtig nehmen solle.

Und die merkwürdigen Predigten des jungen Hirten? Er solle die Leute gewähren lassen, gab der Graf seine Empfehlung an den Hofmarschall weiter. Die Leute kämen sicherlich von ganz alleine wieder zur Vernunft, denn was seien schon ihre Ziele?

In Armut zu leben, das fiele den meisten ja wahrlich nicht schwer. Und dass dieser Pfeifer gegen die Pfaffen wettere, nun ja. Aber dies als konkretes Vergehen auszudeuten, gestalte sich insofern schwierig, als ihm zu Ohren gekommen sei, dass ja selbst der Pfarrer von Niklashausen und ein weltlicher Mönch, der in einer nicht weit entfernten Höhle hause, sich auf die Seite des Schäfers geschlagen hätten. Kein Ziel also mehr vor Augen, an dem man sich auf Dauer reiben könne. Der Erzbischof von Mainz befinde sich in unerreichbarer Ferne, ebenso in Sicherheit vor dem Zorn der Bauern wie der sehr verehrte Bischof von Würzburg auf dem Marienberg. Um dem Ärger des Hofmarschalls über diese arrogante Belehrung noch die Krone aufzusetzen, hatte sich der Graf die scheinheilige Bemerkung nicht verkneifen können, zu seinem größten Bedauern darauf hinzuweisen, dass es sich um einen aus Helmstadt stammenden Hirten handle, wie ihm zu Ohren gekommen sei. Bedauerlich, dass also ausgerechnet eine würzburgische Seele sich zu solch gotteslästerlicher Rede in seinem Bezirk und im Bereich des Kurstiftes Mainz habe verleiten lassen! Wutschnaubend hatte Georg von Gebsattel den Boten entlassen, ohne ihm ein weiteres Schreiben mit auf den Weg zu geben, in dem er auf die ungeheuerlichen Umtriebe hätte verweisen können, von denen ihn seine Späher in Kenntnis gesetzt hatten. Sollte der Graf doch weiterhin tatenlos zusehen und meinen, der Zorn der Bauern richte sich ausschließlich gegen die Kirche. Er würde schon sehen...

Als einen Tag später ein Bote aus Mainz mit einem Antwortschreiben aus der Kanzlei des Erzbischofs auftauchte, schöpfte der Hofmarschall neue Hoffnung. Vielleicht würden jetzt ja wenigstens die Amtsbrüder in Mainz die notwendigen Schritte ergreifen, um die brandgefährliche Rebellion der Taubertäler Bauern im Keim zu ersticken, bevor sie weitere Wellen schlagen würde. Doch auch von Mainzer Seite wurde keine Bereitschaft signalisiert, dem Treiben Einhalt zu gebieten. Das sei Sache des Grafen von Wertheim, hieß es in dieser Nachricht lapidar. Und auch hier ließ es sich der Schreiber nicht nehmen, auf die bedauerliche Tatsache hinzuweisen, dass es sich bei dem verwirrten jungen Ketzer um eine arme Seele handle, die zur Diözese Würzburg zähle. Man habe also insofern nichts dagegen einzuwenden, wenn der verehrte Bischof von Würzburg die notwendigen Schritte unternehmen wolle, um das gottlose Treiben eines seiner fehlgeleiteten Lämmer zu beenden.

Erbost ballte Gebsattel die Fäuste: Das hatten sie sich ja toll ausgedacht, die durchtriebenen Herrschaften! Der Graf von Wertheim als weltlicher Herr wusch seine Hände in Unschuld, in dem er andeutete, sich nicht in Belange der Kirche einmischen zu wollen. Als wenn der sonst dermaßen rücksichtsvoll agierte, wenn es um Besitzstreitigkeiten zwischen ihm und der Diözese ging. Der kirchlich zuständige Erzbischof in Mainz verwies einerseits dagegen auf die Zuständigkeit des Grafen, andererseits scheinheilig, wie er nun einmal agierte, dass es sich um einen Würzburger Untertan handele.

Machtspiele! Nichts als Machtspiele! Wieder einmal lauerte der eine darauf, dass der andere für ihn die Arbeit machte und sich dabei womöglich eine blutige Nase holte. Dieses Verhalten kannte Gebsattel natürlich zu Genüge. Sonst noch was!

Nun gut – oder eben auch nicht gut! Die Zauderer auf beiden Seiten: Sie würden schon noch spüren, wohin diese Untätigkeit führen würde. Man durfte keinem Bauern trauen. Nie und nimmer! Diese Lektion hatte Georg von Gebsattel schon in früher Jugend gelernt. Man musste das dumme Bauernvolk auf die Köpfe hauen, sobald es aufzumucken wagte.

Wer dieses versäumte – aus welchen Gründen auch immer – sollte den Schaden selbst ausbaden, den er damit angerichtet hatte. Er, der Hofmarschall, würde auf jeden Fall ein strenges Auge auf die Untertanen der Diözese Würzburg werfen. In seinem Machtbereich würden sich solche Szenen wie in Niklashausen nicht ereignen. Es würde keinen Flächenbrand geben. Dafür würde er Sorge tragen. Sollten die anderen aber hinterher bloß nicht kommen und sich beklagen, er habe sie nicht rechtzeitig gewarnt...

18

„Der Bauer ist an Ochsen statt, nur dass er keine Hörner hat!“ Mit Donnerstimme ließ der hochaufgerichtete junge Mann seine Botschaft über die Köpfe der riesigen Menge schallen, die sich am heutigen Sonntagmorgen auf der Wiese bei der Marienkapelle an der Tauber eingefunden hatte. Längst verspürte Hans kein Herzklopfen mehr, wenn er sich anschickte, auf das Holzfass zu klettern, von dem herunter er nach wie vor zu den Menschen sprach. Nein, er hatte es abgelehnt, sich ein Podest bauen zu lassen oder das einfache Fass mit Tüchern und Zweigen zu schmücken. Dann sei man ja bereits wieder dort angelangt, wo sich die Kirche zu ihrer aller Leidwesen längst befände. Bei Hoffahrt und Eitelkeit! Nein, ihrem Herrgott und erst recht der gnadenreichen Heiligen Jungfrau war es so gut genug. Demut und Bescheidenheit seien es, die ein gottgefälliges Leben ausmachten. Zierrat, Schmuck und prächtige Stoffe lenkten die Menschen ab auf ihrem Weg zu Gott. Das lasse ihnen die Heilige Jungfrau mitteilen, die durch ihn, den einfachen Hirten, zu den Menschen spreche.

Immer mutiger wurde der junge Schäfer in seiner Rede, immer fester seine Stimme. Er war es mittlerweile gewohnt, vor Hunderten, wenn nicht bereits tausenden von Menschen zu sprechen. So viele dürften es kürzlich gewesen sein, hatten der Pfarrer Gottlob und Bruder Christian mit vor Begeisterung leuchtenden Augen berichtet. Und er hatte sich auch an die Tatsache gewöhnt, dass die Menschen augenblicklich vor ihm auf die Knie sanken, demütig ihr Haupt neigten, um sich segnen zu lassen, und darum baten, ihn kurz berühren zu dürfen. Einen Zipfel seiner Kleidung in Händen zu ertasten, seine nackten Füße zu berühren – um so ein Stück seiner Heiligkeit in sich aufnehmen zu dürfen. Ja, so hatten sie sich ausgedrückt – genau aus diesem Grund war Hans noch vor wenigen Wochen erschrocken zurückgezuckt und hatte sich zusammen mit Trude in die Wälder geflüchtet. Weit weg von den Viehweiden, auf denen sie ihn gesucht hatten, den „Heiligen Jüngling“, als den sie ihn inzwischen anriefen. Wieder und wieder hatte er mit Trude darüber gesprochen, ob die Entwicklung, die seine Nachricht von der Erscheinung der Jungfrau Maria ausgelöst hatte, ihm nicht allmählich über den Kopf zu wachsen begann. Ob es auf Dauer gut gehen konnte, wenn er sich gegen Hoffahrt und Eitelkeit nicht nur beim gemeinen Volk wandte, sondern auch bei der Geistlichkeit.

Aber die angeblich so frommen Kirchenmänner seien doch in Wahrheit meist gottlose Gesellen und Blutsauger, denen es um keinen gottgefälligen Lebenswandel, sondern in Wahrheit nur um Steuern, Abgaben, Prunk und Völlerei ginge. Das habe er, Hans, doch selbst von der Jungfrau Maria erfahren, hatte Trude ihn in seiner Überzeugung gefestigt.

Und auch gegen die Willkür des Adels müsse er sich nun äußern – schon um der Glaubwürdigkeit seiner Botschaft willen, der göttlichen Botschaft. Wieder war es Trude gewesen, die ihn auf die bestialische Ermordung ihres Vaters hingewiesen hatte. Wieder und wieder hatte sie ihm vor Augen gehalten, wie schockiert Hans selbst von dem erschlagenen Waldenser berichtet hatte, dem sie zu allem Überfluss auch noch ein christliches Begräbnis verweigert hatten. Nein, er müsse nunmehr seiner Bestimmung folgen und die Botschaft der Heiligen Jungfrau weitertragen. Mit aller Konsequenz. Mit aller Entschlossenheit. Und da die Menschen ihn als einen himmlischen Sendboten betrachteten, sei es auch nur allzu natürlich, dass sie ihn berührten, dass sie das göttliche Fluidum auf sich selbst zu übertragen suchten.

Er sei aber weder ein Heiliger noch ein Engel. Er sei nur Hans, der einfache Schäfer Hans, dem sich die Jungfrau Maria offenbart habe, hatte Hans wieder und wieder eingewandt. Erst, als auch Pfarrer Gottlob zusammen mit Bruder Christian, dem Begharden, eines Abends bei einer heimlichen Zusammenkunft dieselbe Position wie Trude vertreten hatte, zeigte sich Hans von seinem Handeln nun restlos überzeugt. Nachdrücklich hatten sie ihn darauf hingewiesen, dass es sich bei seiner Botschaft tatsächlich um die göttliche Botschaft handele und dass schon allein die Tatsache einem Wunder gleich käme, dass er, Hans, der einfache Hirte, zu solchen Erkenntnissen gelangen durfte, wie er sie der Menge predige. Es handle sich also in der Tat um ein Wunder, ein göttliches Wunder. Und Hans, der Heilige Jüngling, dürfe sich so durchaus als göttlichen Sendboten betrachten. Im Übrigen: Seit Wochen schon verbreite sich seine Botschaft wie ein Lauffeuer unter den Menschen, die in immer größerer Zahl auch aus weiter entfernten Städten und Dörfern zu ihm pilgerten. Er solle nicht so blind sein und annehmen, dass sich die Kunde von seinem Auftreten nicht auch längst bis in die Burg des Grafen von Wertheim oder zum Sitz des Bischofs in Würzburg herumgesprochen habe. Dennoch sei nichts geschehen, hatte ihm Bruder Gottlob dargelegt. Außer, dass sich ganz offensichtlich der eine oder andere Kundschafter unter die Wallfahrer gemischt habe, hatte Bruder Christian grinsend nachgeschoben. Er habe die Spione wohl bemerkt. Über alles und jeden hätten sie Erkundigungen eingezogen, um danach eiligst zu ihren Auftraggebern zurück zu kehren und vom Niklashauser Wunder zu berichten. Diese seien also sehr wohl über alles informiert, was sich hier zutrage. Umso erstaunlicher, dass sich kein offizieller Abgesandter des Grafen oder der Kirche bisher habe blicken lassen und Hans seine freie Rede gegen die Missstände auf dieser Welt hätte untersagen wollen. Nichts! Niemand! Schon für weitaus weniger deutliche Worte seien Menschen von den hohen Herrschaften ins Verlies gesteckt oder an den Galgen gehängt worden! Nein, auch die weltlichen und kirchlichen Machthaber seien sich augenscheinlich der Kraft dieser Botschaft bewusst. Auch in ihnen sei offenbar die Erkenntnis gereift, dass sie den Zorn Gottes auf sich gezogen hätten. Und dies sei der Grund, weshalb sie es bislang nicht gewagt hätten, sich Hans und seiner Predigt entgegen zu stellen. Auch in Zukunft würden sie es nicht wagen. Jetzt schon gleich gar nicht mehr. Jetzt, wo alle Welt um die wundersamen Ereignisse von Niklashausen wisse.

Es waren die entscheidenden Worte gewesen – Worte, die an diesem Abend auf besonders fruchtbaren Boden fielen. Entscheidend für Hans, entscheidend für sein weiteres Wirken, entscheidend für die nächsten Wochen im Taubertal.

Mit neuem Mut und ungeheurem Vertrauen in die Kraft seiner Worte und die Macht der durch ihn verkündeten göttlichen Botschaft ging er an sein Werk, das die Vorsehung für ihn auserkoren hatte.

„So spricht der Herr: Ihr sollt alle Arbeit stehen und liegen lassen! Folgt mir nach, denn ich weise euch den richtigen Weg!"

In Hans, dem einfachen Hirtenjungen, steckte in der Tat ein begnadeter Redner. Wundersamerweise. Nicht nur Pfarrer Gottlob und Bruder Christian hatten mit Erstaunen zur Kenntnis genommen, wie die Stimme des jungen Pfeiferhans von Mal zu Mal sicherer und fester geworden war. Wie er seine Predigten immer blumenreicher, immer mutiger ausformulierte und wie er sich traute, die Lasten, die zentnerschwer auf den Seelen seiner Zuhörer lagen, immer deutlicher beim Namen zu nennen. Dazu kam sein Talent, die biblische Botschaft unmittelbar – oft sogar ganz spontan – im direkten Zusammenhang mit den Lebensumständen des einfachen Volkes zu vergleichen. Die entsprechenden Stellen aus der Bibel zu deklamieren, die ihm von Bruder Christian, der ja als ehemaliger Klosterinsasse des Lateinischen leidlich mächtig war, übersetzt worden waren. Und so drang nicht nur an die Ohren des einfachen Pfarrers, sondern vor allen Dingen in die Gemüter der jubelnden Masse zum ersten Mal die göttliche Botschaft in einer verständlichen Sprache. Nicht in Latein! Nein, in der Sprache, mit der man sich im Taubertal verständigte! Und es handelte sich um dieselben Inhalte, wie sie von den Altvorderen weitergegeben worden waren. Von Generation zu Generation, von Mund zu Mund. Die Rede war von der göttlichen Ordnung, von der Stellung der Menschen im Weltenlauf. Vom gemeinen Volk und von den Herren. Von der Natur und ihrer Nutzung. Von Gott und der Welt! Die Alten im Dorf, sie hatten doch Recht mit ihren Reden! Sie hatten sich also doch zurecht auf die früheren Zeiten berufen, in denen ihre Ahnen gelebt hatten. Unter anderen Umständen gelebt hatten, als dies heutzutage der Fall war. Als auch das Leben eines Bauersmannes noch etwas gegolten hatte. Und nun! Nun hörten die staunenden Menschen diese Botschaft! Hörten sie nicht nur! Nein: Zum ersten Mal konnten sie die Botschaft auch verstehen! Die Botschaft – fast deckungsgleich mit der Überlieferung aus alten, unvordenklichen Zeiten. Und – das war das entscheidende – die Botschaft, deren Inhalte völlig anders lauteten, als dies die Herren und die Kirche ihnen wieder und wieder vorgegaukelt hatten!

Kein Wunder also, dass die einfache und direkte Rede des Pfeiferhans auf fruchtbaren Boden fiel. Und die Saat schien aufzugehen. In immer größerer Anzahl pilgerten die Menschen hierher nach Niklashausen, um die Reden des Heiligen Jünglings erleben zu dürfen. Durch den die gnadenreiche Muttergottes sprach. Die Heilige Jungfrau Maria. Die hochverehrte Patronin von Franken. An der Stelle ihres wundertätigen Gnadenbildes offenbarte sie sich durch den Mund des jungen Mannes der gesamten Christenheit. Hier bei ihnen, im Taubertal. Ein Wunder war geschehen!

„Ich bin der gute Hirte!“, schmetterte der Jüngling seine Worte in die Menge der begeistert aufjubelnden Wallfahrer. Richtiggehend in Rage geredet hatte er sich an diesem Sonntagmorgen. Und natürlich hatten alle bitter genickt, als er die Bauern mit den Ochsen verglichen hatte, die von den hohen Herrschaften vor immer schwerere Karren gespannt wurden, die sie kaum noch von der Stelle zu bewegen in der Lage waren. Schlecht ernährte Ochsen! Ein Stück Vieh, um dessen Wohlergehen sich keiner kümmerte. Kein Hirte.

Doch! Hier stand er doch! Leibhaftig stand er vor ihnen auf seinem Holzfass und brachte dem gedemütigten Bauernvolk Trost und neue Hoffnung! Einer von ihnen! Ihresgleichen! Der gute Hirte! Endlich schien die Erlösung nahe!

„Die gottlosen Pfaffen, was tun sie?“ fuhr der weiß gekleidete Jüngling lautstark fort und hob die Hände anklagend zum Himmel. „Sie sollen sich um das Seelenheil der ihnen Anbefohlenen kümmern und nicht um weltliche Geschäfte. Nicht um Ablässe, Geld, Gold und Geschmeide. Um teure Kleidung, um unkeuschen Lebenswandel. Nicht der gottlose Ablasshandel bringt uns die Erlösung. Nicht der Segen eines Priesters. Nicht der Segen eines Bischofs! Nein! Es sind selbst Sünder! Sünder, die unseren Herrgott erzürnt haben, so sehr erzürnt haben, dass er mir seinen Zorn durch die Jungfrau Maria offenbart hat. Kehrt um, so hat sie gesprochen! Wendet euch ab von den falschen Propheten! Von den Pharisäern und denen, die das Unrecht predigen! Die Geld für euer Seelenheil verlangen! Nein!“ Er senkte seine Stimme, und ein seliges Lächeln zog sich über sein Gesicht. Es herrschte eine atemlose, gespannte Stille auf dem Platz, als die Menschen, deren Anzahl auf viele hundert gestiegen war, angestrengt seinen nächsten Worten lauschten. Worte, mit denen er ihnen nun eine ganz besondere Erkenntnis mitteilen würde. Das war ihm anzusehen. Das war zu verspüren. Der Boden unter ihren Füßen schien vor der angespannten Erregung, die sie ergriffen hatte, förmlich zu beben.

„So spricht die Heilige Jungfrau zu ihrem Knecht: Auf einer Wallfahrt, wie ihr sie unternommen habt, liegt der Segen des Herrn. Ihr habt gut daran getan, hierher an diese heilige Stätte zu pilgern. Denn nur hier werdet ihr es finden, das Heil und die Vergebung aller Sünden.“ Langsam, ganz langsam lies er seine Stimme wieder anschwellen, um ihnen schließlich den Kern seiner göttlichen Botschaft laut wie einen Fanfarenstoß entgegen zu schmettern. „Eine Wallfahrt hierher, wie ihr sie unternommen habt, eine Wallfahrt nach Niklashausen zum Gnadenbild unserer Muttergottes bringt euch mehr Gnade als der Besuch von Rom! Als ein Besuch beim Papst, der sich mit seiner Kirche von uns abgewandt hat!"

Erschrocken schlugen manche bei diesen Worten die Hände vors Gesicht. Jetzt war er zu weit gegangen! Den Heiligen Vater anzugreifen, als gottlosen Sünder zu brandmarken! Jetzt hatte er den Bogen überspannt! Der Zorn Gottes würde auf ihn niederfahren!

Doch nein! Das Gegenteil geschah! Was war das? Erstaunt blickten sich die Zweifler um! Ein viel hundertstimmiger Jubelschrei entrang sich der Menge! Begeistert jauchzten und klatschten die Menschen Beifall! Wie im Fieber glühten ihre Gesichter. Immer stärker wurde der Jubel.

Und der Jüngling? Präsentierte sich, angespornt von der Euphorie, die ihm lautstark entgegen brandete, fast wie ein Racheengel. Doch, so könnte man es nennen. Wie er den Kopf in den Nacken warf und mit ausgestrecktem rechten Arm in den Himmel deutete, wo sich am Horizont dunkle Wolken sehen ließen.

„So wie diese Wolke die Sonne verdunkelt, so verdunkeln auch die Priester, die Bischöfe, die Kardinäle und ihr Papst unser Dasein. Und so, wie sich die nächste schwarze Wolke vor das Licht des Himmels schiebt, so verhindert auch der Kaiser unser Glück und ein menschenwürdiges Dasein für den gemeinen Mann. Ja, ihr habt richtig gehört: Der Kaiser ist der Bösewicht! Wer sonst, wenn nicht er, stützt die Willkür und die Ungerechtigkeit der Junker, der Grafen und der Herzöge! Wer gibt denn den Rittern und den Fürsten, geistlichen wie weltlichen Fürsten, das Recht und die Freiheit, Zölle und Steuern zu erheben?! Nach Gutdünken zu erheben! Er ist es: der Kaiser! Er tut nicht das, was sein göttlicher Auftrag ist! Nein, er beschützt uns nicht! Im Gegenteil: Er gibt uns der Willkür preis! Niemand schützt mehr den gemeinen Mann! Wir armen Teufel!"

Jetzt breitete Hans, der sich mehr und mehr ereifert hatte, die Arme weit aus. Wie Ertrinkende schienen die Leute an seinen Lippen zu hängen, während sie die Worte begierig in sich aufsogen.

„Was ist der Bauernstand?“ Er machte eine kurze, bedeutungsvolle Pause. Dann hob er den linken Arm, presste die Spitzen von Daumen und Zeigefinger aufeinander und starrte gedankenverloren darauf. Es folgte ein tiefer Atemzug, und dann... Es sei wie ein Wirbelsturm gewesen, was dann folgte. So berichteten jedenfalls diejenigen, die dabei gewesen waren, später über das Geschehen. Als sei ein Sturm über sie hinweg gerast, genauso hätten sie sich gefühlt in diesem Moment. Nein, halt! Nicht über sie hinweg gerast, mitnichten! Sie hätten sich vielmehr mitten im Zentrum dieses Sturm befunden. Und sich auch nicht geduckt. Sondern mitreißen lassen. Mitreißen von der Begeisterung. Von der Botschaft. Von der Macht dieser Worte!

„Was ist der Bauernstand?“, wiederholte Hans mit heiserer Stimme, die jetzt gleichsam zu explodieren schien! „Der Bauernstand ist ein mit vier Pferden bespannter und schwer beladener Wagen! Legt man auf diesen Wagen nun auch nur noch ein Ei, dann können ihn die Pferde nicht mehr ziehen. So schwer ist dieser Wagen! Und wer hat ihn so schwer beladen? So unverantwortlich schwer und rücksichtslos? Es sind die Herren und es sind die Pfaffen!“ donnerte er in den Jubel der euphorisierten Menge hinein.

Und ganz vorne bei ihm, direkt am Fass, konnte man zwei begeistert klatschende Männer sehen, die nur Augen für Hans zu haben schienen und die ihn mit lautem Klatschen und Zurufen mehr und mehr anspornten.

„Das sind die Worte, auf die wir schon seit Jahren gewartet haben. Worte, wie wir sie noch nie gehört haben! Weiter Hans! Verkünde uns die göttlichen Wahrheiten!“. Jörg Hahns Augen leuchteten! Der junge Bauer, der sich zusammen mit seinem Freund Heinrich, dem Schmied, bei jeder dieser Versammlungen direkt bei dem jungen Hirten postiert hatte, um diesen vor eventuellen Übergriffen aus der Menge zu schützen, hatte Hans noch nie so gut, so direkt, so vollkommen erlebt, wie heute.

Und auch Heinrich Schmied bewegten dieselben Gefühle. „Endlich! Endlich wagt es einmal einer, diese Wahrheiten offen auszusprechen!“ Mit seinem Ellbogen stupste er einen neben ihm stehenden Bauern, der die Rede fast bewegungslos und mit offenem Mund verfolgt hatte. „Was glotzt du so, Freund? Hat dich der Schlag getroffen, nachdem du die Wahrheit erfahren hast? Komm, Nachbar, bewege deine Hände! Wo bleibt dein Beifall für diese lang ersehnten Wahrheiten?“ Er versetzte dem anderen einen aufmunternden Klaps auf dessen Rücken. Das schien den Mann wieder in die Gegenwart zurückzubringen. Er nickte eifrig und begann nun, rhythmisch in die Hände zu klatschen.

Der junge Mann auf seinem Fass bemerkte davon nichts. Vielleicht mochte der Jubel ja wie von weiter Ferne in sein Bewusstsein dringen. Vielleicht war der Beifall doch so eine Art Antrieb für ihn, sich am heutigen Morgen noch deutlicher zu Wort zu melden, als bei den vergangenen Predigten. Wie auch immer! Er tat es! Nannte ohne Umschweife die Dinge beim Namen, die schwer auf dem Leben der Menschen lasteten. Er sprach es aus, was viele nicht einmal zu denken wagten. „ Dass die Geistlichkeit so viele Pfründen hat, ist unrecht, sie soll nicht mehr haben als andere auch. Die Fische im Wasser, das Wild im Wald, die Früchte auf dem Feld! Sie sollen jedermann gehören! Wenn die geistlichen und weltlichen Fürsten nur so viel hätten, wie wir, dann hätten alle genug. Wir alle hätten genug zu einem bescheidenen, aber sorgenfreien Leben – und auch den Herrschaften würde noch genug bleiben! Jedem gehört ein gleiches Stück unserer Schöpfung – nicht mehr und nicht weniger! Genau so weit muss es kommen! Es muss dazu kommen, dass die Fürsten und Adligen um einen Taglohn arbeiten müssen. Wir wollen so frei werden, als wie die Schweizer ..."

Irritiert wandte sich der Nachbar an Heinrich Schmied. Er hatte die letzten, die ungeheuerlichen Worte, die der Jüngling auf seinem Fass da in die atemlos lauschende Menge geschleudert hatte, genauso begierig und gleichzeitig erschrocken in sich aufgesogen, wie all die anderen. Aber die letzten Worte des Hirten schien er nicht verstanden zu haben. „Wieso die Schweizer? Was haben wir denn mit den Schweizern zu schaffen?"

Als auch Heinrich ratlos mit den Schultern zuckte, sprang ihm Jörg hilfreich zur Seite. „Weil die Schweizer dem Kaiser widerstanden haben. In mehreren Schlachten und Scharmützeln haben sie sich zur Wehr gesetzt und dem Heer des Kaisers widerstanden!".

„Dem Kaiser?!" staunte der Mann nicht schlecht.

„Ja, dem Kaiser." lächelte Jörg.

„Und es sind Bauern? Einfache Bauern, die sich dem Kaiser entgegen gestellt haben?"

„Du sagst es. Ja, es sind einfache Bauern."

Der Mann schluckte schwer. Allmählich schien sich die Welt um ihn herum zu drehen! Was hatte er heute nicht schon alles an unglaublichen Worten und Erkenntnissen zu hören bekommen. Zu viel, um alles begreifen zu können. Als sei urplötzlich die Welt aus ihren Angeln gehoben worden. All das, was man ihm bislang erzählt hatte, stellte sich mit einem Mal als null und nichtig heraus. Die Ständeordnung. Die vom Herrgott gewollte und eingesetzte unverrückbare Ordnung! Der Kaiser! Schaffte es nicht, sich gegen einfache Bauern zu behaupten! Der Kaiser! Der Glanz der Erde! Die Lichtgestalt dieser Zeit!

„Unsere Wälder, unsere Äcker, unser Wasser, unser Wild unsere Fische müssen wieder uns gehören – uns allen!“ fuhr der blonde Jüngling unbeirrt fort in seiner flammenden Anklage. „Wie in der guten alten, von Gott geschaffenen Anfangszeit, in der es keine Zölle und keine Steuern gab, auch keine Zöllner und Steuereintreiber, keinen Adel, keinen Reisigen. Wer gibt, der gebe aus Gottes freiem Willen! Nicht derjenige kommt in den Himmel, der das meiste Geld für einen Ablasszettel aufwendet, sondern derjenige, der sich Gott und unserer Heiligen Jungfrau zuwendet und ein gottgefälliges Leben lebt.“

Er unterbrach sich und blickte ernst über die Köpfe der Leute, die wie Ertrinkende an seinen Lippen zu hängen schienen. Dann holte er tief Atem, breitete wieder weit die Arme aus und reckte das Kinn mit einer erhabenen Geste in die Höhe.

„Und vernehmt die Botschaft der Heiligen Jungfrau, die sich mir offenbart hat und die sich durch mich direkt an euch wendet! Die Wallfahrt hierher an diesen heiligen Ort ist mehr wert, als eine Wallfahrt nach Rom. Wer stirbt, nachdem er eine Wallfahrt in dieses Tal getan hat, der fährt direkt auf zum Himmel, der hat vollkommene Gnade erlangt!“

Wieder legte er eine Pause ein, als ob er den Menschen Gelegenheit geben wollte, das gerade Gehörte zu verarbeiten, bevor er jetzt, fast schon zur Mittagszeit, zum Ende seiner Predigt kam.

„Glaubt ihnen nicht, den falschen Propheten der Kirche. Den Priestern, Pfaffen und Bischöfen. Denen, die sich tagtäglich versündigen an der Heiligen Schrift! Sie haben aus der Frohbotschaft Gottes die Drohbotschaft des Höllenfürsten gemacht! Sie sprechen mit fremder Zunge. Sie verstecken sich hinter einer uns nicht verstehbaren Sprache. Sie predigen uns in Latein, in der Sprache der heidnischen Römer, der früheren Besatzer unserer Landschaft! Die Römer, die den Juden gestattet haben, den Sohn Mariens ans Kreuz zu nageln! Sie fürchten sich davor, die göttliche Botschaft in unserer Sprache zu verkünden. Sie wagen es nicht, uns die Wahrheit zu predigen. Aber das Volk lässt sich solche Rede nicht länger gefallen. Lasst uns in unserer Sprache und mit unseren Worten Einkehr halten bei der gnadenreichen Muttergottes, bei unserer Jungfrau Maria. Lasst uns unser Schicksal gemäß dem göttlichen Willen selbst in die Hand nehmen. Die Ochsen werden ihr Joch abschütteln!"

Kraftlos sank der junge Schäfer nach diesen letzten Worten in die Arme von Heinrich Schmied, der geistesgegenwärtig sofort zur Stelle war und Hans nun zusammen mit Jörg Hahn behutsam ins Innere der Kapelle geleitete, während der nicht enden wollende Jubel über sie hinweg brandete und die Menschen unaufhaltsam nach vorne zu ihrem Heiligen Jüngling drängten.

Aber Hans musste nun erst einmal ausruhen und zu neuen Kräften kommen. Sie würden am Eingang Wache halten und niemanden hineinlassen, während sich Trude und der in der Heilkunst bewanderte Bruder Christian voller Sorge um den Erschöpften kümmerten.

19

„Ihr glaubt nicht, Herr, was ich am heutigen Morgen erleben musste!" Der bis in sein Innerstes aufgewühlte Kundschafter des Würzburgischen Hofmarschalls schnappte keuchend nach Luft, als er vor seinem Auftraggeber stand, zu dem er nach seiner Ankunft im Bischofspalast unverzüglich vorgelassen worden war.

„Hoffentlich hast du genau beobachtet und mir Aufschlussreiches zu berichten – wenn ich schon den halben Abend auf deine Ankunft warte!" Der Hofmarschall schwenkte verdrießlich die Fackel in seiner Hand durch den in der Dunkelheit nur spärlich erkennbaren Empfangsraum. „Also... ich höre!"

Der Späher räusperte sich verlegen. „Herr..." begann er stockend. „Es ist... es ist zu viel und zu ungeheuerlich, um Euch alles zu berichten!"

Georg von Gebsattel kniff missmutig die Augenbrauen zusammen und bedachte sein Gegenüber mit einem finsteren Blick. „Ich schicke dich nicht weg, um hinterher nur die Hälfte dessen zu erfahren, was du gehört und gesehen hast. Du wirst mir alles mitteilen, was dir vor Augen und Ohren gekommen ist! Alles! Auf der Stelle!"

„Aber Herr", der erregte Mann schluckte trocken den Kloß hinunter, der sich in seiner Kehle ausgebreitet hatte. „Es... es grenzt an Gotteslästerung, was ich habe hören müssen! Unglaubliche ketzerische Worte sind gesprochen worden. Worte, die kein gläubiger Christenmensch jemals in den Mund nehmen kann und darf! Ketzerei! Die Strafe des Himmels wird mich treffen!"

Diese heuchlerischen Frömmler! Wahrscheinlich hatte sich der Mann schon selbst von den aufrührerischen Reden anstecken lassen, die er da im Taubertal in seinem Auftrag hatte belauschen sollen! Es würde auf alle Fälle angebracht sein, den Kerl erst einmal eine Weile von seinen Kameraden zu trennen, nachdem er endlich berichtet hatte, welche Ungeheuerlichkeiten der wahnsinnige Hirte da ungestraft in die Welt gesetzt hatte. Man würde den Kundschafter am besten hinter den dicken Mauern des Schottenklosters verschwinden lassen, bevor der Wichtigtuer daran ginge, die Reden des

Pfeifers von Niklashausen nun auch in Würzburg zu verbreiten. Aber gemach! Erst musste er hören, was sich dieses Mal zugetragen hatte. Gebsattel beschrieb eine ungeduldige Handbewegung und machte einen Schritt auf den Kundschafter zu. „Du wirst mir jetzt auf der Stelle berichten, welch ketzerische Reden geführt worden sind. Alles will ich wissen! Alles! Anschließend werde ich dafür Sorge tragen, dass dir einer unserer Priester die Absolution erteilt und dich von der Sünde dieser Worte wieder reinwäscht. Aber nun wünsche ich deinen Bericht! Sofort!“ stampfte er zur Bestätigung seiner Worte mit dem Fuß auf dem Steinboden des Bischofspalastes auf.

„Wie Ihr befehlt, Herr!“ Noch einmal schluckte der Mann trocken. So entsetzt und verwirrt er über den unglaublichen Auftritt des Pfeiferhans auch am heutigen Morgen gewesen war, so sehr hatten ihn die Inhalte von dessen Predigt auf seinem hastigen Ritt zurück nach Würzburg beschäftigt. Worte, wie sie noch nie zuvor jemals an sein Ohr gedrungen waren. Gotteslästerung! Ketzerei! Doch den jungen Hirten auf seinem Fass hatte kein Blitz getroffen! Er hatte ihnen diese Worte entgegen geschleudert und die Rache des Himmels war ausgeblieben! Und nicht nur die himmlische Vergeltung! Nein, auch der Graf von Wertheim schien keinerlei Anstalten machen zu wollen, die rebellischen Versammlungen in seinem Herrschaftsbereich zu unterbinden! Dabei hatte man Bauern schon für weitaus weniger harsche Worte hängen sehen! Unglaublich! Also doch ein Wunder?

„Was ist nun?“ zischte Gebsattel ungeduldig. „Wie lange soll ich noch warten?“

„Wie ihr befehlt, Herr!“ wiederholte der Kundschafter und senkte demütig den Kopf. „Von der Drohbotschaft des Höllenfürsten hat er gesprochen. Dazu habe – entschuldigt, aber so hat er sich ausgedrückt – dazu habe die Kirche die Frohbotschaft des Evangelium umgewandelt. In eine Drohbotschaft des Höllenfürsten!

Und er löst mit diesen Worten kein Entsetzen unter den Gläubigen aus. Nein, die Menschen jubeln ihm zu! Die Leute lassen alles stehen und liegen und pilgern in ihrer Arbeitskluft direkt vom Feld nach Niklashausen. Sie sammeln Geld – nicht mehr für die Kirche, sondern für den Heiligen Jüngling, wie sie ihn nennen. Kerzengeld für den Heiligen Jüngling! Sie reden ihn an: „Oh heiliger Mann. Du Mann Gottes, vom Himmel gesandt, erbarme dich unser!“ Sie betrachten ihn als neuen Propheten! Herr, es ist unglaublich! Als ich weggeeilt bin aus dem Tal habe ich sie gesehen. Sie kommen zu tausenden über das Land. Rasten auf den Wiesen und in den Wäldern rund um diesen Ort. Haben für nichts und niemanden mehr Augen, als nur für ihren Heiligen Jüngling! Sie trampeln alles nieder, schlafen im Freien und warten voller Demut darauf, den Heiligen Jüngling zu sehen und zu hören. Selbst Marketender sind inzwischen angekommen, um dieses Heer der Verblendeten mit Nahrung zu versorgen. In dem Ort selbst ist längst nicht genügend Essen vorhanden für diese unfassbare Masse an Menschen, die sich wie eine Woge über Niklashausen ergießt. Und alle haben sie die Reden und die Erkenntnisse des Heiligen Jünglings auf den Lippen! Reden wider die Herren und Grafen, wider die Bischöfe und die Kirche, selbst gegen den Kaiser und den Heiligen Vater! Herr, entschuldigt meine Worte, aber ich bin mir sicher: Es droht ein Volksaufstand! Die Erde bebt – in weitem Umkreis um das Tal hat man davon Kenntnis erhalten und die Nachricht davon begierig aufgenommen! Es ist bereits im vollen Gang: Der gemeine Mann wird sich erheben – und keine Macht der Welt scheint sich ihm widersetzen zu können!“

20

Es mochte wohl bereits schon auf Mitternacht zugehen, als sich Gebsattel sorgenvoll aus seinem Sessel erhob. Lange hatte er darüber sinniert, welches Vorgehen am besten dazu geeignet wäre, seinen Plänen zum Durchbruch zu verhelfen. Aber nun stand sein Entschluss fest. Den Stier bei den Hörnern packen! Das Heft des Handelns nicht aus der Hand geben. Ja, genauso würde er es machen! Mit neuer Tatkraft griff er sich eine der in einem eisernen Ständer bereit stehenden Fackeln und entzündete sie in der Glut des Kaminfeuers. Doch, es war richtig gewesen, den Mann sicherheitshalber internieren zu lassen. Auch wenn sich der verstörte Kundschafter mit Händen und Füßen gegen seine Festnahme gewehrt hatte. Auch wenn er wieder und wieder beteuerte, wie sehr er die Reden des Ketzers aus dem Taubertal doch verabscheue! Und dass er bei allen Heiligen beschwören wolle, niemals auch nur einen Satz dieser Reden weiterzureichen und unter das Volk zu streuen. Nein! Die Sicherheit ging vor allem anderen! Und wo gehobelt wird, da fallen Späne – ob man das im Einzelfall nun auch bedauern konnte oder nicht. Der Zweck heiligt die Mittel – mit dieser Devise hatte er, Gebsattel, es bislang schon immer gehalten. Wäre er sonst so weit gekommen und hätte es in dieses bedeutende Amt, den innersten Machtzirkel der Diözese, geschafft? Nein! Es ging in diesem Fall um mehr als nur um die Existenz eines kleinen Kundschafters. Es ging um nichts weniger als um die Zukunft! Und dafür mussten eben Opfer gebracht werden. Für das große Ganze!

Sie hatten den verzweifelten Mann in eines der unteren Verliese geschleppt. Dorthin, wo schon seit einigen Monaten kein Gefangener mehr festgehalten wurde. Die letzte arme Seele war lange schon zum Teufel gefahren. War vorher in der modrigen feuchten Dunkelheit verrückt geworden. Hatte einfach nur noch blöde da gesessen und mit den Ratten gesprochen. In einem ewig dunklen Loch, wo so gut wie kein Kontakt mit der Außenwelt möglich war. Erst recht nicht mit den anderen Gefangenen. Die befanden sich einige Etagen über ihm. Selbst das bisschen Brot und Wasser wurde alle paar Tage mit einem Eimer zu ihm herunter gelassen. Sollte er dort die nächsten Wochen über zubringen. Aus den Augen, aus dem Sinn. So lange eben, bis der Spuk im Taubertal vorüber war. Dann würde man weiter sehen.

Es waren zutiefst beunruhigende Nachrichten für den immer misstrauischen, immer besorgten Gebsattel gewesen, die der Mann da überbracht hatte. Vorsichtig klopfte der Hofmarschall an die Tür des bischöflichen Schlafgemachs und horchte angestrengt. Doch aus dem Raum drang keine Antwort, keine Aufforderung, einzutreten. Noch einmal klopfte er, dieses Mal kräftiger. Wieder nichts... Oder? War da nicht eine kraftlose leise Stimme zu hören gewesen? Er drückte die Klinke herunter und öffnete langsam die knarrende Türe. Der Schein seiner Fackel ließ ihn schemenhaft das Bett des kranken Bischofs erkennen, in dem der alte Mann nun ärgerlich seinen Kopf in Richtung des Störenfrieds drehte. „Gebsattel! Was soll das?“ krächzte der blasse Greis kraftlos. „Wer hat Euch geheißen, mich in meinem Schlaf zu stören? Wie soll ich je wieder zu Kräften kommen, wenn ich nicht einmal in der Nacht meine Ruhe finde?“

„Entschuldigt, ehrwürdige Exzellenz“, verbeugte sich der Hofmarschall mit schuldbewusster Miene. „Aber ich habe dringend mich Euch zu sprechen!“

„Dringend!“ echote der Kranke unwirsch. „Was kann so dringend sein, dass es nicht Zeit hat bis morgen früh?“ Ein tadelnder Blick aus seinen matten Augen streifte den Störenfried. „Erzählt mir bloß nicht, dass Euch wieder die Sorge um diesen verrückten Hirtenjungen und seine ketzerischen Spottreden umtreibt!“

„Genauso ist es, Exzellenz“, warf sich Gebsattel von neuem in die Brust. „Aber die Lage ist ernster, als wir noch vor wenigen Tagen vermutet haben! Der Schäfer plant ganz offenkundig einen Aufstand! In der ganzen Bevölkerung beginnt es zu brodeln!Wir müssen handeln! Auf der Stelle!“

„Gebsattel!“ Mit äußerster Kraftanstrengung gelang es dem Bischof, seinen Oberkörper im Bett aufzurichten. „Mir scheint, Er leidet unter Verfolgungswahn! Ein verwirrter junger Schäfer, der einen Volksaufstand anzettelt, weil er behauptet, die Jungfrau Maria sei ihm erschienen! Und deswegen wagt Er es, mich in meinem Schlaf zu stören?! Es...“

Doch für den Hofmarschall gab es kein Halten mehr. Er trat einen energischen Schritt nach vorne und unterbrach den Bischof mitten in dessen Rede. „Exzellenz! Verzeiht mir, aber die Lage ist tatsächlich kritisch!“

„Kritisch? Lächerlich!“

„Ich habe Nachricht erhalten, dass sich mittlerweile tausende in Niklashausen eingefunden haben! Der Heilige Jüngling – verzeiht, aber so nennen sie ihn – predigt nicht nur gegen die weltliche Macht, nein“, Gebsattel schluckte trocken, „er versteigt sich inzwischen sogar dazu, auch den Heiligen Vater in Rom an den Pranger zu stellen!“

„Gegen den Heiligen Vater! Mir scheint, der Junge ist in der Tat nicht recht bei Sinnen. Höchste Zeit, dass mein lieber Amtsbruder in Mainz nun endlich die Initiative ergreift! Nicht, dass ansonsten noch eine Nachricht mit der Kunde nach Rom dringt, der zuständige Bischof ginge nicht gegen Spottreden vor, die sich am Heiligen Vater versündigen“, zeigte Rudolf von Scherenberg ein diabolisches Lächeln.

„Mainz! Von Mainz ist bislang noch nicht die mindeste Reaktion erfolgt! Aber das ist noch nicht alles! Ich habe heute hören müssen, dass die Bewegung immer mehr um sich greift und nun sogar schon Teile des Adels nach Niklashausen pilgern, um dem Jüngling ihre Verehrung zu bezeugen!“

Erstaunt runzelte der Bischof nun die Stirn. „Teile des Adels? Wer soll das denn sein? Welcher Freiherr und welcher Graf wird sein Haupt vor einem daher gelaufenen Hirtenjungen beugen? Unmöglich!“

„Kein Freiherr und kein Graf, in der Tat. Aber Edelleute wie Kunz von Thüngfeld und Michael von Thüngfeld. Ferner Ludwig von Stetten und Heinrich von Vestenberg. Um nur diejenigen zu nennen, deren Anwesenheit mein Kundschafter heute bemerkt hat. Und nicht nur deren Anwesenheit! Wie gesagt: Sie beugen ihre Knie vor diesem Jüngling!“

„Thüngfeld! Vestenberg!“ Scherenberg spuckte die Namen verächtlich aus seinem Mund. „Weiß Gott: die Creme des fränkischen Adels!“

„Natürlich, Exzellenz. Eure Einschätzung ist durchaus treffend! Üble Gesellen, die das Erbe ihrer Väter verspielt haben und es eigentlich gar nicht mehr wert sind, als Edelleute geführt zu werden. Aber dennoch: Auch sie rotten sich nun zusammen und erzeugen eine brandgefährliche Unruhe unter diesem verarmten Teil des niederen Adels. Sie schließen sich der Bewegung des Ketzers an. Selbstredend aus niederen Motiven heraus tun sie so, als seien sie aus eigener Erkenntnis auf die Seite des gemeinen Mannes gewechselt. Wobei sie sich in Wirklichkeit nur schadlos halten wollen und die dummen Leute für ihre eigenen Zwecke missbrauchen."

„Aber was wollen uns diese Trottel schon anhaben? Wollen sie sich etwa an die Spitze eines Heeres aus Dreschflegeln und Mistgabeln stellen? Diese jämmerlichen Gestalten? Niemals!" Der Bischof winkte müde ab. „Ihr macht Euch viel zu viele Gedanken um Leute, die es nicht wert sind, dass man sich mit ihnen beschäftigt! Leute, die wir zur gegebenen Zeit gebührend in ihre Schranken verweisen werden!"

„Verzeiht meine Gegenrede, Exzellenz. Aber Ihr solltet es nicht zu leicht nehmen! Sie können eine Massenbewegung auslösen mit ihrer Teilnahme – und dann: Gnade uns Gott!"

„Versündigt Euch nicht, Gebsattel! Und außerdem weiß ich sehr wohl, was ich sage. Egal, wie alt ich bin! Herr meiner Gedanken bin ich nichtsdestoweniger immer noch!" Der Bischof verschränkte die Arme vor der Brust und legte seine Stirn in kritische Falten. Ein sicheres Zeichen, dass er ab jetzt noch größere Vorsicht walten lassen musste, darin war sich der Hofmarschall im Klaren. Bei dem starrsinnigen alten Herrn konnte man schließlich nie ganz sicher vorhersagen, wie sich sein launisches Gemüt letztendlich entscheiden würde! Aber mit viel Geduld und vorsichtig zermürbender Gesprächsführung war es ihm doch noch immer gelungen, seinen Willen durchzusetzen und die seiner Meinung nach notwendige Handlungsfreiheit zu erlangen...

„Es stünde uns auf jeden Fall gut an, weiterhin eigene Erkundigungen einzuziehen und den verantwortungslosen Standesgenossen einmal etwas auf den Zahn zu fühlen, Exzellenz. Nur als Warnung, versteht sich. Denn bedenkt: Bei uns wird sich die Empörung, so sie denn stattfinden wird, zuallererst entladen. Denn Würzburg liegt weitaus näher am Taubertal als Mainz!"

Scherenberg wiegte nachdenklich den Kopf. Das Argument – der Hofmarschall registrierte es erleichtert – schien seine Wirkung nicht verfehlt zu haben. „Nun denn, Gebsattel: Dennoch wird sich Mainz bewegen müssen. Niklashausen liegt in deren Einzugsbereich – sollen sie die nötigen Schritte einleiten, so denn überhaupt welche als nötig erachtet werden. Wir aber machen uns unsere Hände nicht schmutzig. Soll dies doch mein lieber Amtsbruder tun, der mich so gerne darauf hinweist, dass er im Rang über mir steht. Soll er also getrost zeigen, wo er wirklich steht und was er zu vollbringen vermag!“

Enttäuscht biss sich sein Gegenüber auf die Lippen. Das war es nicht, was er zu hören erhofft hatte. Vorsichtig meldete Gebsattel sich ein weiteres Mal zu Wort. „Allerdings gebe ich noch ein Letztes zu bedenken, Exzellenz. In der Rede des verwirrten Hirten ist auch – mehrmals gleich – das Wort vom Höllenfürsten gefallen.“ Gebsattel setzte eine entsetzte Miene auf und bekreuzigte sich bei diesem Stichwort inbrünstig. „Der Höllenfürst, der die Menschen verführe und Elend, Not und Verzweiflung über sie bringe. Kurz danach hat er dann wieder und wieder von der Kirche, den Bischöfen und Fürsten gesprochen. Dann wieder vom Höllenfürsten. Entschuldigt meine kühnen Worte, aber hat er also damit nicht direkt Euch, den Fürstbischof gemeint und beim Namen genannt? Diese ständige Wiederholung: Höllenfürst – Bischof, ich fürchte, sie hat ihre Wirkung auf die einfachen Menschen nicht verfehlt...“

Die Wirkung seiner Worte auf Rudolf von Scherenberg war unverkennbar. Wie ein Menetekel schien der Begriff des Höllenfürsten in dem düsteren Schlafgemach hin- und herzuschwingen. Tatsächlich! Er hatte es geschafft! Scherenberg zeigte sich erstmals verstört und beunruhigt!

Es dauerte lange, bis der alte Mann wieder aufsah. Er schien einen Entschluss gefasst zu haben. „Nun gut, Gebsattel! Ihr habt mich überzeugt! Wir versuchen es ein letztes Mal in aller uns zu Gebote stehenden Güte. Sendet Boten aus nach Mainz und nach Wertheim. Heute Nacht noch! Und gebt ihnen unsere dringlichste Empfehlung mit auf den Weg, die Dinge nicht mehr länger treiben zu lassen. Lasst ihnen ausrichten, dass wir von ihnen Maßnahmen erwarten, die den rasenden Pöbel wieder zur Räson bringen. So schnell wie möglich. Eine solch deutliche Aufforderung müsste wohl genügen. Ein für alle Mal. Und damit lasst es gut sein! Ich bin müde – Ihr dürft Euch zurückziehen...“ Ohne eine Antwort seines Untergebenen abzuwarten, wandte sich Scherenberg um und zog die mit kostbaren Stickereien verzierte Bettdecke über seine Schultern.

21

„Jüngling, Heiliger Jüngling! Sprich mit mir! Erteile mir deinen Segen! Herr, Heiliger! Bitte! Lass mich dich berühren! Lass mich durch dich die ewige Gnade verspüren!" Der zerlumpte Mann in wohl mittlerem Alter breitete seine Arme aus und stürzte sich wie ein Besessener auf den blassen jungen Hirten, der gerade eben aus einer der hastig errichteten Hütten am Ortsrand von Niklashausen getreten war und unsicher in die Sonne blinzelte. Sekundenbruchteile später war es geschehen: Der Eiferer hatte den völlig überraschten Hans mit sich zu Boden gerissen und umklammerte ihn mit eisernem Griff.

„Ich umfasse dich. Ich spüre dich! Ich habe dich erreicht, heiliger Mann! Lass mich deine Gnade spüren für heute und für alle Zeiten!" Mit einer groben Handbewegung zerrte er an dem Leinenstoff des Hemdes und riss es auseinander. Nach einem weiteren raschen Griff ließ der Mann einen triumphierenden Jubellaut ertönen. „Ich habe es!" Euphorisch präsentierte er den staunenden Beobachtern dieser Szene einen Zipfel des Hemdes, mit dem er wild in der Luft herumwedelte.

„Was soll das? Lass ihn in Ruhe!" Voller Sorge waren Heinrich Schmied und Jörg Hahn dazu geeilt. Während Heinrich den Mann mit seinen Bärenkräften vom Boden riss, half Jörg dem entgeisterten jungen Hirten wieder auf die Beine. „Komm mit mir, Hans, ich werde dafür Sorge tragen, dass dies kein zweites Mal geschieht", nahm er den Jüngling behutsam in seine Arme und schob sich mit ihm durch die sich ehrfürchtig vor ihnen teilende Menge zur Marienkapelle hinüber.

„Und du? Worauf hast du es abgesehen, du elender Wurm?" packte Heinrich den anderen grob am Kragen. „Hast du etwa versucht, unserem Heiligen Jüngling ein Leid anzutun? Hast du ihm nach dem Leben getrachtet? Wer schickt dich? Was willst du? Antworte! Auf der Stelle!" Er rüttelte den Mann heftig, gerade so, als wolle er die Antwort aus dessen Mund herausschütteln. „Und was ist das da in deiner Hand? Weshalb hast du unserem Hans das Hemd zerrissen? Was bezweckst du mit dieser Tat? Rede – bevor ich dir den Kragen umdrehe, du elender Wicht!" Wieder packte

Heinrich heftig zu. Wer weiß, zu welchem Ende die Angelegenheit gekommen wäre, wenn ihm nicht in diesem Moment Trude in den Arm gefallen wäre und dem Schmied mit vorwurfsvollem Kopfschütteln Einhalt geboten hätte.

„Heinrich! Was machst du nur!“ Energisch schob sich die Gefährtin des Pfeifers zwischen die beiden Männer. „Du hörst die himmlische Botschaft und willst im selben Atemzug das Leben eines Menschen auslöschen? Und das ausgerechnet in Marias Namen?“

„Aber er hat ihn zu Boden gestoßen, den Hans. Und er hat seine Kleidung zerrissen! Sollte ich ihm etwa in aller Seelenruhe zuschauen und ihn gewähren lassen?“ Verwundert musterte der Schmied die junge Frau, die ihn dermaßen getadelt hatte.

„Nein, so habe ich es ja auch gar nicht gemeint“, gab Trude milde lächelnd zur Antwort. „Aber er hat es doch nicht böse gemeint mit dem Hans, nicht wahr?“ wandte sie sich nun an den Angreifer, der mit seligem Lächeln auf den Kleidungsfetzen stierte und sich nicht weiter um das Wortgefecht der beiden zu kümmern schien.

„Was machst du mit dem Stoff, Fremder? Sprich?“ versuchte es Trude ein weiteres Mal, während sie mit dem Zeigefinger auf den Leinenfetzen zeigte.

Der Mann zuckte zusammen und drückte sein Beutestück fest an seine Brust. „Das ist meines! Das gehört mir! Nur mir, ganz allein! Es ist vom Heiligen Jüngling! Er hat es an seinem Leib getragen! Es wird mir und meiner Familie ewiges Glück und Seligkeit verschaffen! Denn es ist vom Heiligen Jüngling, durch den die Muttergottes sich uns allen offenbart hat!“

Mit glückseligem Lächeln starrte der Mann ins Leere und schien die staunenden Menschen um sich herum gar nicht wahrzunehmen.

„Vom Heiligen Jüngling... Ewiges Glück...“ staunte Heinrich mit offenem Mund. „Also sieht er den Hemdfetzen als eine Art Reliquie an! Unglaublich!“

„Du hast wohl Recht“, nickte Trude, die sich von der Aussage des Mannes genauso verblüfft zeigte. „Daran hätte ich als Allerletztes gedacht! Dass es nun schon so weit kommt...“

Es dauerte eine geraume Weile, bis die junge Frau schließlich wiederum das Wort ergriff.

„Ich fürchte, es geht nicht so weiter wie bisher. Die Bewegung ist mittlerweile wie eine Woge über uns hereingeschwappt und droht uns alle mit sich fortzureißen. Wir müssen den Tatsachen ins Auge sehen. Hans ist nicht länger nur unser junger Hirte, dem das Wunder der Offenbarung Mariens widerfahren ist. Die Menschen betrachten ihn als ihren Heiligen! Als ihr Eigen! Ihr Ein und Alles! Sie lieben ihn! Sie verehren ihn! Und“, sie unterbrach sich kurz und fixierte den Schmied aus ernsten Augen. „Sie werden ihn umbringen – vor lauter Liebe und Zuneigung! Wir müssen ihn schützen, bevor die Dinge völlig aus dem Ruder laufen! Bedenke, wenn sich die Sache mit dem Stofffetzen herumspricht – und sie wird sich herumsprechen – dann werden die Massen kommen und ihm nicht mehr nur zuhören und mit ihm beten. Sie werden ihn regelrecht auseinanderreißen in ihrer grenzenlosen Begeisterung. Wir müssen ihn schützen, unseren Hans! Auch um seiner Gesundheit willen! Das wollte ich am heutigen Tag eh mit dir und Jörg Hahn besprechen. Das Leben von Hans ist an einen Punkt gekommen, an dem wir eingreifen müssen, wenn er uns erhalten bleiben soll. Wir alle! Die Leute lassen ihn nicht mehr ruhen! Sie kommen zu jeder Tages- und Nachtzeit zu uns und klopfen an unserer Tür! Und mein Hans ist der Letzte, der irgendeinen von ihnen zurückweisen oder auf später vertrösten würde. Nein!“ Trude schüttelte den Kopf, während ein leises Lächeln um ihre Züge spielte. „Nein, dazu ist er viel zu gut. Er liebt die Leute, er liebt sie alle! Zu keinem von ihnen wird er jemals Nein sagen. Niemanden wird er abweisen, der bei ihm anklopft. Aber“, sie deutete nach vorne, wo Hans schon wieder von einer Menschentraube umringt war und mit leiser Flüsterstimme zu ihnen sprach, während er seine Hände kraftlos über den Pilgern ausbreitete. „Da, sieh her, wie er ausschaut!“

„Er ist blass geworden in der letzten Zeit“, nickte Heinrich Schmied bestätigend. „Hat längst nicht mehr die dunkle Gesichtshaut, die man von einem Hirten wie ihm eigentlich kennt.“

„Du sagst es! Er schläft kaum noch, das ist es! Erst vorgestern, da habe ich ihn gerade noch rechtzeitig ergreifen können, als er zur Türe herein gewankt und zu Tode erschöpft in meine Arme gesunken ist!“ Sie hob hilflos die Achseln. „Aber du kannst es ihm nicht ausreden! Mein guter Hans lässt alle, die kommen, zu sich durch. Und wenn er sieht, dass jemand von ihm abgehalten wird, dann kann er rasend werden! Ihr habt es ja neulich selbst erlebt“, spielte Trude auf einen Zwischenfall vor wenigen Tagen an, als die beiden Männer versucht hatten, dem völlig erschöpften Jüngling eine Verschnaufpause zu verschaffen und die Menschen, die an seinen Lagerplatz gekommen waren weggeschickt und auf einen späteren Zeitpunkt vertröstet hatten. Kaum hatte Hans dies bemerkt, war er aufgesprungen und hatte seinen Beschützern heftige Vorwürfe in die Gesichter geschleudert. „Was tut ihr da?! Wer mich sucht und wer zu mir kommt, der wird von mir empfangen. Denn in mir trage ich die göttliche Botschaft: die Botschaft der Gnade und Versöhnung. Versündigt euch also nicht! Keiner darf abgewiesen werden! Lasst sie alle zu mir!“ So hatte er damals gesprochen. Trude nickte mit dem Kinn nach vorne zu der Menschenmenge. „Und dann ist es kein Wunder, dass er nur noch aus Haut und Knochen zu bestehen scheint. Er isst kaum noch! Hat keine Zeit. Er sagt mir, die göttliche Erleuchtung sei ihm Nahrung genug! Was soll ich da machen?“

Eine kurze Weile herrschte Schweigen, während die beiden nachdenklich auf die Pilgerschar starrten, aus deren Mitte wieder und wieder verzückte Rufe zu vernehmen waren, wenn es einer aus der Gruppe geschafft hatte, einen Zipfel der Kleidung ihres Heiligen Jünglings zu berühren.

„Es hat sich unglaublich gesteigert. Da hast du Recht! Seitdem Hans in seinen Reden immer deutlicher geworden ist und nicht mehr nur die kirchlichen Missstände, den Neid und die Hoffahrt anprangert, sondern auch die Ungerechtigkeiten der Herren gegen das gemeine Volk, seitdem sind auch die Menschen, die hierher zu uns kommen, nicht nur viel zahlreicher geworden, sondern wie mir scheint auch immer radikaler in ihren Worten und ihren Handlungen!“ Heinrich Schmied nickte langsam, bevor er mit gesenkter Stimme fortfuhr. „Da schau, Trude. Sie werden immer rasender, die Leute. Sie wollen den Hans unbedingt berühren! Sie sagen schon von ihm, er sei ein Heiliger!“

Im selben Moment fiel einer der Pilger, ein glatzköpfiger alter Bauer mit grauem Vollbart, vor Hans auf die Knie, hob die Arme in die Höhe und rief mit lauter Stimme über den ganzen Platz: „Oh du Mann Gottes, vom Himmel gesandt, erbarme dich unser!“ Dann sank der Mann in sich zusammen und umklammerte die Beine des jungen Hirten. „Wer dich und dein Kleid berühren darf, ist geweiht und geheiligt! Oh heiliger Jüngling, segne uns und schenke uns deine Gnade!“

Sorgenvoll legte Heinrich die Stirn in Falten. „Wir müssen Acht geben, Trude. Wenn solche Ereignisse vor den Bischof getragen werden, dann gnade uns Gott! Sie werden ihn als Ketzer brandmarken!“

„Als Ketzer?!“ Das Mädchen war bei diesem Wort zusammen gezuckt, als habe sie ein Fausthieb getroffen. Aus entsetzten Augen starrte sie in die ernste Miene des Schmiedes. „Aber... aber Hans sagt doch nur die Wahrheit! Er verkündet doch nur die göttliche Botschaft! Er ist doch kein Ketzer!“

„Für den Bischof ist es Ketzerei! Denk an die Waldenser...“

„Aber Hans ist kein Waldenser!“ unterbrach ihn Trude heftig. „Hans ist ein frommer junger Mann, dem sich die Jungfrau Maria offenbart hat! Und er predigt zu den Leuten ohne Eigennutz! Bis an den Rand der Erschöpfung. Er sagt, es sei ihm egal, wie es ihm geht, Es ginge um höhere Werte, es sei sein Auftrag und seine Pflicht, den Menschen die göttliche Botschaft zu übermitteln. Um einen neuen Himmel und eine neue Erde zu schaffen! Das ist doch keine Ketzerei!“

„Genau das ist es“, ertönte in diesem Augenblick eine Stimme hinter ihr. Überrascht und ärgerlich wandte sich das Mädchen um und erkannte Gottlob, den Pfarrer von Niklashausen, der unbemerkt von den beiden dazugetreten war und sich mit schüchternem Lächeln in den Wortwechsel eingemischt hatte.

„Ketzerei! Wie kannst du nur so etwas sagen, Gottlob! Ich dachte, du stehst auf Seiten von Hans!“ Zornige Blitze schienen aus ihren Augen zu sprühen. „Bislang wenigstens war es dir doch auch immer recht, was der Hans gepredigt hat! Und nun mit einem Mal wagst du es, ihn einen Ketzer zu nennen!“ Wütend stampfte sie auf dem Boden auf.

„Nicht ich, Trude!“ Gottlob spreizte abwehrend die Hände vor seiner Brust. „Nicht ich bin dieser Meinung, das darfst du mir ruhig glauben. Aber Heinrich hat Recht: Der Bischof wird es als Ketzerei brandmarken. So wie er es immer tut!“

„Was ist daran Ketzerei, sich auf Gottes Wort und die alte Ordnung zu berufen?!“

Der Pfarrer zog traurig die Mundwinkel herunter, als er antwortete. „Genau das, liebe Trude! Leider genau das, was du gerade gesagt hast! Sie führen den Namen Gottes auf den Lippen und haben sich in Wirklichkeit schon lange von unserem Herrgott abgewandt. Wer ihnen jedoch den Spiegel vorhält, der ist ein Ketzer und muss vernichtet werden. So ist das, leider..." Er unterbrach sich und schien kurz zu überlegen. Dann sah er auf und fixierte Trude aus ernsten Augen. „Verzeihe mir bitte. Aber ich möchte dich noch etwas fragen..."

Wieder stockte er und wartete auf eine Reaktion der jungen Frau, die das seltsame Verhalten des Pfarrers mit einem verwirrten Kopfschütteln quittierte. „Und was willst du wissen, Gottlob? Nur zu! Frage mich halt einfach..."

Gottlob räusperte sich verlegen. „Glaubt er... ich meine... ist es wirklich... hat Hans tatsächlich..." stotterte er und schien dabei förmlich um die richtigen Worte zu ringen. Dann fasste er sich ein Herz und sprach die Frage aus, die ihm seit langem auf der Seele lastete. „Ist das wirklich die Botschaft der Muttergottes, die der Hans da verbreitet? Hat sie es ihm tatsächlich so gesagt? Oder benützt Hans seine eigenen Worte, indem er meint, die Heilige Jungfrau so verstanden zu haben? Spricht die Heilige Jungfrau in diesen Momenten tatsächlich aus ihm?"

Entrüstet stemmte Trude ihre Hände in die Hüften. „Aber Gottlob! Wie kommst du zu solchen Reden? Natürlich ist es genau so, wie Hans es uns mitteilt! Wie kannst du nur daran zweifeln?!"

„Ich... ich...", versuchte der Pfarrer von neuem eine Erklärung. „Es ist nur so: Es hat sich allmählich zu einem regelrechten Flächenbrand ausgeweitet... und da... da habe ich..."

„Da hat der ungläubige Thomas gedacht, es könne ihm nun alles über den Kopf wachsen", wurde er von der jungen Frau vorwurfsvoll unterbrochen. „Solange sich alles im kleinen Rahmen bewegt, ist es gut und schön. Aber nun, wo plötzlich die Menschen aus allen Himmelsrichtungen zu uns strömen und die göttliche Botschaft begierig in sich hinein saugen, weil sie endlich die Wahrheit hören dürfen, da bekommt unser Pfarrer plötzlich kalte Füße!"

„Trude, nein! So ist es nicht! Es ist nur so... wenn man es recht bedenkt..." wieder suchte Gottlob krampfhaft nach den richtigen Worten. „Es ist ein Wunder, was da dem Hans widerfahren ist. Und es stellt sich dem einen oder anderen die Frage: Weshalb war es gerade Hans, dem sich die Heilige Jungfrau offenbart hat, weshalb…“

„Weshalb ist dieses Wunder nicht mit dir geschehen, das willst du doch sagen!“ lachte der Schmied amüsiert. „Wo du doch der Pfarrer bist und der Hans nur ein einfacher Hirtenjunge! Was also soll die Heilige Jungfrau damit bezweckt haben? Ob sie sich also wohl in der richtigen Person getäuscht hat?“

„Versündige dich nicht, Heinrich! So habe ich es nicht gemeint…“

„Wie denn? Dass sich der Hans das alles nur eingebildet hat etwa?“

„Und wie erklärst du dir dann die Worte, die aus seinem Mund strömen“, setzte Trude nach. „Worte, die ein einfacher Hirte nie und nimmer formulieren könnte. Was ja selbst unser Bruder Christian bestätigt hat, der im Übrigen keinen Zweifel an der Wahrhaftigkeit von Hans hegt!“

„Es war ja nur eine Frage“, murmelte der Pfarrer mit gesenktem Kopf. „Ihr habt sie mir überzeugend beantwortet – und damit gut! In der Tat sind es erstaunliche Erkenntnisse, die Hans vor uns allen ausgesprochen hat. Es ist gut! Ich habe gefragt und ihr habt geantwortet! Glaubt mir: Es war mir wichtig! Denn wir werden standhaft sein müssen in den nächsten Tagen! Und Standhaftigkeit gelingt nur aus einem festen Glauben heraus!“

„Nun denn!“ Der Schmied nickte zufrieden, während er seinen Arm versöhnlich um Gottlob legte. „Dann lasst uns all dem, was kommen wird, freudig begegnen. Und denkt an meine Worte: Die Kunde von der Befreiung des gemeinen Mannes dank der göttlichen Wahrheit wird die Erde erbeben lassen. Hans ist der Mittler der göttlichen Kunde. Er wird uns dank seiner Botschaft von der Knechtschaft befreien! Wir werden das Joch abschütteln! Ein für alle Mal! So wahr ich hier stehe!“

Mit begeisterter Inbrunst hieb er seine Pranke auf die Schulter des Pfarrers, der dadurch leicht in die Knie ging. Gottlob nickte seufzend. „Nun denn! Schauen wir also zuversichtlich in die Ferne. Ich hoffe, ihr seid auf alles gefasst, was uns die Zukunft bringen wird!“

22

„Was erzählst du mir da, du elender Wurm!“ Georg von Gebsattel, der Hofmarschall der bischöflichen Residenz, hatte Ungeheuerliches erfahren müssen. Ein Abgesandter des Rates der Stadt Würzburg war bei ihm erschienen und hatte dem wutentbrannten Hofbeamten die Mitteilung überbracht, dass der Rat beschlossen habe, künftig keinen Brückenzoll mehr für Pilger zu verlangen, die über den Main hinüber nach Niklashausen zum „Heiligen Jüngling“ ziehen wollten! Ja, so hatte sich der Mann ausgedrückt. „Zum Heiligen Jüngling“! Empört ballte Gebsattel die Fäuste. „Das ist Rebellion! Das ist der offene Aufruhr! Ich werde diese Maßnahme auf gar keinen Fall dulden! Sag das deinen Auftraggebern – und zwar rasch! Ich gebe ihnen Zeit bis heute Nachmittag, um ihre Entscheidung zurückzunehmen und sich bei uns für die Ungeheuerlichkeit zu entschuldigen, mit der sie unsere Ohren beleidigt haben! Hast du verstanden, Mann?!“ Er machte einen drohenden Schritt auf den unsicher blinzelnden Boten zu, der gleichwohl nicht vor ihm zurückwich.

„Entschuldigt, Herr, aber ich bin nur der Überbringer dieser Nachricht! Ich habe den Auftrag des Rates, mir von Euch bestätigen zu lassen, dass Ihr den Beschluss vernommen und seiner Exzellenz mitgeteilt habt. Hier ist der Beschluss des Rates der Stadt Würzburg, Herr!“ Damit streckte er dem Hofmarschall ein mit dem Siegel der Stadt versehenes Pergament entgegen. Unwirsch riss ihm Gebsattel das Dokument aus der Hand und stürmte an dem verdutzten Boten vorbei, direkt in die Privatgemächer des Bischofs.

„Exzellenz, es herrscht der offene Aufruhr! Der Rat der Stadt hat...“ Entgeistert stockte er mitten in seinem Satz. Dann wandte er sich rasch zur Seite, um peinlich berührt auf den Boden zu starren. In seiner wutentbrannten Eile hatte er gar nicht erst die Aufforderung abgewartet, das Zimmer zu betreten, nachdem er hastig an der Tür geklopft hatte. Und so war er mitten in ein Schäferstündchen geplatzt, das sich der offensichtlich wieder erholte Bischof an diesem Vormittag mit einem jungen drallen Mädchen gegönnt hatte. Erschrocken zuckte Rudolf von Scherenberg zusammen, während er geistesgegenwärtig die Kutte ergriff, um seine Blöße notdürftig zu bedecken.

Auch das halb nackte Mädchen raffte hastig die Kleider zusammen und flüchtete anschließend durch den Hinterausgang des Raumes, nicht ohne den verwirrten Hofmarschall zuvor noch mit einem koketten Augenzwinkern zu bedenken.

„Gebsattel! Wie könnt Ihr es wagen!“ zischte der Bischof ungehalten.

„Entschuldigt, Exzellenz. Ich konnte ja nicht ahnen...“ Verzweifelt suchte der Störenfried nach den passenden Formulierungen.

„Kein Wort mehr darüber! Verstanden?!“

Der Beamte nickte schuldbewusst und zog es vor, still zu verharren, bis sich die Erregung seines Oberhirten wieder gelegt hatte. Es dauerte eine Weile, bis sich der Bischof angekleidet hatte. Während dieser Zeit fiel kein Wort zwischen den beiden.

Schließlich war es so weit. Rudolf von Scherenberg baute sich direkt vor dem anderen auf und verschränkte die Arme vor der Brust, während er Gebsattel mit strengem Blick in sein Visier nahm. „So – und jetzt erzählt mir, was es so wichtiges gibt, um mich mitten im Dialog zu stören?! Sind Euch wieder einmal Eure schwachen Nerven durchgegangen, oder hat sich tatsächlich dermaßen Gravierendes ereignet, dass es keinerlei Aufschub dulden konnte?“

„In der Tat, Exzellenz. Die Dinge beginnen, aus dem Ruder zu laufen...“

„Die Dinge, die Dinge! Welche Dinge?“ schnaubte der Bischof.

„Es geht um die Vorkommnisse im Taubertal...“

„Im Taubertal!“ In gespielter Verzweiflung hielt sich Scherenberg die Hände vor das Gesicht. „Sagt nur, Ihr kommt mir wieder wegen dieses Schäfers daher! Ist denn der Spuk dort unten noch immer nicht vorbei?“

„Vorbei?!“ Der Hofmarschall schüttelte heftig seinen Kopf. Anscheinend wollte es der starrköpfige Alte einfach nicht begreifen, wie groß die Gefahr sich mittlerweile darstellte, die von dem kleinen Dorf im Taubertal ausging. „Es wird immer schlimmer! Nicht nur, dass an die zehntausend Menschen in den Wäldern und auf den Wiesen rund um Niklashausen campieren und auch so viele die Predigten ihres Heiligen Jünglings besuchen, wie sie ihn nennen...“

„Zehntausend!“ staunte der Bischof nun doch. „Das klingt ja, als redet Ihr vom Heiligen Vater in Rom!“

„Es ist aber das Taubertal! Und es ist dieser verwirrte Schäfer, der mit seinem Gerede von der Muttergottes, die ihm erschienen sei, die Massen anzieht! Wie ein Lauffeuer hat sich die Kunde von dem Wunder von Niklashausen im ganzen Land herumgesprochen, Exzellenz. Zehntausend sind schon da, tausende werden noch kommen! Die Leute lassen einfach alle Arbeit stehen und liegen und ziehen in Scharen zu diesem angeblichen Marienwunder. Ihr könnt es euch nicht vorstellen, wie viele bereits nach Niklashausen zu ihrem Heiligen Jüngling unterwegs sind! Und täglich werden es mehr! Selbst im Tal der Altmühl sind die Leute schon losgezogen und haben kein Verbot mehr beachtet. Ich habe am heutigen Morgen beispielsweise Nachricht darüber erhalten, dass sich der Generalvikar von Eichstätt den dummen Bauern, die sich als Wallfahrer ausgeben, in den Weg gestellt und ihnen verboten hat, nach Niklashausen zu ziehen. Aber sie haben ihn nur ausgelacht und beiseite geschoben. Er hat es dann mit einigen von seinen Leuten ein zweites Mal versucht, sie von ihrem ketzerischen Tun abzubringen. Doch die Bauern haben nur gelacht. Er hat in seiner Not einen Prügel ergriffen und sich der Spitze des Zuges mutig direkt in den Weg gestellt und jedem Prügel angedroht, der auch nur noch einen Schritt weitergehen würde...“

„Mutig, mutig, das muss man ihm lassen!“ nickte der Bischof anerkennend.

„Doch was ist dann geschehen, Herr? Die Bauern haben einfach seinen Stock ergriffen und ihn damit selbst durchgeklopft, bis er halb tot von den Schlägen auf dem Boden gelegen hat. Danach sind sie lachend weitergezogen!“

„Das ist in der Tat verwerflich!“ Scherenberg verzog missmutig die Mundwinkel.

„Verwerflich? Es ist ein Teil des offenen Aufruhrs, der uns droht und den ich Euch zu schildern mich bemühe! Es ist ein Flächenbrand entstanden, glaubt mir, Exzellenz!“

„Ein Flächenbrand!“ Der Bischof wiegte skeptisch den Kopf. Nach wie vor schien er nicht von der Gefahr überzeugt, die ihm Gebsattel darzulegen versuchte. „Ein Ärgernis, ja. Aber Aufruhr? Rebellion? Ich weiß nicht...“

„Es ist Rebellion“, beharrte dieser auf seiner Feststellung. „Die Massen sind dermaßen groß, dass sie die Straßen verstopfen, die Brücken bevölkern und es den Fuhrleuten mit ihren Wagen beinahe unmöglich machen, zu deren Zielen zu gelangen. Und jetzt, jetzt kommt das allerschlimmste, Exzellenz!" Der Hofmarschall holte noch einmal tief Atem, um seinen folgenden Worten den nötigen Nachdruck zu verleihen. „Sie zahlen keine Zölle mehr. Sie können gehen und machen was sie wollen, selbst die Städte liegen diesen Verblendeten mittlerweile zu Füßen. Gerade eben hat mich ein Bote des Rates unserer Stadt Würzburg von der unerhörten Tatsache unterrichtet, dass die Stadt gedenkt, künftig auf den Brückenzoll über die große Mainbrücke zu verzichten! Nur für Pilger freilich! Pilger nach Niklashausen, wohlgemerkt! Zum Heiligen Jüngling!" Er spuckte die Bezeichnung förmlich aus seinem Mund und musterte die Miene des Bischofs mit besorgter Neugierde. Spätestens diese Nachricht musste den unbekümmerten alten Mann doch endlich wachrütteln! Spätestens jetzt musste Scherenberg einschreiten! Das konnte sich ein geistlicher Würdenträger doch nicht einfach gefallen lassen, dass man die dummen Bauern, die im religiösen Fieberwahn in dieses elende Nest im Taubertal strömten, als Pilger bezeichnete und sie so den frommen Menschen gleichsetzte, die hunderte von Kilometern auf sich nahmen, um an die heiligen Stätten der Christenheit zu wallfahren um dort im stillen Gebet den Herrgott zu loben und zu preisen. „Exzellenz, verzeiht mir: Aber das ist Ketzerei! Das ist Aufruhr! Wie kann man diese Bauerntölpel mit frommen christlichen Pilgern auf eine Stufe stellen?! Wenn das ungestraft so durchgehen kann, dann haben wir die offene Rebellion! Dann wird das oberste zuunterst gekehrt werden! Glaubt es mir!" Immer mehr hatte sich Gebsattel wieder in Rage geredet, denn eine Reaktion seines Bischofs war bislang ausgeblieben. Keine Empörung, kein Kopfschütteln, kein erstaunter Ausruf ob der Ungeheuerlichkeiten, die ihm da gerade vorgetragen worden waren!

Nein, im Gegenteil! Jetzt begann der Alte auch noch zu lächeln! Milde zu lächeln! „Ach, die dummen Bürger! Lasst sie doch ihren Visionen nachrennen und ihren Hoffnungen und Wünschen Ausdruck geben! Der anschließende Katzenjammer wird groß genug sein! Wenn sie ihre letzten Münzen verbraucht haben, wenn das Korn auf ihren Feldern vom Unkraut überwuchert ist, wenn sich der Hunger meldet und der verrückte Hirte immer noch dieselben Sprüche von sich gibt. Und wenn sich das untere eben doch nicht nach oben gekehrt hat... Dann erst werden sie merken, dass ihr Weg der falsche war. Reumütig werden sie umkehren und tugendsamer leben, als zuvor. Glaubt es mir, Gebsattel: Diese Bewegung wird in sich selbst zusammenfallen und wirkungslos verpuffen. Man muss nur die nötige Geduld dafür aufbringen und warten können. Warten! Sie werden später klaglos die neuen Steuern akzeptieren, die wir ihnen zumuten – aus Strafe für ihr gottloses Tun und Treiben. Aus Scham und Furcht vor unserer Strafe, aus Bewunderung für unsere Milde! Ja, genauso wird es kommen: Und alle Aufregung wird vergebens gewesen sein..."

„Exzellenz! Entschuldigt, aber ich bin da anderer Ansicht! Bei allem Respekt, Eurer Erfahrung und Euren Argumenten gegenüber: Die Furcht in mir wächst von Stunde zu Stunde, denn selbst einer unserer Reisigen hat kürzlich ein Liedlein auf den Lippen geführt, das mir das Blut in den Adern hat gefrieren lassen. Sie haben es schon geschafft, ihre Saat selbst hier, an diesem heiligen Ort, aufgehen zu lassen! Sie scheuen keine Sünde!"

„Ein Liedlein hat Euch in Rage gebracht?" Wieder lächelte der Bischof nachsichtig und milde – sehr zum wachsenden Unmut seines Untergebenen.

„Ein Lied, das der Pfeifer von Niklashausen, dieser verrückte Heilige Jüngling, wie sie in nennen, anscheinend selbst gedichtet hat! Einer meiner Kundschafter hat es mir bestätigt, dass es sich um einen Vers handelt, den sie im Taubertal beständig auf den Lippen tragen!"

„Und wie lautet er, Euer gotteslästerlicher Vers?" Immer noch dieses nachsichtige Lächeln!

Der Hofmarschall schluckte schwer. „Herr, verzeiht mir... wollt Ihr es wirklich hören?"

„Aber natürlich! Wie sonst könnte ich dessen Inhalt beurteilen?!"

„Nun gut!" Gebsattel bekreuzigte sich schaudernd. „Es geht so: Wir wollen Gott vom Himmel klagen – und dann fügen sie tatsächlich ein kyrie eleyson ein, dass wir die Pfaffen nicht zu Tode sollen schlagen, und wieder kyrie eleyson!"

„Hmm! Und solches führt einer meiner Männer auf den Lippen?" Voller Erstaunen schürzte Rudolf von Scherenberg die Lippen.

„In der Tat, Exzellenz!"

„Das ist nun wirklich des Guten zu viel! Man muss ihn bestrafen! Schwer bestrafen für solche Spottreden"

„Euer Einverständnis vorausgesetz, Herr: Es ist schon geschehen. Aus diesem Munde wird jedenfalls keine Gotteslästerung mehr dringen!" warf sich der Hofmarschall in die Brust.

„Ihr habt ihm die Zunge herausschneiden lassen?"

„So ist es, Exzellenz!" verkündete der Gefragte stolz.

„Gut so! Man muss ihnen wehren, wenn sie sich dermaßen an der heiligen Ordnung versündigen. Und dies sei ein Lied, sagt Ihr, das von diesem verwirrten Jüngling selbst gedichtet und verbreitet worden ist?!"

„Ihr sagt es! Der Knecht soll als Herr fungieren, der Herr als Knecht, und falls die Geistlichkeit dazu nicht ihren Segen gibt, dann soll man die Priester eben erschlagen wie räudige Hunde, das ist der Inhalt dieser Zeilen – der Sünder, den ich ertappt habe, hat es uns unter der Folter preisgegeben! Es war allerdings die letzte Gotteslästerung, die aus seinem Munde gedrungen ist", setzte er mit spöttischem Lächeln noch hinzu. „Immer und immer wieder geht es gegen die heilige Mutter Kirche, gegen deren angeblichen Prunk und Luxus!"

„Wo doch gerade ich selbst Verordnungen gegen die Prunksucht bei Hochzeiten und Kindstaufen erlassen habe!" ereiferte sich der alte Bischof.

Jetzt also hatte er den wunden Punkt seines Gebieters gefunden. An dieser Stelle war selbst der gutmütige Scherenberg offensichtlich verletzbar. Schnell in der Wunde nachbohren!

„Er lässt sich als Heiliger feiern! Als wahrer Prophet und Verkünder der göttlichen Botschaft! Als Mittler der Worte Mariens – im direkten Gegensatz zu Euch, ausgerechnet zu Euch, dem Hüter und Bewahrer des Andenkens der heiligen Jungfrau von Franken!"

Der Bischof schüttelte unwillig seinen Kopf: „Das geht nun in der Tat zu weit! Nun gut: Ihr werdet also – wenn schon mein verehrter Amtsbruder in Mainz seine Hände in Unschuld und Untätigkeit ruhen lässt – einen Boten zum Pfarrer von Niklashausen senden. Mit der strengen bischöflichen Ermahnung an diesen Priester, dem gottlosen Tun und Treiben in seiner Gemeinde sofort ein rasches Ende zu bereiten!"

„Eine Ermahnung? Herr entschuldigt, aber das wird nicht genügen!"

„Es muss genügen! Mehr steht nicht in unserer Macht! Und eine Auseinandersetzung mit Mainz wegen dieses verblendeten Schäfers muss nicht sein. Nein", Scherenberg beschrieb eine eindeutige Handbewegung. „Eine Ermahnung muss genügen. Dazuhin sendet meinetwegen noch einen Boten an den Grafen von Wertheim! Soll der gefälligst eingreifen wegen der Umtriebe in seinem weltlichen Territorium!"

„Er wird es aber nicht tun! Das hat er mir bereits zweimal ausrichten lassen – dass er nicht daran denkt, einzugreifen. Es seien kirchliche Angelegenheiten, die hier auf den Kopf gestellt würden, also habe auch die Kirche dafür zu sorgen, dass die Dinge wieder ins Lot geraten!"

In den Augen des Bischofs blitzte es gefährlich auf. „Das heißt, Ihr habt schon zweimal einen Vorstoß bei ihm unternommen – gegen meinen ausdrücklichen Wunsch?"

Gebsattel zuckte innerlich zusammen, schaffte es aber, sich nichts davon anmerken zu lassen. „Ich habe ihn lediglich auf die Umtriebe hingewiesen, Exzellenz", warf er sich mit Demutsmiene in die Brust.

„Nun, wie auch immer. Tatsache ist also, dass sich der Graf die Finger nicht schmutzig machen will, sondern Mainz und unsere Diözese gegeneinander ausspielen will. Ein auf den ersten Blick schlauer Schachzug, denn er ist dann der lachende Dritte dabei. Wir werden uns dieses infame Spiel merken müssen. Spätestens dann, wenn der Kaiser das nächste Mal bei uns absteigt, werden wir geeignete Worte finden, um das ungebührliche Verhalten seines Lehensmannes an den Pranger zu stellen. Und der Kaiser wird mir eine zufrieden stellende Antwort geben müssen, wenn er mich weiterhin auf seiner Seite sehen will!"

Es war wieder einmal eine Situation eingetreten, in der Gebsattel staunend zur Kenntnis nahm, wie gefährlich es wäre, den Bischof als alten kränklichen Mann zu unterschätzen. Nein, im Gegenteil: Bei dieser Aussage schimmerte wieder einmal etwas von dem schlauen Fuchs durch. Von dem diplomatischen Geschick, mit dem sich Rudolf von Scherenberg zielstrebig die Karriereleiter hochgearbeitet hatte – bis er es zum Erstaunen aller schließlich geschafft hatte, den Thron des Bischofs von Würzburg zu besteigen. Auch Kaiser Friedrich III. wusste natürlich von den zahlreichen

Verbindungen, die in den Händen des Bischofs zusammenliefen. Weshalb sonst hatte er Rudolf von Scherenberg vor zwei Jahren gleich zweimal hintereinander aufgesucht, vorgeblich um den Beistand des Bistums gegen die Türkengefahr zu erbitten (was ja aber einer puren Selbstverständlichkeit gleichkam), in Wirklichkeit jedoch ging es darum, eine Allianz gegen Herzog Karl den Kühnen von Burgund zu schmieden. Dieser aufstrebende und durchaus eigenwillige Adlige nämlich galt dem Kaiser schon seit Jahren als gefährlicher Ehrgeizling, dessen unerhörter Reichtum ein Übriges tat, um sich die Unterstützung des einen oder anderen finanzklammen Adligen zu sichern. Jahrelang hatte Karl dem Ansinnen des Kaisers widerstanden, dessen Sohn Maximilian seine Tochter Maria zur Frau zu geben. Ein diplomatischer Kniff, mit dem sich der Kaiser eine enge Bindung des Burgunders an das Haus Habsburg ausrechnete – von der enormen Mitgift der Prinzessin ganz zu schweigen!

„Ich fürchte, Exzellenz, der Kaiser wird sich künftig mit Besuchen eher zurückhalten", gab Gebsattel zu bedenken.

„Wie kommt Ihr darauf?"

„Nun, es ist mir zu Ohren gekommen, dass die Sache mit der Heirat mittlerweile verabredet ist – im nächsten Jahr soll die Trauung stattfinden. Kein Grund also mehr für Kaiser Friedrich, Euch um Mithilfe und Beistand zu bitten..."

Scherenberg wiegte nachdenklich den Kopf. „Wer weiß. So wie ich die Habsburger kenne, werden sie auch die burgundische Mitgift im wahrsten Sinn des Wortes schnell verpulvert haben. Und dann gilt es, neue Geldquellen zu erschließen, bei deren Suche mein Rat dann sicherlich wieder gerne gesucht wird. Wie auch immer: Schickt also nochmals einen Boten an Wertheim, dieses Mal jedoch mit der dringenden Aufforderung, die Umtriebe seines Hirten zu beenden."

Der Hofmarschall verneigte sich leicht. „Wie Ihr befehlt, Exzellenz. Obwohl ich auch dieses Mal nicht auf eine zufriedenstellende Antwort hoffe. Ich fürchte, wir müssen die Angelegenheit selbst in die Hand nehmen und..."

„Ich habe mich deutlich ausgedrückt!" fiel ihm Scherenberg scharf ins Wort. „Ich wünsche, dass meine Anordnung nunmehr wortgetreu ausgeführt wird. Ein Bote geht also nach Wertheim, ein weiterer nach Mainz – und meinetwegen lasst Ihr einen unserer Gefolgsleute nach Niklashausen reiten, um den dortigen Pfarrer nachdrücklich zu ermahnen und an seine Pflichten zu erinnern. Auch wenn dies eigentlich die Aufgabe meines Amtsbruders wäre. Eine Ermahnung, mehr nicht – habt Ihr verstanden?“

Gebsattel nickte demutsvoll. „Wie Ihr befehlt, Exzellenz!“ Er würde mit den geeigneten Mitteln dafür Sorge tragen, dass der Dorfpfarrer die „Ermahnung“ nicht so schnell vergessen würde!

23

Mit einem gequälten Seufzer erhob sich der blasse junge Mann von seinem Hocker, auf dem er scheinbar regungslos den Bericht des Pfarrers zur Kenntnis genommen hatte. Fast schien es Trude und den beiden Männern, die sich auch heute wieder zum Schutz von Hans Böhm an der Wallfahrtskapelle eingefunden hatten, dass der Schäfer mit seinen Gedanken in weite Ferne entrückt sei und die Worte des Pfarrers gar nicht in sein Bewusstsein drangen. Kaum jedoch hatte Gottlob mit dem Hinweis geendet, dass ihm die Abgesandten des Bischofs von Würzburg ganz unverhüllt damit gedroht hatten, ihn wegen Unterstützung der Ketzerei auf den Scheiterhaufen zu werfen, war das Leben in Hans zurückgeströmt.

„Was tun sie nur alles im Namen unseres Herrgotts", schüttelte er bitter das Haupt mit den strähnigen blonden Haaren. „Wie können sie es wagen, dich und mich als Ketzer zu brandmarken, wo sie es doch sind, die sich vom rechten Pfad abgewandt haben und ein gottloses Leben führen?"

Ohne eine Antwort abzuwarten, marschierte Hans mit energischen Schritten zu dem hölzernen Podest, das ihm die Bauern von Niklashausen für seine Predigten inzwischen gezimmert hatten. Und kaum hatte er sein Podium betreten, da brandete auch schon frenetischer Jubel aus tausenden von Kehlen auf. Schon vor Stunden hatten sich die Menschen hier vor der Kapelle eingefunden, um einen günstigen Platz für sich zu erkämpfen, von dem aus sie das gnadenspendende Antlitz des Heiligen Jünglings erblicken konnten – wenn sie es schon nicht schafften, ihn zu berühren. Tausende und Abertausende waren es, die geduldig in der Hitze dieses Frühsommertages ausgeharrt hatten, um die tröstliche Botschaft Mariens aus dem Mund des Heiligen Jünglings zu vernehmen. Um zu hören, dass die Herren im Unrecht waren! Dass es nicht Gottes Wille sei, das gemeine Volk in Unfreiheit und Knechtschaft zu pressen. Dass die Herren den Willen Gottes ins Gegenteil verkehrt hätten.

Hans Böhm hob langsam seinen Kopf und blickte ernst über die riesige Masse an Menschen, die erwartungsvoll auf seine Lippen starrten. Wer konnte sie noch zählen, die Pilger, die voller Hoffnung und Zuversicht hierher geströmt waren, um der wahren göttlichen Botschaft zu lauschen. Der Botschaft, die ihm durch die Heilige Jungfrau Maria eröffnet worden war. Kaum hatte Hans mit der Andeutung einer Handbewegung deutlich gemacht, dass er nunmehr mit seiner Predigt beginnen werde, verstummte der Jubel und die Hochrufe augenblicklich. Eine unwirkliche, erwartungsvolle Stille legte sich über den Platz. Eine Stille, die alle Geräusche zu ersticken schien. Und das bei dieser Anzahl von Menschen! Eine heilige Stille!

„Schaut auf dieses heilige, unschuldige Bild der Muttergottes!" begann Hans mit rauer Stimme. „Es ist der Hort des Trostes und der Zuversicht! Es ist der Ort Mariens, die sich mir, dem einfachen Mann aus dem Volk, offenbart hat und mich dazu bestimmt hat, euch die göttliche Botschaft zu überbringen. So lautet mein Auftrag! Nichts anderes tue ich! Ich bin der Mund und die Stimme. Die Wahrheit jedoch, die ihr aus meinem Munde vernehmt, sie kommt nicht von mir. Es ist die göttliche Wahrheit unserer Heiligen Jungfrau Maria, die durch mich spricht!"

Wieder brandete bei diesen Worten Jubel auf. Die vorne am Podest stehenden Pilger sanken auf die Knie und senkten ihre Köpfe. Hochrufe ertönten: „Gelobt sei die Jungfrau Maria! Gepriesen der Heilige Jüngling, durch den sie spricht!"

Hans breitete beschwichtigend die Arme aus und augenblicklich verstummten die Menschen wieder.

„Die Priester sagen, ich sei ein Ketzer, sie wollen mich verbrennen. Wüssten sie, was ein Ketzer ist, dann würden sie aber erkennen, dass sie selbst Ketzer sind und ich keiner.

Wenn sie mich aber verbrennen, wehe ihnen: Dann werden sie merken, was sie getan haben und genau das wird sich an ihnen rächen. Sie drohen euch, wie ich gehört habe, mit der Exkommunikation, mit dem Fegefeuer und der ewigen Verdammnis, wenn ihr zu mir kommt? Es gibt kein Fegefeuer, es gibt nur die göttliche Gnade durch unsere Jungfrau Maria. Sie haben keine Macht mehr über uns und auch kein Recht, über uns zu richten. Wir werden nunmehr über sie richten: Es kommt die Zeit, da man alle Priester töten wird. Und wer ihrer 30 tötet, der hat ein großes Verdienst. Die Priester haben keine Macht von Gott. Man wird dann, wenn wir aufstehen, gar keinen Pfaffen und keinen Mönch mehr finden. Denn sie werden ihre Platte bedecken mit der Hand, dass wir sie nicht erkennen sollen. Ich will eher einen Juden bessern als einen Pfaffen, denn die Paffen sind in ihrer Habgier schlimmer als die Juden. Auch mit dem Papst ist es nichts, genauso wenig wie mit dem Bischof, ob in Würzburg oder Mainz!"

Atemlos hatten die Wallfahrer diese Worte vernommen. Entsetzt hatte der eine oder andere die Hände vor den Mund geschlagen. Die verlogenen Pfaffen, die furchtsam ihr geschorenes Haar bedecken würden, vernichten? Den Papst, den Bischof, die Kardinäle als gottlose Gesellen zu brandmarken? Dermaßen deutlich hatte sich der Heilige Jüngling noch nie geäußert!

Doch unbeirrt von den Reaktionen in der Menge fuhr Hans in seiner Anklage fort. „Wozu brauchen sie in der Stadt Köln mehr als 20 Kirchen und 100 Kapellen? Sie werden nicht frömmer dadurch! Ihr seid heute hierher gekommen, an eurer Zahl genauso viele, wie die Stadt Köln an Einwohnern in ihren Mauern beherbergt! Und wie viele Kirchen, wie viele Kapellen brauchen wir? Nur diese eine, diese Einzige, denn nur hier, am Ort ihres wundertätigen Gnadenbildes spricht die Heilige Jungfrau zu uns und spendet uns Trost und Linderung unserer Leiden. Nicht die Anzahl an Kirchen ist es, die zur ewigen Glückseligkeit führt, nicht der frömmlerische Besuch von Gottesdiensten! Nicht an ihren Worten, sondern an ihren Taten sollt ihr sie messen, spricht der Herr! Denkt an die als heilig verehrten Reliquien, mit denen die gottlosen Geschäftemacher durch die Lande ziehen. Splitter vom Kreuz Christi, das Blut der Heiligen, Haare, Knochen, Kleidungsstücke – alles verkaufen sie euch und behaupten, es wohnten wundertätige Kräfte in diesem zusammengestohlenen nutzlosen Plunder. Weshalb habe ich Kenntnis erhalten von einem Adelsmann, der zehntausend Reliquien sein Eigen nennt? Wozu braucht ein einzelner Mensch so viele Reliquien? Weshalb hat derselbe Mensch – höret und staunet – Ablassbriefe für zwei Millionen Jahre angesammelt? Meint er, sich damit das ewige Leben erkauft zu haben? Und weshalb gibt er diese angeblich wundertätigen Heiligtümer nicht weiter, an euch, an uns – das Volk? Ist unser Leben denn weniger wert, als das eines Adligen Herren, der ein gottloses Leben führt? Lasst uns singen, gemeinsam singen, das Lied von Adam und Eva, das Lied, das uns davon berichtet, wie alles begann..."

Kaum hatte er dieses Stichwort genannt, fielen die Wallfahrer begeistert ein. Ein riesiger Chor, wie ihn das Tal noch nie erlebt hatte, ließ die Erde beben und die tief aufgewühlten Menschen in ihrem Innersten erzittern. Wie eine alles mit sich hinwegspülende Woge schien das einfache Lied die Sorgen und Nöte aus den Herzen der Frauen und Männer davonzuschwemmen.

„Als Adam reut und Eva spann,
wo war denn da der Edelmann?
Wie stünd es jetzt denn in der Welt
hätt Adam nicht gebaut das Feld,
mit Hacken nährt sich anfangs der,
von dem die Fürsten kommen her.
Magd, hol Wein,
Knecht, schenk ein.
Edelmann, trink aus
Bauer zahls – dem Schmalzhafen ist der Boden aus!"

Und noch einmal wiederholten sie die ersten beiden Verse – wie Donnergrollen hallten die Worte weit in das Land hinein: „Als Adam reut und Eva spann, wo war denn da der Edelmann?"

24

„Es ist... es ist, Exzellenz, Herr – es ist... unbeschreiblich!“ Mit sich vor Abscheu und Entsetzen überschlagender Stimme begann der Beauftragte des bischöflichen Hofmarschalls, der von diesem zur ernsten Ermahnung des Pfarrers von Niklashausen ins Taubertal gesandt worden war, mit seinem Bericht. Dicke Schweißperlen tropften von seiner Stirn auf den Boden, so sehr hatte sich der Mann beeilt, um seinen Auftraggebern Kunde von dem skandalösen Treiben zu geben.

„Jetzt beruhige dich, Mann, und erzähle uns, was du gehört und gesehen hast“, trommelte Rudolf von Scherenberg ungeduldig mit seinen Fingern auf die marmorne Tischplatte, hinter der er gerade sein Abendmahl hatte zu sich nehmen wollen, als der schweißüberströmte Reiter zusammen mit dem Hofmarschall in den Raum gestürmt war. Ausgerechnet jetzt, wo es ihm allmählich wieder besser ging und er sich endlich wieder auf den von seinem Leibkoch prächtig zubereiteten Fasan gefreut hatte, ausgerechnet in diesem Moment mussten die beiden hereinplatzen und ihn beim Essen stören. Wieder solch ein übertrieben nervöser Zeitgenosse wie der ewig misstrauische und krankhaft besorgte Gebsattel. Es wäre allmählich an der Zeit, sich nach einem gelasseneren Beamten umzuschauen. Aber eines nach dem anderen.

„Also, was gibt es so wichtiges, dass du mich beim Essen aufsuchst? Berichte!“

Der erschöpfte Reiter schluckte schwer. Dann aber fasste er sich ein Herz und begann zu erzählen. Immer mehr, immer fließender, immer schneller. „Herr, Exzellenz! Es sind ihrer zehntausende, die auf den Wiesen und in den Wäldern campieren. Die in großen Scharen kommen und die Straßen und Brücken verstopfen. Die mitten in ihrer Arbeit alles stehen und liegen lassen, um nach Niklashausen zu wallfahren, wie sie es nennen. Längst schon gibt es in diesem Dorf nicht genügend Hütten für diese Masse an Leuten. Immer mehr Hütten werden rasch zusammengebaut, geflochten aus Ästen und Schilf. Die Menschen werden versorgt von eigens erschienenen Marketendern. Es ist ein Bild wie man es kennt von einem riesigen Heerlager, nur dass in diesem Fall nicht die Soldaten, sondern die Bauerntölpel die

Wiesen bevölkern. Sie schlafen des Nachts zusammen in den Wäldern, campieren nebeneinander, Männlein wie Weiblein, und nicht nur nebeneinander, nein auch miteinander haben sie ihr Lager! Sodom und Gomorrha! Und keiner weit und breit, der diese unzüchtigen Handlungen zu unterbinden versucht! Nicht der Pfarrer, nicht der Einsiedler, der dort selbst ja in einer Höhle zu hausen pflegt, nicht der Herr des Gebietes. Aber nein, es kommt noch schlimmer. Viel schlimmer noch: Der Heilige Jüngling vollzieht bereits Wunderheilungen. Von überall her kommen die Kranken und die Gebrechlichen – nun, da sich die Kunde von seinen Wunderheilungen herumgesprochen hat wie ein Lauffeuer!"

„Wunderheilungen? Was sind das für merkwürdige Gerüchte?"

„Keine Gerüchte, Herr! Zumindest verbreiten es die Menschen all überall! So hat mir persönlich ein Mann davon berichtet, dass der Jüngling Ertrunkene wieder zum Leben erweckt habe. Man habe die Toten zu ihm gebracht – und plötzlich hätten sie sich erhoben und wären lebendig gewesen wie eh und je. Gelähmte hätten nach dem Besuch der Predigt – verzeiht Exzellenz, aber als solche bezeichnen sie die Reden des Pfeifers von Niklashausen – wieder gehen können. Blinde wären zu Sehenden geworden und – ich muss es Euch berichten – selbst der taubstumme Stallbursche Eures Amtsbruders von Eichstätt habe sich aufgemacht ins Taubertal. Seitdem könne er reden und die Stimmen der anderen vernehmen. So wurde mir allüberall berichtet. Und schon versteigen sich welche, ihn einen neuen Jesus Christus zu nennen!"

„Das ist Gotteslästerung!", hieb der Bischof seine Faust wütend auf die Tischplatte.

„Ihr sagt es, Exzellenz. Aber die Menschen scheinen wie irrsinnig. Niemand darf es mehr wagen, an der Kraft der Worte des Hirten zu zweifeln. Auch riesige Geldgeschenke werden ihm dargebracht, Schmuck, kostbare Kleidung, Gold und Silber – alles haben die Leute abgelegt, um nicht länger der Eitelkeit und der Hoffahrt anheim zu fallen. Und alles bringen sie ihm dar. Ihr solltet die Wachskerzen in der Kapelle sehen, Exzellenz: Sie sind gespickt wie die Igel mit Gold und Silbermünzen, mit Hellern und mit Schillingen!"

„Und all das vom armen geknechteten Bauernvolk, das doch vom Adel an den Bettelstab gebracht worden ist, wie sie nicht müde werden, es wieder und wieder zu behaupten!“ Rudolf von Scherenberg schüttelte missmutig den Kopf. „Münzen und Taler bringen sie einem verrückten jungen Hirten dar – und erheben ein gewaltiges Gezeter, wenn sie in unseren Kirchen opfern oder die uns zustehenden Steuern und Abgaben bezahlen sollen!“

Der Bote machte eine verneinende Handbewegung. „Es sind beileibe nicht nur die einfachen Bauern, Exzellenz, die da kommen. Immer mehr Bürgersleute und Adlige mischen sich in die Menge. Vermögende Kaufleute, Handwerker, ja selbst Priester und Mönche habe ich gesehen. So wie diesen Mönch aus der Höhle, der die Geldspenden für den Hirten entgegen nimmt und für diesen, der ja noch nicht einmal des Lesens und Rechnens kundig ist, verwaltet, wie er sich ausdrückt!“

„Verwaltet wofür?“

Während der Reiter ratlos mit den Schultern zuckte, mischte sich der bislang wie unbeteiligt neben ihm stehende Gebsattel in das Gespräch. „Um einen Aufstand vorzubereiten! Um Spieße und andere Waffen zu kaufen. Um Landsknechte bezahlen zu können...“

„Hmm!“ Der Bischof legte seine Stirn in ernste Falten. Unwirsch schob er den silbernen Teller beiseite. Der Appetit war ihm angesichts dieser Nachrichten gründlich vergangen. Erstmals schien Rudolf von Scherenberg ernstlich beunruhigt – was sein Hofmarschall befriedigt zur Kenntnis nahm.

Es entstand eine lange Pause. Der Bischof schien angestrengt zu überlegen. Schließlich hob er den Kopf und fixierte seinen Beamten mit entschlossenem Blick. „Es mag sein, dass Ihr mit Euren Befürchtungen doch nicht gänzlich daneben lagt, Gebsattel. Vielleicht haben wir den Dingen tatsächlich zu lange ihren Lauf gelassen. Höchste Zeit aber nun, das gottlose Treiben zu beenden. Noch heute sendet Ihr einen Boten aus nach Mainz und schlagt dem Kurfürst eine rasche Zusammenkunft vor. Am besten auf halbem Wege, in Aschaffenburg. Wir müssen uns beeilen, um die Dinge nicht völlig aus dem Ruder laufen zu lassen. Und lasst dem Erzbischof ausrichten, dass wir notfalls auch auf eigene Faust handeln werden, denn es ist Gefahr in Verzug! Allerdings“, er senkte seine Stimme, „auch das muss bedacht werden: Ein offener Angriff wird zu nichts führen, als zur offenen Rebellion. Es ist zu bedenken, welch andere Maßnahmen wir ergreifen können, um den Mund des Gotteslästerers zu stopfen! Ach ja: Eine weitere nunmehr dringende Aufforderung an Wertheim, endlich zu handeln, kann trotz allem ebenfalls nicht schaden!“

„Wie Ihr befehlt, Exzellenz“, verneigte sich Gebsattel demütig. Endlich! Endlich würde er das Heft des Handelns in die Hand bekommen. Das Treffen in Aschaffenburg musste umgehend stattfinden. Und hoffentlich zeitigte es ein eindeutiges Ergebnis!

25

Staunend standen die Einwohner von Niklashausen vor ihren Hütten und betrachteten den nicht abreißen wollenden Zug der Pilger durch ihr Dorf in Richtung auf die Marienkapelle zu, wo sich schon tausende von jubelnden Menschen versammelt hatten. Kranke, Lahme, Blinde, Taube und Gesunde, eine bunte Mixtur von Wallfahrern, die alle nur sehnsüchtig auf einen zu warten schienen: auf den Heiligen Jüngling. Auf Hans Böhm, den einfachen jungen Hirten, durch den die Jungfrau Maria sich den Menschen offenbarte und der sie mit seiner Rede von Krankheit, Beschwernis und dem Joch der Knechtschaft befreien würde. Darin waren sich alle einig. Sie würden es erleben, sie würden die Predigt des Heiligen Jüngling segensreich auf sich einwirken lassen und so zur ewigen Gnade und Barmherzigkeit gelangen. Aber halt: Was war das mit einem Mal für eine Aufregung? Ganz vorne, fast direkt an dem hölzernen Podest, von dem herunter der Pfeiferhans seine Marienbotschaften verkündete, dort schienen die Dinge aus dem Lot zu geraten. Wo sonst im stummen Gebet erstarrte Pilger andächtig auf die Knie fielen, schien plötzlich Streit und Zwietracht zu herrschen! Menschen, die sich auf dem staubigen Boden des Platzes balgten! Was war geschehen?

Besorgt versuchten die Bewohner des Dorfes, näher an den Ort des Geschehens heran zu rücken. Dem Heiligen Jüngling zu Hilfe zu kommen, falls dieser Hilfe benötigte! Hatte es womöglich also doch der Graf von Wertheim oder der Mainzer Bischof gewagt, seine Häscher auszusenden, um ihren Hans als Ketzer dingfest zu machen? Nie und nimmer würden sie das geschehen lassen! Lieber wollten sie sich bei Gefahr für ihr eigenes Leben vor die Hufe der Pferde werfen, als den Hans dem Strafgericht der Inquisition auszuliefern! Niemals!

Doch so schnell die Aufregung auch entstanden war, so rasch verebbte sie wieder in der Masse. „Was geschehen ist?“ Um Jörg Hahns Lippen spielte ein leises Lächeln, als er den Dorfbewohnern Kunde von den Ereignissen brachte, die sich unmittelbar vor seinen Füßen zugetragen hatten. Es war sein Freund Heinrich Schmied gewesen, der die Unruhe ausgelöst hatte. Kurz nachdem Hans seine erste von drei Predigten an diesem Tag vollendet hatte, war ihm ein Mann ins Blickfeld geraten, dessen Gesicht er schon mehrfach gesehen hatte. Aber wo? Natürlich: Es handelte sich um den seltsamen Menschen, der die Einwohner von Niklashausen mit den merkwürdigsten Fragen konfrontiert hatte. Der sie nach den Lebensgewohnheiten des jungen Schäfers befragt und Erkundigungen über dessen enge Freunde und Bekannte eingezogen hatte. Der anschließend auf sein heimlich im Wald verborgenes Reittier gestiegen und in wildem Galopp davon gestoben war. Ein merkwürdiger Geselle –-mit noch merkwürdigeren Fragen. Und nun war er wieder da: der Spion des Bischofs! Um niemand anderen konnte es sich handeln!

Und so hatte Heinrich Schmied blitzschnell zugegriffen und den völlig überraschten Mann in seinen eisenharten Würgegriff genommen. Es hatte nicht lange gedauert, bis dieser ihm seinen Verdacht bestätigt hatte. Er sei in der Tat als Kundschafter des Bischofs von Würzburg ins Taubertal geschickt worden, um die seltsamen Umtriebe zu beobachten, von denen man Kenntnis erhalten habe. Ja, er sei mit dem Auftrag gekommen, sich alles genauestens zu merken und den Bischof auch über die Art der Predigt zu informieren, wie sich der junge Hirte den Wallfahrern präsentierte. Freilich gab es für den Kundschafter auch gar keinen anderen Ausweg, als all dies zu gestehen. Denn widrigenfalls, so hatte ihm der Schmied mit grimmiger Miene ins entsetzte Antlitz geschleudert, würde er halt noch ein bisschen fester zudrücken und damit zu seinem großen Bedauern das letzte Quäntchen Luft aus dem Blasebalg drücken.

Kaum also hatte der Spion gestanden, da hatte sich die aufgebrachte Menge an die beiden herangedrängt. „Hängt ihn an den nächsten Ast!" „Ein Spion!" „Wir wollen ihn baumeln sehen!"

Hätte der durch die zornigen Rufe alarmierte Hans Böhm nicht geistesgegenwärtig die Lage erfasst, und wäre er nicht augenblicklich wieder auf sein Podium gestiegen, um die rasenden Leute zu beruhigen, der Kundschafter hätte sein Leben – dies erzählte er noch Jahre später – an diesem Vormittag in Niklashausen ausgehaucht.

Aber Hans war energisch dazwischen gegangen. „Lasst ab von ihm! Es gibt keine Gewalt an diesem heiligen Ort! Schickt ihn nach Hause!"

Nur widerstrebend ließen sich die Leute zurückdrängen. Erste Unmutsäußerungen drangen zu dem Hirten hoch. Doch Hans ließ sich nicht beirren. „Lasst ab von ihm und schickt ihn zu seinem Bischof! Er möge ihm die Grüße der Heiligen Muttergottes überbringen und genauestens berichten von dem Wunder, das sich tagtäglich hier an dieser weihevollen Stätte ereignet!“ Die Menschen nickten. So hatten sie die Dinge bisher nicht betrachtet. Aber der Heilige Jüngling hatte Recht! Sollte der Bischof doch ruhig erfahren, wie sich die göttliche Wahrheit tatsächlich darstellte. Und schließlich setzte Hans noch lautstark einen Satz hinzu, der im euphorischen Jubel der Menge verebbte: „Soll er ihn doch einladen in meinem, in unser aller Namen, zu uns nach Niklashausen zu wallfahren, und demütig mit uns Einkehr halten bei der Muttergottes, die auch ihn durch meine Hände segnen wird!“

Mit panischem Blick bahnte sich der Spion einen Weg durch die Menge, die den davonhetzenden Mann mit manch spöttischem Kommentar bedachte. Er würde es seinem Auftraggeber ausrichten, alles ausrichten. Die Grüße, die hämischen Bemerkungen, die gotteslästerlichen Flüche in Richtung der Kurie und – dies vor allen Dingen – die rebellische Stimmung, von der die Menge ergriffen war. Von dem drohenden Aufstand, der die fest gefügte Ordnung in ihren Grundfesten erschüttern würde. Denn er hatte es ganz genau gehört: Die Nachricht von der Schlacht bei Murten, in der die aufsässigen Schweizer kürzlich den Kaiser geschlagen hatten! Den Kaiser!

Auch der anschließend an diese Nachricht ausgebrochene Jubelsturm würde ihm noch lange in den Ohren klingen. Die lauten Rufe, die Verwünschungen, die nicht enden wollenden Hochrufe auf die mutigen Schweizer! Hochrufe auf Bauern! Auf einfache elende Bauern – hier wie dort! Und was hatten sie nicht alles an gotteslästerlichen Ausrufen über den Platz geschmettert: „Wir brauchen keinen Kaiser und wir brauchen keinen König. Keinen Herzog, keinen Grafen, keinen Fürsten. Wenn es schon die Schweizer geschafft haben, sich siegreich gegen den Kaiser zu stellen und ihn nach Hause geschickt haben wie einen geprügelten Hund! Dann wird es auch uns gelingen, habt keine Sorge! Hört und staunt über die Botschaft, welche uns soeben erreicht hat: Die tapferen Schweizer haben Kunde von uns erhalten und sind bereits, wie man berichtet, im Anmarsch, um uns beiseite zu stehen und uns zu helfen! Schlagt sie tot, die Adligen! Die Unterdrücker, die

Gottlosen, die Plagen dieser Erde!“ Es war Rebellion, offener Aufruhr, eindeutig! Ein Flächenbrand, der sich nun mit rasender Geschwindigkeit über das Land verbreiten würde! Darin war sich der Kundschafter sicher. Er würde den Auftrag wahrheitsgetreu ausführen, den ihm der merkwürdige Jüngling mit auf den Weg gegeben hatte, als sie ihn unter dem Gejohle und den Verwünschungen der Menge wieder freigelassen hatten. „Berichte deinem Bischof, was du gesehen hast. Von Menschen, die nach dem wahren Wort Gottes lechzen. Von Menschen, die bereit sind zur Buße und zur Umkehr!“

Nun ja, etwas anders würde er sich freilich ausdrücken müssen, das war klar. Aber eigentlich ging es sowieso nur um einen einzigen Hinweis – und dieser, darüber war sich der Mann im Klaren, musste den ganzen Marienberg in helle Aufregung versetzen. Es waren die in die Zukunft gerichteten Worte des Hirten, die wie Donnerhall über den Platz schallten und von der Menge mit begeistertem Applaus aufgenommen worden waren. Die Einladung zu der großen Wallfahrt am kommenden Samstag schon, am St. Margretentag, dem 13. Juli. Nicht am Sonntag, wie sonst üblich, nein, schon am Samstag. Erstaunlich! Also ganz sicher etwas ganz Besonderes, was es da offenbar zu verkünden galt!

Die größte Wallfahrt sollte es werden, die das Land jemals gesehen hatte. Zigtausende würden erscheinen, aus allen Himmelsrichtungen würden sie kommen. Und anlässlich dieses feierlichen Ereignisses würde der Heilige Jüngling eine ganz besondere göttliche Botschaft verkünden. So hatte er sich ganz am Ende seiner Predigt ausgedrückt. Hatte in Rätseln gesprochen. Hatte die Anspannung unter den Wallfahrern bis ins Unerträgliche gesteigert. Doch um welche Botschaft es sich handeln würde, nein, darüber hatte er mit der Andeutung eines geheimnisvollen Lächelns geschwiegen. Geschwiegen wie ein Grab! Bis er sich nach zahlreichen flehenden Zurufen dazu herabgelassen hatte, doch noch etwas zu sagen. Es handle sich lediglich um drei Worte, die er ihnen am nächsten Sonntag mitzuteilen habe. Drei Worte – mehr nicht! Dann war er von seinem Podest gestiegen, umringt von seinen Getreuen. Und dann hatten sie ihn, den Kundschafter, ja urplötzlich ergriffen...

Doch trotz seiner Todesangst war dem Mann nicht verborgen geblieben, wie sich die plötzliche Erkenntnis in der Masse der Wallfahrer ausbreitete und rasend schnell von Mund zu Mund getragen wurde. Die drei Worte und deren mutmaßliche Bedeutung. Was anders als „Auf nach Würzburg!" würde ihnen der Heilige Jüngling entgegenrufen! Auf nach Würzburg, hoch zum Marienberg, zur höchsten Stätte der Verehrung ihrer Heiligen Jungfrau Maria – wohin sonst?! Und sie würden sich in Bewegung setzen, alle. Am liebsten schon heute. Aber nein, der fromme Hirte hatte sie gebeten, seine Predigt am St. Margretentag noch abzuwarten. Erst dann war es der erklärte Wille des Herrgotts, dass sie losmarschierten und den Bischof auf dem Marienberg zum Teufel jagten. Noch eine knappe Woche Geduld – eine ganze Woche noch.

Immerhin, sie würden die Zeit nutzen und es allen mitteilen – und alle würden sich dann in Marsch setzen. Tausende! Zehntausende! Wenn nicht noch mehr! Ein einziger riesiger Lindwurm! Auf nach Würzburg – wie anders konnte die Botschaft lauten, die sie am St. Margretentag empfangen würden. Der Kundschafter war sich völlig sicher: Dies würde genügen. Nun würde der Bischof handeln. Nein, er musste vielmehr handeln, wenn ihm Leib und Leben lieb war. Der ach so mild gestimmte Scherenberg, nun würde selbst er energisch darauf drängen, dem wirren Spiel des Pöbels ein rasches Ende zu bereiten. Der Mann sollte sich mit seiner Einschätzung nicht täuschen...

26

„Hans! In Gottes und Mariens Namen! Ich bitte dich: Höre auf meine Worte!“ Verzweifelt rang Bruder Christian seine Hände und schickte einen flehentlichen Blick zu Trude, der jungen Gefährtin des Pfeiferhans, hinüber. „Trude, sage du es ihm doch bitte! Erkläre ihm, wie groß die Gefahr ist, in der er sich befindet! Bitte!“

Seit geraumer Zeit versuchte der Einsiedler mit stetig wachsender Sorge, dem Hirten die Gefahr vor Augen zu führen, in der sich dieser ganz offenkundig befand. Es war beunruhigende Kunde bei ihm eingegangen. Kunde von Vorgängen in Würzburg. Und kaum waren sie ihm zu Ohren gekommen, war Bruder Christian zu der Hütte neben der Marienkapelle geeilt, die man vor einiger Zeit für Hans und Trude hier errichtet hatte. Doch auch das Mädchen zuckte mit den Schultern und deutete vielsagend auf Hans, in dessen Ermessen sie ihr gemeinsames Schicksal längst gelegt hatte. „Ich kann nicht weiter in ihn dringen, Christian. Wenn mein Hans meint, es sei besser zu bleiben, dann bleiben wir. Wenn er meint, dass es an der Zeit sei zu gehen, dann werde ich mit ihm aufbrechen – wohin er auch reisen wird. Die Entscheidung liegt allein bei ihm, das heißt vielmehr bei der Heiligen Jungfrau, die durch ihn spricht und ihn auf all seinen Wegen sicher leiten wird“, fügte sie mit inbrünstiger Überzeugung noch hinzu.

Bruder Christian schüttelte energisch den Kopf mit dem dichten grauen Vollbart. „Aber nein, das dürft ihr so nicht sehen! Ich habe sichere Kunde aus Würzburg erhalten, dass sich dort etwas Übles zusammenbraut. Sie haben die Reiterei in Alarmzustand versetzt und werden sich in kürzester Zeit aufmachen, um in Niklashausen für Ordnung zu sorgen, wie sie sich ausdrücken!“

„Für Ordnung zu sorgen“, schnaubte Trude empört. „Als ob ihre bisherige Handlungsweise die Richtige gewesen wäre, wo man einen Menschen einfach zu Tode jagen durfte, wenn es sich bloß um einen elenden Bauern gehandelt hat, so wie meinen Vater!“

„Trude! Es ist jetzt nicht die Zeit für Auseinandersetzungen! Glaubt mir: Es ist Gefahr im Verzug! Höchste Gefahr für uns alle. Ein Gewährsmann hat mir davon berichtet, dass kürzlich in Aschaffenburg ein Treffen stattgefunden hat, mit den Abgesandten der Bischöfe von Mainz und von Würzburg. Schon dort hat die Würzburger Seite die Mainzer heftig bedrängt, endlich gegen uns vorzugehen. Mainz war zwar noch zögerlich, wie mir gesagt wurde, hat aber den Würzburgern freie Hand bei einem eventuellen Alleingang gelassen. Und dieser Alleingang steht nun unmittelbar bevor. Es ist plötzlich nicht nur dieser Scharfmacher von Hofmarschall, der unserer Bewegung ein Ende bereiten will, nein, auch Bischof Scherenberg hat unseren Hans nun öffentlich zum Ketzer erklärt. Er hat die Weisung ausgegeben, Hans zu ergreifen! Hans! Hörst du meine Worte? Wir müssen fliehen! Auf der Stelle!" Er rüttelte den jungen Mann, der sich bislang mit keiner einzigen Silbe an dem Gespräch beteiligt hatte, heftig am Arm. „Wach auf, Hans! Lass uns fliehen, solange uns noch Zeit dazu bleibt!"

Langsam hob der Jüngling seinen Kopf und bedachte den beunruhigten Mönch mit einem verklärten und gleichzeitig mitleidsvollen Lächeln. „Ach Christian, was zweifelst du denn? Es kann mir nichts geschehen, denn aus mir spricht die Heilige Jungfrau! Was ist mein Vergehen? Dass ich das Wort Gottes auf meinen Lippen trage?! Nein, sie werden es nicht wagen, sich an mir zu vergehen. Sie werden kommen und vor mir auf die Knie sinken! Die Kraft meiner Botschaft wird sie in den Staub zwingen! Lass sie ruhig zu mir kommen – ich werde auch ihnen die tröstliche Kunde und den Segen der Muttergottes erteilen!"

„Hans!" Voller Verzweiflung ballte der Mönch die Fäuste. „Sie werden sich nicht um deine Worte scheren! Die Gottlosen werden kommen und dich ergreifen!"

Doch Hans war nicht umzustimmen. „Oh ewige Zweifler! Glaubt ihr also in Wahrheit doch nicht an die Kraft meiner Botschaft. Ich bin es, der die göttliche Wahrheit verkündet. Und wer solches tut, der ist sicher vor allem irdischen Neid und Zwietracht! Welcher Bischof wird es wagen, sich gegen das Wort Gottes zu stellen?"

„Scherenberg! Scherenberg wird es tun! So glaub mir doch, Hans!" Panik hatte Bruder Christian ergriffen. Weshalb war es nicht möglich, Hans von der Gefahr zu überzeugen, die sich unaufhaltsam auf diesen zu bewegte? „Denk doch an den Waldenser, der neulich vor deinen eigenen Augen zu

Tode geprügelt worden ist, obwohl er das Wort Gottes auf den Lippen geführt hat! Oder denke an die Katharer, von denen ich dir erzählt habe. Auch sie haben dieselben Wahrheiten gepredigt wie du, auch sie haben ein keusches und gottesfürchtiges Leben gelebt und dennoch sind sie ausgerottet worden: Verbrannt, erstochen und gehängt! Ausgelöscht, vernichtet ausgerechnet im Namen des Herrn. Menschen, die zum wahren Glauben zurückgefunden hatten, einfach niedergemetzelt im Namen Gottes und der Kirche! Frauen und Kinder, auf ihren in den Himmel ragenden Burgen! Selbst in den Kirchen, in die sie sich geflüchtet hatten, sind zehntausende von ihnen umgekommen – in einem riesigen Blutbad abgeschlachtet worden!"

Es war sinnlos! Seine drängenden Worte schienen bei Hans wirkungslos zu verpuffen. Wieder lächelte der junge Mann nachsichtig. „Über mir wacht die Heilige Jungfrau. Mir wird kein Leid geschehen. Sei unbesorgt, armer Bruder!"

„Dann gib uns wenigstens dein Einverständnis, dass wir eine Wache vor deinem Haus postieren!"

„Was sollen diese Wachen bewirken? Sie halten die lechzenden Pilger von meinen trostspendenden Worten fern! Nein! Lasst die Menschen zu mir kommen, wenn sie meiner bedürfen. Sorge dich nicht um mein Leben – es liegt in Gottes Hand!"

Bruder Christian atmete schwer, dann erhob er sich langsam und suchte Trudes Blick. „Und du, Trude? Du denkst also wie er?"

Die junge Frau nickte stumm und legte ihre rechte Hand auf die Schulter ihres Gefährten.

„Nun gut!" Christian schluckte den harten Kloß mühsam hinunter, der ihm den Hals zuzuschnüren schien. „Dann soll es so sein. Dann bleibe auch ich – genauso wie Bruder Gottlob im Übrigen: Auch er hat sein Schicksal in deine Hände gelegt, Hans. Lass uns also voller Zuversicht den Dingen entgegen sehen, die da kommen werden, und sie gemeinsam bestehen! Oder miteinander vereint untergehen..." setzte er kaum hörbar noch hinzu. Grußlos und in ernste Gedanken versunken verließ er die Hütte.

27

Es geschah mitten in der Nacht des 12. Juli 1476: wenige Stunden vor der angekündigten Predigt des Heiligen Jünglings am St. Margretentag, in der dieser die drei Worte verkünden wollte, die für Angst, Euphorie und Aufregung gleichermaßen gesorgt hatten, noch ehe sie überhaupt ausgesprochen worden waren. Blitzschnell war eine Truppe von insgesamt 34 bewaffneten Reitern in wildem Galopp durch das schlafende Dorf geprescht und hatte vor der Hütte am Ortsrand Halt gemacht. Mit einem kräftigen Tritt war die Tür zerschmettert worden und die Beauftragten des Fürstbischofs von Würzburg waren mit blank gezogenen Säbeln eingedrungen. Ehe die arglosen Schläfer auch nur zum Ansatz einer Gegenwehr in der Lage gewesen wären, war Hans bereits aus dem Bett und nach draußen gestoßen worden. Lediglich Trude schaffte es durch zwei wütende Tritte gegen das Schienbein des Soldaten, der sie festgehalten hatte, sich aus dessen Griff zu befreien. Erleichtert durch die Tatsache, dass die Aufmerksamkeit der übrigen in erster Linie dem jungen Hirten gegolten hatte, gelangte sie durch die Hintertür ins Freie. Mit lauter Stimme rief sie um Hilfe. Verstörte und verschlafene Stimmen meldeten sich zu Wort. Die Stimmen der zahlreichen Pilger, die seit dem späten Abend hier auf dem freien Feld campierten, um am Morgen die erwartete hoffnungsvolle Botschaft auf keinen Fall zu verpassen.

„Was ist denn los?“

„Wer schreit denn hier mitten in der Nacht?“

„Ist etwas geschehen?“

„Gebt endlich Ruhe! Wir wollen schlafen!“

Jetzt wurden die ersten Fackeln an das spärlich glimmende Lagerfeuer gehalten, und kurz danach beleuchteten sie eine gespenstische Szenerie.

Die Reiter hatten es in Windeseile geschafft, den mittlerweile heftig zappelnden Hans auf ein zu diesem Zweck mitgeführtes Pferd zu binden. Völlig nackt! Mit dem Bauch nach unten!

Eine verzweifelte Stimme gellte durch die Nacht. „Hilfe, zu Hilfe!“ Hans! Die Stimme von Hans!

„Der Heilige Jüngling!“
„Er ruft um Hilfe!“
„Was ist denn bloß geschehen?!“
Während die Wallfahrer verstört und verwirrt auf das unerklärliche Treiben starrten, das sich nur schemenhaft erkennbar vor ihren Augen abspielte, eilten zwei Männer herbei, die sich laut rufend ihren Weg durch die Menge bahnten.
„Hilfe, Jörg! Hierher: Hilfe H...“ Ein ersticktes Gurgeln war das letzte, was sie von Hans in dieser Nacht hörten. Der Knebel, den ihm einer der Soldaten grob in den Mund gestopft hatte, brachte Hans zum verstummen und schien ihm die Luft in der Kehle abzuschnüren. Immer mehr wich die Kraft aus seinem fest auf das Pferd gebundenen Körper, bis sich eine gnädige Ohnmacht über ihn breitete. Erst Stunden später sollte er wieder zu Bewusstsein gelangen.
„Lasst ihn frei!“
„Lasst ihn sofort frei!“ Es waren die Stimmen von Jörg Hahn und Heinrich Schmied, die wie durch dichten Nebel an die Ohren der verzweifelt kratzenden und beißenden Trude gelangten. Auch Bruder Christian konnte sie schemenhaft wahrnehmen, während sie einen neuerlich harten Tritt gegen das Schienbein eines Soldaten führte. Wie Felsen in der Brandung schienen sich Jörg und Heinrich beharrlich durch die Übermacht der bischöflichen Reiter zu kämpfen. Dank ihrer durch Wut und Zorn noch gesteigerten Bärenkräfte schienen sie die Soldaten tatsächlich auseinander treiben zu können. Vor allem Heinrich Schmied kämpfte wie ein Löwe und stand nun kurz davor, das Pferd, auf das sie Hans gebunden hatten, beim Zügel zu packen.
In diesem Augenblick erscholl ein lautstarkes Kommando. „Aufsitzen! Sofort Aufsitzen und mir nach!“ Mit seinem Säbel fuchtelte der Offizier drohend in die Menge. „Wer lechzt danach, Bekanntschaft mit meiner Waffe zu machen? Er kann es haben!“ rief er in die zurückweichende verstörte Masse der Pilger hinein, die sich nach wie vor keinen Reim auf das sonderbare Geschehen machen konnten.
Rasch folgten die Reiter dem Befehl ihres Anführers und drückten ihren Pferden hart die Sporen in die Flanken. Mit wildem Gewieher schossen die

Tiere nach vorne. Ohne auf die Menschen Rücksicht zu nehmen, die sich vor den Hufen der Pferde zur Seite warfen, galoppierten die Soldaten davon.

„Halt! So entkommt ihr uns nicht!“ Dem Ausruf des Schmieds folgte der panische Todesschrei eines Pferdes, der Fluch eines Soldaten und der laute Warnruf des Offiziers, der mit wutverzerrtem Gesicht direkt auf Heinrich zupreschte. Im Bruchteil einer Sekunde holte er aus und hieb mit seinem Säbel auf die Schulter des Schmieds, der aufstöhnend zu Boden sank. „Das hast du nun davon, du elender Wurm. Deine Hand gegen die Reiter des Bischofs von Würzburg zu erheben. Ich habe mir deine Fratze gemerkt! Wir werden uns wiedersehen, und du wirst die Rechnung begleichen! Hinter mich aufgesessen!“ rief er anschließend dem Soldaten zu, dessen Pferd Heinrich erstochen hatte, und der gerade unter dem Leib des Tieres hervorgekrochen war. Mit einem schnellen Satz sprang der Mann hinter seinem Anführer auf dessen Pferd. Wenige Augenblicke später waren die Reiter samt ihrem Opfer in der Dunkelheit verschwunden. Nur der eilige Hufschlag der Pferde ließ sich noch eine Zeit lang vernehmen.

„Aus, alles aus!“ Hoffnungslos starrte Bruder Christian ins Leere, während er die heftig schluchzende Trude mit beiden Armen an seinen Oberkörper drückte. „Warum nur hat er mir nicht geglaubt? Warum nur? Warum...“ Doch auf seine Frage würde er nie eine Antwort erhalten... Nie mehr...

28

Unbarmherzig hallten die Schläge durch sein gepeinigtes Gehirn. Wieder und wieder ließ der Henkersknecht die Peitsche auf den gemarterten Leib seines Opfers herunterknallen. Dumpfe Explosionen schienen seinen Schädel auseinander zu reißen. Wie ein nicht enden wollender Messerstich raste der bohrende Schmerz durch sein Bewusstsein. Dazu ließen die Folterknechte nicht ab von ihm: An sämtlichen Gliedmaßen schüttelten und zogen sie den wehrlosen Mann, dem sie einen schmutzigen Knebel in den Mund gestopft hatten, der ihn zu ersticken drohte. Das unablässige Ziehen und Schaukeln, das gleichmäßige Klappern, dieses Schwanken, diese Atemnot... Der Mann keuchte verzweifelt, doch mehr als ein dumpfes Stöhnen drang nicht aus seiner Kehle. Plötzlich jedoch dröhnte ein lauter Ruf durch seine Ohren. „Halt! Er ist aufgewacht!“

Augenblicklich endeten die Schaukelbewegungen. Vorsichtig öffnete der Mann die Augen. Er blinzelte unsicher, doch es war nicht das Geringste zu erkennen. War er etwa blind? Hatte ihm einer der Häscher die Augen ausgestochen? Hatten sie schon erste Rache an ihm genommen? Mit angsterfüllter Panik versuchte er, seine Lider zu ertasten. Vergeblich! Sie hatten ihm die Hände fest an den Leib gebunden! Sie? Um wen handelte es sich bei diesen Leuten, und wie war er in diese Lage geraten? Allmählich strömte das Bewusstsein in Hans zurück. Die Erinnerung an den nächtlichen Überfall! Das Geräusch der zersplitternden Tür, die harten Schritte der Soldatenstiefel, der zitternde Schein der Fackeln, die Schreie, die groben Hände, die sich in sein Fleisch gegraben hatten, die verzweifelten Rufe von Trude! Der Schlag! Die Ohnmacht! Er war ohnmächtig geworden. War von den Männern entführt worden, geblendet womöglich – und jetzt, jetzt wollten sie ihn ersticken! Waren es die Beauftragten des Bischofs? Hatte Bruder Christian also doch Recht behalten mit seiner Warnung? Aber was sollten sie ihm schon anhaben: Die Heilige Jungfrau würde ihre Hand schützend über ihn halten. Niemals würde sie zulassen, dass man ihm, dem jungen Hirten, durch dessen Mund sie sich offenbarte, ein Leid antun würde. Nun gut, es handelte sich um eine Prüfung. Eine Prüfung, die er zu bestehen hatte. Und selbst wenn sie ihn geblendet hatten – das Licht der Erkenntnis würde doppelt so hell in ihm aufleuchten! Nur nicht an seiner Bestimmung zweifeln! Eine Prüfung! Und er, Hans Böhm, würde sie bestehen. Auch als Blinder konnte man segensreich das Wort Gottes verkünden! Inbrünstiger noch als zuvor! Wenn nur dieser Knebel in seinem Mund nicht wäre, der ihm mehr und mehr die Luft abschnürte. Immer flacher, immer panischer wurden seine Atemzüge. Schweiß brach aus seinen Poren, gleich würde er wieder in die Ohnmacht zurückfallen. Vielleicht auch direkt zur ewigen Glückseligkeit gelangen? Vielleicht heute schon für immer Platz nehmen an der Seite der Muttergottes?

„Er ist aufgewacht! Schaut, wie er versucht zu zappeln und um Atem ringt! Wo ihm doch der göttliche Odem eingehaucht worden ist! Schnappt ganz irdisch nach Luft!" Der Mann lachte dröhnend und packte anschließend grob nach dem Haarschopf des Überfallenen. Er riss den Kopf des Hirten nach oben und musterte den jungen Mann forschend. Der Schmerz bohrte sich Hans von der Kopfhaut bis in das Rückgrat, doch selbst ein Schmerzensschrei war nicht möglich. Wieder drang lediglich ein ersticktes Stöhnen hinter dem Knebel hervor, während Hans den unangenehmen Mundgeruch in seiner Nase wahrnahm, den sein Peiniger verströmte – ein in der beginnenden Morgendämmerung nur schemenhaft erkennbarer rotgesichtiger Soldat mit dunklen Bartstoppeln. Ein rotgesichtiger Mann mit Bartstoppeln? Er hatte den Mann erblickt! Also hatten sie ihn nicht geblendet! Er war lediglich mit dem Kopf nach unten bäuchlings auf den Pferderücken gefesselt! Trotz allen Schmerzes und der Atemnot mischte sich ein erleichtertes Glücksgefühl in seine wild durcheinander rasenden Gedanken. Maria hatte ihre Hand schützend über ihn gehalten! Also doch! Und gleich würden die frommen Pilger kommen und ihn befreien!

Ein zweiter, besser gekleideter Soldat näherte sich den beiden. Anscheinend der Anführer der Truppe. Ein Offizier. „Der Kerl erstickt uns! Siehst du das denn nicht? Wir sollen ihn bei lebendigem Leib abliefern und nicht als Toten! Zum Teufel fahren kann er dann später!" Er versetzte dem Mann einen ärgerlichen Stoß und riss anschließend den Knebel ruckartig aus dem Mund des Gefesselten.

Luft! Endlich Luft! Wie ein Ertrinkender schnappte Hans nach Luft! Endlich! Endlich strömte frische Luft in seine Lungen zurück. Sie würde ihn nicht im Stich lassen! Niemals! Mit der Zeit wurden seine Atemzüge gleichmäßiger. Die Atemnot war vorüber. Zwar schmerzte jeder Knochen in seinem Leib, aber er vermochte wenigstens wieder, klare Gedanken zu fassen, sogar zu sprechen. Wenngleich es sich auch mehr um ein heiseres Krächzen handelte, das aus seiner ausgetrockneten Mundhöhle drang. „Wer seid ihr? Und wohin sollt ihr mich bringen?“ War es tatsächlich seine Stimme, die diese Frage gestellt hatte? Fremd und blechern hallte sie in seinem Kopf.

Der Offizier lachte rau. „Das kannst du dir doch eigentlich denken! Wir bringen dich auf direktem Weg zum Regierungssitz deiner Heiligen. Auf die Feste Marienberg. Damit du einmal klar und deutlich vor Augen hast, in wessen Namen du dich versündigt hast!“

Auf den Marienberg! Auf den Heiligen Berg Frankens! Hoch über dem Main, direkt vor den Toren von Würzburg, wo die Menschen schon seit Jahrhunderten Maria, die Muttergottes, die Herzogin von Franken, verehrten. Sie brachten ihn direkt zur Heiligen Jungfrau!

„Ihr tut gut daran! Die Jungfrau wird sich dort durch mich auch euch offenbaren und alle Schuld von uns nehmen!“

„Alle Schuld von uns nehmen! Habt ihr gehört, Männer? Ein verrückter junger Hirte will uns segnen! Ist das nicht wunderbar? Wir hätten eigentlich Anlass dazu, vor unserem frommen Hirten auf die Knie zu sinken und unser Schicksal zu loben und zu preisen für das Glück, das wir ihn auf den Marienberg begleiten dürfen! Aber genug jetzt!“ Der Anführer machte eine gebieterische Handbewegung. „Aufgesessen und weiter geritten! Bevor uns die frommen Pilger mit ihren Dreschflegeln und Mistgabeln die Ehre geben! Unser gnädiger Herr, der Bischof, wird sich freuen über unsere Beute, so nackt und würdelos sie auch auf dem Klepper hängt!“

29

Einige Stunden später hatten sie den Marienberg erreicht. Kurz zuvor waren sie durch Helmstadt gezogen, das Heimatdorf des jungen Hirten. Verwirrt und mit entsetzten Mienen waren die Bauern von den Feldern geeilt, nachdem sie den merkwürdigen Zug bemerkt hatten.

„Platz für den Heiligen Jüngling! Macht Platz für unsere feierliche Prozession!“ So schallte es den fassungslosen Menschen aus der Reihe der Soldaten entgegen.

Entgeistert deuteten die Leute mit ausgestreckten Armen auf das Pferd, das den immer noch nackten und streng gefesselten Hans Böhm auf seinem Rücken trug. Es war ein entwürdigendes Schauspiel, das sich ihnen darbot. „Schaut bloß, was sie mit unserem Hans gemacht haben!“

„Hans, was haben sie dir nur angetan!“

Nicht wenige schlugen die Hände vor das Gesicht und wandten sich ab, um das Drama nicht länger ertragen zu müssen, das ihnen voller Häme vor Augen geführt wurde. Die Hoffnung des gesamten Volkes! Alle Sehnsüchte, Wünsche und Zuversicht auf eine bessere Zeit, die nun anbrechen würde: Hier wurde sie zu Grabe getragen. Geschändet, zertrampelt, zertreten, der Lächerlichkeit preisgegeben, vernichtet.

„Hans! Unser lieber Hans! Hab Vertrauen und Zuversicht!“

„Das dürfen sie nicht!“

„Wir werden kommen und dich befreien!“

„Halte durch!“

„Ich habe es ja schon immer gesagt, das gibt kein gutes Ende!“

Wild vermischten sich die erstaunten Rufe, die Klagelaute, die Racheschwüre und die Stimmen derjenigen, die es schon immer besser gewusst hatten zu einem wirren Chor. Während die einen noch voller Ingrimm die Fäuste hinter ihrem Rücken ballten, nahmen die anderen – von Abscheu und Verzweiflung getrieben – ihren ganzen Mut zusammen und bewarfen den Zug der Reisigen mit Steinen. Doch die Soldaten hatten diese Attacken schadlos überstanden und gaben ihren Pferden nun hämisch lachend die Sporen. Im wilden Galopp waren sie aus dem Dorf gejagt, während sie das

Pferd, auf dessen Rücken der gefesselte wehrlose Hans Böhm baumelte, in ihre Mitte nahmen.

„Wir kommen wieder, verlasst euch darauf!“ hatte der Offizier im Davongaloppieren noch gerufen, während die Menschen mit ohnmächtigem Zorn verfolgten, wie die Truppe allmählich am Horizont in Richtung Würzburg verschwand.

Der Schlag der Pferdehufe dröhnte laut auf dem Kopfsteinpflaster der gewaltigen Torbastion, durch die sie in diesem Augenblick gelangten. Es war schon viele Jahre her, Hans war noch ein Kind gewesen, als er schon einmal die Tore der starken Festung bewundert hatte. Doch Einlass hatten sie damals natürlich nicht gefunden. Aus welchem Grund hätte man denn auch einer zerlumpten Schäferfamilie die Tore des Heiligen Berges öffnen sollen?

In den Jahren, die inzwischen vergangen waren, hatte der Bischof starke bauliche Veränderungen vorgenommen. Es musste gewaltige Summen verschlungen haben, den Marienberg zu der imposanten Festung umzugestalten, wie es auf Geheiß Rudolfs von Scherenberg geschehen war. Und noch immer geschah. An zahlreichen Stellen der äußeren Bastion war rege Bautätigkeit zu erkennen. Welcher Angreifer würde es wagen, diese gewaltige Feste stürmen zu wollen? Er würde sich eine blutige Nase holen, soviel stand fest. Hier kam niemand hinein, der nicht erwünscht war. Die drohenden Löwenköpfe über dem mit dicken, eisenbeschlagenen Eichentoren verschlossenen Portal, die Pechnasen, von denen es siedend heißes Wasser oder eben Pech auf die gegnerischen Truppen regnen würde, die Zugbrücken, die Kanonen!

Aus den Augenwinkeln nahm der vor Kälte und Erschöpfung am ganzen Leib zitternde Hans den tiefen Halsgraben wahr, der, so schien es ihm, mit keiner Sturmleiter zu überbrücken war. Und wenn es doch jemand über den ersten Verteidigungsring schaffte? Die zahlreichen waffenstarrenden Wachen in ihren blitzenden Rüstungen würden den Eindringlingen schnell den Garaus machen!

Erstaunlich – auch dieser Gedanke schoss Hans trotz seiner bohrenden Kopfschmerzen und der würgenden Übelkeit durch sein Gehirn – das Gebäude erinnerte in weitaus stärkerem Maße an die Fliehburg eines Grafen oder eines sonstigen weltlichen Regenten, als an den Sitz eines frommen Bischofs auf dem Heiligen Berg der Franken!

In diesem Moment stoppte der Zug im Innenhof, und kaum war der Hufschlag der Pferde verklungen, da ertönte auch schon ein lautes spöttisches Gelächter aus einem der Fenster des palastartigen Hauptgebäudes. „Exzellenz, das müsst Ihr sehen! Ich bitte Euch! Kommt und lasst Euch das Schauspiel nicht entgehen! Das also soll der Feind sein, vor dem wir zittern sollen! Den wir fürchten und vor dessen Drohungen wir erbeben sollen? Schaut ihn an, den nackten Propheten, auf dass er uns segnen wolle!"

Das dicke rote Gesicht, aus dessen Mund die hämischen Bemerkungen trieften, glühte vor Freude und Erregung. Zufrieden rieb sich Georg von Gebsattel die Hände. Endlich also hatte er sein Ziel erreicht und dem ketzerischen Unwesen des verrückten Hirten ein Ende bereiten können. Wehret den Anfängen, so lautete ja seine Devise, und es hatte sowieso schon viel zu lange gedauert mit den umstürzlerischen Reden im Taubertal.

Rudolf von Scherenberg trat neben seinen Hofmarschall und spähte angewidert aus dem Fenster. Dieser nackte, blutverkrustete und verschmutzte junge Mann, der da bäuchlings auf das Pferd gebunden war und sein Hinterteil hilflos in den Himmel reckte, das also sollte der Mann sein, der es gewagt hatte, ihm die Stirn zu bieten. Dieser blonde Jüngling, der nun mit einer ungelenken Geste seinen Kopf verrenkte und die Frechheit besaß, ihn aus geistlosen Augen blöde zu fixieren! Vor diesem Niemand sollte die Welt erzittern? Seinetwegen hatte er eine Abteilung seiner Reiterei losgeschickt, um ihn zu ergreifen und ihm den Prozess zu machen? Unglaublich! Doch halt, was war das? Was hatte dieser unglückselige Mensch da gerade eben von sich gegeben? Hatte er richtig gehört? Der Bischof runzelte die Stirn und versuchte angestrengt, die Worte zu verstehen, die undeutlich aus dem Mund des verrückten Schäfers drangen.

„Judas! Da stehst du also nun in deiner ganzen Pracht und Hoffahrt vor mir! Judas Ischariot, du elendiger Wicht! Die Heilige Jungfrau wird mich erlösen! Kehre um und tue Buße! Noch ist es nicht zu spät!"

Der Bischof zuckte zusammen und bedachte seinen ebenfalls fassungslos lauschenden Hofmarschall mit einem entgeisterten Blick. Wie hatte dieser Schäfer ihn gerade genannt? Hatte der es tatsächlich gewagt, ihn einen Judas zu nennen? Hatte ihn zur Umkehr und zur Buße aufgefordert! Das war ihm in seinem ganzen, fast sechzig Jahre währenden Leben noch niemals widerfahren. Das hatte sich noch nie jemand getraut! Unglaublich! Der Kerl musste verrückt sein! Auch Gebsattel schien es ob der gerade vernommenen Ungeheuerlichkeiten die Sprache verschlagen zu haben.

„Sag mir doch, Soldat", krächzte der nackte Mann dem neben seinem Pferd verharrenden Reiter zu, „ist dieses Gebäude hier drüben die Kirche, die den Namen unserer Heiligen Jungfrau trägt?" Er versuchte mit einer mühevollen Bewegung seines Kopfes auf das große Sakralgebäude hinüber zu deuten, das gleich neben ihm aufragte.

Der Mann nickte verlegen.

Ein lauter Jubelschrei tönte über den Platz. „Maria, Heilige Jungfrau, allerheiligste Gebieterin von Franken. Hier ist dein Diener!" rief Hans aus Leibeskräften. „Dich, Mutter Gottes, rufen wir an, bitte für uns, Maria. Verlasse uns nicht in unseren Ängsten, Jesus, dein Sohn der Not..."

„Aufhören! Schluss! Sofort aufhören!" Gebsattel hatte die Sprache wiedergefunden und tobte wütend von seinem Standort herunter. „Stopft ihm das Lästermaul! Sofort! Bringt ihn zum Schweigen!"

„Maria..." gurgelte es noch einmal erstickt aus der Kehle des Gefangenen, dann war es einem der Soldaten gelungen, ihm wieder einen Knebel in den Mund zu stopfen.

„Und nun bindet ihn los und werft ihn in den Kerker!" Dicke Schweißperlen tropften von der Stirn des erregten Hofmarschalls, der sich voller Sorge der Tatsache bewusst war, dass ihm Scherenberg die Schuld an der unglaublichen Entgleisung zuschieben würde, die der Ketzer da vor aller Ohren gerade begangen hatte. Bittere Vorwürfe würde der ihm an den Kopf schleudern, so gut kannte er seinen Vorgesetzten längst. Dass er dafür hätte Sorge tragen müssen, dass sich solches niemals hätte ereignen dürfen und Ähnliches mehr. Noch stand der Bischof aschfahl und offensichtlich bis in sein Innerstes getroffen in der Fensternische, während er das Geschehen zu seinen Füßen regungslos verfolgte. Aber die Strafpredigt würde kommen, dessen war sich Gebsattel völlig sicher. Und deshalb half nun nur noch ein entschiedenes Auftreten. „Bringt ihn zum Bergfried! Nicht in den normalen Kerker, habt ihr verstanden? Ihr werdet ihn in das Angstloch werfen! Nirgendwohin sonst!" Gebieterisch hatte er sich in Pose geworfen.

Während die von der Erregung nun ebenfalls erfassten Soldaten hektisch damit beschäftigt waren, den Befehlen des Hofmarschalls nachzukommen, schaffte es der wieder auf seine Füße gestellte schwankende Gefangene, den sie zwischen sich genommen hatten, den Knebel aus dem Mund zu spucken.

„Maria wird mich erlösen! Sie wird mich befreien! Kehrt um und tut Buße, solange es noch möglich ist", rief er lauthals mit sich überschlagender hysterischer Stimme.

Einer seiner Bewacher reagierte augenblicklich. Er packte Hans mit beiden Händen am Hals und stieß ihn mit einem heftigen Tritt in den Rücken an den Rand der Zisterne, an der sie sich gerade eben befanden. „Da schau", drückte er den Kopf des Hirten über die Brüstung. „Da kommst du hinunter, wenn du nicht augenblicklich Ruhe gibst! Die Zisterne ist hundert Meter tief, da kommst du dein Lebtag lang nicht mehr hinauf! Da kannst du die Heilige Jungfrau anrufen, solange du willst! Sie wird dir nicht beiseite stehen, sondern dich elendiglich ersaufen lassen, du elende Kröte!", zischte der Soldat bitterböse.

War es die Erwähnung der Heiligen Jungfrau, war es einen Moment lang Unachtsamkeit? Auf welche Art und Weise auch immer gelang es Hans unter Aufbietung seiner letzten Kräfte, sich aus dem Würgegriff zu befreien. Blitzartig hatte sich der immer noch splitternackte Hans durch die verblüfften Bewacher hindurch geboxt und war zum Fenster geeilt, in dem er den erschreckt zusammenzuckenden Bischof erblickte.

„Da stehst du, du elender hoffährtiger Sünder! Schande über dich und deinen Namen! Der du im Namen der Heiligen Jungfrau Unrecht tust! Der du in Würzburg die Marienkapelle erbauen lässt. Zu deinem Ruhm und Ansehen und nicht in frommer Demut für unsere Jungfrau Maria. Dafür also hast du die Wohnungen der Juden und deren Synagoge an dieser Stelle zerstören lassen. Doch höre die wahre Botschaft der Heiligen Jungfrau: Dein Handeln ist nicht das Tun eines Christenmenschen. Die Juden sind bessere Christen als ihr, die ihr den Namen unseres Erlösers auf der Zunge tragt! Kehrt ein und tut Buße! Sinkt auf die Knie und bereut eure Sünden!"

„Genug!" donnerte von neuem die Stimme des Hofmarschalls über den Platz. „Ergreift ihn! Augenblicklich!"

Eine unglaubliche Anspannung hatte die Szenerie ergriffen, eine Anspannung, die sich keiner der Anwesenden später jemals würde erklären können. Denn erstaunlicherweise hatte sich keiner der Soldaten während der anklagenden Attacke des Jünglings von der Stelle gerührt, ganz im Gegenteil. Wie zu Salzsäulen erstarrt hatten sie mit offenen Mündern den Ungeheuerlichkeiten gelauscht, die da aus dem Mund des nackten Mannes gegen ihren geistlichen und weltlichen Herrn geschleudert wurden!

„Das Volk darbt, und ihr verprasst all unsere Opfergaben!" schallte es unbeeindruckt von der wütenden Aufforderung des Hofmarschalls weiter über die gesamte Festungsanlage. „Der Antichrist hat die Macht übernommen und verdeckt mit seiner Fratze das Bild des wahren Christen!"

Jetzt erst eilte der Soldat, dem Hans zuvor blitzschnell entwischt war, mit hoch erhobenem Säbel zu ihm hinüber. Ein derb geführter Hieb mit der flachen Klinge donnerte auf die Schulter das Hirten, doch der sich mehr und mehr wie rasend gebärdende Hans war dadurch nicht zu bremsen. „Kehrt um, tut Buße! Gehorcht nicht dem Antichristen! Auch dir werde ich mit Hilfe der Heiligen Muttergottes Vergebung zuteil werden lassen, mein fehlgeleiteter Bruder!", wandte er sich nun direkt an den völlig verblüfften Angreifer.

Mit lautem Wutgeheul – fast schien es so, als wollten sich die Soldaten damit gegenseitig Mut machen und den Bann durchbrechen, der über ihnen zu schweben schien – stürzten sich die Männer nun auf ihr Opfer und rissen Hans zu Boden. Kurz danach hatten sie den erschöpften Hirten überwältigt, dessen Kräfte nun endgültig schwanden.

Einer neuerlichen Ohnmacht nahe, ließ sich der an beiden Armen gefesselte und sicherheitshalber wieder mit einem Knebel gepeinigte Jüngling mit hängendem Kopf zu seinem Gefängnis wegführen.

Mit leichenblasser ausdrucksloser Miene hatte der Bischof schweigend in seiner Fensternische verharrt und regungslos beobachtet, wie der Gefangene schließend hinter der eichenen Tür des wuchtigen alten Bergfrieds verschwand. Erst dann wandte sich Rudolf von Scherenberg um und bedachte seinen Untergebenen mit einem Blick, der diesem das Blut in den Adern gefrieren ließ. Ohne ein weiteres Wort zu verlieren, verließ Scherenberg mit langsamen schleppenden Schritten den Raum.

Es war Zeit zu handeln! Rasch zu handeln! Darüber war sich Georg von Gebsattel im Klaren. Nur durch eine rasche und konsequente Handlungsweise würde er es schaffen, den Zorn des Bischofs von sich abzuwenden. Dem Hirten musste ein schneller Prozess gemacht werden. Mit von vornherein eindeutigem Ausgang. Der Scheiterhaufen musste lodern! So rasch wie möglich! Noch bevor sich das empörte Volk womöglich zusammen rottete. Wofür man ebenfalls wieder ihm, dem Hofmarschall, die Verantwortung zuschieben würde. Ganz schnell musste es gehen. Ein Geständnis musste her, dann konnte der Scharfrichter tätig werden. Ob der Verlauf von Verhör und Prozess nun den Regeln entsprach oder nicht. Ein Urteil musste her. Ein eindeutiges Urteil! Gebsattel würde dafür Sorge tragen. Und dem erzürnten Bischof würde es auf die eine oder andere Unkorrektheit bei der Urteilsfindung auch nicht mehr ankommen...

30

Ein modriger Geruch schlug Hans entgegen, kaum dass die Soldaten den halb Bewusstlosen in den runden uralten Turm geschleppt hatten, dessen Grundsteine noch, wie der Volksmund besagte, aus der Zeit der Heiden stammten. Nur schemenhaft konnte er in dem fast finsteren, lediglich von zwei rußigen Fackeln unzureichend erhellten halligen Raum den Mann ausmachen, dessen spöttische Stimme ihn empfangen hatte.

„Da haben wir ihn ja endlich, unseren Heiligen Jüngling! Und unser Herr und Gebieter hat für ihn eine ganz besondere Heimstatt auserkoren – wenngleich sie auch nicht von langer Dauer sein wird!“ Der breitschultrige schwarz gekleidete Mann ließ ein teuflisches Lachen hören, dessen Echo tausendfach und unheildrohend von den Mauern zurück zu prallen schien. Doch Hans verspürte keine Angst. Jetzt war er nahe bei ihr. Hier war der Sitz der Herzogin von Franken, hier auf diesem Berg befand sich das Heiligtum der Jungfrau Maria. Er war ihr so nahe wie nie zuvor. Es musste ihr Wille sein, ihr ureigener Wille, der ihn hierher ins Zentrum dieser heiligen Stätte geführt hatte. Von hier würde er also die Bewegung ausstreuen in alle Himmelsrichtungen. Vom Marienberg aus würden die Menschen die Gnade und die göttliche Wahrheit empfangen. Wo sonst, wenn nicht hier sollte sich die Stelle befinden, von der aus er ein neues Zeitalter, einen neuen Himmel und eine neue Erde kommen sehen würde. Hier würde er kraftvoll seine Ketten sprengen, um hinterher auch die Menschen vom Joch der Unterdrückung zu befreien. Mit Hilfe der Heiligen Jungfrau würde es gelingen.

Ein kratzendes Geräusch ließ ihn auf den Boden blicken. Keuchend hatte der schwarzgekleidete Mann eine schwere Steinplatte zur Seite geschoben und deutete nun mit ausgestrecktem Arm in die gähnende Finsternis hinunter. „Du weißt, was ein Angstloch ist, nicht wahr? Und wenn du es nicht weißt, dann wirst du es in Bälde erfahren!“ lachte er dröhnend, während er sich grinsend in die Hände spuckte. „Immerhin bekommen wir dich mühelos hindurch – im Gegensatz zu dem adligen Fettwanst von neulich, der mit seinem dicken Bauch nicht durch das Loch gepasst hat. Aber der bekommt nun so lange schlechtes Wasser und verschimmeltes Brot, bis er sich entweder überlegt hat, was es heißt, unserem Bischof die rechtmäßig zustehenden Zehnten zu verweigern, oder bis er denn doch durch dieses Loch passt und dir mitsamt den Ratten dort Gesellschaft leisten kann – wenn du es überhaupt schaffst, länger als eine Woche dort unten auszuhalten. Da, pack an!" deutete er auf ein dickes Seil, das an dem Ende, das er Hans entgegenstreckte, mehrfach zusammengeknotet war. „Da hältst du dich fest, dann lasse ich dich hinunter. Und halte ja gut fest – in deinem eigenen Interesse. Denn es mögen an die zehn Meter sein, die sich zwischen uns hier oben und dem feuchten Boden deiner künftigen Wohnung befinden mögen!"

Wieder ließ der Henkersknecht ein teuflisches Lachen ertönen, dann versetzte er Hans einen groben Stoß. „Auf geht's jetzt! Ich habe noch mehr zu tun, als hier faul herum zu stehen und Maulaffen feilzuhalten. Runter mit dir!"

Wenig später war Hans durch die enge Öffnung geglitten und klammerte sich mit der letzten ihm verbliebenen Kraftreserve an das Seil, bis er endlich festen Boden unter den Füßen verspürte. War die Luft oben schon modrig und alles andere als angenehm gewesen, schlug ihm hier unten ein fauliger Gestank entgegen, der dem im Lauf seines Lebens an allerlei elende Behausungen gewöhnten Hirten beinahe den Atem raubte. Kaum hatte er in dem feuchten spärlichen Stroh, das über den gestampften Lehmboden gestreut worden war, einen vorsichtigen Schritt nach vorne getan, war er mit seinem linken Fuß auch schon auf etwas Weiches getreten, das einen schrillen und gleichzeitig zornigen Klagelaut ertönen ließ. Eine Ratte! Mehrere Ratten! Und das auf engstem Raum, vielleicht anderthalb Meter in jeder Richtung. Zu wenig, um sich zum Schlafen ausstrecken zu können. Gerade noch genug, um sich der Bestien wenigstens mit Fußtritten zu erwehren.

Von oben ertönte ein kratzendes, schabendes Geräusch, dann verschwand auch der letzte minimale Lichtschein, der das unheimliche Gefängnis wenigstens schemenhaft hatte erkennbar werden lassen. Der steinerne Deckel! Der Henkersknecht hatte ihn wieder zugeschoben. Völlige Dunkelheit hatte Hans nun in sich aufgesogen. Verschluckt, als hätte man ihn bei lebendigem Leibe begraben. Und um ihn herum völlige Stille. Beinahe völlige Stille. Nur unterbrochen vom gelegentlichen Rascheln der Ratten im modrigen Stroh und den spitzen Schreien, die dann und wann durch die drückende Stille schossen, wie die messerscharfe Schneide eines Dolches, der ein Herz zerteilte.

Es war eine harte Prüfung, die ihm die Heilige Jungfrau da auferlegte. Aber er würde auch diese Prüfung meistern. Voller Hoffnung und Zuversicht.

„Gegrüßet sei Maria, du Mutter aller Gnaden!/ So singen die Engel der Jungfrau Maria,/ so singen die Menschen und preisen dich hoch!"

Der Tag würde kommen! Der Tag der Erlösung! Bald schon würde er kommen und zerschmettern alle Willkür und alle Hoffahrt!

31

„Oh weh, oh weh. Sagt mir doch: Was habe ich euch angetan, dass ihr mich so behandelt? Weh mir, dass ihr mich diese Strafe erleiden lasst! Weshalb tut ihr das? Sprecht doch, sagt mir, womit ich das verdient habe!“ Die langgezogenen Klagelaute des Mannes mündeten in ein ersticktes Schluchzen, dem ein erschreckter spitzer Schrei folgte, als der Mann, den der Henkersknecht an demselben Seil in die Tiefe gleiten ließ, wie Hans drei Tage zuvor, mit seinem Fuß auf die Schulter des jungen Hirten traf. „Weh mir! Da ist noch einer! Willst du mich umbringen? Sag, wer bist du? Was habe ich dir getan?“ Voller Angst und Hysterie umklammerte der Arme den Oberkörper von Hans, während das Seil aus seinen Händen glitt. Wieder folgte das schabende kratzende Geräusch, als der steinerne Deckel über das Loch geschoben wurde und sich von neuem diese undurchdringliche angsteinflößende Dunkelheit in dem feuchten Moder des Burgverlieses ausbreitete.

„Du wirst mich nun umbringen, habe ich Recht?“ flüsterte der andere mit vor Todesangst vibrierender Stimme. „Gestehe es ruhig! Du wirst mich umbringen und dann den Ratten zum Fraß vorwerfen. Danach wirst du dich davon machen, und nichts als meine Überreste werden hier zurückbleiben und langsam verfaulen wie die anderen alle vor mir. Gestehe es!“

„Sei unbesorgt“, keuchte der kraftlose Hans, dem die Folterknechte des Bischofs in den letzten beiden Tagen schwer zugesetzt hatten. „Selbst wenn ich dir nach dem Leben trachten würde, ich hätte nicht die Kraft, dir ein Leid anzutun. Glaube mir!“ Er machte eine kurze erschöpfte Pause. Selbst das Sprechen bedeutete eine fast übermenschliche Anstrengung für ihn. „Doch sage, wer bist du – und was hast du getan, dass sie dich so schrecklich bestrafen?“

„Du willst tatsächlich wissen, wer ich bin? Du... du bist nicht derjenige, der mein Lebenslicht zum Erlöschen bringen soll?“

„Wie sollte ich – und wie könnte ich“, antwortete Hans. „Dafür bin ich viel zu schwach...“

„Viel zu schwach...“ echote der andere und schien kurz zu überlegen. Dann jedoch fasste er sich ein Herz. „Nun gut, was kann mir schon geschehen. Bist du der, für den ich dich gehalten habe, wird es mir schlecht ergehen, hier unten in diesem elenden Loch. Bist du aber ein mir wohlgesonnener Mann und selbst ein Opfer, dann ... ja dann... werden wir hier zusammen vermodern... So oder so: Es ist vorbei!“

„Wer an seinem Glauben festhält, dem wird geholfen werden“, deklamierte Hans voller Zuversicht. „Sei unverzagt: Die Heilige Muttergottes wird uns befreien!“

„Die Muttergottes!“ Die verzweifelte Skepsis in der Stimme des Mitgefangenen war unüberhörbar. „Sie wird sich beeilen müssen, sonst kommt ihre Hilfe zu spät!“

Anstelle einer Antwort ertönte ein zarter Gesang.

„Gegrüßt seist du, Maria, du edle Jungfrau fein! Gegrüßt seist du Maria, du aller Gnaden voll...“

„Du singst Marienlieder? Hier in diesem elenden Loch, in dieser schrecklichen und auswegslosen Situation kommst du auf den Gedanken, Marienlieder zu singen?“

„Die Heilige Jungfrau wird uns erlösen!“

„Das habe ich auch einmal geglaubt! Genau dieses habe ich den Menschen gepredigt – nach dem Vorbild des Heiligen Jünglings aus dem Taubertal, wo ich von dessen Worten und Taten Kenntnis erhalten hatte und dessen Wirken ich mit eigenen Augen gesehen habe...“

„Und dennoch hast du meine Botschaft nicht in dein Herz genommen und in deinen Gedanken wirken lassen?“

„Deine Botschaft? Weshalb denn deine Bot...!“ Verbunden mit einem erstaunten Schrei dämmerte dem Mann urplötzlich, wer da mit ihm im Verlies steckte. „Du also bist es? Du bist der junge Hirte selbst? Verzeih, dass ich dich in der Dunkelheit nicht erkennen konnte... aber jetzt begreife ich... weshalb sie davon gesprochen haben, ich würde nun einem Bruder im Geiste begegnen und hier unten mit ihm zusammen auf bessere Zeiten warten... Auch deine Stimme habe ich nicht gleich erkannt... Verzeihe mir!“

„Ich habe dir nichts zu verzeihen! Es ist die Heilige Jungfrau, die mir sagt, dass wir unverzagt und hoffnungsvoll an die Erlösung glauben dürfen!“

„An die Erlösung... Glaubst du wirklich?“ Der Mann wartete, doch er erhielt keine Antwort. Nur ein leises melodisches Summen drang aus der

Ecke, in der Hans mit dem Rücken an der feuchten Mauer lehnte. „Ich bin Priester, musst du wissen. Ein Priester, der mit wachsender Sorge die Not und das Elend in unserem Volk erkannt hat. Und dennoch haben sie den Leuten immer mehr und immer unverschämtere Lasten aufgebürdet. Im Namen Gottes und der Heiligen Dreifaltigkeit! Da kam die Kunde von dir, dem Hirten, der es gewagt hat, das Wort Gottes so zu predigen, wie es die Menschen verstanden haben und wie es dann auch auf fruchtbaren Nährboden gefallen ist. Ich habe mir deine Botschaft zu Eigen gemacht und in deinem Sinne ebenfalls gepredigt, voller Hoffnung und Zuversicht. Aber sieh selbst, wohin mich meine Worte geführt haben! Und Maria hat nicht geholfen!"

„Maria wird uns helfen!" Laut und deutlich formulierte Hans diese Worte, obwohl ihm das Sprechen schwer fiel. Ein erstickter Schmerzenslaut drang aus seinem Mund.

„Was ist mit dir?" fragte der andere besorgt. „Leidest du Schmerzen? Hast du dich irgendwo verletzt?"

„Sie haben mich zweimal verhört in den vergangenen Tagen", keuchte Hans, dessen Schmerzen jetzt in der Tat wieder stärker wurden. „Sie haben mich einem peinlichen Verhör unterzogen, um mehr über meine Freunde und Gefährten zu erfahren. Mit geschwefelten brennenden Gänsefedern haben sie meinen Oberkörper bestrichen, Kienspäne in meine Fingernägel gesteckt und sie entzündet – und mir dann Weihwasser in den Hals geschüttet, wie sie sich ausgedrückt haben. Eine Salzlauge, die mich durstig macht und die mir das Sprechen zur Qual werden lässt." Seine Stimme wurde leiser und leiser. „Doch ich habe ihnen nichts gesagt. Und ich werde ihnen niemals etwas sagen. Gestehen sollte ich – meine Verfehlungen, meine Ketzerei! Nur soviel habe ich gestanden: Dass ich den Menschen eine schönere Erde bereiten will... mit Hilfe der Jungfrau Maria... ein besseres Leben... einen neuen Himmel und eine... neue... Erde..." Es war nur noch ein kaum wahrnehmbares heiseres Flüstern gewesen, das er mühevoll aus seiner trockenen Kehle gewürgt hatte, bis Hans in eine erschöpfte Ohnmacht fiel.

Folter! Der Mithäftling zuckte erschrocken zusammen. Dass sie so weit gehen würden! Dass sie den Mann über Tage hinweg quälen und foltern würden, bevor sie ihn dann doch auf den Scheiterhaufen werfen würden!

Nein, das hatten sie ihm nicht mitgeteilt, als er mit dem Auftrag zu dem gefangenen Hirten geschickt worden war, als mutmaßlicher Anhänger von dessen Botschaft Namen und mögliche Verstecke von dessen Unterstützern in Erfahrung zu bringen. War das alles nötig? War es Gottes Wille, einen Menschen dermaßen zu quälen? Dazuhin noch in seinem Namen? Wo der Jüngling doch auf jeden Fall als Ketzer auf dem Scheiterhaufen enden würde! War die Macht des Feuers denn nicht reinigend genug? Wozu dann noch diese Qualen? War diese Unbarmherzigkeit eines Bischofs würdig?!

32

„Nun denn! Dann werde ich deine Fessel sprengen, wenn es schon deine mächtige Botschaft nicht schafft! Genauso wenig wie der göttliche Beistand, von dem du den Menschen gepredigt hast! Da schau her“, der schwarz gekleidete Henker fuchtelte lachend mit einem blitzenden langen Messer vor den Augen des auf eine Bahre gefesselten Hans herum. „Mit diesem Messer werde ich dich ganz irdisch befreien! Ganz ohne göttliche Hilfe!“

„Versündige dich nicht am Wort Gottes!“ keuchte Hans trotz seiner rasenden Schmerzen. „Hüte dich vor Hoffahrt und Eitelk...“ Mehr vermochte er nicht zu sagen. Seine von Durst und Schmerzensschreien gepeinigten Stimmbänder versagten ihren Dienst. Es hatte sich um eine ganz besonders perfide Art der Folter gehandelt, mit der sie ihn am heutigen Tag traktiert hatten. Aber dennoch hatte er nichts gestanden, hatte keine Namen preisgegeben. Was auch gestehen – außer der Tatsache, dass es sein Auftrag sei, die Menschheit von ihren Fesseln zu befreien. Nasse Lederriemen hatten sie ihm auf diese Aussage hin ganz eng um den Leib gezogen. Lederriemen, die im Laufe des Verhörs trockneten und sich dadurch eng zusammenzogen, die sich wie tausend Messer in sein Fleisch hinein schnitten. Eine hölzerne Mundbirne hatten sie ihm zwischen die Zähne gesteckt und ihn so am Schreien gehindert, als sie die Daumenschrauben so brutal angezogen hatten, bis ihm das Blut aus den Fingern spritzte. Und schließlich, als er immer noch keinerlei Reue seiner Handlungen wegen an den Tag gelegt hatten, da war einer der Folterknechte mit einer schweren Eisenstange erschienen und hatte mit einem einzigen brutalen Hieb beide Schienbeine des jungen Hirten zerschmettert. Doch: Er hatte nicht gestanden – nichts verraten! Bald schon würde die Heilige Jungfrau erscheinen, die ihm diese schwere Prüfung auferlegt hatte, und ihn segnen. Dafür segnen, dass er standhaft und unbeirrt in seinem Glauben geblieben war!

„So, das wäre geschafft!“ Mit raschen Schnitten hatte der Henker die engen Lederriemen durchtrennt, die blaurote blutige Streifen auf dem Körper des Geschundenen hinterlassen hatten. „Mit dem Aufstehen wird es heute ja nur schlecht klappen – es sei denn, deine göttlichen Kräfte lassen dich emporschweben!"

Ein verzweifeltes kraftloses Stöhnen drang von der Bahre empor.

„Ein Bild des Jammers, das du da abgibst!" schüttelte der Henker vorwurfsvoll seinen Kopf. „Und das soll ein Heiliger Jüngling sein, dem abertausende gefolgt sind. In dessen Namen sich ein riesiges Heer aufmacht, um ihn zu befreien! Weh dir, wenn sie dich so sehen! Dann erst werden sie begreifen, dass es keine göttliche Macht ist, die sich hinter dir verbirgt! Noch nicht einmal der Teufel – selbst diesem wärest du zu elend!"

„Ein riesiges Heer?" Der gemarterte Hans, der am Ende seiner Kraft angelangt war, fühlte schlagartig neues Leben in sich zurückströmen, als diese Worte wie durch dichten Nebel hindurch in sein schwindendes Bewusstsein drangen. Also doch! Die Heilige Jungfrau hatte ihn nicht vergessen! Jetzt würden sie kommen und ihn erlösen – und das Joch der Unterdrückung von sich werfen! Hier auf dem Marienberg, an der heiligen Stätte der Muttergottes würden sie ein neues Zeitalter einläuten und die Fürsten der Dunkelheit verjagen – endgültig vertreiben! „Wovon sprichst du? Hast du sie schon erblickt, meine Befreier?"

„Deine Befreier!" lachte der Schwarze höhnisch. „Ja, sie sind aufgebrochen – wenigstens die Hälfte von ihnen! Nachdem die andere Hälfte enttäuscht wieder von dannen gezogen ist, wie man hört, nachdem sie dich am St. Margaretentag nicht angetroffen haben. 30.000 sollen es gewesen sein, tausende und abertausende, die dich, ausgerechnet dich, hören und sehen wollten. Den Heiligen Jüngling!" Kopfschüttelnd musterte der Henker das hilflose zerschundene Menschlein vor seinen Füßen. „Und so schnell, wie sie gekommen sind, sind sie furchtsam auch wieder abgezogen, als sie von deiner Festnahme erfahren haben. Sie hatten ja geglaubt, unser Bischof habe keine Macht mehr über dich – und dann mussten sie im Gegenteil erkennen, dass in Wirklichkeit du mit keinerlei Macht über die Obrigkeit versehen warst! Nun gut", abschätzend wiegte er seinen Kopf, „ man spricht von einigen tausend, die sich dennoch aufgemacht haben, um dich zu befreien. In der gestrigen Nacht sind sie mit hunderten von brennenden Kerzen aus eurer Wallfahrtskirche, mit Pilgerstäben und Prozessionsfahnen in Würzburg eingetroffen. Mehr eine Prozession als ein Heer, das geeignet wäre, gegen die Mauern unserer Festung anzurennen! Bauern halt, die nun blöde vor den Toren der Stadt sitzen und sich nicht zu helfen wissen!"

In diesem Augenblick ertönte ein lauter Knall, der den Boden des Wachturmes erzittern ließ. Ein weiterer Knall folgte unmittelbar. „Kanonen! Sie schießen mit Kanonen!

Langsam öffnete der Henker die dicke Eichentür um einen kleinen Spalt und spähte vorsichtig nach draußen. Verblüfft und entgeistert gewahrte er, dass sich die Situation innerhalb weniger Minuten völlig verändert hatte. „Tatsächlich! Sie feuern mit den Kanonen ins Land hinein! Und überall sehe ich Soldaten auf den Zinnen stehen! Sie scheinen tatsächlich Ernst zu machen!"

Kanonenschüsse! Soldaten auf den Zinnen! Neue Hoffnung! Sie würde ihn nicht im Stich lassen! Sie würde ihn erlösen!

Und wieder fiel der geschwächte Hans in eine tiefe Ohnmacht, aus der er erst nach Stunden erwachte. Von den dramatischen Ereignissen der nächsten Stunden um die Rettung des Heiligen Jünglings von Niklashausen drang nicht das Geringste mehr in dessen Bewusstsein.

33

Zwei große junge Männer lösten sich aus der Menge. Langsam schritten sie nach vorne und postierten sich vor der dicken Mauer der Festung in Rufweite der Verteidiger. „Wir wollen mit dem Bischof sprechen!", rief der eine der beiden lautstark empor.

„Wer seid ihr?"

„Mein Name ist Jörg Hahn. Ich komme aus Niklashausen. Und der Mann neben mir, das ist Heinrich Schmied, ebenfalls aus Niklashausen!" gab der junge Bauer seine Identität unerschrocken preis. „Wir sind gekommen, um unseren Jüngling zu holen. Wir – und mit uns fünftausend Begleiter!" deutete er mit dem ausgestreckten Arm auf die riesige Menschenansammlung hinter sich. „Gebt ihn frei und wir werden wieder abziehen, ohne euch ein Leid angetan zu haben!"

„In wessen Namen handelt ihr?" schallte es von oben zurück.

„Wir handeln im Namen Gottes und der Heiligen Jungfrau Maria! Gebt unseren Heiligen Jüngling frei!" Aus tausenden von Kehlen ertönte ein Jubelschrei, der die Erde erbeben ließ.

„Gebt unseren Heiligen Jüngling frei!" skandierten die Menschen und schwangen drohend ihre Sensen, Dreschflegel, Mistgabeln und Stöcke. „Gebt ihn frei, sonst kommen wir und holen ihn!"

Immer lauter wurde die Menge, immer stärker gerieten die Menschen in Rage. Es würde nicht mehr lange dauern, dann würden sich die Ersten aus ihren Reihen lösen und unkontrolliert nach vorne stürmen. Geistesgegenwärtig wandte sich Jörg um und hielt die Arme abwehrend in die Höhe! „Ruhe, Leute! Seid hoffnungsvoll und zuversichtlich! Gott ist mit uns! Wir werden unseren Heiligen Jüngling mit uns nach Hause führen! Habt Geduld! Seid zuversichtlich! Lasst euch zu keinen unbedachten Handlungen hinreißen!"

„Sie haben mit Kanonen auf uns geschossen!" tönte es trotzig aus der Menge.

„Wir dürfen es uns nicht länger gefallen lassen!"

„Habt ihr nicht bemerkt, dass wir unverwundbar sind, denn sie haben mit ihren Kugeln keinen von uns getroffen! Gott der Herr hat ihre Kugeln von uns gelenkt!"

„Du irrst, sie haben nur über unsere Köpfe hinweg geschossen!"

„Mitnichten! Sie haben uns nicht getroffen! Gott hat seine schützende Hand über uns gebreitet! Glaubt mir, wir sind unverwundbar!"

„Sie haben nur Warnschüsse abgegeben!" griff nun auch Heinrich Schmied in das Geschehen ein. „Jetzt müssen sie mit uns verhandeln. Gebt ihnen die Chance, die Sache friedlich zu Ende zu bringen! Denkt an die Opfer, die es andernfalls auch unter uns zu beklagen geben wird! Habt Geduld und vertraut auf Gott und die Heilige Jungfrau!"

„Und wer hat mit dem Kampf begonnen? Sie waren es, nicht wir!" Der Beifall, den diese Feststellung unter den Bauern auslöste, machte den beiden besorgten Anführern deutlich, dass ihnen nur noch wenig Zeit verbleiben würde, die Angelegenheit auf unblutige Art und Weise zu beenden.

„Los jetzt, Mann!" donnerte Jörg dem Offizier auf der Festungsmauer entgegen, der ebenfalls mit sorgenvoller Miene die Unruhe registriert hatte, von der die riesige Masse an Menschen immer stärker ergriffen wurde. In der Tat, es war Zeit zu handeln. Höchste Zeit! Sonst... sonst könnte es wirklich zu einem Blutbad kommen – mit unsicherem Ausgang für beide Seiten! Und wie auch immer eine solche Kampfhandlung enden würde: Von Siegern im eigentlichen Sinne des Wortes würde man danach nicht sprechen können. Auf gar keinen Fall!

„Hol endlich den Bischof herbei, bevor es zu spät ist!"

„Hol den Bischof! Hol den Bischof!"

„Zeige dich, Scherenberg!"

„Komm heraus und traue dich, Scherenberg!"

„Bring unseren Heiligen Jüngling mit!"

Wie ein Lauffeuer machten diese Rufe ihre Runde. Meter um Meter rückten die Menschen der Festung näher. Nein, lange würde er sie nicht mehr aufhalten können, das stand für Jörg mit wachsender Sorge fest. Und auch der ernste Blick, mit dem ihn sein Gefährte Heinrich Schmied bedachte, verstärkte noch das Gefühl der Ohnmacht und der Verzweiflung, das sich in dem jungen Bauern ausbreitete.

Und dabei hatte der Zug gegen Würzburg so verheißungsvoll begonnen.

Nachdem sich die Unruhe gelegt hatte, die nach dem nächtlichen Überfall in Niklashausen entstanden war, nachdem tausende von Wallfahrern in panischer Sorge um ihr Leben wieder nach Hause geflüchtet waren und die machtvolle Bewegung des Heiligen Jünglings mit einem Schlag kraftlos in sich zusammenzufallen drohte, da hatte sich ein neues Wunder ereignet. Nun nämlich war es Jörg Hahn, dem in tiefe Depression verfallenen engen Gefährten des Hirten, dem in der folgenden Nacht mit einem Mal die heilige Jungfrau erschienen war. Ihn, den einfachen armen Bauern hatte sie nunmehr auserkoren, das Werk von Hans Böhm fortzuführen und die Menschen um sich zu scharen. Es sei ihr göttlicher Wille und seine heilige Pflicht und Schuldigkeit, ihren Auftrag auszuführen und den Zug gegen Würzburg zusammen zu stellen, um den Heiligen Jüngling zu befreien, dessen Werk noch längst nicht vollendet war!

Und so hatte er sich noch in der Nacht aufgemacht zu Heinrich Schmied, seinem engsten Gefährten, und ihn vom neuen Auftrag der Jungfrau Maria berichtet. Von ihrem göttlichen Willen, die Schar der verzagten Pilger zu sammeln und mit ihnen nach Würzburg zu ziehen, um das Werk zu vollenden.

Ein Jubelsturm war unter den traurigen Menschen ausgebrochen, die noch immer in großer Zahl auf den Wiesen und in den Wäldern um Niklashausen campierten, und mit schwindender Zuversicht auf ein Wunder hofften, das sich gleichwohl bislang nicht ereignet hatte. Es hatte sich in Windeseile eine zuversichtliche Stimmung unter den Hoffnungslosen ausgebreitet, als Jörg sich am Morgen anstelle von Hans Böhm auf das Podest geschwungen und den Leuten vom Auftrag der Heiligen Jungfrau berichtet hatte.

Begeistert hatten sie ihm applaudiert und sich unter Führung von Jörg Hahn und Heinrich Schmied anschließend sofort auf den Weg in das rund 25 Kilometer entfernte Würzburg gemacht. Auch Trude hatte sich den beiden angeschlossen und marschierte gemeinsam mit ihnen an der Spitze des Zuges mit. Merkwürdigerweise jedoch war weder von Bruder Christian, dem Mönch, etwas zu hören oder zu sehen, und auch Bruder Gottlob, ihr Pfarrer, schien wie vom Erdboden verschluckt. Das Gerücht ging unter den Menschen um, dass auch diese beiden von den Reitern des Bischofs ergriffen und gefangen genommen worden waren. Doch es handelte sich lediglich um ein Gerücht. Gesehen hatte diese Gefangennahme keiner von ihnen. Doch wie auch immer: Sie waren tausende, die in einer machtvollen Prozession über die Hochfläche zogen. Und aus allen Dörfern, die sie auf ihrem Zug nach Würzburg streiften, gesellten sich mehr und mehr Menschen zu ihnen. Sie würden ihn befreien – und keine Macht der Erde würde sie aufhalten können! Erst recht nicht der alte Bischof in seiner Festung! Sie würden den Auftrag der Heiligen Jungfrau erfüllen!

Schon von weitem hatten die Bürger von Würzburg den riesigen Lindwurm wahrgenommen, der sich in einer nicht enden wollenden Kette über das Land bis hinunter an den Main zog. Zwar hatte der besorgte Bürgermeister der Stadt auf Anordnung des Bischofs noch die große Mainbrücke sperren lassen, als sich nun die Unruhe auch unter den Bürgern von Würzburg ausbreitete. In der Stadt war es zu ersten größeren Zusammenrottungen gekommen, und wieder und wieder hallte die Forderung nach sofortiger Freilassung des Heiligen Jünglings auch innerhalb der Stadtmauern von den Wänden. In Windeseile hatten die Bürger Fackelzüge zusammengestellt und waren zur Brücke geeilt. Gleichzeitig hatten sie überall flussaufwärts und flussabwärts Boote besorgt, mit denen es der Heerschar unter Umgehung der gesperrten Brücke gelingen würde, nun dennoch in großer Zahl auf die gegenüberliegende Mainseite zu wechseln. Zum Marienberg, um den sich somit nicht nur von der Hochfläche her, sondern auch von dessen Flussseite ein dichter Belagerungsring erstreckte.

Der bis ins Innerste zutiefst erschrockene und um sein Leben fürchtende Bischof gelangte verstört zu der Einsicht, dass selbst der von ihm angeordnete Alarmzustand für Stadt und Festung wirkungslos verpufft war. Wo sich der Feind doch genauso unter den eigenen Bürgern befand, wie außerhalb!

„Und nun, Gebsattel: was nun?! Was bleibt uns noch zu tun! Sprecht gefälligst! Sonst seid Ihr ja auch nie um einen Ratschlag verlegen!“ Das Zittern in der Stimme des Bischofs war nicht zu überhören, doch auch Georg von Gebsattel war ratlos.

„Exzellenz, ich fürchte, es gibt nur noch einen Weg: die Flucht nach vorne! Wir sollten einige gezielte Schüsse in die gottlose Menge feuern! Und wenn dann die ersten niedersinken und sich in ihrem Blut wälzen, dann werden auch die anderen zur Besinnung kommen."

„In die Menge feuern? Seid Ihr des Wahnes? Es kann ein riesiges Blutbad geben!"

„Es muss ein Blutbad geben!" Der von seiner Empfehlung selbst nicht völlig überzeugte Gebsattel versuchte, sich zumindest einen zuversichtlichen Anschein zu geben. „Wir müssen den Bauerntölpeln eine blutige Nase mit auf den Heimweg geben!"

„Und mein Name wird in die Geschichte eingehen, als der Name des guten Hirten, der seine Schafe zur Schlachtbank geführt hat! Es ist mein Name, der damit für alle Ewigkeit besudelt wird, nicht Euer Name, Gebsattel!", gab Rudolf von Scherenberg scharf zurück. „Und im Übrigen: Es kann genau das Gegenteil bewirken! Es kann die Menge erst recht rasend werden lassen! Und was dann geschehen wird, bei dieser gewaltigen Übermacht, mit der sie angerückt sind... Das könnt Ihr Euch lebhaft ausmalen! Selbst die dicken Festungsmauern werden uns dann auf Dauer nicht mehr schützen!"

„Aber was dann? Was sonst ist zu tun?" Kalte Wut breitete sich in Gebsattel aus. Der alte Mann auf dem Bischofsthron agierte wieder einmal viel zu zögerlich. „Diesen Heiligen Jüngling etwa freilassen und den Ketzern damit nachgeben?"

„Ich hätte gute Lust, es zu tun!" Ein stechender Blick des Bischofs ließ Gebsattel erschaudern. „Aber das geht ja wohl nicht mehr – die Menge würde in wilde Raserei ausbrechen, wenn sie den Mann erblicken würde. Ihr Heiliger Jüngling mit gebrochenen Gliedmaßen und einem mit Narben übersäten Körper!" Rudolf von Scherenberg schnaubte ungehalten. „Da habt ihr wirklich ganze Arbeit geleistet, Gebsattel. Gegen meine ausdrücklichen Anweisungen! Ich hatte Euch klipp und klar die Anweisung erteilt, das Verhör ohne Anwendung von Folter vorzunehmen. Doch was habt Ihr getan? Eure Folterknechte haben sich brutal und ohne Gnade an ihm vergriffen! Ihr habt ihm die Beine brechen lassen bei seiner Vernehmung! Dazu noch diese Narben überall! Ich habe ihn ja gesehen. Schrecklicher Anblick!" Der Bischof rieb sich fröstelnd die Unterarme.

„Aber Exzellenz! Andererseits brauchen wir doch ein schnelles Geständnis dieses Ketzers!"

„Ein Geständnis, ja! Aber doch nicht so! Und schließlich gibt es an den

Taten und Predigten des Mannes nichts zu verleugnen! Sie sind tausendfach bezeugt! Nein", er schüttelte heftig den Kopf. „Ihr habt uns mit Eurer unbedachten Vorgehensweise um den letzten Trumpf gebracht, den wir noch hätten ausspielen können, aber so..."

Die Zeit verstrich, und keiner der beiden Männer nahm den Gesprächsfaden wieder auf. Schließlich war es Scherenberg, der nach längerem Sinnieren ganz offensichtlich einen Entschluss gefasst hatte.

Er hob seinen Kopf und fixierte den Hofmarschall mit kalten Augen. „Nun denn! Es ist an mir, die Sache nun zu einem Abschluss zu bringen. Ihr habt versagt – und deshalb werde ich nun hinaus gehen und mit den Leuten verhandeln. Wenn sie mich erblicken, werden sie einlenken und umkehren. Sie werden erkennen, dass sie mit ihrem unbedachten Handeln zu weit gegangen sind. Ich werde sie dazu bringen, in Demut auf meine Entscheidung zu warten. Und wenn dann einige Tage ins Land gegangen sind, werden sie sich nicht mehr von neuem zu solch einem riesigen Heer zusammenfinden können. Die Zeit arbeitet in unserem Sinne!"

„Exzellenz!" Entgeistert runzelte der Hofmarschall die Stirn. „Ihr wollt wirklich hinaus? Ihr wollt das Wagnis auf Euch nehmen, mit dem Pöbel zu verhandeln? Ihr, der Fürstbischof von Würzburg, verhandelt mit aufsässigen Bauern?! Unterschätzt nicht die Gefahr für Euer Eigen Leib und Leben, der Ihr Euch damit aussetzen werdet!"

„Pah!" Scherenberg machte eine wegwerfende Handbewegung. „Sie werden es nicht wagen, Hand an mich zu legen! Und was sonst sollen wir tun?"

„Lasst uns einen gezielten Schuss in die Menge hinein abfeuern – und ich garantiere Euch, dass sie das Hasenpanier ergreifen und in alle Himmelsrichtungen davon rennen werden!"

„Kommt nicht in Frage! Mein Entschluss steht fest! Ich werde mich ihnen zeigen und sie mit Gottes Hilfe als ihr Oberhirte zurück auf den richtigen Weg weisen. Und Ihr, Gebsattel, Ihr kommt mit!" Ohne eine Antwort seines Hofmarschalls abzuwarten, wandte sich Scherenberg um und schritt zur Tür. Er war sich der Furcht durchaus bewusst, die von dem anderen nunmehr Besitz ergriffen hatte, denn Gebsattel – das pfiffen selbst die Spatzen im Bischofspalast von den Wänden – war bei der Bevölkerung der

Diözese alles andere als beliebt. Eine Tatsache, die auch dem alten Bischof nicht entgangen war – wie er überhaupt in den letzten Jahren wesentlich mehr an Erkenntnissen über das Tun und Treiben seines höchsten Beamten gewonnen hatte, als dieser sich in dessen kühnsten Träumen würde ausmalen können. Aber Wissen bedeutete Macht, erst recht heimliches Wissen! Nach dieser Devise hatte Rudolf von Scherenberg sein Lebtag lang gehandelt – und er war gut damit gefahren! Sollte sich der Zorn der Menschen also ruhig an Gebsattel reiben – umso besser konnte der Bischof anschließend als Trost und Vergebung spendender guter Hirte in Erscheinung treten!

„Bringt sie jetzt herbei! Direkt vor mein Fenster, alle zusammen! Nur nicht diese beiden mit den Stricken an den Händen!"

Hochaufgerichtet präsentierte sich Rudolf von Scherenberg im Fenster des Bischofspalastes und ließ seinen Blick streng über den Innenhof schweifen. An die einhundert Bauern mochten es sein, die, von zahlreichen Soldaten bewacht, sich mit hängenden Köpfen in ihr Schicksal ergeben zu haben schienen. Ihre blutverschmierte Kleidung war zerrissen und hing in Fetzen von ihren Körpern.

„Los jetzt!" nahm der kommandierende Offizier den Befehl des Bischofs auf und deutete mit blankgezogener Waffe vor seine Füße. „Hierher mit euch! Bringt sie herbei!"

Mit groben Stößen trieben die Soldaten ihre Gefangenen vor sich her, bis diese die gewünschte Stelle erreicht hatten.

„Und nun: auf die Knie! Beugt euer Haupt und sinkt auf die Knie vor eurem Herrn und Gebieter!" donnerte der Offizier mit lauter Stimme.

Voller Anspannung presste Rudolf von Scherenberg die Lippen zusammen. Jetzt würde sich endgültig zeigen, ob der Widerstand gebrochen war, oder ob sie gestern nur einen kurzfristigen Erfolg errungen hatten, der nicht mehr wert war, als der Gewinn eines kurzen Scharmützels in einem wochenlangen Feldzug. Würden sie widerstandslos auf die Knie sinken und ihm einen neuen Treueeid schwören? Würden sie sich dermaßen demütigen lassen und damit ihre vollständige Niederlage für alle sichtbar anerkennen?

Erleichtert bemerkte er, wie sich die ersten Bauern niedersinken ließen. Doch mit einem Mal zerriss ein scharfer Ruf die Stille. „Tut es nicht!"

Überrascht wandten sich die Soldaten um. Der Ruf war von hinten gekommen, vom Eingang des großen Tores her, das auf Geheiß von Scherenberg errichtet worden war. Dort befanden sich die übrigen Soldaten zusammen mit den an Händen und Füßen gefesselten Männern, die mit eigenen Augen ansehen sollten, wie die Reste ihres stolzen Heeres vor dem Bischof in den Staub fielen und um Gnade winselten.

„Tut es nicht! Denkt an den Heiligen Jüngling und an unsere Bestimmung! Ihr dürft jetzt nicht aufgeben!"

Blitzartig hatte sich die Lage verändert. Mit einem Mal wurde die Festung erfüllt von Anspannung und Nervosität! Ein winziger Funke konnte genügen und eine gewaltige Explosion verursachen. Es glich mit einem Schlag derselben Situation, in der sie sich schon gestern befunden hatten.

Gestern! Schaudernd dachte der Bischof an den gestrigen Tag zurück. Als er sich schließlich hinter Gebsattel auf dem Mauerkranz der Festung gezeigt und die Bauern zur Umkehr ermahnt hatte.

Die gespenstische erdrückende Stille, mit der sie seine Worte aufgenommen hatten. Das Schweigen, mit dem sie ihn empfangen hatten. Die Skepsis, die sich in ihren Mienen gespiegelt hatte! Skepsis? Nein, Wut und Zorn, manchmal vielleicht auch ein Rest von Furcht. In Wahrheit sogar schlimmer noch: Es war Hass gewesen, blanker Hass, der ihm aus ihren Augen entgegen geblitzt war! Und dann! Dann waren die ersten Steine geflogen!

In Windeseile hatten sich die Menschen gebückt und nach dem Bauschutt gegriffen, der nach den letzten Baumaßnahmen immer noch vor den Mauern der Festung auf dem Boden verstreut lag. Steine! Mauerreste! Zu hunderten, zu tausenden! Und in den Steinhagel hinein hatten sich zornige Rufe gemischt! Rufe, die den Tod des Bischofs forderten! Nicht nur die sofortige Freiheit des Heiligen Jünglings! Nein: Tod dem Bischof! Hatten sie gerufen. Als Ketzer hatten sie ihn bezeichnet! Als Höllenfürsten!

Nur durch die rasche geistesgegenwärtige Reaktion des ihn begleitenden Offiziers, der den fassungslosen Bischof auf dem Wehrgang hinter der Mauer zu Boden gerissen hatte und ihn dann unter dem Schutz der eisernen Soldatenschilde in eine der Kasematten geschoben hatte, war Rudolf von Scherenberg dem Steinhagel unversehrt entkommen.

Und nur aufgrund des wütenden Feuerbefehls, den der aus einer Stirnwunde blutende Georg von Gebsattel den bischöflichen Kanonieren erteilt hatte, war das grimmig vorrückende Bauernheer gestoppt worden. Entgegen aller Absprachen hatte der Hofmarschall gehandelt, und es war die richtige Entscheidung gewesen, das musste ihm der Bischof zugestehen. Ob sie es ohne die gezielten Schüsse mit den Kanonen in die Menge hinein vermocht hätten, den Angriff zu stoppen? Scherenberg hegte berechtigte Zweifel daran. Nicht auszudenken, was aber dann wirklich hätte geschehen können!

Während dutzende von Bauern – später war die Rede von 38 Toten – in einem blutigen Menschenknäuel getroffen auf die Erde sanken und die entsetzten Menschen panisch in alle Himmelsrichtungen auseinanderstieben, jagte nun auch die bischöfliche Reiterei hinter den Fliehenden her.

Während die meisten der Bauern Schutz in den umliegenden Wäldern suchten und ihnen die Lust auf weiteren Widerstand also in Windeseile vergangen war, schien sich ein Teil der Flüchtenden neu zu formieren. Immerhin einige hundert Mann stark war die Gruppe derer, die sich ihren Verfolgern in einem Ort namens Waldbüttelbrunn schließlich entgegen stellten. Mit dem Mut der Verzweiflung drangen sie trotz ihrer unzureichenden Bewaffnung auf die Reiter ein. Selbst dann noch, wenn der neben ihnen kämpfende Gefährte vom Schwert eines Soldaten getroffen mit gespaltenem Schädel zu Boden sank, dachten sie nicht an Aufgabe. Mit ihren Mistgabeln, Stöcken und Dolchen kämpften sie tapfer weiter, ohne dass sie jedoch auch nur den Hauch einer Chance gehabt hätten, die an Zahl und Ausrüstung weit überlegenen Reiter zu besiegen.

Mehr und mehr wurden sie zurückgedrängt, bis zum Friedhof des Dorfes, dessen schwache Mauern ihnen freilich ebenfalls keinen Schutz gewähren konnten. Doch selbst als all ihre Waffen zersplittert und vernichtet waren, hatten sie in ihrer Verzweiflung noch die auf dem Boden des Friedhofs liegenden Steine ergriffen und diese den Angreifern entgegen geschleudert. Buchstäblich bis zum letzten Stein hatten sie gekämpft, bis sie schließlich in der Kirche Zuflucht gesucht hatten, wo sie innig zur Muttergottes beteten, bis sie von den Reisigen des Bischofs überwältigt und nach Würzburg abgeführt worden waren.

Das blutige Resultat dieses letzten verzweifelten Widerstands: Mehr als ein Dutzend tote Bauern, an die hundert schwer verwundet und weitere einhundert, die nun als Gefangene vor den Bischof getrieben worden waren und ihm den Treueeid abzuleisten hatten.

Und nun dieses plötzliche scharfe Kommando, das ihnen Einhalt gebot! Dieser Befehl, innezuhalten und nicht vor dem Bischof zu Kreuze zu kriechen! Im wahrsten Sinn des Wortes!

Alle Blicke richteten sich auf die beiden Männer, die es gewagt hatten, sich selbst als Gefangene dem Willen des Bischofs zu widersetzen. Mit stolz erhobenen Häuptern präsentierten sie sich ihren Bewachern. Die Fesseln an Hand- und Fußgelenken schienen sie einfach zu ignorieren!

Es war eine Situation, die rasch zu Ungunsten des Bischofs umschlagen konnte! Offen ausgesprochene Widerworte, immerhin einhundert Gefangene, die sich am gestrigen Abend bis zuletzt trotzig gegen die erdrückende Übermacht der Soldaten gewehrt hatten. Man durfte, ja man konnte sich nicht sicher sein! Was, wenn der Funke der Rebellion sich von neuem in einer gewaltigen Explosion entladen würde, wenn die Soldaten sich umwenden und ihre Waffen mit einem Mal nicht mehr gegen die Bauern, sondern gegen Rudolf von Scherenberg erheben würden? Immerhin waren es einfache Leute, meist Leute aus dem Volk. Leute, bei denen die Reden des Jünglings schließlich auf fruchtbaren Boden gefallen waren. Jetzt hieß es, schnell zu handeln!

„Wer wagt es, sich meinen Anordnungen zu widersetzen?“ Rudolf von Scherenberg war dicht an die Fensteröffnung herangetreten und deutete mit seinem ausgestreckten Arm gebieterisch auf die beiden gefesselten Männer, die sich so lautstark zu Wort gemeldet hatten.

„Führt sie ab, die beiden Ketzer, und werft sie in den Kerker! Ich werde euch lehren, sich meinen Befehlen zu widersetzen! Volksverhetzer! Ketzer! Gottlose Gesellen! Die passende Strafe wird euch dafür zuteil werden!“ Er steigerte seine Lautstärke, da die Bewacher tatsächlich für einen weiteren Moment zu zögern schienen. „Führt sie ab, habe ich euch befohlen! Auf der Stelle!“

Nachdem die erschrockenen Soldaten dem Befehl nun unverzüglich nachkamen und die beiden Gefesselten mit groben Stößen vor sich über den Platz trieben, bis deren Rufe „Maria wird uns erlösen“ und „Der Zorn des Allmächtigen wird über euch kommen“ wenig später hinter einer der Türen verhallten, wandte sich der Bischof wieder den Gefangenen zu, die mit gesenkten Köpfen regungslos unter ihm verharrten. Man konnte die Enttäuschung und die Depression förmlich mit Händen greifen, von der die Menschen neuerlich erfasst worden waren. Das Wunder war ausgeblieben! Weder hatte die Heilige Jungfrau die Fesseln von Jörg Hahn und Heinrich

Schmied gesprengt, noch hatten sich die Soldaten auf ihre Seite geschlagen und den Bischof davon gejagt! Nein, durch dessen rasches und entschlossenes Handeln hatte dieser die Situation, die ihm zu entgleiten drohte, blitzschnell wieder in seinen eisenharten Griff bekommen. Der alte Mann steckte voller Geheimnisse, man musste vorsichtiger zu Werke gehen, als es manches Mal den Anschein hatte, registrierte der Hofmarschall erschaudernd. Nun ja, andererseits musste durchaus einige Durchsetzungsfähigkeit bei seinem Oberhirten vorhanden sein – wie sonst hätte dieser es seinerzeit geschafft, sich zur Überraschung vieler gegen alle mächtige Konkurrenz durchzusetzen und den Bischofsthron zu besteigen.

„Und nun zu euch", fuhr Scherenberg mit unheil drohender Stimme fort. „Du und du und du – dann der dort, und jener und dieser ebenfalls..." deutete er wahllos auf einzelne Männer in der Menge, die erschreckt zusammenzuckten, als er sie in sein Visier nahm. Sofort eilten Soldaten herbei und packten die Männer mit eisenhartem Griff grob an den Oberarmen.

„Exzellenz! Im Namen der Heiligen Jungfrau, tötet ihn nicht! Er ist mein Mann und der Vater von sechs kleinen Kindern!" Die junge abgerissene Frau in der Menge der Gefangenen fiel auf die Knie und hob flehend ihre Hände zum Bischof empor. „Tötet ihn nicht! Ich bitte Euch! Habt Mitleid mit einer armen Bauersfamilie! Lasst Gnade walten, um der Barmherzigkeit willen! Im Namen unserer Heiligen Jungfrau Maria, erbarmt Euch!"

Scherenberg runzelte ärgerlich die Stirn. Das Letzte, wonach ihm nun noch der Sinn stand, waren Szenen wie diese.

„Nun also ist sie euch wieder recht, unsere Gnade! Nun, da ihr euch gegen die vom Herrgott eingesetzte Obrigkeit erhoben habt, nun besitzt ihr die Dreistigkeit, um Gnade zu winseln! Aber nein", er machte eine wegwerfende Handbewegung, „es geht nicht darum, diese Männer zu töten, nein! Obwohl sie als Aufrührer und Rebellen den Tod verdient hätten! Sie werden uns lediglich noch einige Tage Gesellschaft leisten und im Verlies über ihr gottloses Handeln räsonieren können. Ferner gedenke ich, sie als Zeugen zu gebrauchen, als Überbringer der Nachricht von der Himmelfahrt eures ketzerischen Hirten! Sie werden Zeugen sein bei dessen Verurteilung – und sie werden euch berichten, welche Strafe ihm für sein gottloses Tun zuteil geworden ist. Samt seiner beiden Kumpane, die sich so todesmutig zu Wort gemeldet haben. Sie werden ihren Mut noch gut gebrauchen können!“

Wiederum erschauderte Gebsattel, als er den eiskalten Blick bemerkte, der den Bauern aus den Augen des Bischofs entgegenschlug.

„Und nun auf die Knie mit euch! Nehmt ihnen endlich den Treueid ab und lasst sie Urfehde schwören!“, wandte sich Scherenberg dann unwirsch an den neben ihm in der Fensteröffnung stehenden Offizier. „Es ist schon viel zu viel von meiner kostbaren Zeit verschwendet worden!“

Die folgende demütigende Szene würde keiner der Bauern zeit seines Lebens jemals vergessen. Wie sie die Köpfe senkten, wie sie auf die Knie sanken – und wie sie langsam, Wort für Wort, die Huldigungsformel für den Bischof wiederholten, die ihnen der Hauptmann mit feierlicher Miene deklamierte...

35

„Schläfst du schon, Bruder?“ Der Mitgefangene räusperte sich verlegen, bevor er zaghaft fortfuhr. „Ich... ich hätte dir da nämlich noch etwas zu sagen... zu gestehen vielmehr...“ Gespannt wartete er auf eine Reaktion des Jünglings, doch außer flachen hektischen Atemstößen war zunächst nichts zu hören. Vom ständigen Rascheln der Ratten in dem feuchten Stroh einmal abgesehen.

„Nein, ich schlafe nicht“, krächzte Hans Böhm schließlich mit matter Stimme. An Schlaf war nicht zu denken, dafür schmerzten ihn die zahlreichen mittlerweile entzündeten Wunden an Beinen und Oberkörper, die sie ihm in den letzten Tagen zugefügt hatten, viel zu stark. Mit Ausnahme von heute. Heute hatten sie ihn zwar ebenfalls aus dem Verlies hochgezogen, dann jedoch war der Barbier erschienen und hatte ihn eingehend in Augenschein genommen. Der Mann war erschrocken zusammengezuckt, als er die eitrigen Wunden versorgte, die Hans dermaßen starke Schmerzen bereiteten, dass er wieder und wieder ohnmächtig in sich zusammensank.

Anschließend hatten sie ihm ein anderes Gewand übergestreift und ihn zu einem spärlich erleuchteten Raum geschleppt, in dessen Mitte ein mit schwarzem Samt überzogener Tisch aufgebaut worden war. Hinter diesem Tisch hatte er durch den Nebel von Schmerz und Betäubung drei in schwarze Kutten gehüllte Männer wahrgenommen, die ihn mit allerlei strengen Fragen konfrontiert hatten.

Es musste sich um die Hölle handeln – um eine neuerliche Prüfung, die ihm die Heilige Jungfrau auferlegt hatte! Das war der einzige Gedanke, der durch das gemarterte Gehirn von Hans gedrungen war. Sie würden ihn dieser Prüfung unterziehen, nun denn! Dann jedoch würde der Fürst der Finsternis rasch feststellen, dass er keine Macht über Hans besaß! Dass die Macht der Heiligen Jungfrau stärker war als die Mächte des Bösen! Sie würde ihn beschützen – auf all seinen Wegen! Hatte sie ihm nicht genau dieses versprochen? Er musste nur stark sein, durfte nicht von seinem Glauben abfallen, durfte die Heilige Jungfrau nicht enttäuschen! Nicht verraten! Stark sein! Stark und fest im Glauben! „Gelobt und gepriesen sei die Heilige Muttergottes! Amen!“ Mehr hatten sie von Hans nicht zu hören bekommen, bevor dieser wieder zurücksank in diese unwirkliche Zwischenwelt aus Ohnmacht und Erschöpfung.

Dass es sich dabei um den Prozess gehandelt hatte, den ihm Rudolf von Scherenberg in aller Eile und gegen alle Rechtmäßigkeit bereitet hatte, das war Hans erst Stunden später von seinem Mitgefangenen erklärt worden. Stunden später, als er für eine kurze Zeit aus der Ohnmacht erwacht war, bis die rasenden Schmerzen in seinem Körper erneut die Oberhand über sein Bewusstsein gewonnen hatten.

Ein Prozess also, nur um den Schein der Rechtmäßigkeit wenigstens für die Öffentlichkeit aufrecht zu erhalten. Ein Prozess ohne Zeugen. Eine rasch anberaumte Verhandlung. Denn schon wieder herrschte Unruhe auf der Marienburg. Das Gerücht war in Windeseile bis zum Hofmarschall vorgedrungen, dass sich eine neue Welle der Empörung auf Würzburg zu bewege. Eine riesige Welle, samt einer gewaltigen Armee, die sich in kürzester Zeit formiert habe. Mitsamt den Schweizern! Ja, die Schweizer! Die Eidgenossen wollten dem Heiligen Jüngling tatsächlich zu Hilfe eilen, so ging landauf – landab hinter vorgehaltener Hand die Kunde. Und wenn sie es schafften, sich mit den versprengten Anhängern des Pfeiferhans im Taubertal tatsächlich zu vereinigen, dann Gnade ihm Gott, dem Bischof von Würzburg!

Erwartungsvolle Hoffnung und trotzige Häme spiegelten sich in den Mienen der Menschen, als sie diese Botschaft weitergaben. Eine Brücke würde so entstehen, eine Brücke von der Landschaft südlich des Rheins bis hoch zum Main! Und wehe demjenigen, der sich ihnen dann in den Weg stellen würde! Selbst der Kaiser hatte ja schon leidvoll verspüren müssen, was es bedeutete, die Schweizer in ihre Schranken weisen zu wollen. Wie ein geprügelter Hund war er anschließend wieder von dannen gezogen, der mächtige Herrscher!

Wie hatte sich der Heilige Jüngling immer ausgedrückt? Was hatte er ihnen prophezeit? Einen neuen Himmel und eine neue Erde! Also doch! Die Schweizer würden Hans Böhm aus seinem Verlies befreien und ihn im Triumphzug zurück nach Niklashausen begleiten!

Die Hoffnungen, Meldungen und Nachrichten von angeblichen Kämpfen vermischten sich in der verstörten und verwirrten Bevölkerung zu einem in der Tat brisanten Konglomerat, das jederzeit in eine gewaltige Explosion zu münden drohte. Zu viel war in den letzten Wochen geschehen: die wachsende Unruhe unter dem Volk, die immer keckeren Reden des jungen Hirten, die Tatenlosigkeit der Obrigkeit, die aufkeimende Hoffnung auf eine neue Gesellschaftsordnung, dann die Gefangennahme des Pfeifers, die offene Rebellion der Bauern, die brutale Niederschlagung des Aufstandes und nun die neue Hoffnung durch die angeblich zu Hilfe eilenden Schweizer!

Es bedurfte keiner großen Überredungskünste des Hofmarschalls mehr, um den Bischof dieses Mal zu raschem Handeln zu bewegen. Man einigte sich darauf, auf der Stelle Boten auszusenden, die das Volk beruhigen sollten, während gleichzeitig der Prozess gegen den Ketzer vorbereitet werden sollte. Aufgabe der Boten sollte es sein, den Menschen von der Gefangennahme und dem bevorstehenden Prozess gegen den ketzerischen Hirten zu berichten. Sollte sie anhalten zur Mäßigung und das Verbrechen der Ketzerei, deren er sich schuldig gemacht hatte, klar und deutlich beim Namen nennen.– Doch es war anders gekommen. Die Bauern hatten die Anschläge in ihren Dörfern abgerissen und die Boten mit Prügeln zum Teufel gejagt.

Dies also war das letzte Warnsignal: Der Prozess musste stattfinden. Sofort! In aller Eile! Die Situation erforderte rasches Handeln – ein längerer Aufschub war nicht mehr möglich! Natürlich konnte damit kein ordnungsgemäßes Verfahren zustande kommen. Der Prozess würde also nur scheinbar geführt werden, um nach außen die Form zu wahren.

Als Hauptpunkt der Anklage diente nun das hastig verfasste Gutachten eines Heidelberger Rechtsgelehrten, das Gebsattel glücklicherweise schon vor der Gefangennahme des Jünglings in Auftrag gegeben hatte. Der Professor hatte dabei lediglich die Berichte bewertet, die ihm aus zweiter Hand übermittelt worden waren, wobei das Fazit der Ketzerei von vornherein schon festgestanden hatte. Doch immerhin: Die Form blieb somit – oberflächlich wenigstens – gewahrt. Und im Hinblick auf den drohenden Volksaufstand duldete die Hinrichtung keinen Aufschub mehr. Rechtmäßigkeit hin oder her, Gebsattel hatte sämtliche Bedenken, die der eine oder andere seiner Untergebenen vorzubringen gewagt hatte, unwirsch vom Tisch gefegt. Es musste zu einer raschen Hinrichtung kommen, jede Stunde zählte! Eine

Hinrichtung auf dem Scheiterhaufen, wie es sich für einen Ketzer gehörte. Denn schließlich: Der Hirte hatte den gravierenden Anklagepunkten ja nirgendwo widersprochen, hatte in dem mehr oder minder öffentlichen Verhör nur wieder und wieder von seiner göttlichen Mission gefaselt, mehr nicht... Hatte den Vorhaltungen, die seine gesamten Verfehlungen aufzählten, wie angebliche Wunderheilungen, Gotteslästerung, Spottreden gegen Kaiser und Kirche, gegen die von Gott eingesetzte Obrigkeit, niemals widersprochen. Und so war das Urteil schnell, klar und einstimmig zustande gekommen: Ketzerei! Und dieses schlimme Verbrechen konnte nur durch eine einzige Strafe gesühnt werden: durch den Tod auf dem Scheiterhaufen.

Rasch! Es war und blieb die einzige Möglichkeit, um dem verführten Volk zu zeigen, dass keine himmlischen Mächte am Werk waren, mit denen der verwirrte Hirte im Bunde war und die nun herbei eilen würden, um dem Pfeifer von Niklashausen zu helfen!

„Erst erlaube mir aber noch eine Frage", nahm der Mitgefangene in dem dunklen feuchten Verlies den Gesprächsfaden wieder auf. „Stimmt es also, was die Wache mir heute erzählt hat: Hast du bei deinem Verhör nun die Ketzerei eingestanden? Und hast du tatsächlich widerrufen, wie sie am Nachmittag neue Boten ausgesandt haben, um dies den Leuten mitzuteilen? Du hättest gestanden, dass das tote Kind, das du zu neuem Leben erweckt hast, in Wirklichkeit nur ins Wasser der Tauber gefallen war! Du hättest dich selbst der Scharlatanerie und der teuflischen Verführung bezichtigt! Du hättest deiner Ketzerei sogar abgeschworen und um Gnade gebettelt..."

Wieder verstrich geraume Zeit, bevor Hans, dem das Sprechen kaum noch gelingen wollte, eine Antwort gab. „Aber weshalb sollte ich das tun?" flüsterte er kraftlos. „Wo doch mein Handeln bestimmt ist vom göttlichen Willen und vom Wirken unserer Heiligen Jungfrau Maria... Wie sollte ich ihr jemals entsagen?"

„Sie behaupten es so!"

„Sie sagen die Unwahrheit! Sie..." Ein Schmerzenslaut unterbrach seine Rede. Voller Empörung hatte er versucht, sich aufzurichten, doch die rasenden Schmerzen, die wie tausend Messerstiche durch seinen geschundenen Körper jagten, hatten ihn mit einem gequälten Aufschrei zurücksinken lassen. „Sie erzählen die Unwahrheit. Die Heilige Jungfrau wird kommen und mich befreien..." keuchte Hans mühevoll.

„Aber der Pfarrer, dieser Bruder Gottlob, auch er habe gestanden, sagen sie! Er habe dich der Ketzerei bezichtigt und dich beschuldigt, ihn mit deinem teuflischen Zauber in seinen Bann geschlagen zu haben!"

„Sie werden ihn der Folter unterzogen haben..."

„Auch all die Wunderheilungen, deine Reden gegen den Papst und den Kaiser hat er gestanden, mit eigenen Augen und eigenen Ohren gehört und gesehen zu haben!"

„Er hat zugegeben, was er gesehen hat..."

Wieder entstand eine lange Pause. Schließlich räusperte sich der Mitgefangene von neuem. „Da ist noch etwas, das ich dir sagen will..."

„Nur zu! Sag mir, was dich bedrückt..."

„Es... es ist Folgendes..." Der Mann schien mühsam um die richtigen Worte zu ringen. „Es ist nämlich so... ich bin keineswegs zufällig mit dir in dieses Loch gesperrt worden... Sie...meine Auftraggeber... Gebsattel... sie haben mich mit einem klaren Auftrag zu dir gebracht..." Er stieß einen erleichterten Atemzug aus. Endlich hatte er es geschafft! Endlich hatte er das düstere Geheimnis offenbart, das ihm seit Stunden zentnerschwer auf der Seele lag. Er hatte dem Jüngling gestanden, dass er in Wirklichkeit als Spion des Bischofs fungierte, der sich in das Vertrauen des Gefangenen schleichen und so wertvolle Informationen erhalten sollte.

„Ich weiß!"

Der Mann glaubte, sich verhört zu haben! „Du... du... hast es gewusst?"

„Schon lange!" bestätigte Hans leise. „Es war klar, dass sie versuchen würden, alles über mich und meine Gefährten in Erfahrung zu bringen. Doch die Muttergottes hat mir die Erkenntnis gegeben..."

„Ich... es ist..." stotterte der Mitgefangene voller Trauer und Verblüffung. „Kannst du mir verzeihen?"

„Es ist nicht an mir, dir zu verzeihen! Kehre um, tue Buße und suche Trost und Erlösung bei der gnadenvollen Muttergottes!"

„Das werde ich tun! Ich habe deine Botschaft gehört und ihr Werk durchschaut! Was haben sie mir nicht alles über dich erzählt! Dass du mit dem Teufel im Bunde stündest und Not und Unglück über die Menschen brächtest! Doch ich habe nichts erkennen können in deinen Reden und in deinem

Handeln, was Unrecht sein sollte! Ganz im Gegenteil! Du berufst dich auf das, was in der Heiligen Schrift geschrieben steht! Du weist uns alle zurück auf den einzig richtigen Weg! Doch was tun sie? Sie zerschmettern dir die Beine, sie quälen dich unter der Folter, sie richten einen Scheinprozess aus und verurteilen dich zum Tode!" Erschrocken hielt der Mann inne! Er hatte sich von seiner Erregung einfach mitreißen lassen und dem armen Jüngling die Nachricht von dem Todesurteil schonungslos offenbart.

Doch Hans Böhm schien weder überrascht noch erschrocken. „Ich weiß! Sie werden versuchen, mich hinzurichten. Morgen schon!"

„Sie werden es in der Frühe verkünden! Sie sind besorgt und befürchten einen Aufstand des Volkes, falls sie länger warten!"

„Die Heilige Jungfrau wird mich erlösen! Ich werde aufsteigen zur ewigen Glückseligkeit! Die wahren Ketzer aber werden zerschmettert werden von der göttlichen Rache, denn sie haben sich versündigt gegen den Willen unseres Schöpfers!"

Wieder breitete sich Stille aus in dem modrigen Verlies. Eine unheilvolle Stille.

„Ich habe eine Bitte an dich", das Flüstern des jungen Mannes war kaum zu verstehen. „Komm näher zu mir, damit ich dir meine Bitte vortragen kann."

Der Mitgefangene rutschte näher an Hans heran, dessen Kräfte allmählich zu schwinden schienen. „Sag mir dein Begehr! Ich werde deine Bitte erfüllen – was auch immer es ist! So wahr mir Gott helfe!"

„Suche Trude! Meine liebe Gefährtin in all diesen wundersamen Wochen! Sie hat es geschafft, den Häschern rechtzeitig zu entwischen. Wie ja auch der Bruder Christian offenbar nicht hat ergriffen werden können. Weshalb sonst hätte man dich hierher zu mir geschickt, um Hinweise über sie zu erhalten?! Suche nach ihr – und nach dem Kind, das sie unter dem Herzen trägt! Überbringe ihr meine Segenswünsche! Mein Schicksal liegt nicht in meiner Hand, es spielt keine Rolle mehr hier auf Erden! Finde aber Trude – finde sie und ihr Kind! Ich werde vom Himmel auf euch herabblicken und die ewige Glückseligkeit erfahren! Ich habe mein Erdendasein überwunden und werde im Himmel auf sie warten. Sage ihr dieses. Spende ihr Trost und Zuversicht!"

Immer leiser wurde die Stimme, bis nur noch ein unhörbares Flüstern aus dem Mund des schwer verletzten Jünglings drang, der allmählich wieder in eine Ohnmacht hinüber zu dämmern schien.

Der Jüngling hatte dieses Mal vom Tod gesprochen, von einer anderen Befreiung seiner Seele! Hatte er sich also tatsächlich mit seinem irdischen Ende abgefunden und sehnte nun angesichts seines brutalen Leidens das Ende herbei? Das Ende, das in einen neuen Anfang münden würde?

Um die Fassung des Mithäftlings war es nun endgültig geschehen. Schluchzend ließ er seinen Kopf sinken, während bittere Tränen auf den Oberkörper des Geschundenen tropften. „Segne mich, Heiliger Jüngling! Vergib mir, was ich getan habe!“

Ein letztes Mal nahm Hans all seine Kraft zusammen. „Wie wird mein Urteil lauten? Welche Strafe werden sie für mich finden? Sie werden mich enthaupten? Sprich die Wahrheit ruhig aus! Ist es diese Strafe, die sie für mich vorgesehen haben?“

Und wieder krampfte sich das Herz des bischöflichen Kundschafters schmerzhaft zusammen. „Ich glaube das nicht. Sie haben dich als Ketzer erkannt und verurteilt. Ein Ketzer aber wird durch die reinigende Kraft des Feuers gerichtet. Sie werden dich auf dem Scheiterhaufen verbrennen...“

„Schaut her, da kommen sie!“ Aufgeregte Schreie ertönten aus der riesigen Menschenmenge, die sich an diesem wolkenverhangenen 19. Juli des Jahres 1476 vor den Toren der bischöflichen Residenz, auf dem so genannten Schottenanger bei der Kirche St. Jakob, versammelt hatte, um der Hinrichtung des Ketzers Hans Böhm beizuwohnen, als sich der Henker mit seinem von zahlreichen Soldaten bewachten Delinquenten der Richtstätte näherte.

„Was haben sie nur mit ihm gemacht!“

„Sie haben ihn gefoltert!“

„Sie schleppen ihn! Er kann nicht mehr laufen!“

„Sie haben ihm die Beine zerschmettert!“

Zornige Rufe mischten sich in das fassungslose Entsetzen, das die Leute ergriffen hatte, als sie die zahlreichen Verletzungen erkannten, mit denen der Körper des jungen Hirten übersät war. Obwohl man ihm wieder, wie beim Prozess, ein sauberes Gewand übergestreift hatte, um die ärgsten Folterspuren zu verdecken, waren Blut und Eiter durch den Stoff gedrungen. Die hässlichen Flecken zeigten den Menschen umso deutlicher, wie schwer die Wunden sein mussten, die unter dem Gewand verborgen waren. Dazu die entstellten Hände – und die kraftlos auf dem Boden schleifenden Beine, die merkwürdig verdreht zu sein schienen! Die Soldaten, die den trotz seiner Bewegungsunfähigkeit an den Händen gefesselten Pfeiferhans unter den Achseln gepackt hatten, um ihn so zum Scheiterhaufen zu schleppen!

„Ihr Widerlinge!“ „Mörder!“ „Schurken!“

Blitzschnell zogen die Soldaten auf einen Wink des Hofmarschalls ihre Waffe und näherten sich der aufgebrachten Menge mit drohenden Gebärden. Jetzt galt es, die Leute in Schach zu halten, von Anfang an! Nur ja kein Tumult jetzt! Notfalls sollten sie unverzüglich eingreifen und sich kein Widerwort gefallen lassen. Dies hatte Gebsattel persönlich den Reisigen des Bischofs am Morgen eingeschärft. Mit unnachgiebiger Härte sollten sie vorgehen, falls sich an irgendeiner Stelle Aufsässigkeit zeigte. Nur mit entschiedenem Handeln konnte man das Bauernvolk und selbst die sonst so biederen Bürger von Würzburg nun vor unbedachten Aktionen bewahren.

„Hans, ich bitte dich! Verzeihe mir!“ Der schwarzgekleidete ältere Mann fiel auf seine Knie, als die Schergen mit Hans in ihrer Mitte an ihm vorüber zogen. Mit Tränen in den Augen hob er seine Hände flehend in die Höhe. Gottlob! Der Pfarrer von Niklashausen! „Verzeih mir Hans, sie haben mich gezwungen, deine Handlungen preiszugeben!“

Auch an den Händen des Pfarrers waren die Spuren der Daumenschrauben nicht zu übersehen, mit denen ihn die Folterknechte des Bischofs gemartert hatten. Bis er all das gestanden hatte, was sie von ihm hatten hören wollen. Bis er dem Tun und Treiben des Heiligen Jünglings abgeschworen hatte. Immerhin: Sie würden ihn am Leben lassen. Er solle die Hinrichtung des Ketzers ganz genau mitansehen, danach könne er gehen. Nie wieder dürfe er freilich als Priester agieren, hatten sie ihm am Ende des peinlichen Verhörs bedeutet. Er könne aber nach der Hinrichtung gehen, wohin er wolle. Möge er sich künftig als Bettler durch das Leben schlagen und allen Zweiflern erzählen, wie ein Ketzer bestraft worden war, der es gewagt hatte, die göttliche Ordnung in Zweifel zu ziehen!

„Verzeih mir, Hans!“

Während sie ihn an dem verzweifelten Mann vorüber schleppten, schaffte es Hans, seinen Kopf in Gottlobs Richtung zu wenden. „Die Heilige Jungfrau sei mit dir, Gottlob!“ lächelte er zu dem Priester hinüber. Nur aus den Augenwinkeln nahm er noch wahr, wie Gottlob weinend auf den Boden sank, dann jedoch von den beiden Soldaten, die zu seiner Bewachung abgestellt worden waren, mit energischen Griffen hoch gehoben wurde.

„Sag, ist es wahr?“ meldete sich eine unbekannte Stimme aus der Masse der Schaulustigen. „Hast du deiner Lehre abgeschworen und dich zur Ketzerei bekannt?“

„Niemals habe ich abgeschworen! Glaubt nicht, was sie euch erzählen!“ antwortete Hans mit erstaunlich klarer und lauter Stimme. „Glaubt an die Heilige Jungfrau und seid voller...“

Weiter kam er nicht. Der Hauptmann hatte geistesgegenwärtig reagiert und ihm rücksichtslos einen Knebel in den Mund gestopft.

Wieder breitete sich Unruhe in der Menge aus. Aufgeregt deuteten manche nach vorne, wo der schwarz gekleidete Henker, dessen Gesicht ebenfalls von einer schwarzen Kapuze mit zwei Sehschlitzen verdeckt war, nun in die Mitte des Platzes neben den hoch aufgeschichteten Scheiterhaufen trat und sein in der Sonne prachtvoll blitzendes riesiges Richtschwert präsentierte.

Zwei eng aneinander gekettete große Männer wurden in der Zwischenzeit herangeführt.

„Das sind sie! Das sind die Gefährten des Jünglings!" raunten die Menschen erschaudernd.

In der Tat handelte es sich um Jörg Hahn und Heinrich Schmied, die beiden engsten Freunde des Pfeiferhans, die sich nach dessen Gefangennahme an die Spitze des Zuges nach Würzburg gestellt hatten. Die Blicke der drei dem Tod geweihten Männer trafen sich kurz.

Dann deutete der Scharfrichter auf Jörg Hahn, dessen Fesseln von den Henkersknechten gelöst wurden. Mit gefalteten Händen kniete er nieder, den Kopf zu Boden gesenkt. Einer der Gehilfen zog das Hemd des Verurteilten auf dessen Rücken, so dass der Nacken nunmehr entblößt war. Ein prüfender Blick des Henkers – und dann ging alles blitzschnell. Er hob das Richtschwert in die Höhe, die Knechte eilten zur Seite. Unmittelbar danach sauste die messerscharfe Klinge mit brachialer Gewalt auf den Hals des Delinquenten und trennte den Kopf von seinem blutenden Rumpf. Mit einem einzigen Hieb war es geschehen! Aufstöhnend wandte Heinrich Schmied sich ab, während ein herzzerreißender Schrei über die Richtstätte gellte. „Jörg! Warum nur? Jörg!" In die sich überschlagende Frauenstimme mischte sich das klägliche Weinen der kleinen Kinder, die auf Geheiß des Hofmarschalls mit anzusehen hatten, wie die Köpfe ihrer Väter zu Boden fielen! Sie sollten diese brutale Szene zeitlebens nie vergessen! Und pochte das renitente Blut in ihren Adern auch noch so mächtig: Angesichts des grausamen Schauspiels, das sich unauslöschlich in ihr Gehirn eingebrannt hätte, würden sie sich später Aufsässigkeiten gegen die Obrigkeit vorher ganz genau überlegen, dessen war sich Gebsattel sicher.

Doch die Folter war noch nicht zu Ende. Einer der Henkersknechte griff den abgetrennten Kopf des Bauern Jörg bei den Haaren und spießte ihn zum Entsetzen der Zuschauer auf einen hölzernen Pflock am Rande des Richtplatzes. Ein lautes Raunen ging daraufhin durch die Menge.

„Willkommener Fraß für unsere Raben", murmelte der Hofmarschall befriedigt, während er aufmerksam verfolgte, wie die Arbeit des Henkers voran ging.

Wenig später war auch das Leben von Heinrich Schmied beendet. Auch dieses Mal genügte dem bischöflichen Scharfrichter ein einziger Schwerthieb, um den Kopf sauber vom Rumpf zu trennen. Saubere Arbeit! Der Henker lächelte zufrieden, nachdem er so seine Kunst vor dieser riesigen Menschenmenge eindrücklich zur Schau gestellt hatte. Nicht auszudenken, welche Schmach es für ihn bedeutet hätte, ein zweites oder womöglich gar ein drittes Mal zuschlagen zu müssen! Wenn er den Punkt zwischen den beiden Halswirbeln nicht exakt getroffen hätte! Mit stolzgeschwellter Brust übergab er das Schwert an einen seiner Gehilfen, während er die Arme verschränkte und abwartete, bis der andere auch den zweiten Kopf auf einen Pfahl gesteckt hatte.

Mit einer fast unmerklichen Kopfbewegung gab er anschließend ein Zeichen, um nunmehr Hans von seinem Knebel zu befreien.

Keuchend und einer Ohnmacht nahe, sog dieser die Luft in seine Lungen. Der Scharfrichter fixierte den erschöpften Mann beunruhigt. Das hätte ihm gerade noch gefehlt, dass sein Delinquent vor aller Augen das Bewusstsein verlöre! Wie sollte er ihn denn in diesem Falle seinem gerechten Urteil zuführen? Man musste vorsichtig zu Werke gehen!

„Und nun ist die Reihe wohl an mir?" krächzte Hans, in dessen matten Augen der Henker gleichwohl keinerlei Furcht erblicken konnte. „Ist mir also dasselbe Schicksal beschieden, wie meinen frommen Gefährten?"

„Für dich haben wir eine andere Taufe!" deutete der Henker zu dem hoch aufgerichteten Scheiterhaufen hinüber. „Doch vorher wollen wir dir auf Geheiß des hochwürdigen Herrn Bischofs noch die Haare abschneiden, da er befürchtet, es hätten sich noch einige Teufelsnester darin versteckt!"

In der Tat machte er seine Ankündigung wahr und schor dem Heiligen Jüngling vor aller Augen die Haare. Um die Mundwinkel des Bischofs, der von seiner Empore herab das würdelose Schauspiel genauestens beobachtete, spielte ein boshaftes Lächeln. Ein kahlköpfiger Ketzer! Gleich würde es vorbei sein mit dem Spuk aus dem Taubertal! Endgültig!

37

Voller Verzweiflung und Entsetzen richteten einige der Zuschauer ihren Blick zum Himmel! Wann endlich würde ihnen die Heilige Jungfrau zu Hilfe eilen? Weshalb hatte sie bislang tatenlos zugesehen, als die Köpfe der beiden armen Männer in den Staub rollten? Die himmlische Rache! Sie musste doch kommen! Endlich kommen!

Genau in diesem Augenblick brach ein heller Sonnenstrahl blitzend durch die Wolken. Lautstarker Jubel ertönte in der Menge. „Da, schaut hinauf zum Himmel! Jetzt wird der Herrgott kommen und unseren Heiligen Jüngling erretten! Jetzt wird sie alle Gottlosen zerschmettern, die Rache des Himmels!"

Immer stärkere Unruhe erfasste die Menschen. Viele von ihnen sanken auf die Knie und harrten mit gefalteten Händen der wundersamen Dinge, die sich nun sogleich unmittelbar vor ihren Augen ereignen würden.

Und auch den Bischof hatte ein kalter Schauder in seine eisige Umklammerung genommen. „Beeilung!" herrschte er den neben ihm zusammenzuckenden Gebsattel an. „Das Volk wird unruhig! Selbst die Soldaten scheinen nervös zu werden!"

Doch es hätte dieser Aufforderung gar nicht mehr bedurft. Auch der Hofmarschall verspürte den eigenartigen Umschlag in der Stimmung auf dem Platz. In der Tat hatten sich die Wolken nun fast völlig verzogen und die Sonne erleuchtete das Geschehen am Scheiterhaufen hell und geradezu unbarmherzig.

Der Henker antwortete mit einem kurzen Kopfnicken. Er hatte das Zeichen verstanden.

„Nun denn!" raunte er dem Jüngling leise zu, während er den vor Schmerzen aufstöhnenden Mann unter der Schulter fasste und ihn langsam zu dem Scheiterhaufen hinüber führte. „Es ist an der Zeit, eine Vereinbarung zu treffen. Gleich werden die Flammen um dich herum zum Himmel lodern. Es kann eine gute Weile dauern, bis das Feuer dich verzehrt oder du in Ohnmacht fällst. Es können höllische Qualen sein, die dir zuteil werden. Höre deshalb meinen Vorschlag: Ich biete dir an, dich gnadenhalber zu erstechen, kurz bevor ich die Flammen entzünde und du hinter dem Holzstapel vor neugierigen Blicken verborgen bist. Bete für meine arme Seele und ich werde Gnade walten lassen und dich mit diesem Dolch erstechen", deutete er auf das Kurzschwert, das in der Scheide an seinem Gürtel steckte.

Gespannt wartete er auf eine Antwort, doch Hans Böhm blieb stumm.

„Hast du mein Angebot nicht verstanden? Sprich! Es bleibt dir nur noch wenig Zeit!" versuchte es der Scharfrichter ein weiteres Mal. „Der Hofmarschall drängt mich schon zur Eile!"

Nun schüttelte Hans langsam seinen Kopf. „Es ist nicht nötig, was du für mich tun willst! Ich werde aufrecht zu meinem Herrgott und zur Heiligen Jungfrau gehen!"

„Du weißt nicht, was auf dich zukommt!"

„Ich bin frei von Angst und Furcht! Die Heilige Jungfrau wird mich erlösen! Hab dennoch Dank für dein Erbarmen! Ich werde dennoch für dich und deine arme Seele beten!"

„Nun denn!" Der Henker hob mit einer bedauernden Geste die Achseln. „Du hast es nicht anders gewollt." Vorsichtig ließ er Hans auf eine bei den zahlreichen Holzscheiten liegende Leiter gleiten und winkte seine beiden Schergen zu sich. Mit geübten raschen Griffen banden sie den Jüngling auf der Leiter fest und lehnten diese schließlich an den Pfahl, der aus dem Scheiterhaufen in die Höhe ragte. Der Henker bekreuzigte sich hastig, während er sich dem Todeskandidaten noch einmal näherte. „Ein letztes Mal: Denk an mein Angebot!"

Doch Hans schüttelte seinen Kopf und bedachte den Schwarzgekleideten mit einem milden Blick. „Friede sei mit dir und all deinen Angehörigen!"

„Der Herr sei deiner armen Seele gnädig!" Der Mann bekreuzigte sich ein weiteres Mal, dann trat er von dem Scheiterhaufen herunter. Eine kurze Handbewegung genügte, und schon hatten seine beiden Helfer die brennenden Fackeln ergriffen, die ihnen von den Soldaten herbeigebracht worden waren. Hell loderten die Flammen in die Höhe, als sie die Fackeln an das leicht entzündbare dürre Astwerk hielten, das rings um den Scheiterhaufen aufgeschichtet war.

Während die immer noch auf ein Wunder hoffenden Bauern voller Unruhe und Enttäuschung zum Himmel blickten, drang ein Lied an ihre Ohren.

Ein Lied, das mitten aus dem Scheiterhaufen zu kommen schien! Tatsächlich! Es war Hans, der mit aller Kraft, die ihm noch zur Verfügung stand, dieses Lied durch das immer stärker werdende Prasseln des Feuers hinaus zu der ehrfürchtig erstarrenden Menge schickte.

Ein Marienlied!

„Gegrüßet seist du, Maria,/ du edle Jungfrau fein./ Dein Schoß soll hegen und tragen/ ein Kindlein fein!"

Selbst bis zu den Ohren des Bischofs drang dieses Lied. „Er singt die Marienbotschaft!" Mit aschfahler Miene starrte er zu dem Scheiterhaufen hinüber, aus dem die Flammen höher und höher schlugen.

„Tatsächlich! Es ist... unglaublich!" Auch Gebsattel hatte solches noch nie erlebt. Laute Hilfe- oder Klageschreie. Das schon! Oder Stille, völlige Stille, weil ein gnädig gesonnener Henker seinen Delinquenten kurz zuvor erdrosselt oder erstochen hatte. Manchmal auch einen lauten Knall, wenn das Pulversäcklein explodierte, das sie ihren Opfern ebenfalls aus Gründen der Barmherzigkeit um den Hals gehängt hatten. Aber fromme Lieder?! Marienlieder?! Wieder horchte er angestrengt. Tatsächlich! Marienlieder waren es, die aus dem laut prasselnden Feuer heraus drangen!

„Gegrüßt seist du Maria! Du bist aller Gnaden voll!"

Voller Zorn und wachsender Beunruhigung ballte Rudolf von Scherenberg die Faust. „Man muss ihm das Maul stopfen!"

„Zu spät, Exzellenz! Die Flammen lodern schon viel zu hoch!"

„Dann befehlt ihr den Soldaten augenblicklich, lautstark dagegen zu singen, damit wir ihn nicht länger hören müssen!"

„Unmöglich, Exzellenz! Schaut auf die Männer, wie sie staunend auf den Scheiterhaufen gaffen! Es wird uns nicht gelingen!"

„Der Teufel ist mit ihm im Bunde! Er singt Marienlieder auf dem Scheiterhaufen!"

„Vorsicht Herr, nicht zu laut! Die Stimmung ist angespannt! Ein falsches Wort, das im falschen Moment nach draußen dringt..."

Das Prasseln des Feuers wurde stärker. Doch noch immer tönte die Melodie des Marienliedes durch die Wand aus dichtem grauweißen Rauch, der aus dem Scheiterhaufen in den Himmel stieg.

„Maria, oh mein' höchste Freud'/, die Welt ist mir verleidt,/ ich suche zu sterben;/ du wollst mir erwerben/ nur Gottes Gnaden,/ auf höheren Pfaden/ so scheid ich fröhlich hin."

Viele der gequälten Zuschauer des furchtbaren Spektakels schlugen verzweifelt die Hände vor das Gesicht und schluchzten hemmungslos. Es war zu viel für sie! Eine geradezu apokalyptische Szene, die sich den entsetzten Menschen präsentierte.

Andere hingegen streckten die Arme aus und deuteten aufgeregt zu dem brennenden Scheiterhaufen, von dem aus ihnen beißender Qualm und Hitze entgegenschlugen. „Schaut doch, wie es brennt! Und dennoch singt er weiter die frommen Lieder! Die Flammen können ihm nichts anhaben! Ein Wunder wird geschehen! Nein, ein Wunder ist bereits geschehen! Das Feuer lässt ihn unversehrt!" Beunruhigt tasteten die Offiziere nach den Griffen ihrer Säbel. Die erwartungsvolle Unruhe in der Menge steigerte sich, obwohl das Feuer höher und höher loderte. „Er lässt sich nicht beirren! Ein Wunder! Die heiligen Lieder und die Jungfrau Maria beschützen ihn!"

„Oh Engel, wie mag ich das erleben...". mischten sich immer noch einige Wortfetzen durch das laute Prasseln des Feuers.

Und immer mehr steigerte sich die Unruhe des Bischofs. „Das... das kann nicht sein! Es... es ist... es ist ganz einfach unmöglich!" stammelte er mit leichenblasser Miene.

„Darnach tun Himmel und Erde verlangen, dass du die Mutter des Herrn sollst sein..." Die Stimme war nun kaum noch zu verstehen, doch durch das Feuer hindurch blieb unüberhörbar, dass Hans inmitten des hell auflodernden Scheiterhaufens weiter seine frommen Lieder sang!

„...wie Tau... Blumenmatten... heilige Geist... überschatten..." Die Stimme aus dem Inneren des Höllenfeuers schraubte sich in immer höhere Tonlagen.

„...so ...Heiland... geboren..."

Er gab nicht nach! Er hielt den Flammen stand! Gleich würde die Erlösung nahen! Gleich würden sich die Tore des Himmels öffnen! Doch halt, was war das? – Im selben Augenblick hatte auch der Hofmarschall die Veränderung bemerkt. Klagelaute! „O weh, o weh!" drangen urplötzlich nun gepeinigte Schmerzensschreie eines Gemarterten durch die Flammenwand. Schmerzensschreie! Kurz darauf war nichts mehr zu hören. Der arme Jüngling schien bewusstlos geworden zu sein. Ohnmächtig! Im wahrsten Sinn des Wortes!

Enttäuscht und all ihrer Hoffnungen beraubt starrten die Menschen auf den rotglühenden Scheiterhaufen, in dem die mörderische Hitze der Flammen alles Leben vernichtet hatte. Das Wunder von Würzburg war ausgeblieben!

38

In kleinen Gruppen zogen die Leute traurig wieder zurück in ihre Dörfer. Mutlos, hoffnungslos. Enttäuscht, verbittert. Was konnte ihnen die Zukunft nun noch bringen? All ihre Wünsche, ihre Sehnsüchte, all ihr Hoffen und Bangen, ja ihr ganzes Leben! Zu Ende! Vorbei! Verbrannt auf dem Scheiterhaufen zu Würzburg! Endgültig!

Nicht alle wollten sich freilich mit der Endgültigkeit dieser Feststellung zufrieden geben. Nein, das wollten sie nicht und – das durften sie auch nicht! War es denn jetzt nicht an ihnen, für die Weiterverbreitung der göttlichen Botschaft zu sorgen? Der tröstlichen Botschaft! Der Erkenntnis, dass die Welt, in die hinein sie geboren worden waren, sich eben dank der Worte des frommen Jünglings nicht als diejenige herausgestellt hatte, die sich aufgrund des göttlichen Willens so und nicht anders zusammengefügt hatte. Sondern aufgrund von Willkür und Unterdrückung von Seiten des Adels und der Kirche! Aber es war eben nicht so, wie es ihnen die Pfaffen beständig vorpredigten. Es war nicht der Wille Gottes, dass der gemeine Mann unterdrückt und in Knechtschaft gehalten wurde. Und dies, genau dieses, war doch der Kern der Botschaft gewesen, die ihnen Hans Böhm vermittelt hatte. Sie mussten versuchen, die Wahrheiten, die der arme Hirte verbreitet hatte, weiter zu verbreiten! Diese Wahrheiten hatten es verdient! Und: Waren sie es nicht auch Hans schuldig, der dieses große Opfer gebracht hatte? Der mit seinem Leben dafür bezahlt hatte und keinen Schritt zurückgewichen war! Der fest an die gute Sache geglaubt hatte! Bis zu seinem tapferen Ende!

Glauben! Genau das war es! Sie durften jetzt eben nicht den Fehler begehen, von all dem abzuweichen, woran sie gestern noch fest geglaubt hatten. Auf gar keinen Fall!

„Habt ihr denn nicht die Taube gesehen, die bei seinem letzten Schrei aus dem glühenden Scheiterhaufen aufgestiegen ist zum Himmel? Nur die Hülle des Heiligen Jünglings ist verbrannt worden, doch seine Seele haben sie nicht vernichten können!“

In der Tat waren die Tage nach dem Ende des Pfeiferhans von Niklashausen auf dem Marienberg geprägt von Anspannung und Sorge. Auch Bischof Rudolf von Scherenberg war nicht verborgen geblieben, wie fest die treuesten Anhänger des Jünglings dennoch an dessen vom Herrgott erteilten Auftrag glaubten. Und mit welcher Zuversicht und Hoffnung sie ihren niedergeschlagenen Gefährten die Kunde von dessen baldiger Rückkehr überbrachten. Genau, wie es in der Heiligen Schrift doch geschildert wurde. Himmelfahrt! Pfingsten! Der Bischof schäumte vor Wut, als ihm diese Nachrichten überbracht worden waren. Gotteslästerung! Auch, dass es einige von den Unverbesserlichen gewagt hatten, die Asche des Scheiterhaufens für sich zu erbitten. Die Heilige Asche mit den Überresten ihres Heiligen Jünglings! Unglaublich!

Augenblicklich hatte er daraufhin angeordnet, die gesamte Asche des Scheiterhaufens in den Main zu streuen. So, wie es auch aus spirituellen Gründen durchaus üblich geworden war in jener Zeit. Die drei Naturelemente Feuer, Wind und Wasser hatten sich damit der Vernichtung des Ketzers angenommen und mit ihrer reinigenden Kraft das Böse verzehrt. Unwiederbringlich!

Doch selbst dann noch hatten sich einige der Unverbesserlichen, die er am besten wohl ebenfalls hätte enthaupten lassen sollen, in der Nacht zum Richtplatz geschlichen, um die verbrannte Erde des Scheiterhaufens auszugraben. Heilige Erde!

Man hatte das gottlose Treiben in der Tat viel zu lange geduldet, das musste sich Rudolf von Scherenberg nun genauso eingestehen wie Dieter von Isenburg, der Amtsbruder in Mainz, und mittlerweile sogar Graf Johann von Wertheim. Noch immer schlummerte der Keim des Aufruhrs in den Menschen! Man musste folglich gewaltig auf der Hut sein! Es galt jetzt, mit unnachgiebiger Strenge vorzugehen! Kein Andenken an den verwirrten Hirten durfte es mehr geben, erst Recht keine Reliquie, keine „heilige Erde“, in der die Saat der Empörung von neuem gedeihen würde.

Diesmal waren sie sich einig. Alles musste vernichtet werden – auch die Kirche und die Wallfahrtskapelle, von der die gottlose Bewegung schließlich ausgegangen war. Kurz nachdem Mainzer Reisige das wundertätige Marienbild ergriffen und mit sich fortgeführt hatten, da waren auch die Waffenträger aus Wertheim und Würzburg erschienen und hatten die Gotteshäuser in

Schutt und Asche gelegt, die Hütten der Bauern nach Erinnerungsstücken an den Jüngling durchsucht und verwüstet. Selbst harmlose Kleiderfetzen, die vom Heiligen Jüngling hätten stammen können, hatten sie auf Geheiß ihrer Auftraggeber an sich genommen, denn auch dadurch, das wussten die beiden Bischöfe schließlich nur allzu genau, konnte sich ein neuer Reliquienkult entwickeln. Dass sie zuvor auch die gesamten Opfergaben der zehntausenden von Wallfahrern fortgeführt und unter sich geteilt hatten, eine enorme Summe, die so zustande gekommen war, das sei nur recht und billig, hatten sie den wenigen Leuten bedeutet, die überhaupt eine zaghaft formulierte Frage in dieser Hinsicht vorzubringen gewagt hatten. Schließlich seien Wertheim, Mainz und Würzburg nun auch wochenlang damit beschäftigt gewesen, das Land mit Hilfe ihrer Soldaten wieder zu befrieden und Recht und Ordnung wieder Geltung zu verschaffen.

Etwas jedoch hatten sie nicht erreicht: Sie hatten weder den entflohenen Mithäftling aus Würzburg zu fassen bekommen, noch war ihnen dessen brisanter Bericht vom Leben des Heiligen Jünglings in die Hände gefallen, die der Flüchtige mit an Sicherheit grenzender Wahrscheinlichkeit aus der Marienburg geschmuggelt hatte.

Zu der großen Zahl jener Menschen, die nach dem Ende von Hans Böhm heimat- und orientierungslos umherzuirren verdammt waren, zählte auch ein ängstlicher blasser Mann, dessen in Fetzen vom Körper hängende dunkle Kleidung gleichwohl darauf hinzudeuten schien, dass er dereinst ein besseres Leben geführt haben musste. Meist vermied er es peinlich, anderen Menschen zu begegnen, ab und zu jedoch hörte man, der geheimnisvolle Fremde habe sich nach einer schwangeren jungen Frau mit langen schwarzen Haaren erkundigt. Womöglich gar nach Trude, der Gefährtin des Pfeiferhans? Nur ganz wenige der engen Vertrauten, die das Drama überlebt hatten, wussten um diese Schwangerschaft und hatten an der Stelle, an der sie die heilige Erde vom Scheiterhaufen vergraben hatten, einen feierlichen Eid geschworen, dass sie niemals etwas über Trudes Aufenthaltsort noch über ihre Schwangerschaft verlauten lassen würden! Zu niemandem! Und so galt die junge Frau im Taubertal tatsächlich für verschollen. Nie mehr hatte man sie in Niklashausen und den umliegenden Dörfern nach dem Sommer 1476 jemals wieder zu Gesicht bekommen.

Auch den Einsiedler aus der Höhle schien er zu suchen, wie die Leute berichteten. Sicherlich also handelte es sich um einen Spion des Bischofs aus Würzburg! Andererseits: Dann hätte der Mann doch wissen müssen, dass Bruder Christian, wie es hieß, gefangen genommen und nach Mainz geschleppt worden war. Dort, so drang die schreckliche Kunde zu ihnen, sei er dann erdrosselt worden, habe aber zum Ärger seiner Peiniger selbst auf der Folter nichts gestanden! Keinen seiner Gefährten habe er namentlich Mitwisser genannt und auch mögliche Aufenthaltsorte von Trude nicht preisgegeben, ja nicht einmal ihren Namen habe er ihnen bestätigt! In den Augen des merkwürdigen Gesellen meinten sie, bei dieser Kunde ein strahlendes Blitzen erkennen zu können, behaupteten zumindest diejenigen, die ihm irgendwann begegnet waren.

Er würde auf jeden Fall weiter suchen, hatte er dem einen oder anderen Bauern bedeutet, zu dem er anscheinend etwas Vertrauen gefasst und sich andeutungsweise offenbart hatte, doch anschließend war er hastig weitergezogen. Nicht aber, ohne diese Menschen noch zu bitten, der jungen Frau, so man ihr denn womöglich begegnen würde, den letzten Willen ihres Gefährten zu übermitteln, dass nämlich das Kind, sein Kind, das er niemals in seinem Leben mit eigenen Augen hatte erblicken dürfen, auf den Namen Maria hören solle. Und wenn sie gar kein Mädchen, sondern einen Jungen gebären würde, was sollten sie der Trude dann mitteilen, hatten die Leute gefragt? Doch der Mann hatte nur ein nachsichtiges Lächeln zur Schau gestellt und gemeint, es gebe keinen Jungennamen auszurichten! Der Heilige Jüngling sei nämlich felsenfest davon überzeugt gewesen, dass seine Trude einem Mädchen das Leben schenken würde. Einem Mädchen, dessen Name Maria sein sollte, ja: sein musste!

Ob Trude diese Nachricht jemals erreichte? Ob die Gefährtin des Heiligen Jünglings samt dem Kind, das sie unter dem Herzen trug, überhaupt noch am Leben war? Der Kreis der Häscher schien sich enger und enger um den entflohenen Mithäftling zu schließen. Und natürlich blieb dem Flüchtenden auch diese Tatsache nicht verborgen. Doch bevor sie ihn ergreifen würden – tot oder lebendig, so lautete ihr Auftrag – war noch der zweite, wichtigere Teil seiner Bestimmung zu erfüllen, für die allein er so lange durchgehalten hatte. Das Zeugnis von der tröstlichen Botschaft des Pfeiferhans in die

Zukunft hinüber zu retten. Die Kunde vom Leben und Wirken des Heiligen Jünglings im Taubertal. Mochten die Schergen der Obrigkeit auch mit brutaler Gewalt alle Lebensspuren des Hans Böhm auszulöschen versuchen. Er, der in letzter Minute bekehrte Geistliche, hatte alles aufgeschrieben. Die Botschaft war wichtig genug, um sie der Nachwelt zu erhalten. Sei es auch um den Preis des eigenen Lebens. Denn die Zeiten der Unterdrückung konnten nicht ewig währen. Den Pfeiferhans konnten sie verbrennen – und damit dennoch nicht die Macht seiner Botschaft besiegen. Eines fernen Tages nämlich würden die Menschen wieder voller Stolz den Namen des Pfeifers von Niklashausen auf ihren Lippen tragen und hoch erhobenen Hauptes darauf verweisen, dass es sich um einen der ihren gehandelt habe...

Früh werde in diesem Jahr der Herbst Einzug in das Taubertal halten, so berichtete es der Gejagte auf den letzten Seiten seiner Aufzeichnungen. Der Sommer war vorüber – der kurze Sommer des Pfeiferhans von Niklashausen.

„Sie kommen! Ich kann das Schnauben ihrer Pferde schon vernehmen!

Damit also muss ich meinen Bericht enden lassen – in der Hoffnung, dass er niemals in ihre Hände fallen möge. Erst ihr, die heute noch ungeborenen Leser, sollt es sein, die dieses Schriftstück eines Tages finden werden und so die Kunde vom Leben des Heiligen Jünglings weitertragen werden in eine ferne, hoffentlich bessere Zeit! Gott sei meiner armen Seele gnädig!“

So dürften die letzten Monate im Leben des Hirten Hans Böhm, des so genannten Pfeifers von Niklashausen, im Frühjahr und Sommer des Jahres 1476 verlaufen sein. So begann und so endete die erste historisch nachweisbare Rebellion des Volkes gegen Willkür und Machtmissbrauch in der deutschen Geschichte. Ein wahrhafter Michael Kohlhaas!

Vor 550 Jahren, also frühestens um das Jahr 1450 herum, ist Hans Böhm in Helmstadt vor den Toren der Stadt Würzburg in armseligste Verhältnisse hineingeboren worden. Und trotz seiner Herkunft aus der untersten Schicht der spätmittelalterlichen Gesellschaft schaffte er es, als eine Symbolfigur in die deutsche Geschichte einzugehen – als einer der ersten Nichtadeligen überhaupt und als der erste deutsche Revolutionär. Wohl höchstens 25 Lebensjahre dürfte er gezählt haben, der Volksheld aus dem Taubertal, als er zwischen März und Juli 1476 riesige Versammlungen abhielt und das göttliche Recht für die Bauern einforderte.

Sein Leben endete auf dem Scheiterhaufen des Bischofs von Würzburg, weil er nach Ansicht der herrschenden Klassen mindestens zwei Todsünden begangen hatte. Nicht nur, dass er die scheinbar – wie es die immer dreister agierenden Herren behaupteten – in alle Ewigkeit fest gefügte spätmittelalterliche Gesellschaftsordnung genauso in Frage stellte wie den angeblich göttlichen Willen, auf dem diese beruhte. Nein, auch deshalb, weil er sich zu der Jungfrau Maria bekannt und mit dem Verweis auf die Muttergottes, die eines Morgens auf der Weide zu ihm gesprochen haben soll, die Heilige Jungfrau für sich reklamiert hat. In ihrem Auftrag behauptete er fortan zu handeln. Unter ihren Schutz stellte er sein Wirken. In den Augen der Kirche war dies eine ungeheuerliche Provokation. Das hieß Rebellion, Aufruhr, Ketzerei! Schließlich war und ist zu allen Zeiten im Lande Franken der Jungfrau Maria schon immer höchste Verehrung zuteil geworden. Nicht von ungefähr wird der Landstrich rund um Würzburg bis auf den heutigen Tag als Madonnenländchen bezeichnet. Nirgendwo sonst finden sich so viele Marienstatuen und Marienfiguren wie hier in dieser Gegend, deren spirituelles Zentrum Würzburg immer war und wohl noch lange Zeit bleiben wird.

Würzburg mit dem ehemaligen Bischofssitz auf dem Marienberg.

Als Herzogin von Franken galt die Muttergottes schon seit den frühchristlichen Zeiten des legendenumwobenen Missionars Kilian und seiner Gefährten. Und der Marienberg an der Mainschleife hoch über Würzburg galt als Regierungssitz der Heiligen Jungfrau, in dem stellvertretend für die Muttergottes der Bischof von Würzburg residierte. In dieses Zentrum wagte also nun ausgerechnet der einfache Hirte Hans Böhm mit seinen anfangs naiven, sich dann immer revolutionärer entwickelnden Glaubensvorstellungen, hineinzudrängen. Er wagte es, sich als wahrer und einziger Abgesandter der Jungfrau Maria zu bezeichnen. Damit war sein Todesurteil gefällt – von Anfang an!

Als so schlimm galten seine Verfehlungen, dass man sogar Hand an die Kirche in Niklashausen legte und diese tatsächlich abreißen ließ, um die Wallfahrt hierher, um das Andenken an ihn und seine Handlungen auch sinnbildlich zu zerstören. Erst 35 Jahre später hat man sich dann getraut, die Kirche neu zu bauen! Doch trotz aller Bemühungen der Obrigkeit, nach dem Ende des Pfeiferhans jegliche Erinnerung an ihn zu tilgen, ist seine Spur dennoch nicht völlig im Dunkel der Geschichte verloren gegangen. Ganz im Gegenteil sogar: Wie ein heller Strahl aus lange vergangenen Zeiten scheint seine Lebensgeschichte weit in die Gegenwart hineinzuleuchten. Die Menschen im Taubertal, erst recht natürlich in Niklashausen, haben ihn niemals vergessen, auch Jahrhunderte später nicht – obwohl die Machthaber seine Asche tatsächlich in den Main gestreut und seinen Namen auf den Urkunden und Schriften ausradiert haben. In den Dokumenten mag dies vielleicht gelungen sein, nicht jedoch in den Herzen der Leute. Hier hat Hans Böhm weitergelebt. Und so ist seine Geschichte von Generation zu Generation weitergegeben worden. Nicht nur 50 Jahre nach seinem Ende haben die Aufständischen im großen Bauernkrieg viele seiner Ideen von neuem aufgegriffen, sondern auch später noch. Jahrhunderte später wie gesagt...

Der Pfeiferhans von Niklashausen: ein Weltverbesserer? Mag sein! Ein tragischer Wimpernschlag der Geschichte? Ganz sicher!

Und dennoch: Es ist auch das Verdienst dieses Menschen, der seiner Zeit mit einem Mal weit voraus geeilt war, dass der Fortschritt – zunächst zwar zögerlich – Einzug gehalten hat im Herbst des Mittelalters. Wenn es noch Jahrzehnte gedauert hat, bis weit nach dem Ende des großen Bauernkrieges in den Jahren 1525 und 1526. Doch die Macht seiner Ideen hat sich nicht mehr ignorieren lassen. Hans Böhm, dieser erste uns bekannte Revolutionär, hat, wie viele andere in jenen Zeiten auch, an diesen Fortschritt, an diese Vision von einer besseren Welt geglaubt. Er hat es mit seinem Leben bezahlen müssen!

Niklashausen im Taubertal, zwischen Tauberbischofsheim und Wertheim gelegen, gehört heute zur Gemeinde Werbach im Main-Tauber Kreis. In dem kleinen Ort hat sich die Erinnung an den Pfeiferhans und sein tragisches Schicksal erhalten. Zahlreiche Schriften, wissenschaftliche Arbeiten, Abhandlungen und zeitgenössische Quellen zu den Ereignissen im Jahr 1476 sind im Laufe der Jahre sorgfältig gesammelt worden und werden in der „Pfeiferstube“ im ehemaligen Rathaus für Interessierte aufbewahrt. Ein Besuch in dieser kleinen und feinen Gedenkstättte lohnt sich auf jeden Fall.

Die im Jahr 1519 begonnene und erst 1858 fertiggestellte Niklashäuser Kirche hat die Wallfahrtskapelle Sancta Maria ersetzt, jene Kapelle, vor der Hans Böhm seine von Tausenden besuchten und bejubelten Predigten hielt.

Auch die „Pfeiferhalle“, die Festhalle von Niklashausen, erinnert schon allein durch ihren Namen an den jungen Schäfer, durch dessen Wirken das kleine Niklashausen zu einem Teil der deutschen Geschichte geworden ist.

Und in der Höhle auf dem Mühlberg bei Niklashausen, der im Volksmund sogenannten Beghardenhöhle, könnte seinerzeit tatsächlich der Einsiedlermönch gelebt haben, der zu einem der besten Freunde und Gefährten des Pfeifers geworden ist und ohne den vermutlich auch die Predigten des Pfeiferhans so nie zustande gekommen wären. Zumindest ist die Tatsache verbürgt, dass sich in diese Höhle mehrmals fromme Prediger zurückgezogen haben, die dort ihr Dasein fristeten.

Auf den Spuren des jungen Schäfers Hans Böhm und seiner Gefährten kann auch jeder wandern, der den Weg durch Niklashausen den Wald hinauf in Richtung Würzburg einschlägt. Von der Hochfläche aus hat man einen weiten Blick ins Land und kann sich durchaus vorstellen, wie der Zug der Helfer zum Bischofssitz auf dem Würzburger Marienberg damals verlaufen ist. Auch Helmstadt, der Geburtsort des Pfeiferhans, der heutzutage an der Autobahn liegt ist nicht allzu weit von Niklashausen entfernt.

Schließlich noch die benachbarte Gamburg: sie stellt einen durchaus reizvollen Blickfang über dem Taubertal dar – die in den letzten Jahren renovierte Anlage befindet sich im Privatbesitz.

Die Reihe ERZÄHLTE LANDESGESCHICHTE **wird fortgesetzt:**

Gunter Haug

Die Rose ohne Dorn

Irene von Byzanz, Königin des Hohenstaufen

Leseprobe:

26.August 1208, Vormittag, um die Terz

„Sie wird den heutigen Abend nicht mehr erleben!" Eiskalt und nüchtern hatte er seine furchtbare Feststellung in den Raum geworfen, ohne jegliche Gefühlsregung.

Das endgültige, brutale Fazit traf Brigitta von Gundelfingen wie ein Keulenschlag. Die Kammerzofe fröstelte, als sie in das Gesicht des Medicus blickte, dessen eiskalte Augen sie zu durchbohren schienen. Woher aber nahm er jene absolute Gewissheit, mit der er nach einem nur kurzen Blick auf die Patientin diese düstere Prophezeiung ausgestoßen hatte? Und wie konnte er es wagen, sich nun einfach von der Königin abzuwenden? Hätte er sich zu Lebzeiten des unglücklichen König Philipp getraut, dasselbe Verhalten an den Tag zu legen?

Drohend hing das Todesurteil des Arztes in dem von Weihrauchschwaden erfüllten dunklen Raum, der von zwei rußenden Fackeln nur spärlich erleuchtet wurde. Was um alles in der Welt braute sich hinter den dicken Steinmauern des Hohenstaufen zusammen? Es schien gerade so, als habe sich der gesamte Hofstaat gegen die Königin verschworen – ja, als warte man geradezu sehnsüchtig auf ihr Ableben. Ein neuer Herr schien bereits an den Fäden der Macht zu ziehen. Noch im Verborgenen zwar, aber im Grunde doch schon mit gnadenloser Konsequenz. Es war unübersehbar: sie hatten sie längst abgeschrieben, ihre Königin, der sie vor wenigen Wochen noch ewige Treue und Gefolgschaft geschworen hatten. Irene von Byzanz, die ihnen nach der Ermordung ihres Mannes Philipp versprochen hatte, im Land zu bleiben und das Erbe des Königs im Sinne seines Nachfolgers bis zu dessen Regierungsfähigkeit treuhänderisch zu verwalten. Bis das Kind, das sie noch unter dem Herzen trug, in der Lage wäre, die Nachfolge seines Vaters anzutreten, der in diesem Sommer in Bamberg einem feigen Mordanschlag zum Opfer gefallen war.

Das Kind! Die Hoffnung der Welt! Der neue König, der künftige Kaiser! Aus dem stolzen Geschlecht der Staufer, die seit dem legendären Barbarossa nahezu die gesamte christliche Welt beherrschten. Ein würdiger Nachfolger des großen Herrschers. Ein Regent, dem es eines Tages vielleicht sogar beschieden sein mochte, die ganze Welt unter seiner Herrschaft zu vereinen. Ost und West, Orient und Okzident! Wem, wenn nicht ihm, konnte dies jemals gelingen? Dem Königssohn aus Schwaben, dem stolzen Spross der Staufer, der gleichzeitig als Sohn der byzantinischen Kaisertochter auch in Konstantinopel seine Wurzeln hatte. Der einzige also, dem es gelingen konnte, Westrom und Ostrom nach fast 1000-jähriger Trennung wieder unter seiner Herrschaft zu vereinen. Dieser 14 Jahre junge Sizilianer, Friedrich Roger, der im Alter von zwei Jahren zum König gekrönt worden war und durch dessen Adern halb staufisches und halb normannisches Blut pochte, dieser am Hungertuch nagende Südländer, den manche Heuchler schon als kommenden Kaiser bezeichnet hatten, ihm wäre es niemals möglich, die Krone des Heiligen Römischen Reiches tatsächlich auf sein Haupt zu setzen. Das konnte – wenn überhaupt – nur diesem einen Kind gelingen, dem Sohn von Philipp und Irene. Nur er würde die Macht der Staufer sichern können.

Tagträume! Unglücklich wischte sich die Kammerzofe der Königin mit dem weiten Ärmel ihres Gewandes den kalten Schweiß von der Stirn, der ihr beim bloßen Gedanken an die verlorene Hoffnung einer ganzen Dynastie ausgebrochen war. Woher nahm sie denn die Gewissheit, daß die Herrscherin einen Sohn gebären würde? Nur weil Irene dies wieder und wieder mit felsenfester Überzeugung verkündet hatte? Aber was war denn jetzt mit dem Kind? Hatten sie es also genauso aufgegeben, wie sie ihre Königin in Gedanken schon begraben hatten? Spekulierten sie etwa darauf, das ungeborene Kind samt seiner Mutter zu beerdigen? War also die Rechnung der unversöhnlichen Stauferfeinde aufgegangen. Hatte die Intrige, die König Philipp beim feigen Mordanschlag durch den Wittelsbacher Pfalzgrafen in Bamberg das Leben gekostet hatte, einen Hintergrund, der noch weit in die

Zukunft reichen sollte? Würde es der Welfenpartei nun doch noch gelingen, die Oberhand über ihre Todfeinde zu erlangen?

Es gab nur eine letzte Möglichkeit, um das Kind zu retten. Wenigstens das Kind! Sie mußte es schaffen, musste sofort die schwäbische Ritterschaft alarmieren. Die ahnungslosen Gefolgsleute der Staufer, die auf ihren mächtigen Burgen saßen – so wie ihr Bruder Swigger von Gundelfingen beispielsweise im Lautertal – immer bereit, jeden Angriff der von außen in das Land dringenden Feinde sofort zu parieren. Doch die Blickrichtung war falsch! Nein, der Feind kam gar nicht von außen! Er war schon da und befand sich bereits mitten unter ihnen! Das mußte sie den ahnungslosen Gefolgsleuten der Staufer dringend mitteilen. Es war die einzige Chance – die letzte Chance für das Leben des Thronfolgers. Anderenfalls würden die Welfen, die Nachfahren Heinrichs des Löwen, der sich in Wirklichkeit niemals unterworfen hatte, die Macht nun doch noch an sich reißen.

Brigitta musste es zuwege bringen, einen Brief zu schreiben. Einer der wenigen ihr in blindem Gehorsam ergebenen Knechte, der sie schon vor Jahren aus dem Lautertal mit auf den Hohenstaufen begleitet hatte, Georg, war der einzige, der es würde bewerkstelligen können. So rasch wie möglich musste er sich mit dem Brief aus der Burg schleichen und ihn nach Gundelfingen bringen, zu Brigittas Bruder, der sich dann unverzüglich mit seinen Gefährten zum Hohenstaufen aufmachen würde.

Aber was, wenn sie zu spät kamen? Wenn Irene und das Kind schon gestorben waren? Ein rascher Blick auf ihre Herrin ließ Brigitta erbeben. Was hatten sie nur mit der Königin gemacht? Natürlich war die hochschwangere Irene nach dem Mord an ihrem Mann in tiefe Trauer versunken, doch vor wenigen Tagen waren die Lebensgeister in sie zurückgeströmt. Nun sei es ihre Aufgabe, ein gesundes Kind zur Welt zu bringen, einen würdigen Nachfolger ihres Mannes zu gebären. Den neuen König, der seinen Vater eines Tages rächen würde. Das hatte sie ihrer engen Vertrauten Brigitta in ihrer kaum verständlichen, fremden Sprache erst in der vergangenen Woche ins Ohr geflüstert. Leise ins Ohr geflüstert, weil sie sich von Spitzeln und Feinden umgeben wähnte. Zu Brigittas grenzenlosem Erstaunen im übrigen, die naiv und unbekümmert bislang all die Jahre davon ausgegangen war, dass sich im engsten Umfeld um das Königspaar nie und nimmer Verräter tummeln würden. Ein Trugschluss, wie sich jetzt bitter herausstellte. Zum Glück war sie der Muttersprache der Königin inzwischen so weit mächtig, dass sie verstanden hatte, was Irene da unter Mühen geflüstert hatte. Ganz bewusst in dieser Sprache, die sonst niemand auf dem Stammschloß der Staufer verstand.

Ein weiterer verstohlener Blick auf das hohnverzerrte Gesicht des Medicus verschaffte Brigitta die Gewissheit, die sie so lange verdrängt hatte: sie hatten die Königin vergiftet! Eine derart plötzliche Verschlechterung von Irenes Gesundheitszustand war ganz einfach nicht denkbar. Selbst eingedenk ihrer Schwangerschaft nicht. Schließlich hatte Irene ja schon mehrere Geburten problemlos überstanden. Selbst wenn zwei ihrer sechs Kinder früh verstorben waren. Die Gesundheit der Mutter hatte es niemals berührt. Weshalb also diese dramatische Verschlechterung. Es gab nur einen Grund: Gift! Ein heimtückischer Anschlag. Lähmendes Entsetzen erfasste die Zofe der Königin. Und dennoch: sie durfte sich nun nicht gehen lassen. Sie musste ihren Bruder rasch alarmieren. Sofort. Bevor die anderen die Dinge in die Hand nehmen würden. Und das würde nicht mehr lange dauern. Die Hoffnung schwand von Stunde zu Stunde.

„Brigitta! Hilf mir!“ Es war nur noch ein mattes Stöhnen, das sich dem Mund der gequälten Frau entrang. Die Königin! Und sie war doch erst 28 Jahre alt! Zu früh, um zu sterben, viel zu früh! Wieder krampfte sich Brigittas Herz schmerzhaft zusammen. Doch sie durfte sich im Augenblick nicht um ihre Herrin kümmern, nicht in dem Meer aus Trauer versinken, dessen Wellen über ihr zusammenzuschlagen drohten. Noch nicht! Sie hatte eine Aufgabe zu erfüllen. Im Interesse des Kindes und der staufischen Partei, der ihre Familie so viel zu verdanken hatte. Noch war es nicht zu spät! Bitte nicht...

In der Buchreihe: ERZÄHLTE LANDESGESCHICHTE ***ist der folgende Roman von Gunter Haug in Vorbereitung:***

- Der Verbannte
Der erste Ritter von Gundelfingen und sein Schicksal

In der Reihe ERZÄHLTE LANDESGESCHICHTE ist bereits erschienen:

Gunter Haug

In stürmischen Zeiten

Die Jugendjahre König Wilhelms I. von Württemberg

Historischer Roman

St. Petersburg, Dezember 1786: Der erst 5-jährige Prinz Friedrich Wilhelm von Württemberg, der spätere König Wilhelm I., wird am Zarenhof brutal von seiner Mutter getrennt und muss mit seinem ungeliebten Vater zurück nach Württemberg. Dieses traumatische Erlebnis sollte ihn für immer prägen. Noch Jahrzehnte später ist er auf der Suche nach der Wahrheit über das Schicksal seiner früh verstorbenen Mutter, ein Leben lang leidet er unter der frühen Trennung. Dieser historische Roman beleuchtet die Jugendjahre des für die Geschichte Württembergs so maßgeblichen Monarchen, der in den Jahren 1814 und 1815 entscheidenden Anteil am endgültigen Sturz von Napoleon hatte und jahrzehntelang auf der europäischen Bühne eine wichtige Rolle spielte.

Gunter Haug hat in diesem Roman verbürgte historische Begebenheiten zu einem fesselnden und gleichzeitig gefühlvollen Porträt des jungen Prinzen verwoben.

Ganz in der Tradition seines unvergessenen Lehrers Hansmartin Decker-Hauff, dem dieser Roman gewidmet ist, eröffnet der Autor dem Leser mit diesem Werk auf 272 Seiten einen faszinierenden Einblick in die württembergische Landesgeschichte.

ISBN 3-87181-530-6
DRW-Verlag

DRW-Bücher – eine Auswahl

Gunter Haug, Manfred Waßner
Im Tal der Burgen
Das große Lautertal auf der Schwäbischen Alb
ISBN 3-87181-449-0

Gunter Haug, Heinrich Güntner
Burg Wildenstein im Tal der jungen Donau
ISBN 3-87181-464-4

Susanne Dieterich
Württembergische Landesgeschichte für neugierige Leute
Teil 1: Von den Kelten zu den Württembergern bis zur Reformation
ISBN 3-87181-468-7
Teil 2: Vom Dreißigjährigen Krieg bis 1952
ISBN 3-87181-469-5
Eine spannende und gut lesbare Landesgeschichte Württembergs, in deren Mittelpunkt die Menschen und ihr Alltag vor dem Hintergrund der politischen Gegebenheiten stehen.

Karl Moersch
Sperrige Landsleute
Wilhelm I. und der Weg zum modernen Württemberg
ISBN 3-87181-373-7

Hansmartin Decker-Hauff
Frauen im Hause Württemberg
ISBN 3-87181-390-7
Ein spannendes Beziehungsgeflecht von 27 Frauen in der Zeit vom Mittelalter bis zur Gegenwart.

Anni Willmann
Der gelernte König
Wilhelm II. von Württemberg – ein Porträt in Geschichten
ISBN 3-87181-292-7

Karl Moersch, Peter Hölzle
Kontrapunkt Baden-Württemberg
ISBN 3-87181-478-4
Ein Badener und ein Württemberger betrachten die Vorgeschichte und Geschichte des Südweststaates.

Rainer Redies, André Wais
Reichsstädte im deutschen Südwesten
ISBN 3-87181-531-4
Ein Porträt von 36 Reichsstädten mit zahlreichen Fotos sowie Tipps und Hinweisen für den Stadtbesuch.